T0283368

BLOGGER FUCKER

ANTONIO GONZÁLEZ DE COSÍO

BLOGGER FUCKER

OCEANO

BLOGGERF***ER

© 2021, Antonio González de Cosío

Diseño de portada: Jorge Garnica

D. R. © 2021, Editorial Océano de México, S.A. de C.V.
Guillermo Barroso 17-5, Col. Industrial Las Armas
Tlalnepantla de Baz, 54080, Estado de México
info@oceano.com.mx

Primera edición: 2021

ISBN: 978-607-557-334-2

Impreso en México / Printed in Mexico

*A Marc, como siempre, por ser mi valor
y mi medicina, mi esperanza y mi fuerza.*

*A Lucy Lara y a todas las directoras y editoras
con quienes he compartido mi vida editorial:
Helena es un poco de todas ustedes.*

*A Lulú y Lucila, mis hermanas,
por su amor que trasciende océanos.*

*A Rogelio, Pablo y Rosy, de mi casa Océano,
por volver a creer.*

*A Karl, Liza y Noor, mis gatos, que en esta pandemia
—y siempre— me han salvado de enloquecer.*

Prefacio

Prefería salir del trabajo tarde por dos cosas: el tráfico era menos caótico y los chismosos de la oficina se habían marchado ya en el autobús de la compañía. No: no tenía por qué ocultar su Mercedes último modelo —regalo de su madre al graduarse con honores en la universidad—, pero no le apetecía dar explicaciones de su vida a nadie, y menos a la gente que adoraba prejuzgar. ¿Cómo era posible que alguien que entraba a hacer prácticas no remuneradas a una empresa pudiera tener un coche como ése?

Con pesadez, se dejó caer en el asiento que despidió un familiar aroma a piel. Arrancó y salió suavemente del estacionamiento. Conducir siempre le había relajado y paulatinamente comenzó a sentirse mejor. Aceleró y sintió el ronroneo del Mercedes, envolvente, reconfortante. Había tenido un día pesadísimo en la oficina: a la gente de abajo siempre se le carga más la mano. Ni hablar: así lo había querido. "Quiero forjarme una carrera con mi propio esfuerzo y no por dedazos, mamá", dijo contundente cuando Irma insistió en llamar a un amigo que trabajaba en el gabinete presidencial y le debía muchos favores. "Ya te dije que no, no insistas. Y mucho menos quiero deber nada a nadie de ese círculo: con ellos los favores se pagan con sangre. Déjalo por favor, mamá. Déjalo ya." Irma no tuvo entonces más remedio que mantenerse al margen.

Poco a poco, la contaminación luminosa y acústica de la gran ciudad comenzó a quedar atrás. Al frente, la línea de asfalto de la carretera parecía correr también y le hacía sentir que tenía los mismos deseos de llegar a casa. Encendió el radio para sentir algo de compañía. *...la cantante inglesa Dido nos acaricia los sentidos con "Thank you", melodía que se desprende de su primer álbum y que se ha vuelto el gran éxito de este 2001 y que seguramente...*

—Qué flojera —dijo mientras introducía en el estéreo *The Joshua Tree* de U2. Así, con Bono como compañía y una carretera casi vacía, el camino a casa se le hizo, si no más corto, sí más ameno. Al llegar a la pequeña villa privada en lo alto de la colina, desde donde la vista distante de la ciudad era un verdadero espectáculo, se detuvo un momento en la caseta de vigilancia donde el guardia, con un gesto amable, le abría el portón de entrada. Llegó a la puerta de su casa y dudó si meter el coche al garaje o no. Recordó que al día siguiente tenía que irse muy temprano, así que cerró la portezuela y, con un gesto al aire, decidió dejarlo fuera. Al fin y al cabo, aquí nunca pasaba nada.

"¡Mamá!", gritó nada más entrar. La casa estaba medio a oscuras. Lucrecia, la asistenta, salió de la cocina a su encuentro. "¿Mi mamá ya cenó?", le preguntó. Ella dijo que no, que su madre se sentía cansada y se había ido a su habitación hacía ya bastante rato. "Mejor, así ceno con ella", y subió a buscarla. En la escalera, se detuvo ante una caca de perro y maldijo a Milo, el pomerano de su madre. "Puto perro", dijo, mientras se sacaba el zapato y se dirigía al baño de invitados para dejarlo en el lavamanos.

Con un solo zapato continuó el trayecto al cuarto de su madre.

—Madre, de verdad tienes que educar a ese perro. Se caga todo el tiempo dentro de la casa. ¿Cuántas alfombras más vamos a cambiar? Digo, si no tuviera dónde pasear... pero con tantos kilómetros de jardín allá afuera, es imperdonable...

¿Madre? —preguntó al no escuchar ruido en la habitación completamente oscura.

Fue hasta el apagador y, poco a poco, comenzó a subir el dimmer de la luz. Arrugó la nariz ante los olores mezclados de los muebles viejos, cera de pulir y el Shalimar de su madre. Era un aroma familiarmente chocante. No obstante, se percibía en el aire algo más, pero su cerebro no pudo relacionarlo con nada en ese momento. Cuando sus ojos se acostumbraron a la luz, vio a Irma recostada en la cama, al fondo del enorme dormitorio. Con cautela, para no sobresaltarla, se fue acercando.

—Mamá, ya llegué. ¿Quieres que cenemos algo?

Pero no hubo respuesta. Se acercó un poco más y vio que Irma estaba completamente vestida. Y muy bien vestida. Los minúsculos cristales entramados en el tweed de su nuevo traje blanco y negro de Alta Costura de Chanel, al reflejar la suave luz, brillaban de tal forma que parecían danzar al ritmo de la mustia melodía de una cajita de música. Reparó en las suelas limpias de sus zapatos de tacón nuevos. Habían vuelto de viaje apenas la semana anterior e Irma había traído de Europa una docena de maletas llenas de ropa y joyas que moría por estrenar. Dio un paso más, con sigilo. Su madre sufría de los nervios y se asustaba de todo. La misma luz que hacía bailar los destellos del traje ahora incendiaba las joyas de diamantes que llevaba en el pecho y las manos.

—Mamá... ¿ibas a salir? Te quedaste dormida como las ancianas —dijo con una risilla de complicidad. Pero al acercarse y moverla suavemente por el hombro, notó algo extraño. Su rostro no se distinguía bien. Como Irma odiaba la luz directa —de ahí los dimmers—, la única iluminación cercana a la cabecera de la cama la daba su lámpara de buró.

Se aproximó a encenderla y con su único pie descalzo pisó algo viscoso en el suelo. Vómito. Un latigazo frío le bajó de la cabeza a los pies.

—¡Mamá! —repitió sacudiéndola con pánico—. ¡Mamá! ¿Te sientes mal? —dijo dándole ligeros golpes en la cara para reanimarla. Un poco de vómito brotó por la boca. A su lado, en la cama, tres frascos de Rivotril yacían completamente vacíos. Uno más, empuñado en su enjoyada mano, estaba también vacío. Irma, esa tarde, había decidido vestirse de alta costura para quitarse la vida.

1

Baja los pies de mi escritorio

Helena Cortez salió del salón de conferencias de la universidad con paso veloz. Sólo agitó un par de veces la mano al escuchar algunos "hasta luego" y "bye" a sus espaldas. Ya en la puerta que daba a la calle, sacó sus gafas *oversized* de Lanvin —sus favoritas, *qué pena que ya no las hagan más*, pensaba— y las puso rauda en su rostro para buscar de inmediato el teléfono y llamar a su chofer. "Víctor, ya salí", dijo mientras caminaba hacia la calle, tropezando accidentalmente con una chica que pasaba por ahí. Se disculpó con un casi imperceptible movimiento de cabeza, recibiendo como respuesta una mueca de la joven. Ya fuera, mientras esperaba, miró a su alrededor. El día estaba soleado y los estudiantes, vestidos con camisetas y jeans, reían estridentes e iban de un lado a otro con sus vasos desechables de café. Helena siempre había detestado la idea de comer y caminar… o comer en público. Quizá lo más cercano a ello era cuando lo hacía en el jardín o terraza de alguno de sus restaurantes favoritos. Y por supuesto que del café servido en una mesa con vistas a Central Park en Nueva York a ir corriendo con un vasito de Starbucks, había un mar de diferencia. Sí: Helena era esnob, pero no por pose o por mamonería, sino porque siempre había tenido muy claro lo que quería en la vida, y justo eso fue lo que la llevó a la posición que tenía ahora. Era una de las mujeres más respetadas de la moda en todo el país y reconocida en el mundo por sus críticos —pero siempre constructivos— puntos de vista sobre el tema.

Y sí: ahí paradita con su traje sastre, su bolsa de Hermès que costaba lo mismo que un coche compacto y sus zapatos de charol de vertiginoso tacón de aguja, se sintió por un momento fuera de lugar. Una mujer como ella en un sitio así sólo podía significar dos cosas: que era la madre de un alumno o una profesora. Y no. A la maternidad se negó por años y cuando decidió que ya estaba lista, las cosas no fueron como hubiera querido: buscó la fertilización *in vitro* —no tenía entonces pareja con la que valiera la pena tener un hijo de la manera tradicional— y tras varios intentos fallidos, abandonó el proyecto sin rencor ni resentimiento. Tomó su fracaso como madre exactamente igual que todos los tropiezos en su vida: como oportunidad, no como derrota. Sin progenie, no tuvo remordimiento alguno para dedicarse por completo a su trabajo. *Con el mundo como está, quizá sea lo mejor*, se decía para consolarse cuando la punzada de la maternidad no lograda la lastimaba de cuando en cuando.

Lo segundo, ser profesora, tampoco fue lo suyo. Al inicio de su carrera impartió clases de periodismo, pero al muy poco tiempo se dio cuenta de que no quería hablar de él, sino ejercerlo, y eso justamente había venido haciendo por casi cuarenta años. Uf. Cuarenta. No le pesaban, pero sí los sentía. Cuántas revistas no había editado, cuántas historias de moda no había producido, cuántos Fashion Weeks no había cubierto de principio a fin. Alguien que pasaba a su lado fumando le echó, sin verla, una bocanada de humo. Agitó la mano para esparcirlo, aunque más bien, el gesto le sirvió para espantar sus pensamientos nostálgicos. ¡Ay, cómo odiaba la nostalgia! En eso no podía estar más de acuerdo con Lagerfeld. "La nostalgia —dijo Helena en una entrevista para la televisión— es tan inútil como unos zapatos que te quedan chicos: no te llevan a ninguna parte más que a lamentar tu presente." Pero al igual que los malos pensamientos, la nostalgia era inevitable; no obstante, su inquebrantable orgullo se encargaba siempre de devolverla de golpe al presente. Al jodido presente.

Ésa era la razón de su presencia en aquel sitio: estaba tomando un máster en comunicación digital donde no sólo debía aprender a mejorar sus *skills* en *social media* (mandato de su jefe), sino que tenía que averiguar —y luego entender— hacia dónde diablos se estaba dirigiendo esta vorágine virtual que asestaba golpes, cada vez más mortales, a la industria editorial. Veía las nuevas formas de comunicación digital como un Godzilla que, alimentado de ignorancia y deseo de fama, arrasaba todo a su paso. Incluso lo que a gente como ella le había costado tanto tiempo y trabajo construir.

Antaño, su cabeza estaba poblada con expresiones como "*couture*", "acabados de la prenda", "esta colección es brillante y osada por...", "exclusividad", "lujo" y, por supuesto, con toda la jerga editorial que era su lenguaje del día a día. Ahora, términos como "likes", "loops", "instagramers", "trolls", "haters", "hashtags", "tiktokers" o "youtubers" parecían ocupar mucho más su atención que su gusto.

Levantó la mirada tratando de ver si Víctor llegaba. Estaba haciendo un calor infernal y detestaba sudar porque era pésimo para su cabello. Era tan amante del look retro en los peinados, que variaba su corte de tanto en tanto replicando estilos de los años cincuenta y sesenta, que le daban un aire muy sofisticado sin necesidad de trabajar mucho en ello: sólo un poquito de secadora y plancha y listo. Ahora llevaba un corte muy a lo Elizabeth Taylor en sus años mozos que acompañado de su eterno fucsia en los labios la hacían sentirse una celebridad... como las que ya no había.

Con un rechinido de llantas, que hizo que varios estudiantes lo miraran, Víctor se estacionó justo enfrente y corrió a ayudarla a cargar el maletín de la computadora. Ella, remilgada, con un ademán de la mano le hizo entender que no era necesario y sola abrió la portezuela posterior del coche. Víctor sintió las gotas de sudor correr por su frente y no por el calor, sino de nervios. Sabía que a su jefa no le gustaba esperar en la calle.

Con un movimiento pronto y grácil, ocupó el asiento posterior. Se dejó llevar por un instante por el paradisiaco relax que le ofrecía el aire acondicionado. Víctor la miró por el espejo retrovisor y respiró aliviado: no lo iba a reñir por no llegar a tiempo. Aunque ya le había dicho que encontrar lugar para estacionarse cerca de la universidad era casi imposible, ella era más partidaria de que Víctor resolviera problemas, no de que le diera más de los que ya tenía. O sea: no había excusa que valiera. Así que trataba de ser lo más eficiente posible, aunque tuviera que hacer malabares para cumplir las peticiones de su jefa. ¿Le tenía miedo? Por supuesto, pero también un gran cariño porque a pesar de ser dura, nunca dejaba de ser humana. Él y su esposa la apodaban "la Ostra", porque a pesar de tener un exterior tan duro, por dentro era blandita y hasta solía tener una perla de cuando en cuando. Volvió a mirarla por el retrovisor; se había quedado dormida.

Esta calma no duraría sino un par de minutos, porque su teléfono empezó a sonar de nuevo. Ignoró las dieciséis llamadas perdidas que tuvo durante la clase —ése fue el acuerdo con su jefe, desconectarse para involucrarse más con el curso—, pero una vez fuera del salón volvía a ser esclava de la editorial. Aunque la verdad es que le encantaba. No en lo profundo, sino en la superficie. Dudó un momento antes de contestar. Era impresionante la cantidad de pensamientos fatales que le venían a la cabeza entre un tono de llamada y otro. Pensó que no habían autorizado la foto para la portada del próximo número (o que *Vogue* se la había ganado de nuevo), temió que algo hubiera sucedido en el *shooting* que estaban haciendo con Salma Hayek en Miami. "Más merezco por haber puesto a cargo al inútil de Gerardo", se dijo en una anticipación fatalista a los hechos.

—Diga —exclamó con un golpe de aire.

—¡Buenos días, Helena! —dijo Carmen.

Ella era la asistente perfecta, no sólo porque estaba siempre de buen humor, sino porque tenía una piel tan gruesa que trabajar en una revista tan caótica y complicada como *Couture* no le hacía mella alguna.

—Carmen, cariño, estaba en el bendito curso. No podía responder.

—No fui yo, Helena. Te están buscando de la dirección general. Parece que Adolfo necesita hablarte de algo.

—¿Sabes de qué?

—No, la pesada de su secretaria no me quiso decir nada. Pero creo que tiene que ver con tu viaje a París.

—Pues quizá sea eso. El cabrón querrá recortarme los gastos. A este paso voy a tener que hospedarme en un albergue. ¿Por qué piensan que vamos de vacaciones? Cuando voy a los desfiles trabajo hasta catorce horas diarias. En fin, qué te voy a contar a ti que ya lo sabes todo. Transfiéreme por favor con su asistente, a ver qué quiere.

Después de la exasperante musiquita del *hold*, escuchó el aún más exasperante tono de voz de la secretaria de Adolfo.

—Hola, Helena, llevo marcándote toda la mañana.

—Adolfo sabe que estoy en el curso y que no tomo llamadas— dijo con la intención de ponerla en su lugar. Después de un cortísimo silencio incómodo y un extraño balbuceo, sólo le dijo—: El señor Narváez te quiere ver a las cinco.

—¿Sabes para qué?

—No, Helena. Nunca pregunto. No me gusta meterme en lo que no me atañe...

—Perfecto entonces— dijo cortándola antes de que continuara—. Dile que ahí lo veo —y terminó la llamada—. *No me gusta meterme en lo que no me atañe* —la imitó con voz gangosa—. Excepto cuando se trata de tapar sus aventuras con las becarias o tiene que sacarlo a escondidas de la editorial por ir ahogado de borracho. Ahí sí que se mete, la muy imbécil —agregó con una sonrisa cínica. Víctor le dedicó una mirada de complicidad a través del retrovisor. ¡Cuántas cosas no había escuchado a lo largo de los diez años que tenía trabajando con ella! Pero sabía que Helena lo consideraba una persona discreta. Y salvo a su mujer, que adoraba oír historias terribles de famosos, Víctor jamás repitió nada de lo que oía en ese coche o en la oficina de su jefa.

Llegaron a la puerta de la editorial Alfa-Omega —*AO*, en la jerga del gremio— y Helena bajó del coche con premura. Le pidió a Víctor que la recogiera a las siete. Caminó rauda por los pasillos, y el *tic tic* de sus tacones, su perfume y ella toda hacían girar cabezas a su alrededor. Helena era tan admirada como temida, y muchos ya sabían que, de acuerdo con el ritmo de sus taconeos, podían hacerle conversación o sólo saludarla. En esta ocasión, sus zapatos anunciaban que no estaba de humor para charlas, de modo que la gente sólo la saludaba a su paso, y ella respondía, educada. Nada más. Vio que Carmen no estaba en su escritorio y se encaminó directo a su oficina; al entrar, se encontró con una imagen que la hizo sentir como si le arrancaran todos los vellos del cuerpo al mismo tiempo. Pintándose las uñas de los pies y apoyada en un libro de colección de Chanel —con dedicatoria a ella por parte del mismísimo Karl— estaba Claudine, la blogger recién nombrada directora de moda on line de la revista, sentada ante *su* escritorio mientras hablaba por teléfono a través del speaker. Tragándose todo lo que le hubiera gustado decirle, o más bien hacerle, se acercó suavemente hasta ella.

—Claudia, ¿crees que éste es el sitio más adecuado para hacer eso?

Claudine, sorprendida al no haberla sentido llegar, bajó de golpe los pies del escritorio llevándose con ellos el libro, el barniz de uñas y, por si fuera poco, un vaso de café. Para su suerte —y la mala de Helena— vio cómo todo el café que le había caído encima resbaló por su falda de vinilo de Raf Simons y escurrió hasta el tapete beige, que lo absorbió rápidamente. Se echó atrás un mechón de su cabellera rubia y entonces se percató de lo que Helena estaba viendo: el frasco del barniz de uñas había ido a parar justo encima del libro de Chanel.

—Dios mío —dijo mortificada—. Perdóname, Helena. Yo te pago el libro.

Fúrica, Helena recogió del suelo su ejemplar manchado con un salpicón de color carmesí que parecía sangre. Ya le hubiera gustado a ella que lo fuera: la de Claudine.

—No, Claudia, no puedes pagarlo. Este libro no tiene precio. Me lo regaló Lagerfeld hace diez años cuando lo presentaron en París. Creo —dijo mientras ponía el libro en un lugar seco— que deberías irte a tu lugar ahora mismo. Y llévate tus zapatos —agregó mientras los apartaba de su camino, asqueada, con la punta de sus *stilettos* Valentino. Claudine tomó sus zapatos y corrió al baño. Helena sintió que se le revolvía el estómago, no sabía si de la furia o por el hedor a acetona mezclado con el café que había quedado en el ambiente. En su escritorio, gotas de café y esmalte habían ido a parar a documentos por firmar, algunas de las páginas por aprobar de la revista y su estuche de bolígrafos de piel de Montblanc. *Qué mujer más pendeja*, se decía para sus adentros. Al intentar sentarse, su disgusto subió al siguiente nivel: el chal de cashmere que había dejado el día anterior estaba en su silla… lleno de café.

Carmen, que había mirado toda la escena desde fuera, entró a la oficina de su jefa para ayudarla a limpiar el desastre que la otra había causado.

—Debe de estar llorando en el baño. Esta niña llora por todo —dijo Carmen.

—Perfecto, que llore ahí donde yo no la vea. No soporto las lágrimas fáciles de las mujeres.

Helena estaba desencajada. Hacía mucho que Carmen no la veía tan enfurecida. A pesar de que el "mito de Helena" era el de una mujer dura y mal encarada, sabía que su jefa era una mujer firme, pero rara vez colérica. De hecho sonreía más de lo que se enojaba, pero eso no era lo que la gente identificaba en ella. Le dedicó una mirada no de compasión, sino de solidaridad: que la babosa esa la hiciera enojar era lo único que le faltaba después de la temporadita que estaba teniendo con todos los cambios en AO. La ayudó a limpiar lo que pudo y arregló el escritorio.

—¿Por qué la conservas si es tan inútil, Helena? Además de que no sabe nada de nada, tiene una actitud repelente la chica. Nadie la soporta, nadie quiere trabajar con ella. No tiene idea de moda: todo se lo escriben las becarias. Y encima, cuando tú no estás, siente que es la jefa y maltrata a todos los que no considera "a su altura".

—Pero ¿qué altura? —dijo Helena—. Esta niña no tiene educación. Tiene mucho dinero, pero clase, ninguna. Mira que pintarse las uñas de los pies en mi escritorio...

—Quise impedírselo, pero me dijo que tenía que hacer una llamada en privado. Y hasta me ordenó que fuera a comprarle un café.

—No lo habrás hecho, ¿verdad?

—No, hasta ahí podíamos llegar.

—Tienes razón, no sé por qué la conservo. Sí es muy hábil con las redes sociales y tiene impoluta la página web. Pero me pregunto si no estoy pagando un precio demasiado alto.

Helena trató de concentrarse y ponerse a trabajar. No pasó mucho tiempo cuando una Claudine con los ojos hinchados y maquillaje retocado tocó la puerta de su oficina.

—¿Puedo pasar, Helena?

Helena alzó la mirada y, con resignación, asintió. Sin cerrar la puerta, Claudine se sentó frente a ella, quien la miraba atenta en espera de cualquier disculpa hueca.

—Helena, me gustaría decirte algo que he venido pensando desde hace mucho...

—Me alegra saber que piensas —dijo, mirándola fijamente.

Pero Claudine ni siquiera se dio por aludida y continuó con su perpetuo monólogo. No sabía escuchar y, quizá por ello, no se enteraba de la mitad de las cosas que le contaban su novio, su padre... o sus jefes. En su mente, ella tenía una idea clara de las cosas y parecía que sólo escuchaba aquello que le fuera útil para apuntalar sus argumentos. Así que continuó.

—… y creo que necesito tener mi propia oficina. Privada. No me siento cómoda en un escritorio junto a todo el mundo. No puedo hacer bien mi trabajo si me siento una del montón.

Helena sintió cómo su cara ardía mientras clavaba las uñas en los descansabrazos de su silla. Sus labios se iban apretando de tal manera que su boca se convirtió en una línea tensa de color fucsia. Su rostro se transformaba segundo a segundo al escuchar las palabras de Claudine. ¿Se estaba burlando de ella? ¿Ésta era su forma de disculparse?

—Lo que pasó hoy —continuó Claudine— se pudo haber evitado si yo tuviera una oficina.

Ya con el rostro en un rictus, Helena tomó una larga respiración para no perder el control, pero no sabía por cuánto tiempo más podía permanecer ecuánime.

—Claudia…

—Claudine. Me llamo Claudine.

—No: te llamas Claudia. Claudia Refugio Mendoza. Recuerda que yo te contraté, en mala hora. No eres Claudine Cole. Tu nombre, tu talento y tu visión editorial son una invención tuya. Nada de lo que viniste a ofrecer aquí es verdad. Es un cuento: para eso eres buena, para inventar historias. Ni siquiera para escribirlas.

—Bueno, ésa es tu opinión —dijo Claudine envalentonada—, y hoy día los jóvenes tenemos derecho a decir lo que…

—En este momento, tu único derecho es a guardar silencio. Ya dijiste lo que tenías que decir. En lugar de disculparte por hacer mal uso de mi oficina, subir tus pezuñas en mi escritorio y dañar irreparablemente un objeto muy preciado para mí, vienes a decirme, encima, que la culpa de todo esto es mía por no darte una oficina. ¿Te das cuenta del tamaño inmenso de esta estupidez?

Una ráfaga de aire que entró por la ventana cerró de golpe la puerta de la oficina e hizo que Claudine pegara un rebote, pero Helena no se dio por enterada. Su enojo era tan grande que podía ser ella quien estuviera produciendo la tempestad. Permitió que Carmen entrara a cerrar los ventanales, pero quizás era ya muy tarde: el huracán ya estaba dentro. Fueron sus palabras, su expresión, el susto por el portazo —o todo junto— lo que causó que Claudine rompiera a llorar de nuevo y su maquillaje, lo mismo que la paciencia de Helena, comenzó a diluirse de nuevo.

—Claudia, actúa como profesional, por amor de Dios. No soy tu madre para conmoverme por un par de lágrimas. Menos cuando son el arma de una chica inmadura para salirse con la suya. Te pagamos un sueldo para que te comportes como adulta. Deja de llorar y compónte o sal de aquí de inmediato.

Con fastidio, Helena observaba cómo Claudine trataba de respirar profundo para parar el llanto. ¡Dios! ¿En qué momento se había convertido su redacción en un jodido *high school*? ¿Dónde habían quedado los subordinados que temían y obedecían a los jefes? La miró secarse las lágrimas negras por el delineador y hasta pudo reconocer que hacía un intento por recomponerse, pero en ese momento no tenía tiempo para trabajar con gente que hiciera el intento de algo: necesitaba resolución. Y retomó la charla.

—No, no voy a darte una oficina, Claudia. No te la mereces: no sabes trabajar en equipo, no te has ganado el aprecio de nadie…

—No vengo aquí a hacer amigos —dijo Claudine, recompuesta.

—Pero tampoco enemigos, y ya tienes a toda la redacción en tu contra. No eres amable ni educada.

—¡Por supuesto que soy educada! —dijo aguantando un sollozo—. Estudié en Nueva York. Me dio clases Galliano. Quisiera ver quién de todos ellos tiene eso en su currículum.

—Lo importante —apuntó Helena— no son las escuelas por las que has pasado, sino las que han pasado por ti. Claudia, eres una chica ambiciosa, te informas a profundidad cuando algo te interesa. Tienes un puesto que ya hubiéramos querido muchas a tu edad. ¡Aprovecha la oportunidad! Aprende a escribir, aprende de tus compañeros, que tienen una gran experiencia en lo que hacen, llevan años trabajando en la moda.

Claudine miraba al suelo y agitó la cabeza varias veces, asintiendo. Levantó la mirada y, con esos ojos que parecían un manchón de acuarela, la vio fijamente. Suspiró y se puso de pie con decisión.

—Voy a intentarlo.

—No: vas a hacerlo. Vas a demostrarme que tuve razón al contratarte. Vas a hacer tu trabajo. No hay de otra.

—Y si lo hago —dijo de pie antes de salir de la oficina de Helena—, ¿me darías una oficina?

—No, cariño: si lo haces, probablemente conserves tu trabajo.

2

Vieja cabrona

*A*nciana ridícula. ¿Quién se habrá creído que es? Sabrá mucho de moda pero a su edad ya tendría que estar en un asilo y dejar que las nuevas generaciones hagamos lo que tenemos que hacer. Pero no, ya no quiero llorar otra vez, se dijo Claudine, tomando una gran bocanada de aire. *No voy a darle el gusto a esta panda de mugrosos que no me quitan la vista de encima y esperan que me quiebre para reírse de mí otra vez. Pero ya me reiré yo de ellos cuando se larguen en su camioncito que huele a sobaco. ¡Qué puto asco!* Bajó la mirada y vio sus uñas a medio pintar. Suspiró. *¡No puedo ir a la cena de Dior con sandalias y estas uñas!*, se dijo.

De hecho, Claudine solía decirse muchas cosas. No conocía a nadie que la escuchara mejor. Y volvió al ataque: *¿Qué pretendía, que me pintara las uñas en el baño hediondo? Qué. Puto. Asco. Para pescar un hongo o hasta algo venéreo. No me quito los zapatos ahí ni aunque me paguen. Y luego, tanta pinche intensidad con su librito meado de Chanel. "¡Mi li firmí Liguirfild!"* A quién le importa esa momia absurda. *¡Siempre hizo los mismos trajecitos de tweed de hueva! Sólo le gusta a las viejitas como Helena. Qué ganas tengo de que estos viejos que creen saberlo todo se retiren de una puta vez y dejen que las cosas progresen ya. Son un freno a lo cool.*

A veces, pequeñas partes de su charla cerebral consigo misma se le escapaban por la boca y los compañeros que estaban alrededor de ella se reían al escucharla. "La Virgen le habla", dijo Gerardo, el editor de moda, y provocó una atronadora carcajada a su alrededor. Su escritorio se hallaba en medio del de dos becarios de quienes no sabía ni sus nombres. Frente a ella estaba Gerardo, con quien se llevaba peor que con nadie más, porque parecía que el chico disfrutaba poniendo en evidencia su ignorancia acerca de la industria. "A nadie le importa la moda de museo, lo importante es el presente", le espetaba cada vez que ella no conocía a un diseñador del que estaban hablando. Al lado de Gerardo estaba Carmen, quien Claudine sentía que la espiaba todo el tiempo para luego ir a contarle a Helena lo que hacía. A la gente de alrededor ni la veía ni la oía, por ende, no sabía qué demonios hacía en la revista. Pero era distraída para lo que le convenía, para lo que sentía que no le era útil en la vida. Para otras cosas, era una mujer multitask: podía tener una intensa charla consigo misma y al mismo tiempo ser eficientísima en las redes sociales.

Tomó su celular y abrió su Instagram. En ese momento, la bronca con Helena ya no existía: ahora sus ojos viajaban ávidos por sus redes. De pronto, algo que vio la hizo enfocarse, como sucedía pocas veces, en una sola cosa: la foto que se había tomado la noche anterior con David Beckham durante el lanzamiento de su nueva línea de perfumes tenía casi ochocientos mil likes. Se acercó a la pantalla para mirar bien: no eran ocho mil, ni ochenta mil. Eran ochocientos mil. Comenzó a hurgar un poco y se dio cuenta de que el mismo Beckham había reposteado la foto en su Instagram: "Having a tremendous night in Mexico with the #editorinchef of @couturema gazine, the gorgeous @claudiacole #mexico #bekhamfragrances #hotmexicanwomen".

—¡No! ¿En serio? —dijo con un inconmensurable alargamiento de la última "o". Sí: Claudine se había sacado el jackpot de los influencers: que una celebridad real le diera like y, además, reposteara su foto. Y eso que al principio no había querido fotografiarse con él: "Ya está muy ruco", le decía a su amiga Lucía. Pero después de unos shots de tequila reposado, se animó y le pidió una foto al futbolista, quien aceptó encantado haciendo honor a su fama de ser débil ante cualquier buenorra. Se maquilló a gran velocidad y le marcó a Lucía: esto había que celebrarlo.

—¿Dónde estás, wey? —dijo con ese alargamiento infinito de la "e" que tan despreciable le parecía a su jefa—. ¿Ya viste cuántos likes tiene mi foto de anoche? Vamos a comer al Nobu para brindar. Mira, al final tenías razón de que debía tomarme la foto con el abuelito cachondo —aceptó entre risas—. Te veo en veinte.

Sacó de su cajón unas medias impresas de Off-White que se embutió para tapar el inacabado pedicure y salió de ahí taconeando, dejando detrás de sí la estela de su perfume, las miradas de odio de sus compañeros y a una Helena que, atónita, no podía creer que la chica se largara en horas de trabajo sin decir a dónde iba.

Helena salió de su oficina y se dirigió al escritorio de Carmen con una orden clara:

—Por favor, prepara la carta de despido para Claudia.

—¿Con tres meses de aviso? —preguntó Carmen, muy oficial.

—Ni muerta le doy tres meses. Se larga el lunes mismo.

—Pero es viernes…

—¿Y? —respondió Helena lanzando a Claudia una de esas miradas que podían derribar muros.

—El lunes estará fuera —le respondió.

Esa tarde Helena no salió a comer. Además de sentir el estómago revuelto por el día que llevaba, le quedaban varios pendientes que resolver antes de la reunión con su jefe. Y encima, tenía que hacer un trabajo largo de investigación para su curso de *social media*. Le esperaba un fin de semana de reclusión, sin duda. Cuando faltaban diez minutos para las cinco, tiró a la basura el sándwich medio mordido que tenía al frente y tomó su cosmetiquera para ir a retocarse al baño antes de su cita. Le encantaba que el jefe la viera espléndida. Este gesto coqueto de Helena la hizo víctima de un montón de chismes: se decía que ella negociaba sus bonos, sus viajes y sus presupuestos en la cama del jefe. Y esto era completamente falso. Helena se metía a la cama con su jefe, sí, pero la única negociación que tenían en ese momento era quién estaría arriba: a ambos les encantaba dominar.

Helena sabía que tirarse a Adolfo era un lujo sin el cual la oficina no le resultaría igual. Su relación databa de unos tres años, y a pesar de que al principio Adolfo parecía querer algo más serio con ella, Helena tenía clarísimo que tener un novio veinticinco años menor que ella era el camino directo al fracaso. "Se lo dije tantas veces a Demi, pero nunca me hizo caso", pensó cuando supo que su amiga se divorciaba de Ashton Kutcher. En fin. Por eso quiso ser cauta al relacionarse con su joven jefe y pronto establecieron un pacto mundano y adulto: ambos se gustaban, adoraban este juego de poder laboral e íntimo, así que podían tener sexo o incluso hacer algún viaje corto *sin ninguna clase de compromiso personal y mucho menos profesional.* Sí, sí. Claro. Pero la verdad era que tanto uno como el otro tenían influencia mutua, y cada uno podía lograr sus fines en el trabajo sin necesidad de un intercambio explícitamente sexual: una sonrisa, un discreto toque prohibido o algún regalito caro movían montañas si de salirse con la suya se trataba.

Adolfo Narváez, que había empezado su carrera editorial desde muy abajo, entendía a la perfección los tejemanejes de la industria. Siendo un tipo guapo, atractivo y poderoso, decidió no casarse, porque ¿para qué tomar un desayuno continental si en la editorial tenía todo un buffet?, les decía a todos sus amigos. Y con su buen apetito, jamás se quedaba sin probar nada: a pesar de que las mujeres eran su delirio, no era tan ñoño como para dejar pasar de largo a algún chico que le hiciera "tilín". Siempre fanfarroneaba con los camaradas diciéndoles: "Créanme: las mejores mamadas las dan los chicos",

28

mientras su grupete de amigos se reía, lo llamaba cerdo o bien hacía alguna mueca de fingido asco. No: nadie sabía a ciencia cierta quiénes habían escalado posiciones gracias a ensabanarse con el jefe; lo que todo mundo tenía claro era que, ya fuera por placer o estrategia profesional, nadie había quedado decepcionado.

Con el *tic tic* de sus finísimos tacones, Helena anunció su llegada a la oficina de Adolfo. Su asistente, al verla, tomó el teléfono y apretó dos teclas para decir: "Ya está aquí". Miró a Helena con una mueca mezcla de sonrisa y cólico menstrual, y le dijo: "Puedes pasar". Pisando firme, Helena entró al despacho de Adolfo, quien estaba sentado en su escritorio frente a un platito con nueces y bebía algo que parecía jugo de manzana.

—¿Comiendo apenas? —preguntó con un dejo de sarcasmo, sabiendo que lo que había en el vaso seguramente no era jugo.

—No, no pude salir. Estoy picando algo para engañar el hambre. ¿Tú comiste?

—Tampoco. Entre el cierre del número, el bendito máster de *social media* y un elemento de mi equipo que me está dando problemas, no me dio la vida.

—Qué cosas —dijo él mientras terminaba de teclear algo en su computadora.

Helena miró aquellas manazas que hacían que el teclado pareciera un juguete. La luz de la pantalla reflejada en su rostro resaltaba el verde claro de sus ojos y esas ojeras de cansancio que a Helena le parecían tremendamente sexys. Se sentó frente a él un poco para recordarle que estaba ahí, y otro poco para echarle un vistazo a sus pectorales que parecían luchar por desabotonar su camisa. Desvió rápidamente la mirada porque sabía que no era el momento de permitir que el poder que ejercía en ella la hiciera bajar la guardia. Adolfo tecleó triunfal un par de veces más. Cuando tuvo su atención, Helena lo miró esperando que disparara. Sabía que no le gustaba enrollarse;

acaso sólo lo hacía cuando trataba de llevarse a alguien a la cama, e incluso ahí, trataba de ser lo más sucinto posible.

—Bueno, dime —dijo Helena, que sabía leer perfectamente a su jefe—. ¿Para qué me llamaste casi veinte veces?

—Veinte...

—Dieciséis seguro, las tengo como perdidas en el teléfono.

—Helena, estoy preocupado —dijo de una vez—. Los números están de la chingada. Las ventas se cayeron casi veinticinco por ciento con respecto al año pasado y voy a tener que cerrar dos revistas.

Helena palideció tan de golpe que el color de su lipstick rebotó en su rostro. Sintió en un instante que la oficina de Adolfo daba vueltas y que sus cuadros de arte contemporáneo iban a devorarla. Cerró un momento los ojos porque sentía, de verdad, que esos rostros amorfos que tanto le gustaba coleccionar a su jefe la iban a devorar. Al volverlos a abrir, se dio cuenta de que él ya estaba de nuevo mirando la pantalla de la computadora. *Cabrón indolente*. Respiró hondo y se estiró para tomar el vaso de Adolfo y darle un gran sorbo. Él intentó detenerla pero ya era tarde. Frunció la cara por la sensación rasposa en su garganta, regresó el vaso a su lugar y se quitó con el dorso de la mano una gotita del whisky que le había quedado en el labio.

—Pero no te preocupes, no vamos a cerrar la tuya.

Helena respiró aliviada.

—Helena, de arriba me están presionando cada vez más con las ventas. Necesitan que entre dinero a como dé lugar en la compañía. Y *Couture* es una revista muy lujosa, muy cara...

—*Es* un lujo —dijo ella contundente—. Ése es su ADN. Siempre lo ha sido.

—Sí, lo sé. Pero ahora se ha convertido también en un lujo para la compañía, y no están los tiempos para lujos.

—Adolfo, *cut the crap*, querido. ¿Qué me estás tratando de decir? Venga ya: tú no eres de darle muchas vueltas a las cosas.

—Estamos viviendo el tiempo de los millennials, de la información digerida, encapsulada, como la comida de los astronautas —dijo Adolfo—. No estamos para adornos innecesarios, historias largas de ocho páginas como las que publicas. Hoy todo son "likes" y "follows". Los reyes del mambo son los instagramers, youtubers, influencers, bloggers y toda esa sarta de mamadas que ni yo siquiera entiendo.

—Es la conjura de los necios —dijo Helena con una sonrisa.

—Es lo que hay. Ni hablar. Pero lo aceptamos, nos lo tragamos y lo digerimos en forma de un producto que nos atraiga más lectores, o nos vamos a la mierda, Helena. *Couture* tiene que volverse más joven, más accesible, más inmediata. No sólo tiene que estar apoyada, sino caminar al lado de su versión digital. Muchos dicen que en un futuro muy próximo las revistas sólo existirán en formato virtual. Y yo digo que no es el futuro: está sucediendo ahora.

—Me queda perfectamente claro, Adolfo. Y por ello me estoy preparando *ahora* para el reto. Esas "mamadas" del internet que tú aceptas no entender a mí me resultan cada vez más familiares y estoy aplicándolas en la versión digital de la revista. Nuestras redes han aumentado mucho del año pasado a éste...

—Pero no las ventas...

—¿No deberías estar teniendo esta charla también con el área comercial? —dijo empezando a alterarse—. Yo hago mi trabajo no bien: impecablemente bien. Y si estoy mintiendo, detenme ahora mismo. Estoy haciendo milagros con un presupuesto que baja veinte por ciento cada año. Con lo que me costaba antes producir un editorial de moda, ahora estoy produciendo cuatro. ¡Cuatro! Muchos de mis colaboradores internacionales están trabajando conmigo por la mitad de sus tabuladores...

Elena notó que Adolfo comenzaba a tener uno de esos gestos de impaciencia que anunciaban cosas nada buenas. Lo vio rascarse, discretamente, eso sí, la nalga derecha. Luego se echó el cabello para atrás, se rascó bruscamente también la nariz y le tiró a la cara su conclusión:

—Los colaboradores internacionales no le interesan ya a nadie.

Helena deseó tomar de nuevo el vaso de whisky... pero para tirárselo a la cara.

—Los colaboradores internacionales no son un lujo, son una necesidad para una revista como la mía. Necesitamos calidad, buenas plumas. Y no es esnobismo, porque tengo también a las mejores plumas del país, pero sucede que no me son suficientes.

—¿La chica esta que te recomendé, la blogger esta... Alegría algo?

—La perseguimos una semana para que entregara un texto de media página, lleno de errores de dedo y con faltas de ortografía cada dos palabras. No sirvió de nada.

—Pues tiene como un millón de seguidores...

—Analfabetas seguro. No creo que ni diez de ellos lean *Couture*.

—Ahí lo tienes —dijo Adolfo contundente—. Lo que quiero es que por lo menos uno de esos diez millones se interese en leer la revista. Necesito que cambies el enfoque, que la hagas masiva.

—El lujo, en cuanto se vuelve masivo, deja de ser lujo.

—Entonces llamémoslo de otra forma, nuevo lujo, *"luxury"*. Lujo sin pompa o estiramientos. ¿Ves a los chinos que hacen cola fuera de Louis Vuitton en París? ¿Los ves lujosos a ellos? ¿Crees que sepan realmente por qué están comprando? No, ¿verdad?, pero lo consumen. Vaya que lo consumen. Eso quiero: que haya colas para comprar tu revista, aunque quien la compre no la entienda. Los tiempos han cambiado.

Después de un largo respiro, alcanzó el vaso y apuró el whisky restante. No hizo gesto alguno.

—Necesito que para el lunes me presentes un proyecto de renovación para *Couture*. Quiero que sea atractiva para nuevos lectores y seguidores en redes sociales.

—Pero es viernes por la tarde, Adolfo...

—Esto urge, Helena. Nuestros trabajos penden de un hilo. Si no quieres que nos cargue la chingada, tiene que entrar más dinero a la editorial. Tú eres la maestra de la creatividad, lo sabes todo de este negocio. Piensa en cosas novedosas, populares. ¿Qué tal poner en portada a la niña esta, Vivian Vi?

—¿La que subió el video tatuándose una nalga y se le escapa un pedo? ¿Eso quieres en la portada de *Couture*?

—Era sólo una idea. Tú eres la que sabe de esto. Te espero el lunes entonces, no me falles. Si no, tú y yo... —e hizo con la mano el gesto de degüello sobre su garganta.

Helena abandonó la oficina de su jefe desolada. La cabeza le estallaba. Le esperaba un fin de semana de mierda.

Esa noche llegó a su casa y se tiró en el sofá. Ni siquiera tuvo fuerzas para quitarse los zapatos. Todo le daba igual. En medio de su amplio salón decorado en tonos blanco y beige, parecía un borrón negro en una página blanca. Levantó los ojos y vio su retrato sobre la ultramoderna chimenea: era una pintura que le había hecho veinte años atrás un pintor alemán que comenzaba su carrera y ahora era uno de los artistas más relevantes del momento. La imagen con dejos picassianos mostraba el rostro de Helena de forma abstracta, pero los ojos tenían una vida impresionante. Por eso le gustaba tanto esa pintura: porque sentía que ella misma se veía desde fuera y, a veces, esa otra le daba consejos. Esa noche le dijo: "Cariño, vuélvete taxidermista".

Se puso de pie y caminó hasta el bar que estaba junto al ventanal para servirse un coñac. El viento que se había levantado esa tarde apenas se había calmado, y el cielo se veía brillante y despejado. Abrió la ventana para aspirar profundamente una bocanada de aire frío que la reanimara... pero no funcionó. Decidió volver al sofá y prendió el video para ver un documental sobre Hubert de Givenchy que llevaba días queriendo mirar. Pero, extenuada por el cansancio, se quedó dormida en el sofá. Ya le hubiera gustado soñar que era Audrey Hepburn y que su vida era perfecta. Pero siendo consecuente con la rachita que llevaba, soñó que era la mano derecha de Givenchy cuando vendió su negocio a lvmh y... que se había quedado sin trabajo. Después de algunas horas de sueño, despertó de golpe. El cielo ya estaba claro: eran las doce del mediodía del sábado. Corrió a arreglarse: había quedado a las 12:30 para hacer brunch con Lorna.

Lorna Lira no sólo era la mejor amiga de Helena, sino muy probablemente la única. A pesar de dedicarse a la misma profesión, eran muy distintas. Lorna trabajaba para la revista *Elle* como subdirectora. Llevaba muchos años ya en esa posición y no le interesaba ninguna otra. Varias veces sus jefes quisieron darle la dirección de la revista, pero ella se negó siempre: estaba muy bien donde estaba. Lo suyo era el periodismo y la edición, y sabía que siendo la directora, lo último que haría sería eso. Adoraba el bagaje intelectual de la moda, su importancia sociológica, sus similitudes con el arte. Y si bien le gustaba mucho la ropa, jamás fue esclava de la moda. Usaba jeans o faldas rectas con blazers e impecables blusas blancas; el cabello siempre corto dejaba lucir sus aretes grandes y contundentes, su sello más característico. En el calzado no tenía punto medio: o se montaba en tacones altísimos o bien iba con zapatos planos. ¿Tenis? A veces, blancos, impecables, sencillos.

Lorna era una *rara avis* en la industria de la moda. Respetada, pero nunca temida, jamás le gustó ser diva: eso de pelear por un lugar mejor en un desfile, montar escándalo cuando no era invitada a una fiesta o pedir productos a cambio de publicaciones. La competencia entre editores de revistas le parecía tan inútil como cuando los adolescentes se pelean para ver quién la tiene más grande. Se había casado y divorciado, y de su matrimonio había nacido un hijo que ahora tenía veinticinco años y que jamás le había causado problemas. No solía presionarse demasiado por las cosas que, según la sociedad, te dan estatus: casarte, tener hijos, mantener una gran figura, ser exitosa y estar a la moda, y quizá por eso todo le fue llegando de forma suave y a su debido tiempo, lo cual le daba una personalidad bastante pragmática. Eso sí, nunca se mordía la lengua para decir lo que pensaba, y cuando se enojaba, había que salir huyendo. Se entendía tan bien con Helena porque, a pesar de ser ambas dos mujerzotas, no competían entre sí. Lorna siempre se sintió honradamente feliz por los logros de su amiga, por sus conquistas profesionales y por que fuera la número uno. Pero también, siempre le había dicho la verdad, y cada vez que creía que Helena estaba haciendo una idiotez, se lo hacía saber directamente y sin adornos. Y del otro lado funcionaba exactamente igual.

Helena llegó quince minutos tarde al restaurante con el cabello graciosamente recogido en la nuca y un impermeable de Burberry que prefirió no dejar en el guardarropa. "No se preocupe, me lo llevo conmigo", le dijo a la hostess. Miró a Lorna de pie en la recepción vestida en skinny jeans, un suéter de cashmere rojo y unas slippers de terciopelo de Gucci. Vio cómo sus enormes aretes esféricos se movían frenéticamente mientras discutía con un mesero.

—Me caga este lugar porque no te dan la mesa hasta que llega tu acompañante. No sea que les vaya a dar mala imagen una mujer esperando sola. Pendejos —dijo mientras besaba en la mejilla y abrazaba con fuerza a Helena.

—Perdóname. Me quedé dormida. Venga, vamos a darnos un atracón de los muffins esos que nos encantan.

Ya en su mesa, con café circulando en su sistema, huevos benedictinos al frente y en un extremo una bandeja de muffins recién horneados, las dos mujeres daban una imagen más de sábado por la mañana. Fuera hacía un día precioso, y por un momento Helena olvidó la semanita que había tenido. Sintió la mirada de un par de mujeres en las mesas cercanas: señoras que la reconocían o que la veían con esa mezcla de admiración y envidia que muchas de su edad le dedicaban constantemente. Su estrategia para hacerlas sentir mal por mirarla fijamente era levantar su copa —o, como ahora, su taza— y dedicarles una sonrisa. No fallaba: las hacía desviar la mirada inmediatamente, llenas de mortificación. No entendía muy bien la envidia porque quizá la había sentido pocas veces en su vida; y no era por arrogancia, simplemente porque había trabajado tanto por lo que tenía que sería una idiota si no lo disfrutara. Sí: a pesar de los malos tiempos, a Helena le gustaba mucho su vida. Por eso estar en ese momento con Lorna y contarle sus cuitas era un verdadero premio.

—Adolfo es un pendejo. Un pendejo con iniciativa y poder. No hay nada más letal para la industria editorial que eso —dijo Lorna—. Por eso no pude con él y me largué de AO justo a tiempo. Y en mi editorial también trabajo con pendejos, pero por lo menos tienen una idea más clara de lo que quieren.

—Bueno, Adolfo sabe lo que quiere: vender y ganar más dinero. Y a costa de lo que sea.

—Él y todo el mundo, mamita. Lo que pasa es que no tiene ni puta idea de cómo hacerlo y por eso va dando palos de ciego a diestra y siniestra. Quiere ganarse la lotería encontrando la fórmula mágica para sacar sus publicaciones de la crisis. Pero adivina qué, mi perfumada amiga: eso no existe. Y lamento romper tu corazoncito diciéndote que los reyes magos no van a traerte una revista mágica que venda todo su tiraje y sea un negocio millonario —dijo Lorna, y remató dando un gran sorbo a su café.

—Lorna: a mí no me rompes nada y deja de *bitchearme*, que si hay alguien que sabe esto, soy yo. Pero, o le entrego un buen proyecto para volver más rentable *Couture*, o me vas a tener que contratar como becaria en *Elle* para traerte los cafés a ti y a tu jefa.

—¡Uy, le cumpliríamos un sueño a la chamaquita! —dijo Lorna con una carcajada sonora—. Ya le encantaría a la imberbe tenernos de chachas. Pero no te preocupes, vamos a trabajar en esto y le vas a entregar un proyecto que se va a cagar pa'rriba. A ver, ¿las niñas de marketing y de ventas te han dado algo que podamos usar? ¿Estudios, encuestas?

Helena la miró y no tuvo que decir más.

—Son una bola de inútiles. Bonitas y con Birkin de cocodrilo, pero no sirven para una chingada. Ellas son las que tendrían que estar trabajando aquí contigo, ellas son las que reciben un sueldo por vender. A ti te pagan por hacer una revista y lo haces como dios. ¿Qué hacen estas niñas? ¿Se rascan todo el día los huevos? O el coño, más bien…

A pesar de que Helena estaba habituada a la sucísima boca de su amiga, Lorna siempre encontraba nuevas formas de escandalizarla. Pero detrás de esos choques moralinos que le provocaba de vez en cuando se escondía un sentimiento de admiración: ya le gustaría a Helena poder decir exactamente lo que pensaba y, en lugar de andarse por las ramas, mandar a la mierda a la gente, derechito y sin escalas.

El camarero, que había llegado justo en el momento del *coño*, decidió regresar por donde había venido; ya lo llamarían si necesitaban algo. Lorna lo miró de reojo pensando que una vez más alguna madre de familia lo había mandado a pedirle que moderara su lenguaje. Le pasaba todo el tiempo, y todo el tiempo igualmente les mandaba decir que se fueran a McDonald's, que aquél no era un restaurante familiar.

—Sí —continuó Helena—, seguramente se rascan el coño todo el día con sus uñas de acrílico con cristalitos. Es lo único que hacen y tengo que vivir con ello. Sé que hago lo posible por desempeñarme bien en mi trabajo, pero dirigir una revista de moda en este tiempo no sólo tiene que ver con entregar un producto bien hecho. Hay que promoverla, venderla, hacerla viral, comentada, likeada… y prostituida, según lo que me dijo ayer Adolfo. El lujo y lo exclusivo, como lo conocíamos, ya no existen. Y si no descubro *para el lunes* en qué se han convertido y cómo vamos a amalgamarlos con *Couture*, estoy fuera.

—No, fuera no estarás. No digas tonterías. Eres una profesional única y no te van a dejar ir. Y *worst case scenario*, si tu revista no funciona más, te darán otro proyecto. Que tienes veinticuatro años en la compañía, chingaos.

Veinticuatro años. Dios. De hecho, eran casi veinticinco. Helena recordó cómo los primeros veinte se habían ido como agua. Con problemas, sí, pero con un alto nivel de satisfacción. Pero los últimos se habían convertido en un verdadero lastre, un infierno en el que había caído después de disfrutar tanta gloria. Su sueño se había ido deteriorando y, encima, sus superiores le querían hacer creer que era una mujer privilegiada por conservar su empleo. Y ante cualquier queja suya o de nadie, decían siempre: "Seamos agradecidos. Hay mucha gente que quiere trabajar, mucha gente que cobraría menos". Y con esto, no había más remedio que aguantar abusos, injusticias laborales y una absoluta prostitución de la objetividad periodística: en las revistas se publicaba sólo a quien pagaba, no a quien le interesara al lector.

Lorna y Helena pidieron la cuenta y decidieron ir de compras para despejarse y pensar. Aunque sonara paradójico, esta actividad las había ayudado en innumerables ocasiones como desbloqueante creativo. Así, un par de horas más tarde, con algunas shopping bags y un apetito feroz, llegaron al María Castaña, su restaurante español favorito, a pedir su fascinación: fideuá y una buena botella de Rioja, que quedó vacía justo antes de que el plato principal hiciera su llegada a la mesa. Eran bien conocidas en el restaurante como "las señoras que jamás se empedan". Y sí, ambas tenían buena resistencia al alcohol y, en buena compañía, podría fluir en abundancia sin que ninguna perdiera jamás el estilo. Faltaría más.

Ya para el postre y con la tercera botella de vino casi vacía, estaban en su elemento. El gerente siempre les daba el mismo apartado al fondo que ellas llamaban "su oficina", porque ahí es donde gustaban reunirse para juntas de trabajo menos formales. La tarde se convirtió en noche y ellas tomaban notas y más notas. Discutían y bebían. Pidieron la cena y luego una botella más de vino. Para entonces, cualquier persona estaría tirada en el piso con una congestión alcohólica, pero ellas se sentían de lo mejor: Lorna más clara y expresiva, y Helena más relajada y receptiva. Para ese momento hasta la obvia decoración de abanicos y pinturas con escenas taurinas no les parecía tan terrible como cada vez que entraban. El lugar tenía un estilo tremendamente anticuado de biombos de madera y sillas tapizadas en terciopelo rojo, además de las paredes revestidas con símbolos ibéricos. Pero era el mejor restaurante español de la ciudad y adoraban su comida. Sobra decir que después de un par de copas, hasta se sentían en casa.

—*Couture* es un *trademark*. Las encuestas dicen que cuando le preguntas a la gente de este país si conoce una revista de moda, noventa por ciento inmediatamente menciona la tuya. Ni *Vogue* ni la mía ni ninguna otra. Eso es algo que tienes a tu favor —dijo Lorna.

—Sí, pero se volverá más rentable cuando deje de ser sólo una revista. Tiene que ser un referente, visual, auditivo… sensorial. Tenemos que volvernos un *state of mind*, no un *lifestyle*, que eso ya está muy pasado de moda. Crear necesidad en nuestros seguidores, no darles lo que quieren, sino *lo que creen que quieren…*

—Y lo que van a querer —dijo Lorna.

—Muy importante. Fiestas. ¡Y concursos!

—Helena, no chingues. Eso lo hace todo el mundo y los concursos son una mierda soberana. Todo se amaña, todo se vende y no aportan nada a nadie. Tenemos que pensar más allá… ¿Qué es lo que todo mundo quiere hoy? Pues entonces, hay que darles justo lo contrario.

Helena la miró con una chispa en la mirada y llevó a lo alto su copa para brindar con su amiga por esa buena idea. A lo tonto, llevaban ya varias hojas llenas. Lorna, que era más de mente computarizada, tenía ya un esquema prácticamente terminado. Eran las tres de la madrugada del domingo y el gerente del restaurante, como lo hacía siempre, preguntó a Helena si su chofer la esperaba.

—Hoy manejé yo —dijo.

—Les pido un taxi entonces, señoras, el coche lo guardamos aquí.

—Gracias, Joaquín. Será lo mejor.

Fueron las últimas clientas en abandonar el restaurante. Ya en el taxi, Lorna cayó dormida de inmediato y Helena miraba a través de la ventanilla del coche la ciudad iluminada. Pensamientos arbitrarios iban de un lado a otro de su cabeza, en parte por el alcohol o quizá por la adrenalina de haber trabajado una idea que no estaba segura de si le gustaría a su jefe. Pensaba en esa nueva bolsa de Céline en color verde esmeralda que querría comprar ahora que fuera a los desfiles en París... pero también pensaba que quizá no tendría trabajo y que no habría París, ni mucho menos Céline. Observaba a las criaturas de la noche: jóvenes que salían de un bar, prostitutas buscando clientes y personas sencillas que estarían saliendo de trabajar y esperaban un taxi parados en la esquina. El perverso pensamiento de que ellos no tenían sus problemas la asaltó, pero automáticamente se sintió estúpida, porque era muy probable que tuvieran otros, incluso más vitales que el suyo. Basta. Decidió cerrar los ojos un momento y dar permiso al vino que le quitara un poco de conciencia. Así le daría una tregua a su fatalista cabeza.

—¿Me veo muy apaleada, Víctor?
—No, señora, se ve usted muy bien. Como siempre.
No sabía si creer a su siempre cariñoso chofer o a su estado de ánimo. El resto del domingo, Lorna y ella trabajaron maquetando la propuesta, montando imágenes en PowerPoint y tratando de mantenerse vivas y en pie a pesar de la resaca del sábado. Y aunque estaba complacida con la propuesta que habían creado, no pudo pegar ojo en toda la noche y se había levantado con zozobra. Aun así, tomó valor, se maquilló a la perfección y se enfundó en aquel traje de Dior rojo que le quedaba tan bien. Necesitaba proyectar poder, fuerza. Llegó a la editorial y antes de bajarse del coche, vio que frente a ella pasaba Claudine. Decidió esperar un momento en el coche, porque no le apetecía nada cruzarse con ella y tener que hacerle

plática, máxime cuando ese día iba a despedirla. Una vez que la perdió de vista, Helena se bajó y fue hasta su oficina.

—Buenos días, Carmen. ¿Sabes si Adolfo ya llegó? —preguntó Helena nada más llegar.

—Lo acabo de ver, yo creo que casi se cruzan en el elevador.

—Muy bien. Dejo mis cosas en la oficina y subo a la sala de juntas. ¿Cómo me veo?

—Perfecta, impecable. Como siempre, se rendirán a tus pies —dijo Carmen, orgullosa de su jefa.

—Gracias, cariño. Si no fuera por ustedes… ¿Dónde está Claudia? —dijo al ver su lugar vacío.

—No ha llegado.

—Pero si la vi pasar delante de mí frente a la editorial…

—Debe de estar en el baño. O se habrá ido a desayunar a la cafetería. Cualquier cosa que la mantenga fuera de su escritorio es buena —dijo Carmen.

Helena suspiró. Tomó su iPad y se dirigió a la sala de juntas. En el camino, examinó su imagen reflejada en una puerta de cristal. No era inseguridad preguntar a los demás o al espejo cómo se veía: le costaba trabajo creerles porque se sentía devastada. Los últimos meses, entre el famoso curso, las vicisitudes de la editorial y un inesperado sentimiento de soledad física —sí, le hacía falta sexo, para qué negarlo—, habían sido bastante desgastantes. Y el fin de semana fue la cereza del pastel. *Ahora sí, después del Fashion Week, me voy a tomar unas vacaciones a la playa aunque la deteste. Quiero dormir todo el día y sólo despertar para comer.*

Entró a la sala de juntas y ya estaba ahí Adolfo con Anita, la directora de ventas, sentados juntos en las sillas frente a la entrada. Aquel sitio era un espacio alargado con una mesa rectangular al centro, austero y descuidado. La mesita del proyector estaba un poco caída hacia la derecha, por lo que cuando un grupo estaba viendo una presentación parecía sufrir de tortícolis colectiva. Por un lado del salón, las ventanas daban a la calle y las persianas desvencijadas dejaban pasar el sol todo el tiempo; y por el otro lado, las ventanas que daban al pasillo de la editorial estaban cubiertas con unas cortinas que antaño fueron beiges y que ahora sólo eran pardas.

—Buenos días —dijo Helena. Y no hubo necesidad de preguntar una vez más cómo se veía, porque tanto Adolfo como Anita se quedaron impresionados.

—Buenos, guapa. Siéntate. Enséñanos lo que tienes —dijo él. Helena sonrió discretamente porque recordó que Adolfo usaba mucho esa frase también en otros ámbitos... más íntimos.

Y así, con una energía sacada de las entrañas, Helena hizo una gloriosa presentación; vamos, que si el dueño de la editorial hubiera estado ahí, seguro hasta le daba el trabajo de Adolfo. Por los rostros de sus interlocutores, supo que lo había hecho bien, que podía llevar a un siguiente nivel a su publicación. Satisfecha, tomó asiento en la cabecera de la mesa para recibir *feedback*. Anita quiso hablar, pero de reojo miró a Adolfo y no se atrevió. Él, por su parte, miraba la pantalla de su laptop y tecleaba a toda velocidad. Helena había estado tan entregada a su presentación que no recordaba si había estado haciendo eso también mientras ella hablaba. *Es un cabrón maleducado*, pensó. Aquello era importante y para él era como si ella hubiera recitado una poesía a la bandera en la escuela primaria. Pasaron un par de minutos que se le hicieron horas y, por debajo de la mesa, comenzó a clavar sus uñas en la silla. Anita había sacado su teléfono. Por fin, con el último golpe teatral al teclado, Adolfo volvió de donde estaba.

—Me parece muy interesante y bien aterrizada tu propuesta, Helena, pero creo que necesitamos más.

—¿Más qué? —dijo Helena con una sorpresa que alcanzó niveles insospechados de rabia. Estas mezclas emocionales se le daban mucho cuando no dormía.

—Más radicalismo, Helena. Más novedad. Necesitamos hacer una nueva revista. Los jefes dicen que *Couture* sólo la leen las abuelas ya. Y en cuanto se muera la última lectora, se llevará en el ataúd lo que quede de la revista.

—¿Eso es lo que le has dicho a los jefes? Digo, porque sabes que eso es mentira y que nuestra lectora tiene un promedio de treinta años...

—Ésas son las abuelas —dijo Adolfo—. Hoy día si no te leen los jóvenes, estás perdido. Y las niñas de diez años ya están interesadas en la moda. Por eso...

—No sé si estás consciente del enorme insulto que acabas de proferir, Adolfo. Pero voy a pasarlo por alto porque en el fondo creo que a veces no eres consciente de lo que dices. Y si escuchaste la presentación, pienso bajar el nivel de edad de la revista para lectoras en sus veinte...

—Los veinte siguen siendo gente mayor, Helena. No sabes cuánto me están presionando con este tema. Los de arriba creen que hay que ser más drásticos...

El teléfono de Adolfo se iluminó como señal de que había recibido un WhatsApp. Presuroso, lo tomó y respondió. Helena lo miró ponerse de pie y levantar un poco la cortina de la ventana que daba al pasillo, buscando sabía Dios qué. Volvió a sentarse en su sitio y cerró su laptop, poniendo ambas manos empuñadas encima de ella. Helena lo miraba con atención tratando de leerlo. ¿Era la presentación o algo más? ¿Sería que sus jefes habían decidido ahora sí cerrar *Couture*? Un golpe en la puerta la puso aún más nerviosa. Quería que Adolfo le dijera ya qué estaba pasando.

—¿Se puede? —dijo Mary Montoya, la directora de Recursos Humanos de la editorial, entrando a la sala de juntas... seguida por Claudine.

Helena las miró y recordó el memo que había dejado listo el viernes. Con tantas cosas en que pensar no recordaba que hoy también tenía que ocuparse de despedir a Claudine.

—Querida, no es el momento. Si me esperan tú y Claudia en mi oficina, ahora bajo para hablar con ustedes.

Montoya la miró extrañada. No sabía de qué estaba hablando Helena.

—Yo les pedí que vinieran —dijo Adolfo.

Helena se puso de pie y con toda discreción se acercó a Adolfo para decirle en voz baja: "¿La quieres despedir ahora? Acabemos primero con el otro tema". Pero Adolfo sólo le pidió que regresara a su lugar e invitó a sentarse a las recién llegadas.

—Le pedí a las chicas que vinieran, Helena, porque los jefes me pidieron proponerte un proyecto.

Helena quiso buscar los ojos de Anita, pero ella había girado su cuerpo por completo hacia Adolfo, dándole la espalda. Mary le desvió la mirada y a Claudine no quiso ni verla. No entendía nada. Era Adolfo el único que ahora la miraba de frente.

—Ese cambio extremo que queremos darle a la revista, Helena, no creemos que puedas dárselo tú. O por lo menos, no tú sola. Necesitas una mentalidad joven, alguien que conozca nuevos diseñadores y que tenga una imagen muy fuerte en redes sociales…

Helena no podía creer lo que estaba pasando. Quizás era aún la noche del sábado y seguía adormilada en el taxi por culpa de los litros de rioja.

—Creemos todos que es un buen momento para que des un paso más hacia el backstage y que entrenes a Claudine para que sea la nueva directora de *Couture*.

Helena se sentía helada, blanca y transparente. Un soplido podría tirarla.

—Pero no sólo a ella —continuó Adolfo—, sino a todas las editoras jóvenes de AO. Serás como una mentora. Te ofrecemos continuar con tu sueldo seis meses más mientras las preparas… y bueno, ya después vemos dónde ponerte.

—¿Dónde ponerme? —dijo Helena al fin tras unos momentos de silencio—. ¿Dónde ponerme? No soy un mueble, ni un traste ni las cenizas de tu madre para que busques dónde ponerme, Adolfo…

—Helena, no te pases. Deja a mi madre fuera de esto.

—Sí, está fuera, porque tú no tienes madre. ¿Me hiciste trabajar todo este fin de semana como una imbécil y sabías que de nada iba a servir porque igual me iban a echar? Si eso no es no tener madre, Adolfo, que baje Dios y lo vea.

—Yo no sabía nada de esto. Lo supe el sábado, cuando me llamaron de urgencia los jefes...

—Es que vieron mi foto con Beckham —dijo Claudine muy oronda.

—Cállate, imbécil —le dijo Helena—. Tú te ibas ir a la calle hoy por inútil y ¿resulta que ahora tengo que entrenarte para ocupar mi lugar?

Claudine ahogó en lo profundo la contestación que le vino a la cabeza y dejó que Adolfo hablara:

—Helena, no es cosa mía. Tú sabes cómo te he apoyado siempre, pero arriba me piden ganancias. Y ellos creen que con el *coaching* adecuado, Claudine podrá ser...

—Una idiota, pero con iniciativa. Eso es lo que va a ser. Y una bomba de tiempo para la revista y para ti. *Mark my words...*

—La decisión está tomada, Helena, lo siento mucho. Este número que estás cerrando es el último tuyo, y el siguiente tiene que estar ya firmado por Claudine. Su entrenamiento comienza esta misma semana y, poco a poco, iremos planeando los siguientes *coachings* en la editorial. Helena —dijo mirándola con esos ojos verdes que otrora la sedujeron—: ésta es una promoción, deberías estar feliz. Tenemos mucha fe de que, bajo tu batuta, las directoras jóvenes podrán dar lo mejor de sí.

—¿De qué manera es una promoción? A ver: me quitan la revista en la que he trabajado por casi dos décadas y me ponen de institutriz de taradas que sólo son buenas para tomarse selfies —dijo mientras todos miraban a Claudine, quien, para no variar, estaba absorta en el teléfono.

—Pues es lo que hay, Helena. Son tiempos difíciles, de reinvención. Y lo lamento, pero sólo tenemos para ti la posición que te ofrezco. Necesito que me digas si estás interesada o no —dijo Adolfo con contundencia.

Mary Montoya hurgó entre sus folders, quizá para corroborar que llevara los contratos que le habían pedido tener preparados. Anita se preguntaba en qué momento la habían metido a ella en esto, y Claudine estaba radiante. Era una venganza mejor que la del conde de Montecristo... en caso de que supiese quién era.

Helena respiró profundo, tomó su iPad y su bolsa, y se puso de pie.

—Pero no me tienes que responder ahora, puedo esperar hasta la hora de la comida —dijo Adolfo con nulo tacto.

—No, no necesito esperar a la comida, Adolfo: tengo tu respuesta ya. Mira: preferiría morirme apuñalada tres veces seguidas antes que preparar a Claudia para quedarse en mi lugar. Así que toma tu promoción y métetela por el culo; que vaya a hacerle compañía a tus hemorroides —y salió de la sala de juntas sin mirar atrás.

Adolfo lanzó una risa nerviosa, ahogada... Quizá reía por no llorar. Claudine miró a la puerta y dirigiéndose a Adolfo le dijo:

—Qué, ¿ya no me va a entrenar Helena?

3

Gatarsis

No, no era un cliché. Ya le hubiera gustado: su vida sería mucho más fácil. Se hubiera casado con un ricachón que, a cambio de ponerle los cuernos, le habría dado una American Express ilimitada para comprarse las cosas más extravagantes creadas por Karl Lagerfeld. Y hubiera trabajado como pasatiempo: sólo para tener la dirección de una revista en su currículum y que sus amigas —más ricas que ella— tuvieran algo que envidiarle. Fue hasta la cafetera y contó las cápsulas usadas de café. *¿Cuántos llevo ya? Uno, dos... ¡seis! Madre mía, con razón tengo esta maldita taquicardia y no son ni las doce del mediodía.* Ése era otro dato que mostraba que no era un cliché, porque si lo hubiera sido, serían whiskys y no nespressos.

Con una mano en el pecho y la otra sosteniendo una coqueta tacita de porcelana con el séptimo café, salió de la cocina con dirección a su sala de estar donde, durante los pasados días, había estado acuartelada. Se había dedicado básicamente a formar pilas con las revistas que había editado en el pasado. Esos compendios de rostros perfectos, titulares atrapantes e ideas que fueron magníficas en su tiempo —algunas lo seguían siendo— habían sido su compañía en los últimos días. Su celular había permanecido apagado desde su salida de la editorial. Simple y llanamente necesitaba estar sola para digerir lo que le había pasado, ese suceso que probablemente le cambiaría la vida para siempre. Una sonrisa, glaseada por el recuerdo, se asomó en su rostro cuando sus ojos se posaron en la revista que había sido decisiva en su carrera: Linda Evangelista con cabello rojísimo y sus poderosos ojos grises retaba y enamoraba desde la portada de un *Bazaar* de 1995.

¡Veinticuatro años, Dios! No podía creerlo: aún tenía el vestido de Alaïa que se compró el día que conoció a la Evangelista en Bergdorf Goodman. Y le seguía quedando igual de bien... Entrecerrando los ojos, recordó el aroma del Dolce Vita de Dior, con el que alguna vendedora se había perfumado en abundancia. Fuera de los vestidores, alfombrados en color crudo y con pesadas cortinas azul claro en la entrada de cada apartado, Helena se miraba atentamente en el espejo dudando si debía gastar tanto en aquel vestido. ¡Era tan absolutamente fabuloso! Imposible no llevárselo. Pero la imagen de Linda Evangelista saliendo de un vestidor la hizo olvidar sus tribulaciones. La *top model* se probaba un vestido de Versace que era un espanto. Sin dudarlo, y con su perfecto inglés, le dijo: "*Please, don't, dear. Most of the times Gianni is right. But when he screws it, he screws it good*". Helena se dio cuenta de que había cometido una imprudencia cuando la modelo quiso matarla con la mirada. Y pudo mandarla al demonio directamente, pero al analizarse mejor en el espejo, miró a Helena y le dijo: "Tienes razón, este vestido es horroroso". Helena y la Evangelista rieron con ganas y decidieron ir a tomar algo. Durante la cena, Helena le reveló quién era y le pidió posar para la portada de *Bazaar*. La modelo, quien primero creyó que aquello era una encerrona, se negó airada; pero un par de botellas de champán más tarde y seducida por el encanto de Helena, terminó aceptando. Esa cena, además de darle una de las mejores portadas que produjera en su carrera, le dio también una gran amiga, que conservaba hasta la fecha. Cada vez que Helena iba a Nueva York, quedaba con ella a cenar y chismear.

—Pero tal parece que esto ya no importa —dijo en voz alta y dejó la revista junto a las otras en la mesa. Se le revolvió el estómago al recordar que hacía apenas unos días, en aquella cena de gala en la que coincidieron, la imbécil de Lilian Martínez le preguntó: "¿Quién es Linda Evangelista?". Sí, ella: "la instagramer que más sabe de moda". Ganas le dieron de meterle la copa de champán hasta el cogote, por Dios santo que sí—. ¿De verdad? ¿De verdad es este tipo de imbéciles a quienes la gente quiere leer y seguir? Es una mierda... —continuó hablando al aire, como si la rabia le hubiera dado voz a sus pensamientos.

Arrebatada, se puso de pie y caminó a la ventana... y una fantasía la asaltó. Se imaginó ahí, parada en el quicio, a Claudine, que la miraba retadora con sus labios laqueados y uno de sus modelitos extraños de Y/Project o Vetements que tanto le gustaban. Helena iba acercándose a ella, quien, retadora, la miraba con su sonrisa brillante y majadera. Y justo al estar frente a frente, de un certero empujón en el pecho, la tiraba al vacío. Ella miraba caer a Claudine con los ojos desorbitados y el cabello rubio revolviéndose... pero en ese momento sacudió la cabeza estremecida por ese negro pensamiento y se alejó de la ventana.

Dios, perdóname, se dijo santiguándose para alejar los malos pensamientos. Respiró hondo, pero sus sentidos se inundaron entonces del olor del papel que tanto le gustaba, aderezado por el diluido, pero aún perceptible, aroma de las muestras de perfume que se encartaban en las revistas. Miró todo aquello que para cualquier otro serían sólo papeles y noticias viejas, pero que para ella eran el testigo de su vida profesional.

Entonces lo sintió venir. Ese monstruo que le apretaba el pecho y subía por su garganta queriendo ahogarla. Sus ojos se llenaron de lágrimas y, como vómito, un enorme sollozo salió de su boca. Con rabia se pasó la manga de la bata de seda para secar las lágrimas y se puso de pie a dar vueltas por la sala; fue hasta la ventana, caminó al librero y, al toparse con la mesa y las revistas, vino de nuevo. Y ahora ya no pudo contenerlo y lo dejó salir: quizás era lo mejor. Se tiró en el sofá y, después de un largo rato de erupción, poco a poco comenzó a sentir que se apagaba. La sensación era reconfortante. Durmió por horas. En la ventana, la luz de día se disolvió dando paso a la iluminación eléctrica de la calle. Los sonidos urbanos, como una melodía que cambiaba de ritmo insospechadamente, envolvían su sueño... hasta que otro tipo de ruido, más chocante y seco, rompió la peculiar armonía que la arropaba y la hicieron volver de su letargo. Se sentó en el borde del sofá, un poco borracha de llorar y dormir, y oyó de nuevo los golpes. Se tocó el pecho adolorido, movió de un lado al otro el cuello contracturado por la mala postura y miró hacia la puerta: de ahí venían los sonidos. Recordó que no quería ver a nadie, que no estaba lista aún.

—¡Abre, joder! —dijo una voz detrás de la puerta.

Helena se quedó sentada sin hacer ruido para ver si, quienquiera que fuera, se cansaba y se iba.

—Ya sé que estás ahí: no te hagas. El portero me dijo que trajeron comida en la mañana.

Era Lorna. Helena permaneció callada.

—Mira, no me voy a ir; tú decides: o me abres la puerta o seguramente la pedorra nueva rica de tu vecina llamará a la policía y, con un poco de suerte, me ayudan a tumbar la puta puerta.

—¡Cállate, por Dios! —dijo Helena abriendo la puerta de golpe y jalando a Lorna dentro de la casa—. De verdad, pareces adolescente, ¿No puedes dejar de ser tan pelada?

—Sí, sí parezco, y no, no puedo. Me encanta ser pelada. ¿Sabes? Las malas palabras están muy desperdiciadas. Son perfectas para describir emociones netas, en bruto. Deberíamos llamarlas "buenas palabras", de hecho. En fin... ¿Cómo lo llevas, nena? —y se dejó caer en el sofá.

—Lorna, me conoces bien. Si no he tomado llamadas ni he buscado a nadie es porque no quiero ver a nadie. Tendrías que respetar eso.

—No, no me da la gana. ¿Sabes por qué? Porque te guste o no, tú y yo somos lo más interesante que tenemos en nuestras vidas. Y no quise decir lo que más queremos porque no soy tan ñoña. Venga, Helena, que soy yo. Y que eres tú. Y que tenemos la edad que tenemos... ¿No te parece más sencillo dejarnos de pendejadas?

Y Helena soltó una carcajada que, al igual que el sollozo de varias horas antes, le brotó de golpe. El pecho adolorido volvió a punzar y se dejó caer en el sofá junto a Lorna.

—¿Que cómo lo llevo, hija mía? De la chingada. Ni más ni menos.

—¿Ya ves cómo una se libera siendo pelada?

Y las dos rieron hasta que el estómago les dolió y unas lagrimitas residuales resbalaron por las mejillas de Helena.

—Venga, nena, sácalas. Verás que te sentirás mejor.

—Es lo que he estado haciendo toda la tarde. Después de días de negarlo, de tragármelo, de pensar que los imbéciles son ellos y que yo soy perfecta.

—Nena —le dijo abrazándola con fuerza—: los pendejos son ellos. Y tú eres perfecta. Deja que la subnormal de Claudia comience a cagarla bien apestoso como sólo ella sabe hacerlo y verás que te van a suplicar que regreses.

—Lorna, ya lo dijiste: somos tú y yo. Hagamos un *cut the crap* y hablémonos al corazón. De lo que me pasó y de lo que puede significar en mi vida. No sólo dudo que me vayan a llamar de vuelta, sino que nadie más va a ofrecerme trabajo. Tengo miedo. Me pegó estos días aquí, en mi casa, viendo mis revistas, mis libros.

—Nena, ¿y para qué sacaste todas tus revistas? No es momento de conmiseraciones. La nostalgia es muy peligrosa.

—No soy nostálgica, ya lo sabes. El pasado ya no existe, se fue. Y si se marchó sin enseñarte algo, o peor, sin que tú lo aprendieras, estás perdida. No veía mis revistas por nostalgia, sino para tomar ideas.

—Y mira que has tenido muchas y muy brillantes...

—Pero justo buscaba lo opuesto: mis aciertos no son lo importante ahora, sino los errores. Y ver qué pude haber hecho mejor.

—¡Uf! Pero en este momento es tortura pura.

¿Sería verdad que sólo quería torturarse? ¿O sólo era una necia perdida por querer entender a un mundo que prefiere a las Claudines que a las Helenas. ¿Por encontrar las respuestas a preguntas que se venía haciendo desde hacía tiempo, como por qué hoy día valen más los likes que entender la moda? ¿O en qué momento se volvió más interesante una foto cursi de una influencer enseñando sus zapatos que saber por qué *esos zapatos* eran un objeto de deseo? Tenía que entenderlo, porque sólo así mataría ese maldito temor a sentirse caduca. Nula.

—Me siento acabada —dijo en voz muy baja.

A Lorna le dolía en el alma ver a aquella mujer poderosa, a esa fuerza de la naturaleza, así de abatida. Le partía el alma. Era testigo de lo duro que había trabajado, de sus esfuerzos para verse siempre extraordinaria y vestir como Dios manda, de ese puesto que siempre había atesorado tanto. No era justo que el mundo la estuviera dando por finiquitada. La miraba y corroboraba que ni siquiera sin maquillaje se veía de la edad que tiene, por eso traía locos a los jovencitos. Además de ser astuta y tener un ojo infalible para descubrir lo bello, para encontrar un diamante en medio de la mierda. Reconocía el talento nada más al verlo, se anticipaba a los deseos de la gente. Odiaba ver a aquella mujer que pateaba culos y reinaba en la industria editorial, ahí junto a ella hecha pedazos. No era justo. Y más que la profesional, le dolía su amiga. Esa mujer que contrató un helicóptero para llevarla al hospital cuando su embarazo se complicó y estuvo a punto de perder a Jaime, su hijo; que la ayudó a pagar su colegiatura hasta que consiguió una beca. Helena y ella habían estado juntas desde la universidad y lo habían vivido todo juntas y, a veces, una tenía que ser más fuerte que la otra para salir adelante.

—Y no te falta razón, mi alma. En efecto, hay pendejos que pueden pensar que a nuestros cincuenta y tantos estemos viejas y acabadas. Son los idiotas que se han quedado con el prejuicio del siglo XIX, cuando una mujer de más de cuarenta ya era una anciana. A ver: nuestras madres se sentían así. Son los mismos idiotas que creen que una mujer es inferior, y ya no te digo si es madura. Pero hemos trabajado muy duro para erradicar esos prejuicios. Algo habremos logrado, ¿no crees?

—Parece que no lo suficiente.

Se dieron un largo y emocionante abrazo, de esos que llegan hondo y calientan el interior como una sopa en invierno. Pero Lorna sabía que hasta el consuelo debía limitarse antes de que se convirtiera en conmiseración. Así que decidió echar adelante el plan "vuelve a la vida".

—Deberíamos pedir algo para cenar aquí. No querrás salir a la calle con esa pinta —dijo Lorna suspirando y recomponiéndose.

—Perfecto. Sí, tengo hambre. ¿Pedimos una pasta a O' Sole Mio? Ésa con piñones y zucchini.

—Me encanta la idea. ¿Tienes vino?

—Una caja que compré el mes pasado.

—Okey. Supongo que nos alcanzará. ¡Ah! Por cierto, se me había pasado decirte: también a mí me echaron del trabajo.

Muchas cosas pasaron esa noche, pero todas tenían que pasar. Fueron parte de la *gatarsis*, como siempre la llamaba Lorna: era una especie de catarsis pero con mayor cantidad de melodrama y toques de telenovela. "Uno de los privilegios de ser mujer", decía. Pero después de tirar esa bomba, Lorna quiso jugar a la indiferente, al "todo esto no me importa", y eso hizo enfurecer a Helena. El silencio era más denso que la polución de Pekín. Y quizá más difícil de soportar.

Helena estaba fúrica. Primero Lorna le venía con una perorata sobre ellas siendo ellas y dejarse de tonterías, y se guardaba esto. Y se hace la chistosa queriendo minimizar lo que le sucede, como siempre, y poner una fachada de humor ante algo que la lastima. A veces pensaba que lo hacía para sentirse la interesante. Sí, estaba furiosa.

—Tuviste que decírmelo.

—Te lo dije.

—*Antes*, quise decir *antes*. Vienes a hacerte cargo de mí cuando ya tienes suficiente en tu plato.

—Puede que sí, Helena, pero tú tienes problemas de digestión y yo no. Puedo comer todo lo de mi plato y ayudarte con el tuyo. Y cagarlo divino después. Tú tienes gastritis y úlcera y necesitas Ranitidina. Yo soy tu Ranitidina.

—¿En serio vas a bromear con todo esto?

—Nena: tú has sido la que ha estado encerrada todos estos días, no yo. Soy yo quien vino a buscarte, y por eso las cosas se dieron en ese orden: primero tú y luego yo. Si hubiera sido al revés... pues hubiera sido igual porque tú eres más dramática y egocéntrica que yo. Pero así te he querido siempre.

Helena apretó los dientes porque parecía que, por lo menos esa noche, no podría tener una charla seria con Lorna.

—Okey, cariño, muy bien. Mi ego está satisfecho por hoy. Vamos contigo, ¿por qué no me llamaste siquiera?

—Sí llamé, pero... —y extendió el dedo señalando su celular muerto sobre la mesa—. A ver, pasó ayer y fue bastante tranquilo. No dejó de ser una ojeada, pero fue menos teatral que lo tuyo. Hace un par de semanas le dijeron a mi jefa que había que deshacerse de la gente con mucha antigüedad en la revista: nueva política de emergencia en la editorial. Pero la idea era tratar de hacer que la gente se fuera *motu proprio*, para ahorrarse liquidaciones millonarias. De modo que la estrategia fue hacernos la vida imposible para obligarnos a renunciar.

—Sí, ya sé de lo que me hablas. Lo hicieron también en AO.

—Incluso la muy rastrera de mi jefa quiso recomendarme para un trabajo con la competencia, como si tratara de ayudarme. "Las cosas están muy mal aquí", me dijo. Pero cuando decliné la oferta porque pagaban una mierda, comenzó a portarse conmigo como una hija de puta sin razón alguna. Me extrañó, pero ya sabes que a mí se me resbalan bastante las cosas. Apenas la semana pasada me llevó a la cafetería y me dijo toda la verdad: quería joderme para que renunciara. Le dije que no había problema, que si me querían fuera estaba perfecto, pero no sería gratis. Ya parece que después de tantos años de trabajo les regalaría mi liquidación. Entonces me dijo que justo esa mañana había hablado con Recursos Humanos y conseguido que la editorial me ofreciera una jubilación temprana.

—¿Jubilación? —chilló Helena como si se tratara del peor de los insultos.

—Jubilación, nena. Como si fuera yo Maggie Smith. Sólo me faltaba el sombrero de bruja. Ayer estuve todo el día con ellos: me amenazaron con hacerme auditorías, con revisarme hasta la laringe. Les dije que no tenía nada que temer, pero que yo sí podía demandarlos por acoso laboral. "Puedo ir a juicio sin problema: sé de buena fuente que muchas personas importantes los traen entre ceja y ceja y que sólo necesitan un escándalo para tirárseles a matar. Yo voy a ser ese escándalo", les dije. Se cagaron, nena. Ya ves que puedo tener ese efecto en la gente. De modo que al final logré que me liquidaran… y que, además, siguieran pagando mi seguro social para jubilarme cuando me toque. Faltaría más.

—¡Los pusiste a raya! ¿Por qué Dios no me dio tus cojones? —le dijo Helena con los ojos brillantes.

—¡Qué dices! ¡Pero si tú no usas falda porque los huevos se te asoman, nena!

Y ambas rieron a carcajadas con una risa explosiva, casi histérica. De esa que hace que te orines, llores y que te deja sin resuello.

—Y además —dijo Lorna entre risas— el día que vaya a recoger mi cheque les voy a llevar un frasco con arañas de las gordas para soltarlas en la redacción.

—No, cariño, no hagas eso —respondió Helena, y tras callar unos segundos continuó—: Mándalas por mensajería. Es más elegante.

Y siguieron riendo hasta que la comida llegó.

Al abrir el único ojo que no cubrían las sábanas de seda impregnadas del perfume de vainilla de Aerin Lauder que usaba Helena para dormir, una punzada en la cabeza la hizo cerrarlo de nuevo. Repitió la operación, pero esta vez con más cautela para que la luz del día no volviera a taladrarla. Se incorporó un poco y miró bajo las sábanas: sí, se había puesto el pijama. Se pasó una mano por la cara y, sí, también se había desmaquillado. Qué sueño más bizarro había tenido. No recordaba haber soñado algo así de raro desde que le recetaron Wellbutrin. *¿Lorna se habrá ido a su casa?*, se preguntó mientras sentía la necesidad de cafeína. Intentó ponerse de pie, pero al perder el equilibrio, decidió volver a la cama un momento más y quedarse quietecita. Tenía años de no emborracharse de esa manera. Cuando se sintió con más fuerzas, se incorporó poco a poco con fin de ir a la cocina y hacerse un expreso. Triple.

—¡Lorna! —gritó.

Pero el propio sonido de su voz latigueó una vez más su cabeza y decidió hacer una rápida búsqueda de su amiga… en silencio. Le preocupaba que la muy inconsciente se hubiera marchado en aquel estado, aunque no sería la primera vez que lo hiciera. Se asomó a la sala y nada. Tampoco en la cocina. Ni en el comedor. Entró al baño para lavarse la cara y por el espejo distinguió un bulto dentro de la bañera.

—¡Cariño, despierta! ¿Estás bien? —dijo, sacudiéndola preocupada. Lorna abrió los ojos y se llevó rápidamente la mano a la cara para tapar la luz. Gruñó.

—¡Ay! ¿Qué estoy haciendo aquí?

—Dándote un baño de burbujas, estúpida. ¿Qué vas a estar

haciendo? Te viniste a dormir la borrachera al baño. Ven, sal de ahí, que está frío.

Lorna se incorporó. No se acordaba de nada. Salió de la tina y se sentó en la taza.

—Vamos, componte un poco y ven por un café —le dijo Helena.

—Creo que vine a vomitar, pero para no caerme me metí primero en la tina y de ahí saqué la cabeza para...

—No me des detalles. Amaneciste en la tina, punto. Una mala decisión que el alcohol te hizo tomar.

—Nos hizo, nena, nos hizo. Que tú no estuviste bebiendo tecito de manzanilla.

—Pues hasta donde yo sé, me desperté en mi cama, con el pijama puesto y desmaquillada.

—Eso no cuenta: hasta anestesiada te pondrías crema de noche. Eres la borracha que hace menos borrachadas. Hasta para eso eres *control freak*.

—Calla y ven a la cocina. Necesitamos un café y mi smoothie para curar la resaca.

Helena había vivido en Los Ángeles en los años ochenta, cuando la cultura de la *healthy life* se puso de moda. Entonces, pasó a formar parte de las huestes de santa Jane Fonda y su disciplina aeróbica. Resultó ser tan buena alumna que la Fonda la recomendó para hacer un papel como extra en la película *Perfect*, recomendación que aceptó encantada porque moría por conocer a Travolta. Cuando algún curioso la descubría en la película y se lo hacía saber, Helena sólo respondía: "Fue una experiencia muy interesante: Travolta era delicioso y Jamie Lee Curtis insoportable, pero me enseñó a hacer unos smoothies divinos". De modo que, si Helena le ofrecía a alguien uno, significaba que en verdad lo consideraba su amigo. Con Lorna siempre compartían el sana-crudas, aunque a Helena la palabrita *cruda* le sacaba ronchas. Prefería *resaca*.

Lorna entró aún tambaleante a la cocina mientras Helena ponía una serie de ingredientes en el extractor de jugos. Se detuvo un momento tratando de hacer memoria: ¿llevaba chía o jengibre? Siempre lo olvidaba. Buscó su teléfono: ahí tenía la receta. De pronto, recordó algo que la abofeteó. Desesperada, salió hasta la sala para buscar el teléfono. *Que sea una pesadilla, Dios*, se repetía en voz baja. Al encontrarlo, suspiró aliviada: el teléfono seguía apagado y sin batería.

—¿Qué haces? Estoy demasiado cruda para verte como una ardilla con *speed*. Haz ya el puto batido ese y siéntate un momento, que me mareas. Pero antes prepárame un café, por lo que más quieras.

—Ya te lo hago. ¡Qué alivio! Es que por un momento creí que habíamos hecho una locura. Pero seguro lo soñé.

—¿Qué locura? Me encantan esos sueños...

—Soñé que me habías tomado fotos haciendo un strip-tease y se las habíamos mandado a Adolfo. Pero nada, mi teléfono sigue muerto.

—Sí, por eso las hicimos con el mío —dijo Lorna, sacándolo de su bolsillo.

—¿Cómo?

Helena le arrebató el teléfono de la mano y, aterrorizada, no sólo descubrió toda la sesión de fotos de su strip-tease, sino también que, en efecto, se las habían mandado a Adolfo.

—¡Lorna, maldita sea! ¿Cómo hiciste tamaña estupidez? —dijo extendiéndole el teléfono.

—No, no las mandamos. Era puro blofeo...

Lorna tomó su teléfono y checó su WhatsApp. Trató de no ser demasiado expresiva cuando descubrió que no sólo había mandado las fotos, sino hasta un videíto de saludo personalizado para el destinatario. *Ahora sí me va a arrancar las tetas a mordiscos*, pensó. Se propuso seriamente dejar de beber de aquella manera o, por lo menos, hacerlo lejos del teléfono. Le daba por llamar desde a su madre hasta sus ex, y lo único que conseguía es que no le dirigieran la palabra cuando se la topaban en la calle.

—Sip. Sí las mandamos —dijo Lorna resignada.

—Joder, joder... Que la primera noticia mía que tenga después de irme de la editorial sea ésta... ¡Joder!

—Pues debe estar feliz: te despide y encima le mandas fotos cachondas —dijo con una risotada que tuvo como castigo una punzada en la cabeza.

—Mierda.

—Mira, creo que es mejor que piense que te la estás pasando bomba a que estás tirada en la cama llorando, ¿no?

A Helena esa idea no le disgustó del todo. Echó a andar el extractor y terminar el famoso smoothie: decidió finalmente ponerle jengibre. Lo sirvió en sendas copas y le extendió el suyo a Lorna, quien se lo llevó directo a la boca para darle un gran sorbo. Siempre le caía de maravilla.

—Menos mal que no soy tan ducha con las redes sociales. Imagínate que hubiera subido esas fotos a tu Instagram: ahora serías la milf más fashion del mundo.

—De entrada no puedo ser milf porque no soy madre, déjate de cosas.

—Es un decir, nena. No te vayas a hacer la adolescente a estas alturas. Pero ya te digo que con esas fotos te hubieran aumentado un montón los seguidores en Instagram.

—Imagínate que me hubieran visto miles de personas. Qué vergüenza. Por más que lo estudio, que lo hago consciente, no logro entender este gusto por la sobreexposición.

—Sí, estoy contigo. Es como el erotismo y el porno —dijo Lorna—. Cuando eliminas el misterio todo se vuelve obvio, soez. Enseñar tus zapatos a todo el mundo es vulgar. Me parece más excitante llegar a una fiesta y que el hombre más guapo recorra tus piernas para admirarlos. Que te los elogie un grupo pequeño de personas a las que tengas enfrente, a las que sientas. Esto no lo tienen las redes por ninguna parte.

Helena se quedó pensando. En efecto, las redes carecen de ese toque humano, que cada vez nos hace más falta como sociedad. La gente ya no vive un momento: lo documenta. Estaba de acuerdo con Lorna en que era mucho más excitante que un grupo pequeño te admirara, porque causas una impresión más indeleble. Siempre había creído que lo masivo se diluye y que gustarle a mucha gente es como no gustarle a nadie. Y reflexionó: pero gustarle a unas cuantas personas, a las adecuadas, es como gustarle a todo el mundo. *He ahí la paradoja y ahí está la clave. Ahí está la clave*, se dijo.

Helena dio un golpe en la mesa y, desorbitando los ojos, salió de la cocina dejando a Lorna con cara de póker. Volvió en un momento llevando en los brazos un montón de revistas, que puso sobre la mesa de la cocina. Las abrió y, con cuidado, comenzó a arrancar algunas páginas. Fue después al comedor de donde trajo una caja de madera que usaba como frutero y vertió en el fregadero las perfectas manzanas verdes que contenía. Dejó la caja en la mesa y puso las páginas cortadas allí. Hizo varios viajes y volvía trayendo los objetos más diversos: perfumes, alguna joya, un minibolso de noche, un lipstick...

—¿Qué te traes?

Helena, triunfante, le mostró la caja llena de objetos a Lorna.

—Cariño, ¿qué es lo que todo el mundo desea?

—¿Es una pregunta filosófica? —preguntó Lorna, temerosa.

—No, es práctica y frívola. Trabajamos en revistas de moda, no en la ONU.

—Pues... lo nuevo. Por aburrimiento de lo viejo, supongo.

—Sí, lo nuevo. ¿Y qué pasa cuando no puedes conseguirlo?

—Te obsesionas. Recuerda cómo te pones cuando te dicen que hay lista de espera para comprar algo —dijo Lorna con una risilla.

—Exacto. Lo nuevo que se consigue pronto pierde la gracia muy rápido. Deja de interesar. Pero cuando algo es nuevo y no puedes tenerlo, te obsesionas, lo buscas. Lo quieres más y más. El deseo dura mucho más y se vuelve igual de estimulante que conseguir lo que buscas. Ésa es la revista qué tenemos que hacer. Juntas.

Lorna la miró con sorpresa. Helena siguió. Estaba a mil.

—Mira, toma esta caja. ¿Qué ves ahí?

—Pues no sé... es como cuando te despiden y te llevas tus cosas en una cajita.

—Puede ser. ¿Y cómo llamarías a eso, lo que está dentro de la caja?

—¿Un reflejo de quien eres, de tu vida?

—Exacto. Un reflejo de una vida que puede ser soñada, deseada y que podemos crear nosotras. Mira: ambas perdimos el trabajo por culpa de este frenesí que tienen las editoriales por vender cantidad. La calidad ya es lo de menos. Nosotras deberíamos buscar justo lo contrario. Imagínate, en una caja ponemos textos escritos a máquina, viñetas originales... ¡Fotos! De una calidad brutal que hasta las podrías enmarcar. Y aquí viene la parte más interesante: en lugar de publicar un anuncio, ponemos el producto real. ¿Te imaginas? No ver una página publicitaria del nuevo perfume de Chanel, sino olerlo y tenerlo. Y no me refiero a una mierdita de muestra, ¿eh? No: un producto real.

—Wow. Ya quisiera que a mí las crudas me hicieran este efecto. Qué bárbara.

—¿Qué te parece? —dijo Helena con los ojos muy abiertos.

—¡Me encanta! ¡Es una idea de puta madre! Claro que hay que trabajarla mucho, ver costos, producción... pero me parece una bala. Una cosa: con los anuncios hay que tener cuidado, no podemos meter en la caja un rollo de papel de baño.

—Nada de papel de baño, ni quesos ni nada que anuncie Yuri. Eso déjaselo a *Cosmopolitan*. Sólo anunciantes de moda y belleza de gran nivel. Iremos por lo alto, será selecto para que no parezca la canasta del súper; déjale las latas de chiles y el champú de jojoba a los influencers. Será enfocado, preciso. Fino. Esto es lo que hará que la gente lo desee... y no todo mundo podrá tenerlo.

—¡Ay, sí, me encanta! Que sea como cuando abres el estuchito rojo de Cartier y sientes que se te sale el corazón del pecho.

—¡Eso es! Estuche... *¡Étui!*

4

Ni crema ni nata

Con un poco de miedo, Lu Moreno, directora de marketing de Statement, la firma de maquillaje más influyente del momento, miraba a ese variopinto grupo de personajes que tenía al frente. Los escrutaba, uno a uno, como para "darles el golpe". Alrededor suyo, los individuos reían y bromeaban entre ellos, pero, sin quitar ni por un momento la vista de sus celulares. Escasamente se miraban entre sí y, cuando lo hacían, era a través de la cámara de video del teléfono; les encantaba filmarse los unos a los otros, para preguntarse, en voz en off o cn modo selfie, qué era lo que estaban haciendo ahí. Se trataba de los bloggers e influencers de moda y belleza más importantes del país, convocados para el lanzamiento de Cruise, la nueva colección de maquillaje de la firma.

—A ver, Esteban: dinos dónde estamos —dijo un joven youtuber al reconocido Esteban P (@esteban_dido, 900k seguidores), un influencer multimedia famoso por cobrar grandes sumas no sólo por sus publicaciones, sino por su mera presencia en cualquier evento. Famoso también por quitarse el apellido Pérez y dejar sólo la "P" para no sonar a uno del montón.

—Pues estamos en el desayuno de *Esteimen*, la supermarca de cosméticos que nos va a presentar su nueva colección —dijo mirando a la cámara y con una seriedad como si lo estuviera filmando Spielberg.

El youtuber, ya metido en su papel de entrevistador, prosiguió:

—¿Y piensas usar alguno de los productos que presenten hoy?

—Pues si hay *billete* de por medio, por supuesto —dijo con una risa absolutamente falsa.

—¿Tú te maquillas?

—¡Ay, niño, ya, que se me enfrían los huevos! Sí, sí me maquillo, y tú también deberías: es *divine* —y con un gesto tan ensayado como su risa, hizo a un lado el teléfono de su vecino. *Cómo detesto que me sienten junto a los beginners. No tienen ni idea de lo que hacen*, pensó.

—Eres un pesado. Bájale ya al estrellato —le dijeron, en broma y no, dos gemelas que estaban sentadas frente a él: Miriam y Marian Mendoza Meneses, que se hacían llamar las Igualitas (@igualitas, 550k). Ambas tenían un canal de YouTube —linkeado a su cuenta de Instagram— donde hacían el ya famoso "Do & Don't" de moda; una decía lo que se debería hacer y la otra lo contrario. Los otros bloggers se burlaban de ellas porque sus consejos nunca se basaban en reglas o conocimiento de moda, sino simplemente en lo que les salía de las narices; y ya podría ser la Sahariana de Yves Saint Laurent: si no les gustaba, para ellas estaba "out".

En otro lado de la mesa, unos ojos oblicuos miraban también de un lado a otro a los asistentes. Era Wendy Wong, autora del blog Chinoiseries y de una muy visitada página en Instagram (@chinatumadre, 820K). Hija de chinos y nacida en Puebla, México, fue bulleada en su infancia y juventud hasta decir *basta*. El mote de "China Poblana" fue un lastre para ella hasta que se dio cuenta de que podía transformar aquella ofensa en un arma a su favor. Se convirtió en la porcelana del mundo de la moda, y su talento e inteligencia eran tan grandes como mala su actitud.

La Wong fue pasando con la mirada uno a uno a sus compañeros reafirmando los juicios preconcebidos que tenía de todos ellos. Por ejemplo, corroboraba su desprecio por las Igualitas porque consideraba que todo lo que escribían era incierto, impreciso y subjetivo. Y estaba segura de que a nadie le importaba un pepino la opinión de esas mermadas mentales. Las apodaba las "Mentirosisters". Una vez juzgadas y condenadas, la Wong siguió con La Carola, una blogger transgénero que en su Instagram (@princesscarola, 380K) mostraba fotos y daba tips para orientar a drags, transgéneros y mujeres corpulentas a sacarse el mejor partido posible. La Wong se refería a ella como Carlos, su nombre previo al cambio de sexo, y, por ello, La Carola no podía verla ni en pintura. Y no es que tuviera nada en contra de ella, simplemente pensaba que el cambiarse de sexo no la hacía una influencer sino una oportunista. Juzgada. Su siguiente víctima fue GoGorila (@papitoGoGorila, 450K), un youtuber de moda masculina que, paradójicamente, casi nunca subía fotos suyas vestido: se fotografiaba al lado, encima o debajo de la ropa, pero su cuerpo en pelotas era el foco de todas sus publicaciones. La Wong, por supuesto, pensaba que lo suyo no tenía nada que ver con la moda y no sólo lo consideraba igual de oportunista que La Carola sino que además era escoria. Así de simple. Su juicio al resto de los comensales se vio interrumpido por un mesero que, accidentalmente, le tiró un poco de café en la manga.

—Ten cuidado, indio —le dijo.

En voz baja, La Carola, sorprendida, preguntó a GoGorila:

—¿Acaba de llamar indio al mesero?

—Sí, con todas sus letras —dijo GoGorila arrugando la nariz por el sorbo de café frío que acababa de llevarse a la boca.

—Pero qué se habrá creído esta mujer... ¿Indio? ¡Pero si es china, la muy imbécil! Digo, el indio tendría más derecho a estar aquí, creo yo...

—Bueno, ella es poblana...

—Okey, pero eso no le da derecho a sobajar a nadie. Se cree superior por ser exótica. Y encima es homófoba, la desgraciada. Todo tiene para caerme en el hígado.

—Ni le hagas caso. A nadie le importan los cerebritos y menos en la moda —dijo GoGorila mientras se asomaba dentro de su camisa para verse los pectorales—. Hace frío, ¿no? Tengo los pezones tan duros que podrías colgarte de ellos.

La Carola se puso calentorra. Vaya que le gustaría colgarse de los pezones de GoGorila y muchas otras cosas. Morderle esas nalgas tan respingonas en las que podría poner una taza de café y no se derramaría ni una gota. Pero suspiró resignada sabiendo que "esas pulgas nunca brincarían en su petate". No tenía nada que ver con que ella fuera trans, porque de buena fuente sabía que GoGo se tiraba a todo lo que se le ponía enfrente; de hecho, su grito de guerra era: "En la guerra y el amor, cualquier hoyo es trinchera". La razón por la que aquella bestia sexy no caería en sus redes era porque estaba perdidamente enamorado de Lilian Martínez (@lilim, 700k), una influencer millonaria y guapa, cuyo único trabajo en la vida era subir fotos a su Instagram de lo que se ponía todos los días: ropa maravillosa y accesorios de sueño que La Carola no podía permitirse porque costaban lo mismo que un coche. Pero sentía un poco de lástima por ella: hacía un par de semanas se le habían caído mas de 400 mil seguidores por culpa de un video infiltrado en YouTube donde, con cámara escondida, la habían grabado llamando a sus seguidores "mugrosos y muertos de hambre". Fue una versión tercermundista de lo que le paso a Dolce & Gabbana en Shanghái. Por una indiscreción, la muy cretina dejó de pertenecer a la élite de los influencers con más de un millón de seguidores. La Carola siempre había tenido algo claro: nunca hay que morder la mano que te da de comer... y menos la que te da "likes".

—No entiendo por qué nos bullearon tanto los otros invitados al viaje, wey, si estábamos trabajando —dijo Lilian alargando *ad infinitum* la "e" de wey.

—Nos pasamos de listos, Lilian. De la peda que nos pusimos hasta se nos olvidó ir al desfile. No nos hagamos tontos. Seguro que los de Gucci no nos vuelven a invitar a nada.

—Nah. No se lo pueden permitir. Tú eres Willy Rojo, papá (@willyred, 750k), y yo soy quien soy —dijo Lilian, sacando de su Kelly de Hermès un lipstick nude, con el que se retocó los labios—. Lo que les interesa es que los saquemos en nuestras redes. Si vamos o no a los eventos, les vale pito. Créeme. Ir a los eventos es para los matados, para los uncool. Para los viejitos que quedan de la prensa escrita. Y además, el desfile de Alessandro Michele estuvo súper friki. Yo ya no entiendo a Gucci —y ambos estallaron en carcajadas.

Lu Moreno decidió llamar la atención de los presentes golpeando, quizá demasiado fuerte, un cuchillo contra un vaso de cristal. Miró cómo lentamente iban guardando silencio. Sorprendió a Lilian señalando su cabello mientras decía algo a Willy por lo bajo, y ambos rieron mustios. Se dio cuenta de que la ricachona estaba criticando su tinte, y lamentó no haberse tomado el tiempo para ir al salón de belleza el día anterior, más aún sabiendo que esa mañana se enfrentaría a esta jauría.

—Muy buenos días a todos. En Statement Cosmetics nos sentimos honrados de contar con ustedes esta mañana para presenciar el lanzamiento de nuestra nueva línea de maquillaje. Estamos muy felices de tener a la crema y nata de los influencers y bloggers de moda y belleza con nosotros. Aunque a decir verdad, ni crema ni nata, porque nadie toma lácteos ni gluten —dijo con una risita tonta. Algunos se rieron de la broma, los únicos que la entendieron, probablemente—. Esta colección —prosiguió— es muy importante para nosotros porque es la primera vez que...

Un ajetreo no la dejó continuar. Una hostess, que trataba de detener a una mujer que se precipitaba al salón, interrumpió su presentación.

—¿Cómo que no tengo lugar? ¡Soy la directora de *Couture*! —dijo Claudine mientras entraba arrebatada en el lugar. Se detuvo y después de un rápido *scan* a los invitados exclamó con una mueca—: ¡Ay, perdón! No sabía que este evento era para *los de digital* —y, tras un instante de mirar el cuadro como si se tratara de un comedor para indigentes, se sentó majestuosa en una silla que un mesero raudo ya había colocado en la mesa y saludó sin mucha conciencia de sí—: Buenos días a todos.

—Bienvenida, Claudine —dijo Lu—. Perdona, no te esperábamos ahora porque la prensa está invitada a la cena de gala por la noche —y de inmediato, sintió que miradas matadoras se le clavaban con disgusto. Pronto se dio cuenta de su metedura de pata, y cambió el tema de inmediato—. Pero no importa, es exactamente lo mismo. Bienvenida.

—¿Lo mismo? —dijo por lo bajo una de las Igualitas a La Carola—. A nosotros nos traen a un desayuno meado y "a la prensa" —dijo, entrecomillando con los dedos— la llevan a una cena de gala. Vaya mierda.

La presentación transcurrió entre pases de diapositivas y la proyección del comercial de tv que apoyaría la campaña. Los cafés siguieron llegando y los croissants, desapareciendo. A estas alturas, los teléfonos celulares habían recuperado la atención de muchos de sus dueños y Claudine supo que era el momento de irse y se puso de pie para enfilar hacia la salida. Y como suele pasar en este tipo de eventos, cuando el primer invitado se levanta de la mesa, los demás hacen lo propio casi al unísono. La anfitriona se acercó a la puerta para despedirlos y hacerles entrega de su regalo y su dossier de prensa. Claudine lo agradeció y se despidió de Lu. Wendy, que había sido la siguiente, se acercó hasta ella y con una mueca más que una sonrisa, le dijo:

—Vaya, la nueva directora de *Couture*. ¡Muchas felicidades! Tienes unos zapatos muy grandes que llenar.

Puta china monstruosa. Ojos de alcancía. ¿Quién te está preguntando nada?

—Sí, Helena hizo un gran trabajo, pero ya era tiempo de inyectar sangre nueva a la revista. Al fin y al cabo, la moda es eso: novedad.

—Eso y muchas otras cosas. Pero seguro que lo harás muy bien —dijo Wendy con jiribilla.

—Ya lo estoy haciendo —respondió Claudine, mientras sacaba los lentes oscuros de su bolsa de Balenciaga y se apresuraba a salir de ahí. Pero huir no iba a ser tan fácil: Lilian y Willy le salieron al paso. Querían saberlo todo.

—¡*Babe!* —dijo Lilian dándole dos besos al aire—. ¡Cuéntame, por favor! —y la jaló a un lugar más privado para seguir disparando—. ¿Es verdad que sacaron a Helena de la editorial con policía y todo? ¡Ay, qué vergüenza! La pobre. La corren y encima la tratan como una criminal.

—Yo escuché que fue ella quien renunció, ¿o no? —preguntó Willy. Siempre había sido fan de Helena.

—Bueno, ésa es la historia *oficial*, Willy darling, pero, aquí entre nos, sí la corrieron y estuvo feo, la verdad. No sé qué hubiera hecho si me pasa a mí.

—Pero ¿cómo estuvo? Cuenta: no le decimos a nadie —insistió Lilian que, más que el ejercicio, eran los chismes los que la mantenían en forma.

—Es que ya estaba equivocándose mucho. La revista se estaba volviendo muy para señoras, tú me entiendes, ¿verdad? —dijo a Lilian sabiendo que era de las influencers mayores: andaba rondando ya los treinta. Ella se hizo la desentendida—. Y pues quisieron darle un toque más cool, orientado a social media y con marcas de moda más novedosas. Y ésa es la historia.

—Pobre mujer —dijo Lilian—. Seguro se habrá ido a una casa de retiro. A esa edad ni quién vaya a contratarla.

—Bueno, no la contratarán porque no le llegan al precio: una mujer con su experiencia debe ganar una millonada —dijo Willy.

—Supongo —dijo Claudine con una mueca. A ella no habían querido darle ni la mitad del sueldo que cobraba Helena—. Pero Helena fue una gran mentora y espero que le vaya bien en su retiro —continuó enseñando todos los dientes.

La Carola, que se aproximaba a ella para seguir sacándole la sopa, se quedó de piedra cuando Claudine, sin siquiera haberla saludado, le extendió la shopping bag con el regalo que acababan de darle.

—¿Quieres mi regalo, darling? Esta marca me saca granos. Bueno, nos vemos prontito —dijo con los labios en punta y mandando besos al aire—. Pero qué gente más fea —soltó Claudine cuando se marchaba a toda prisa y se llevaba de corbata a un mesero que pasaba por ahí—. Quita, pendejo —le espetó sin siquiera voltear a verlo.

El mesero, mientras se recomponía, la miró y repitió: "Sí, qué gente más fea".

A Carmen siempre le había fascinado la arquitectura del edificio de AO. Desde el primer día que entró a trabajar a la editorial se sintió afortunada por trabajar en un sitio tan bonito. Ubicado en una alejada zona boscosa de la ciudad, era luminoso y hasta etéreo, gracias a sus paredes acristaladas y sus paredes azul pálido. Tenía incluso un aire celestial, aunque lo que sucedía día tras día en ese sitio podía ser cualquier cosa, menos divino. Uno de sus pasatiempos favoritos era mirar, cuando nadie la veía, las oficinas privadas de los grandes jefes. Ahí, metidos en esas peceras gigantescas, a veces olvidaban que estaban expuestos y ofrecían gratuitamente el mejor *reality show* del mundo: personas que lloraban, hablaban solas, comían a escondidas, se sacaban los mocos y hasta jugaban con su genitalia cuando creían que nadie los veía. Como los escritorios eran idénticos para todos, Carmen pensaba que aquello de las oficinas privadas era una tontería, porque, a fin de cuentas, todo estaba a la vista. La privacidad era bastante relativa.

Entre los elevadores y la redacción de *Couture* estaban las oficinas de unas seis o siete revistas, un recorrido relativamente largo. Por eso, cuando Claudine llegaba, tenía que anunciarlo a todo pulmón.

—¡Carmen, mi café!

Carmen salió de su ensimismamiento para sentir un escalofrío que le bajaba por la espalda. *Ya llegó esta mujer*, se dijo. No entendía por qué gritaba desde el momento en que ponía un pie fuera del elevador. Sus taconeos se fueron haciendo más recios y sintió un vacío en el estómago que comenzaba a preocuparla. Ya había tenido una úlcera antes, causada quizá por Helena, nunca lo supo bien a bien.

—Mándala a la mierda de una buena vez —dijo Eduardo, aproximándose a ella.

—No puedo, es mi jefa ahora.

—Es tan imbécil... no se da cuenta de que meterse a la cama con el maestro de ceremonias no la hace dueña del circo.

—Si por lo menos hubiera aprendido un poco de Helena, pero parece que quiere borrar todo vestigio de ella. Eso de usar parte del presupuesto editorial para redecorar la oficina es de las cosas más descabelladas que he visto desde que trabajo aquí.

—Y las que te quedan, Carmelita. Bueno, me largo, que ahí viene la perra esa —dijo Eduardo corriendo a su escritorio.

Sí, Claudine quiso borrar el paso de Helena por *Couture*. En el momento en que tomó posesión de la oficina de Helena, dijo en voz alta y clara: "¡Mi oficina, por fin!", y de inmediato mandó bajar de la pared posterior al escritorio una enorme foto enmarcada del New Look 1947 de Dior. Para el equipo fue un sacrilegio, porque esa foto era parte de la personalidad de la redacción. Pero a Claudine le importó un pepino. Al día siguiente, mandó pintar las paredes de verde menta y trajo de su casa un cuadro de Lichtenstein, por supuesto, original. Adolfo pasó al día siguiente y cuando le dijo: "Cómo me gusta tu Lichte", casi lo abofetea, porque pensó que le había hecho una broma en tono sexual. Cuando le aclaró que se refería al cuadro, Claudine se sonrojó, cosa que escasamente hacía. No: no sabía quién era el autor y muy probablemente su madre lo había comprado porque hacía juego con el tapiz de la sala.

Sin saludar a nadie, Claudine entró a su oficina y desde ahí, pegó otro grito:

—¡Eduardo!

Como si estuviera caminando al cadalso, Eduardo acudió a su llamado. Le dio los buenos días, aunque ya sabía de antemano que ella nunca le devolvía los saludos.

—Anoche estuve revisando la historia de moda que hiciste en Nueva York. Y no me gusta —dijo sin siquiera verlo.

—¿Qué es lo que no te gustó, Claudine? —preguntó Eduardo haciendo acopio de templanza.

—No sé. Nada. En general no me gustó.

—Me ayudaría mucho que fueras más específica...

—La modelo se ve rara.

—Pero fuiste tú quien insistió en contratarla. ¿No era la hija de una amiga tuya de Nueva York?

—Ah, sí. Dominica. Pues no sirve.

—No, no sirve, te lo dije desde que te empeñaste en usarla. Fue una pesadilla trabajar con ella, pero hicimos nuestro mejor esfuerzo y creo que la sesión se salva...

—A ver, alto ahí: no quiero sesiones salvadas ni planes B. Quiero maravillas que demuestren que ésta es una nueva era de la revista. Se acabó lo "medianito".

Eduardo la vio con un odio que podía fulminarla. Pensaba que sólo era una puta mediocre y vulgar que se largaría de ese puesto en cuanto el jefe se diera cuenta de que hasta en la cama era una pendeja. Pero ni hablar: mientras eso sucedía, tenía que lidiar con esa pendeja le gustara o no.

—Te entiendo, Claudine, pero si quieres excelencia, debes escuchar a quien sabe un poco más de este negocio. El *micromanagement* puede ser peligroso, y aquí está la prueba. Te has metido en el trabajo de todos y, cuando las cosas no salen bien, nos culpas a nosotros. Dirige, da tu punto de vista. Di lo que quieres, pero no obstaculices nuestro trabajo. No si quieres hacer una revista bien hecha.

Con la cara roja como suela de Louboutin, le preguntó:

—¿Estás diciendo que no sé lo que hago?

—Sí, exacto, eso digo. ¿O me equivoco? Pero no tienes por qué saberlo. Eres nueva en el puesto y no tienes experiencia, pero eso no es malo: aprenderás porque eres muy lista, ya lo verás. Pero por ahora, deberías dejarnos tomar la última palabra, por tu propio bien. Y, sobre esta historia de Nueva York, ¿*reshooteamos* o... hacemos plan B? Piénsalo y me dices. Voy a mi lugar —dijo Eduardo, enseñando su dentadura, triunfante, y dejando tras de sí a una Claudine furiosa que no tuvo más remedio que descargar su rabia pidiendo a gritos su café, que Carmen trajo de inmediato.

¡Putísima, está ardiendo! ¡Pinche café! Lo hacen a propósito estos infelices. ¡Los voy a correr a todos! Pero, si los corro, ¿quién va a hacer la revista? No soy buena contratando gente. ¿Cómo se hará para reconocer el talento? Aquella chica que se vestía precioso que contraté para las redes sociales nos salió ladrona. A ella sí que la echaron con policías y todo porque se llevó los zapatos de Vuitton que iban a usar para unas fotos. Claro, dijo que fue un error, pero cero le creo. Ni modo: tengo que quedarme con esta caja de serpientes hasta que esté más fuerte en el puesto. Eso sí: por cabrones, voy a adjudicarme todo su trabajo. Ya me cansé de ser la buena del cuento.

—Claudine, te necesitan arriba para una reunión de emergencia con Adolfo y el equipo de ventas —dijo Carmen entrando a su oficina y bajándola de golpe a la tierra.

—¿Es muy importante que vaya? —dijo conteniendo un bostezo.

—Mucho. Adolfo pidió que subieras de inmediato.

De mala gana, Claudine obedeció. Cuando llegó a la sala de juntas, Anita, la directora del equipo de ventas y uno de sus ejecutivos, rumiaban algo que, dadas sus expresiones, no debía ser nada bueno. El ambiente estaba tenso, pero Claudine no se daba por enterada. Mandó un saludo al aire que fue contestado con monosílabos sin entusiasmo. Tomó asiento en la cabecera porque ¿dónde más podía sentarse ella?, y siguió dándole a la pantalla de su teléfono. Arrugó la nariz al percibir un aroma raro y miró a su alrededor tratando de averiguar de dónde podía venir.

—Como que se les fue la mano con el Pinol cuando limpiaron aquí, ¿no?

—No, Claudine, es mi perfume —dijo Anita, entre molesta y avergonzada.

Salvando la situación, Adolfo entró a la sala como un torbellino rechinando los dientes. Claudine, a pesar de conocerlo poco, sabía que hacía eso cada vez que estaba que se lo llevaban los demonios. Pensó que seguramente los de ventas habían hecho una idiotez que ella tendría que resolver. Suspiró.

—Hola a todos. Perdón por la premura, pero tengo que tratar con ustedes un tema delicado. Anita, aquí presente, recibió una llamada que nos ha inquietado muchísimo.

—Sí —dijo Anita—, acabo de hablar con el director general de Statement Cosmetics que, como saben, es uno de nuestros anunciantes más potentes —respiró profundo para luego continuar—. Me dijo que va retirar por completo la pauta publicitaria de *Couture* y de todas las revistas de la editorial porque la directora de una publicación de esta casa le faltó al respeto a su compañía esta mañana.

¿Cuántos likes tiene la foto de la ridícula esta de Lilian, setecientos ochenta? ¡Ah, claro, ya vi! Los views van creciendo por segundos. Son likes comprados. Ya decía yo. Ya va de salida. Por bruta y por chismosa. Además esos zapatos de Fendi son de la temporada pasada. ¿Pues, no que tan millonaria? Nena, cómprate zapatos de temporada, no seas naca...

Al sentir la mirada quemadora de Adolfo, escondió el teléfono bajo la mesa de inmediato.

—Ay, qué cosa —dijo Claudine.

—¿Qué cosa con qué Claudine? ¿Estabas escuchando? —dijo Adolfo.

—Perdón, era una cosa urgente de trabajo.

—Decíamos que una directora de esta editorial es responsable de que nos quiten la pauta de Statement —resumió Anita.

74

—¿En serio? ¿Quién? —preguntó Claudine, intrigada.

—Tú —dijo Adolfo, rechinando tanto los dientes que incluso sintió cómo uno se despostillaba.

—¿Yo?

—Sí, tú. En el desayuno de hoy dijiste que sus productos te sacan granos —dijo Anita inquisitivamente.

Mierda. Mierda. Mierda. Seguro la cabrona invertida de La Carola fue con el chisme. Si una mujer de verdad no es de fiar, mucho menos una ficticia.

—Una de las cosas por las que ocupas este puesto —dijo Adolfo— es por tu buena imagen y porque eres buena con las relaciones públicas. O eras.

—Pero nadie me escuchó, se lo dije a una blogger a la que regalé mis productos, porque es cierto: sus productos me sacan granos.

—Como si te dieran lepra, Claudine. ¡Carajo! Haberte callado el comentario. Sales de ahí con una sonrisa y luego tiras los productos al escusado si quieres. ¿Qué estabas pensando? Escúchame: no sé qué vas a hacer, arrodillarte o ponerte de cabeza, me da igual, pero tienes que traer de vuelta a este cliente. Con lo que estamos viviendo ahora mismo no podemos darnos el lujo de perder una cuenta como ésa. Y menos por una pendejada.

No llores. No llores…

—Lo voy a arreglar, Adolfo, te lo prometo.

—Eso espero. Lo quiero resuelto para el viernes.

—Tenemos otro tema que quisiéramos tratar, Adolfo —dijo Anita mirando de reojo a la acusada—. Ésta es la maqueta del *Couture* del próximo mes y no hay apoyo para los anunciantes. Y no está programado tampoco el editorial que hicimos con Dior en Nueva York.

Adolfo tomó su celular y marcó un número. "Que suba Eduardo", dijo imperativo. Anita miró de reojo a los otros y se tronó los dedos de las manos empapadas de sudor. Nadie dijo ni pío. El aire —y otras cosas— podía cortarse con cuchillo en ese momento. Eduardo entró a la sala de juntas y, al notar el ambiente, sólo masculló un saludo que, de antemano, sabía que no sería respondido. Se dispuso a recibir el golpe.

—Eduardo, me está diciendo el departamento de ventas que no hay apoyos para los anunciantes en este número. ¿Me puedes explicar por qué? —inquirió Adolfo.

—Creo que Claudine puede explicarlo mejor...

—Pero te estoy preguntando a ti.

—Hicimos el shooting en Nueva York, pero a Claudine no le gustó —dijo Eduardo, tragando saliva.

—Es que no salió bien, no está a la altura de lo que queremos ahora de la revista. Y con respecto a los otros anunciantes... no sé qué decirte. ¿Sabes algo de esto, Eduardo? —dijo Claudine titubeante.

—Sí, claro —respondió Eduardo—. Son las marcas y notas editoriales que sacaste porque te parecían "una vulgaridad".

—Pero debiste haberme dicho que eran apoyos.

—Te lo dije.

Adolfo, con riesgo de cargarse la dentadura, rechinó más los dientes y maldijo el momento en que se deshizo de Helena. Tenía que haberlo gestionado de otra forma y no cortándola de tajo del panorama. Ya presentía entonces que aquello tendría consecuencias, pero nunca se imaginó que fueran *tan* pronto y *tan* graves. Recordó que su madre le había dicho alguna vez: "A los jefes, a veces hay que hacerles como en el 'Son de la negra': decirles que sí, pero no decirles cuándo". Por más presión que ejercieran sus superiores, tenía que haber planeado mejor su jugada. Ni hablar. Ahora sólo tenía unas ganas locas de darle un bofetón a Claudine... o dárselo a sí mismo por haberla contratado. Pero ya era muy tarde.

—Vas a tener que trabajar horas extra, Claudine. Esta maqueta es una porquería. Necesito que la arregles ya —dijo, arrojándola sobre la mesa.

—Es que es injusto, es mi primer número —dijo Claudine con los ojos húmedos.

—Por eso tiene que ser estupendo. ¿No te das cuenta? Es tu prestigio. De aquí puedes irte al cielo o estrellarte en el pavimento. Dijiste que eras capaz cuando te ofrecí el puesto. Demuéstramelo.

—Adolfo, me gustaría enseñarte algo —dijo Eduardo de pronto, extendiéndole su iPad.

—¿Qué es esto?

—Es la maqueta del número siguiente.

En la más pura escuela de Helena, Eduardo había armado perfectamente el número de la revista con todos los apoyos a anunciantes, los editoriales de moda exquisitamente diseñados, incluido el bendito shooting de Nueva York, pero con una variante: Eduardo había sido lo suficientemente hábil como para utilizar a la modelo que Helena había aprobado antes de irse; de modo que hizo de manera simultánea las fotos con ella y con la modelo inservible que Claudine había impuesto. Era el golpe maestro con el cual esperaba eliminar a Claudine... y quedarse él con su puesto. Ya lo había dicho por toda la editorial sin pudor alguno: quien merecía ser director de *Couture* era él. Él sí podía hacerlo. En el último año Helena había extremado sus precauciones con Eduardo, porque a pesar de ser un excelente profesional, su ambición desmedida lo hacía una persona en la que no se podía confiar plenamente. Y tenía toda la razón.

Adolfo revisó rápidamente la maqueta en el iPad y su rostro se relajó poco a poco. Los dientes dejaron de rechinar. Claudine, por otro lado, tenía los ojos como un cuadro surrealista por las formas insospechadas que había adquirido su maquillaje corrido. Miró directamente a Eduardo: por fin, todo ese odio escondido que le tenía salía a la luz. Si bien aquello era lo más rastrero que nadie le había hecho nunca, tuvo que admitir que el movimiento de Eduardo les había salvado el pellejo. A ella quién sabe, pero a la revista sí.

Ahora sí ya me jodí. Me van a correr y dónde voy a encontrar otro trabajo de este nivel. No llores, ya no llores. Y recuerda la próxima vez que vayas a Saks, compra maquillaje contra agua, a estas alturas ya deberías tenerlo claro. Eduardo es un hijo de la chingada, pero por idiota no me hice amiga de él. Le hubiera dado el avión y dejarlo que hiciera todo mientras yo me iba a los viajes y los eventos, que para eso soy la directora. ¿Me darán trabajo en Vogue? *A lo mejor sí...*

—Claudine, lleva esta maqueta a producción —dijo Adolfo decidido—. Eduardo: excelente trabajo. Impecable, como siempre.

Eduardo sonrió y, triunfante, miró con desprecio a Claudine. *Estás acabada, bastarda*, se decía, y en su cabeza reía a mandíbula batiente.

—Desafortunadamente —continuó Adolfo—, voy a tener que despedirte por haber actuado a espaldas de tu jefa. Es un enorme gesto de deslealtad, y en esta empresa no queremos gente así. Gracias a todos —y abandonó la sala de juntas como una ráfaga.

Mudo y boquiabierto, Eduardo preguntó a nadie en particular:

—¿Qué acaba de pasar?

—Que te acaban de despedir, manito —dijo Anita, diligente.

Todavía en shock, Eduardo se puso de pie y caminó hacia la puerta, pero Claudine lo detuvo.

—Eduardo, perdón, antes de que te vayas: ¿me podrías decir a dónde se lleva la maqueta a producción?

5

Bloggerfucker

En el salón más lujoso del Hotel Península, un sofisticado grupo de mujeres y hombres de negocios sorbía café mientras ponía toda su atención a la presentación de Helena. Era tan consciente de lo mucho que había en riesgo que su discurso era planeado, puntual. Miraba a los presentes uno a uno con seguridad, sonriendo, pero tratando de no enseñar demasiado los dientes: para ella eso era un signo de altanería en los negocios, de ir sobrada. Y no: "ni mustia ni gallito", solía decirle su padre: "justo en el medio". Aunque estaba nerviosa, la adrenalina la hacía chispeante. Dominar a una audiencia era para ella mejor que el sexo.

En la pantalla a sus espaldas se leía la frase: "¿Qué NO es *Étui*?", y, rítmica, Helena fue develándolo a los presentes.

—*Étui* no es una revista, es un concepto editorial. No tiene páginas, sino textos originales escritos a máquina o a mano por los autores de moda más renombrados del país y del mundo, y fotografías de moda impresas en alta calidad. No tiene anuncios: tiene objetos que son un anuncio en sí mismo. No promovemos un perfume, una bolsa o un iPhone: lo incluimos dentro del ejemplar —y mientras hablaba, se desplazaba suavemente como una bailarina de ballet. Los meseros entraron en ese momento a servir el desayuno y aprovechó para tantear un poco el terreno, buscar reacciones de sus escuchas.

—Veo unos ojos de inquietud: ¿me quieres preguntar algo, cariño? —dijo Helena.

—Seguramente será muy complicada la producción y distribución, ¿no? —preguntó la representante de Nina Ricci.

—Lo sería en el caso de que tuviera un gran tiraje, pero sólo crearemos diez ejemplares por edición que se van a distribuir en puntos estratégicos a lo largo del país. Los buscadores, como llamamos a nuestros lectores, seguirán pistas on line para encontrar *Étui* y poder comprarla. Una vez que hayan aparecido los diez ejemplares, subiremos el contenido íntegro a la web de manera gratuita, para que, entonces sí, todo el mundo tenga acceso a él.

Impecable en un traje de chaqueta y pantalón de Alaïa, a una cierta distancia, Lorna analizaba a los invitados. Veía súper interesada a María León, directora de Copine, la cadena más importante de perfumerías del país. A pesar de que su rostro tan rígido ocultaba bien sus emociones —no la llamaban "León" en balde—, Lorna la conocía bien y sabía que ese brillo en sus ojitos de ratón significaba que la idea le gustaba... y mucho. Ya tenían un pez gordo en la bolsa. El chico de Gucci y la manager de Dior, que estaban sentados juntos, no lo veían claro, pero les resultaba interesante, lo presentía. El "mocoso" de Puig, como lo llamaba por su carita de niño, estaba feliz. ¿Y cómo no estarlo si les estaban revelando el Santo Grial que salvaría la industria editorial, carajo? Los de *Elle* se arrepentirían de haberla echado. Estaba segurísima.

—Helena, no entiendo. Digamos que te compro un anuncio, ¿tengo entonces que poner una crema o un perfume real? —preguntó León.

—Exactamente.

—Pero ¿debo poner uno para cada cajita?

—No, León. No queremos que parezca una canasta de navidad. La idea es que cada ejemplar sea único y tenga contenido diferente. Eso hará más grande el interés de los buscadores.

—Pero ¿y si quisiera poner más de un producto en cada cajita?

—No es una "cajita" —intervino Lorna lanzando ojos de pistola a la mujer—: es un estuche, eso significa *Étui* en francés. Y tiene que ser exclusivo, lujoso. Sin otro igual.

—Exactamente —dijo Helena interviniendo antes que Lorna pudiera cargarse a un probable y muy buen anunciante—. León, si quieres estar presente en todos los *Étui* es posible, querida, pero tendríamos que analizar presupuestos y sería con un cosmético o un perfume diferente en cada ejemplar. ¿Te imaginas qué maravilla? Podrías anunciar muchos productos con una sola tarifa publicitaria.

León quedó bastante satisfecha. El ambiente bullía porque la mayoría de ellos, mentes brillantes de negocios, se daba cuenta de que estaba frente a algo que hasta ahora no había visto. No sabían de cierto si era algo bueno o malo, pero sí diferente. Las marcas de moda estaban cansadas de los bajos resultados que estaban teniendo sus campañas publicitarias: las revistas no eran ya lo mismo que antes, pero el mundo de la comunicación digital era aún un terreno bastante pantanoso al no tener métricas exactas para evaluar el impacto de sus campañas. Quizás ésta era la solución que estaban esperando: una idea que combinaba las bondades retro de una revista de una manera *cuasi hipster*, pero que tendría el valiosísimo apoyo del mundo digital.

—Pensarán —dijo Lorna, poniéndose de pie— que la idea suena bien… pero no sólo estamos aquí para hablarles de algo: queremos mostrárselo. Les presentamos *Étui*.

Y con un gesto teatral, levantó la mano dando una señal y una columna que estaba a sus espaldas se elevó para dejar a la vista una urna donde, como una joya, descansaba la maqueta de *Étui*. Se trataba de una caja de piel en color burdeos, igual a un estuche de joyería, pero de mayor tamaño: era como un lujosísimo cajón de un archivero. León fue la primera en acercarse, seguida por los más curiosos. El Gucci guy se aproximó a hurgar en el contenido. Descubrió, doblados a guisa de cartas, textos escritos por Anna Fusoni, la legendaria analista de moda. En folders, había artículos escritos a máquina —sí, Olivetti Lettera 33— de Pepón Martínez, uno de los críticos más ácidos de la industria, pero el más visionario también. Un par de artículos de belleza plasmados en el papel con impresoras de puntitos de los años noventa, firmados con pluma fuente, estaban acompañados de fotos que hacían referencia a los textos, adjuntadas con clips cubiertos con cristales de Swarovski. Deslumbrantes. Un editorial de moda impreso en papel mate —que bien podía estar colgado en una galería— descansaba al lado de un frasco de Chanel No. 5, un lipstick de Armani y una pequeña cajita con una pulsera finísima de Tiffany.

—¡Uf, qué pasada! Pero producir esto va a costar un dineral —dijo el Gucci guy—, imaginen lo que costaría poner un artículo nuestro en cada estuche…

Lorna estaba en su elemento: la producción de las revistas era su porno. Respondió la pregunta del Gucci guy y algunas otras dudas semejantes. No había que poner prendas de miles de dólares en la caja: unas gafas de sol, aretes, incluso una pieza pequeña de marroquinería. El costo para el anunciante sería mínimo. Como buena estratega, Lorna les hizo saber que, como gesto de buena fe, estaban dispuestas a descontar el valor de la prenda que incluyeran en el *Étui* de su tarifa publicitaria, en caso de que decidieran anunciarse. Sabía bien que para un cliente, la palabra *descuento* era la más seductora del mundo.

—¿No suena súper apetitoso? —preguntó Helena, triunfante. Miró los rostros de sus convidados, escuchó atenta los susurros. Estaba emocionada de que nadie se hubiera quedado indiferente con la idea… Y entonces lo vio. Ricardo Redondo, el zar de la moda, dueño del consorcio distribuidor de las marcas de lujo más potentes del mercado, se había quedado en su lugar sin abrir la boca. Impecable con su traje azul marino hecho a medida en Londres, nívea camisa blanca y corbata flúor de Prada, el hombre era todo un ícono de estilo a sus sesenta años. Ricardo era uno de sus grandes errores: había estado interesado sentimentalmente en ella, pero, absorta en el trabajo y distraída por aquel entonces con una conflictiva relación con un italiano, Helena le dio calabazas. Era de las pocas cosas en la vida de las que se arrepentía.

—¿Qué opinas, Ricardo? —preguntó Helena esforzándose por mantener firme la voz.

Él se puso de pie, caminó con paso seguro hasta donde estaba la maqueta de *Étui*. La miró con cautela, tomó alguno de los textos, lo revisó, y dijo:

—Es un proyecto muy arriesgado.

—Lo sabemos —dijo Helena.

—¿Cuál será la distribución y cómo funcionará este tema de los buscadores que mencionas?

—Venderemos *Étui* en diez diferentes sitios del país, los más hip y fashion que encontremos. Y cada mes, los puntos de venta serán distintos. Los buscadores seguirán pistas en nuestra página web para hallar mensualmente cada ejemplar.

A Helena siempre le había fascinado la idea del juego de "búsqueda de tesoros" que se hacía en las fiestas de alta sociedad del siglo pasado, en los años veinte. Antes de la Gran Depresión, los chicos ricos en sus reuniones llenas de excesos se lanzaban a la caza de tesoros absurdos, sólo por diversión: ya fuera un nido de pájaros o una cofia de camarera de hotel, daba igual. Cuanto más descabellado, mejor. Justo eso era lo que quería hacer: sembrar pistas, crear acertijos, y quien fuera capaz de resolverlos, se llevaría el premio: *Étui*.

—Suena muy complicado —espetó Ricardo.

—Oh, vaya que lo es —dijo Lorna empezando a fastidiarse—, pero en eso radica su encanto. Hoy todo es fácil: te informas, te relacionas y compras con tu teléfono. Y poca gente gasta en lujo porque ya no entiende lo que es. ¿Para qué comprar un vestido de lentejuelas de Dolce & Gabbana de miles de dólares si puedes encontrar la versión barata en Zara? La gente se ha olvidado de la calidad al estar en pos de la oportunidad, de lo inmediato. Cuando empecé en este negocio, me fascinaban los vestidos de Emanuel Ungaro, pero no podía permitírmelos. Así que le llevaba fotos de las revistas a mi costurera para que confeccionara cosas parecidas. Y costaba tiempo, esperanzas y dinero, porque cuanto mejor calidad querías en tu vestido, más tenías que invertir. Hoy todo está ahí: original y copia, pero *ahí*: a tu alcance. La gente ya no añora, ya no desea. Y esto es justo lo que queremos hacer con *Étui*, devolverle al lector moderno la habilidad de desear... y con la posibilidad de *no* conseguir lo que anhela como parte de la experiencia. Es una forma de hacer que los lectores aprecien más sus logros: los millennials tienen muy poca tolerancia a la frustración.

—O sea que también planean educar a las nuevas generaciones...

—No, Ricardo —intervino Helena—. No somos tan pretenciosas. Lo que sí queremos es enseñar nuevos caminos de placer al lector, nuevas formas de entender este negocio. Créeme: no nos arriesgaríamos si no estuviéramos seguras de que vale la pena.

—Puede valer la pena, pero no hay otro producto igual en el mundo que sirva de referencia para medir su posibilidad de éxito o fracaso. Es un poco arrogante, ¿no creen? —dijo Ricardo con desdén.

Y tras un cortísimo silencio, pesado como plomo, Helena lo vio venir: al cruzar su mirada con la de Lorna, sus ojos casi desorbitados le pidieron mudos que por favor no lo hiciera. Pero la fiera había roto ya los barrotes de su jaula. Ricardo era un Titán, en efecto, pero Lorna era otro.

—Creo que es más arrogante y hasta grosero, señor Redondo, venir a nuestro evento a decir que, a pesar de lo que hayamos planeado todo, vamos a cagarla —dijo Lorna, harta ya de guardar silencio.

Helena escuchó las atronadoras carcajadas y las exclamaciones mezcladas; apretó los dientes y miró al piso sabiendo que en ese momento, todo se había ido al demonio.

—Tiene razón, señora Lira: he pecado de arrogante —dijo Ricardo sin variar ni un decibelio el tono de su voz.

—Pero estamos dispuestas a perdonarlo si decide entrar con nosotras en el proyecto —dijo Lorna, mirándolo directamente.

Helena sintió cómo se hacía el silencio y trató una vez mas de decirle por telepatía: "Cállate de una maldita vez". Pero no, ella estaba muy ocupada haciendo frente a Ricardo: si él era el zar, ella sería entonces Rasputín.

—¿Sabe lo que pienso de las mujeres como usted? —dijo, acercándose hasta tenerla justo al frente.

—No lo sé, estoy intrigada —dijo ella, retadora.

—Que debería haber muchas más para que este mundo funcionara mejor. Somos más los arrogantes que las mujeres con carácter —y tomándola de un hombro, le dijo—: Cuenten conmigo. Me encanta el proyecto —y abandonó la sala marcando el paso como en un desfile. Militar, por supuesto.

Reunir al equipo de *Étui* fue relativamente sencillo. Con Helena y Lorna a la cabeza, sólo hacía falta un par de elementos más y, con la ayuda de colaboradores externos, todo marcharía sobre ruedas. Al recibir la llamada de Helena para ofrecerle el puesto de asistente editorial, Carmen fue hasta la oficina de Claudine para avisarle que se iba y sólo trabajaría lo que quedaba del mes. Ella, al teléfono, extendió la mano para impedir que Carmen se aproximara más. Luego, sin dejar la llamada, sacudió la misma mano para indicarle que se fuera. En otro momento quizá lo hubiera hecho, pero Carmen estaba hasta las cejas de ella. Entonces se acercó hasta el cable del teléfono y lo arrancó de un jalón. Antes de que la fúrica Claudine pudiera decir algo, se adelantó:

—Perdona que te interrumpa, *Claudia*. Sólo necesitaba decirte algo: vete a la mierda —salió de su oficina, fue a su lugar para recoger su bolsa y se enfiló hacia la salida, pletórica. Detrás de ella, sólo alcanzó a oír un chillido que decía:

—¡Me llamo Claudine! *¡Claudine!*

El tema de la contratación del editor de moda era un asunto más delicado. Rechazó a Eduardo, quien lloró e imploró por el puesto, pero ella sabía que no era la persona correcta, porque si ya antes desconfiaba de él, ahora, con lo que le había hecho a Claudine, no lo quería cerca. Es verdad: Helena había sentido la punzada eufórica de la venganza cuando Eduardo le refirió cómo había hecho la maqueta a espaldas de Claudine, pero ella no estaba dispuesta a ser la siguiente traicionada, por más que Eduardo tuviera un gran talento. De modo que, después de mucho buscar, Helena decidió contratar a un editor junior, ya que al final ella estaría bastante en control de las producciones de moda. Belmondo —a secas, como Cher, solía decir él— era uno de sus compañeros del máster de redes sociales que le suplicaba, una clase sí y la otra también, le diera una oportunidad. Estaba recién egresado con honores del colegio Parsons en Nueva York y, como todo chico que estudiaba en extranjero, al volver a su país había descubierto que el trabajo de sus sueños estaba justo ahí: en sus sueños. De modo que como era un admirador casi enfermo de Helena y su trabajo, tenerla como compañera de clase fue lo más cercano a lo que anhelaba. Helena tenía sus dudas con respecto a él porque lo veía muy verde y demasiado "fan fatal", pero Lorna la convenció de que un candidato como ése les tendría lealtad y, mejor aún, sería fácil de dirigir. Helena lo entrevistó y se dio cuenta de que a pesar de ser un poco molesto y extra adulador, el chico tenía talento, las credenciales necesarias para el puesto y además el look, algo importantísimo para la profesión. Así que decidió contratarlo.

Ya tenían equipo: ahora sólo necesitaban dónde ponerlo. Se dieron a la tarea de buscar una oficina agradable y acorde a su nuevo negocio, pero dado el limitado presupuesto que tenían para el alquiler, sólo se encontraron con cuchitriles. Lorna sugirió entonces que la montaran en su casa. A pesar de que Helena se opuso por considerarlo un abuso a la privacidad de su amiga, se dio cuenta de que por ahora era la opción más viable para hacerse con un sitio lindo y céntrico para trabajar. Lorna siempre dijo estar agradecida por tres cosas maravillosas que le había dado su marido: su hijo, su casa y el divorcio. Ubicada en una de las mejores zonas de la ciudad, aquella construcción modernista de dos pisos, que databa de los años cincuenta, era su orgullo y alegría; y desde que su hijo se mudara a vivir cerca de la universidad, había quedado medio vacía. ¿Por qué no llenarla con algo tan vivo y vibrante como *Étui*? Así que se instalaron en gran parte de la planta baja, para tener acceso a la maravillosa luz que entraba por sus grandes ventanales. Acondicionaron la sala de juntas en lo que antaño fuera su estudio. Las dos habitaciones para invitados serían las oficinas privadas de ella y Helena y en el gran salón dispusieron dos escritorios para Belmondo y Carmen. Pintaron las paredes en un lila cremoso y decoraron las paredes con fotografías de moda que Lorna había producido con Mario Testino, durante la época en que trabajó con él. Verdaderas joyas.

Aquel primer día de trabajo, enteramente vestido de Gucci, con broches y gafas de pedrería incluidos, Belmondo llamó a la puerta. Fue Lorna quien le abrió y quedó deslumbrada ante el brillante atuendo de su nuevo compañero.

—Helena, te busca Elton John en la puerta.

—Jaja. Qué chistosita. Buenos días…

—Buenos, chico, bienvenido.

—No sabes lo emocionado que estoy. ¿Cuál es mi lugar? —preguntó cantarín.

—Aquél —dijo, señalando un escritorio—, pero no te acomodes aún que tenemos una reunión ahora mismo.

Lorna lo tomó del brazo y lo llevó hasta la sala de juntas. Un delicado aroma a velas de Dyptyque flotaba en el aire y un enorme ramo de lirios blancos descansaba en medio de la larga mesa. Al fondo, un ventanal que daba al jardín dejaba pasar la suave luz de un día nublado. Ahí, muy acomodada en la mesa y tecleando a mil por hora en su laptop, estaba Helena con Carmen a su lado, haciendo lo propio. Al verlos entrar, dejó todo a un lado y caminó hacia ellos.

—Bienvenido, Belmondo. Ya estamos completos. Venga, siéntate que ya vamos retrasados.

—¿Somos todos? —dijo Belmondo sorprendido—. ¿Nada más nosotros cuatro?

—Y nada menos —respondió Helena—. Si empecé *Couture* con un equipo de seis personas, creo que, para algo tan artesanal, bastamos y sobramos.

Tomaron asiento y dieron paso a la parte que más le gustaba a Lorna: la planeación del número. Súper tecnológica siempre, Lorna tomaba notas con lápiz digital en su iPad de todo lo que se decía en aquella mesa. Si bien era cierto que ya mucho había sido planeado por ella y Helena en días anteriores, necesitaban oír ideas de gente que no estuviera aún tan involucrada con el proyecto. Lorna escuchó, opinó, bromeó, tomó café como viuda y escapaba al baño de cuando en cuando y, sin sentir, se les fue el día entero. Salvo los esporádicos recesos de cinco minutos para ir al baño y refrescar sus tazas de café y uno de quince para comer un sándwich a la hora de la comida, no se despegaron de sus sillas. Lorna veía a Carmen entera, seguramente porque ya estaba acostumbrada a esos maratones de trabajo con Helena. Ella ya conocía a su amiga y de lo que era capaz, por ello no le estaba resultando demasiado sorprendente. Al que veía que le bizqueaban los ojos del cansancio era a Belmondo y, para estimularlo, le arrojó a la cabeza la tapa de una botella de agua.

—¡Despierte, Sir Elton! —y dejó escapar una risa.

—Perdón, señoras, pero ya estoy viendo doble. Estoy muy cansado y no creo ser de utilidad así —dijo Belmondo.

—Lo entiendo, y si quieres puedes, irte. Pero si te vas, entonces no regreses —dijo Helena con firmeza.

—Vamos, Helena, el chico tiene razón. Llevamos casi doce

horas encerrados aquí —intercedió Lorna, estirándose cuan larga era en su silla.

—Aunque nos tengamos que quedar otras doce. Si queremos salir a tiempo, deberíamos comenzar a producir mañana mismo, y no podemos hacerlo si no tenemos perfectamente claro el índice de contenidos. ¿Qué les vamos a pedir a los colaboradores si nosotros mismos no lo sabemos?

—Voy a hacer más café —dijo Carmen, diligente, intentando romper la recién creada tensión.

—Tomemos diez minutos de descanso —indicó Helena. Ella también lo necesitaba.

Belmondo fue hasta el baño y abrió las puertillas del botiquín tratando de encontrar algo que le quitara el dolor de cabeza... o que le hiciera olvidar que lo tenía. Nada: sólo un frasco de antiácido que parecía ser una prueba más del cáustico sentido del humor de Lorna. Lamentó no haberle comprado a su comadre Aldo un gramito extra el fin de semana pasado: le habría venido de puta madre en ese momento. Suspiró y no le quedó más remedio que echarse agua fría en la cara para quitarse un poco lo embotado. Volvió a la sala de juntas y se detuvo en la puerta para observar a Helena, quien sin notar su presencia, miraba el jardín oscuro a través de la ventana. Para él, todo en ella era un espectáculo. Su manera de pararse, de meter las manos suavemente en los bolsillos de su falda línea A de Prada, su cabello impecablemente peinado como si acabara de salir del salón de belleza, sus labios fucsia recién retocados con el más vibrante Le Rouge de Chanel y esa aura que emanaba, que era como un perfume mezcla de energía y carácter que la envolvía y la hacía casi divina.

Helena, por su lado, estaba tan abstraída que ya la podían estar observando cien personas y no se daría cuenta. Tenía la cabeza como un bombo porque sabía que el tiempo apremiaba y que, a pesar de tener noventa por ciento de la revista resuelto, el diez restante no les permitía cerrar de una buena vez el proyecto del primer número. Cerrarlo a la perfección, como ella quería. Repasó una y otra vez en su cabeza los temas, los artículos que pedirían y a quién, las historias de moda, las secciones de belleza. Tenía hasta lo más importante en ese momento: los anunciantes necesarios que harían que el número no sólo fuera financiable, sino que incluso pudiera dejar ya un poco de ganancia. Ningún proyecto editorial en el que había estado había reportado ganancias de inmediato. Ninguno. En verdad estaba feliz de que *Étui* naciera con estrella, pero había algo que se le escapaba y eso la estaba consumiendo. Sabía que hacía falta ese algo distintivo que fuera el último gancho para atraer a los lectores. Un discreto carraspeo de Carmen la volvió a la realidad: el equipo había regresado y la observaban, inquisitivos. Se arregló un poco el cabello y dijo:

—Continuemos.

La lluvia de ideas para la sección que faltaba continuó unas horas más, exprimiendo aún más el seso y la paciencia del equipo. Hasta la incombustible Helena comenzaba a sentirse exhausta. Lorna no pudo aguantarlo más.

—Lo siento mucho, pero yo ya no doy una. Estoy seca. Necesito un trago y mi cama, y como ambas cosas están justo aquí arriba, me largo. Que apague las luces el último que salga —dijo.

—No te vayas, espera. Estamos casi a punto de conseguirlo —suplicó Helena.

—¿De conseguir qué, nena? Volvernos locas seguramente. Estoy viendo bizco y no por estar ebria, como me fascinaría. No seas intensa y retomemos mañana. Vendremos con la cabeza más fresca.

—Me encantas, Lorna: el que no tengas filtro para decir lo que piensas me mata de risa —dijo Belmondo.

—Pues sí, mi Elton, la diplomacia nunca ha sido lo mío. Prefiero una colorada que muchas descoloridas. ¿Para qué disfrazar la verdad con eufemismos?

—¿La verdad? —dijo Carmen resurgiendo de sus propias cenizas—. Helena, ¿recuerdas que una de las cosas que menos te gustaba de trabajar en AO era que siempre tenías que ser políticamente correcta?

—Sí ...

—Estuve leyendo la otra vez que para enterarte realmente de un suceso había que ir a los periódicos, porque las revistas siempre han dado un punto de vista más sesgado de los acontecimientos. En ninguna revista de moda se dice la verdad de ciertas cosas —continuó Carmen—. Si un diseñador hizo una colección horrible, si un perfume huele a detergente...

—Bueno, Claudine perdió un cliente por decir que sus productos le sacaban granos —dijo Helena con una risita.

—Sí, pero no lo publicó. Con razones y con puntos bien desarrollados —reviró Carmen—. Estoy segura de que una sección donde se haga una crítica real, sustentada y profesional de cualquier tema relacionado con la moda será muy bien recibida por los lectores. ¡No hay nada como eso!

—Bueno, están los haters y los trolls en social media —dijo Belmondo.

—Sí, pero ésos sólo atacan sistemáticamente, sin sentido o un porqué de verdadero valor. Los haters de mi época eran los columnistas de sociales de los periódicos —dijo Helena.

—Pero ésos hablaban bien de sus amigos y de quienes les mandaban regalitos —apuntó Lorna.

—Pero eran implacables con quien no les caía bien. Eran terribles: se jactaban de acabar con la gente a punta de periodicazos, como si fueran moscas.

—¡Ahí lo tienes! —gritó Carmen, triunfante—. Helena: tienes que hacer una columna retro donde critiques y expongas a los bloggers, influencers y los periodistas advenedizos que no tienen idea de moda y usan sus plataformas para beneficio propio. ¡También a los de relaciones públicas que hacen su trabajo con las patas!

—Dios, ¡qué gran idea! Decir la verdad de estas sanguijuelas que no saben hacer la "o" con un canuto y creen que son Anna Wintour. ¡Me encanta! —dijo Lorna—. ¡Yo la escribo!

—No, Lorna, eso sería una obviedad porque todo mundo sabe que eres tremenda —dijo Belmondo—. La columna tendría que ser franca como tú, pero estilosa como Helena.

—¿Me estás llamando corriente? —dijo Lorna dándole un zape en la cabeza al chico. Los demás rieron a carcajadas.

—No, para nada. Pero cada una tiene la personalidad que tiene. Y una columna que critique lo negativo de los medios digitales escrita por Helena sería una sorpresa. Créeme, sus palabras van a caer como puñales —dijo con un entusiasmo recién despierto.

—Pues creo que es muy buena idea. Y es justo ese algo diferente y malicioso que necesitábamos para crear aún más expectación por *Étui*. Los lectores no sólo estarán ansiosos por leer los artículos o ver los regalos: también querrán saber a quién hacemos pedazos —dijo Helena—. Y así ayudamos a limpiar un poco ese medio tan maleado y que ha relegado tanto a la prensa escrita. ¿Estás de acuerdo en que la escriba yo, socia?

—Por supuesto. Es más, quiero que te pongas a escribirla ahora mismo, que ya quiero leerla. Me encantas cuando eres mala. O sea que me encantas siempre.

Lorna se puso de pie y los demás la siguieron: se iban a casa de una buena vez. Pero Helena los detuvo en seco.

—No podemos irnos todavía. ¿Cómo se llamará la columna?

—Pedazo de cabrona... *Motherfucker* —dijo Lorna entre dientes, maldiciendo a su amiga. Y entonces lo supo. Ahí, en su cabeza lo vio como si estuviera impreso. Era perfecto—: *¡Bloggerfucker!*

Esa noche había nacido una estrella.

6

De todas formas, nadie habla bien de él

No podía creer que estuviera llamando a su puerta. Se necesitan cojones y mucho cinismo. Helena no quería que él la viera enojada... ni de ninguna forma. Por eso, con un decidido: "Estoy ocupada" dicho desde su sala, esperó a que el invitado *non grato* se marchara. Pero no iba a ser tan fácil, y lo sabía. Un par de golpes más fuertes la hicieron ponerse de pie y acercarse decidida a la puerta.

—Vete en este instante o llamo al portero para que te eche.

—¿Y quién crees que me dejó entrar? Tu portero me conoce perfecto. Y tú también me conoces lo suficiente como para saber que no me voy a ir —dijo Adolfo.

—Pues ya puedes echar raíces ahí. No tengo nada que hablar contigo.

—¿Quién te dijo que quiero hablar? —dijo con una risilla.

No tienes madre, se dijo Helena alejándose de la puerta hacia el bar en el comedor. Necesitaba un trago. Si no le hacía caso, quizá se aburriría y marcharía. Se sirvió una copa de coñac y le dio un sorbo. No oyó más ruido... hasta que lo oyó. La cerradura de la puerta giraba y la puerta se abría. Presta, fue hasta allí y lo vio entrando a su casa... con el juego de llaves que ella misma le había dado.

—Vamos a hablar, Helena, no seas infantil.

—No, Adolfo, no soy infantil. Justo por eso me despediste, ¿recuerdas? Ya soy muy mayor para trabajar en tu repugnante y discriminatoria compañía.

—No es mía, por Dios. Si así lo fuera, otra cosa sería. Soy un empleado que sigue órdenes, nada más.

—Pues te ordeno que te largues, ya que eres tan bueno para seguir órdenes. Y devuélveme mis llaves.

—Si en verdad no querías que entrara, hubieras puesto el seguro…

No quiso verlo a la cara porque, en el fondo, sabía que decía la verdad. Desde el episodio de las fotos cachondas, no había oído palabra de él y su silencio la había indignado profundamente. ¿Quién se creía que era para desairarla? Y la verdad es que sí tenía ganas de verlo, pero para mandarlo a la mierda cara a cara. Haciéndose la indiferente, lo dejó parado en medio de la sala, entró a su estudio, se sentó en el escritorio, abrió su computadora e hizo como si él no estuviera ahí.

—Vine porque no puedo dejar de pensar en ti…

—¡Ay, por Dios Santo! ¿De verdad? ¿Esa frasecita? ¿Ese cliché del cliché?

—No quise decirlo de esa forma… aunque sí, también de esa manera pienso en ti, no me voy a hacer el loco. A lo que me refiero es que creo que pude haber manejado las cosas de forma diferente… no sé cómo, pero sigo creyendo que algo pudo haberse hecho para que no tuvieras que irte. Me siento una mierda.

—Finalmente estamos acuerdo en algo: sí, eres una mierda.

—Helena, me estoy esforzando para hacerte entender que esto no es culpa mía, que si por mí fuera, seguirías en tu puesto y juntos trataríamos de sacar adelante *Couture*.

—Eso lo sé, Adolfo. Pero ¿sabes qué es lo que más me ha dolido de toda esta situación? Que no me hubieras prevenido, que no me hayas dado un pitazo como mínimo. La humillación de ese día en tu oficina no te la voy a perdonar jamás. ¡Me quitaste el trabajo para dárselo a esa subnormal!

94

—Mi trabajo estaba en juego. Si veían cualquier reacción tuya que mostrara que sabías algo, me iba yo también a la calle. No sabes cuánto le insistí a mi jefe que te dejara en tu puesto y que a Claudine le diera una revista más fácil para que se entrenara. Pero no: tenía que ser *Couture*.

—¿Se la está tirando?

—¿Qué? ¡No! Bueno, no sé... no me dijo nada.

—¿Te la estás tirando tú?

—Tampoco, Helena... bueno, sí una vez, pero la verdad es que es una pendeja en la cama. La muy bruta me dio un rasguño en un huevo que me ardió por días...

—¿En serio me estás contando esto? ¿Quién te crees que soy, Adolfo?

—Mi amiga. Y ocasionalmente...

—Ocasionalmente una mierda. Nada volverá a pasar entre nosotros jamás.

—Helena, venga ya. No vine a pelear, sino a limpiar un poco las cosas entre nosotros.

—No hay nada que limpiar, no te preocupes. Ya no hay "nosotros". Ni laboral ni personalmente. Así que, por favor, vete, que estoy hasta las cejas de trabajo.

Al encaminarlo a la puerta, Helena le puso la mano en la espalda y lo empujó suavemente. Al tocarlo, sintió ese ya conocido gusto que corrió en un instante por su torrente sanguíneo. Siempre le había fascinado esa espalda amplia, fibruda y ahora delicadamente húmeda por el sudor. Su olfato percibió aquel perfume de oud y rosas que ella misma le había regalado años atrás y que Adolfo no había dejado de usar. Sintió que su cerebro se poblaba con imágenes que la debilitaban, la derretían. Así de rápido vino a su mente la del cuerpo bien formado de Adolfo, tumbado en su cama y bañado por la luz del amanecer la primera vez que tuvieron sexo. Casi saboreó ese torso en el que se quedaba dormida mientras él le acariciaba la espalda cuando llegaba el momento del relax.

Adolfo llegó a la puerta, se giró para despedirse y entonces vio en los ojos de Helena esa mirada que sólo significaba una cosa: ven por ello. Se acercó para besarla en la mejilla y ella lo detuvo poniendo la mano en el pecho, pero ya no había marcha atrás. Después de la rabia del encuentro, toda esa tensión acumulada se manifestó en magnetismo y ganas. Muchas ganas. Se devoraban mutuamente con manos, piernas y bocas. Rodaron por las paredes hasta que encontraron la puerta de la habitación de Helena y se arrojaron a la cama, ya medio desnudos.

Adolfo se sabía sexy y se crecía cuando subía la temperatura en las mujeres, pero Helena era especial para él. Tener sexo con ella era más que sólo eso: había una comunicación superior. Le fascinaba esa elegancia con la que Helena lo tocaba, pero le gustaba mucho más cuando se olvidaba de que era una dama y lo arrastraba por esos lodos de fiebre que lo ponían como una bestia. La tocaba con fuerza, se apropiaba de ella, entraba, subía y bajaba... y escucharla desvariar lo aceleraba aún más. Aquel encuentro no fue como ambos esperaban: fue infinitamente mejor.

Al verlo a su lado la mañana siguiente, Helena tuvo el impulso de arrepentirse. Pero la verdad es que se sentía tan bien que no había nada que lamentar. *Quizás es el placer de dormir con el enemigo*, se dijo. Y antes de que él también despertara, se dedicó a disfrutar de su verdadero placer poscoital: admirar el cuerpo desnudo de Adolfo. ¡Uf! Esas nalgas cubiertas de vello castaño que brillaba con el sol y las volvía doradas: eran unas nalgas de oro que merecerían estar en el Louvre. Al mirar con atención, descubrió que lo del rasguño de Claudine era verdad: aún se podía ver la huella rojiza... en el lado derecho. Suspiró y se puso de pie para ir a ducharse. Todavía desnuda, miró su cuerpo y bendijo su genética: que a su edad aún tuviera las cosas en su sitio era algo de lo que muy pocas mujeres podían jactarse. Y aunque ya se había hecho un levantamiento de pecho, complacida veía que todo le lucía naturalmente bien. Sabía que no era Gisele Bündchen, claro, pero aun así se sentía en paz con su cuerpo. No tenía barriga y la celulitis había sido clemente con ella. Hacía el ejercicio necesario para estar en forma y para no renunciar a las calorías del vino que era tan buen amigo suyo. Sí, estaba agradecida porque si no estuviera en condiciones, no se metería a la cama con un hombre más joven que ella. No era una cuestión de principios, sino de dignidad. Helena siempre pensó que, en la vida, la reciprocidad era fundamental. Y en las relaciones no podía ser menos. Si a ella le gustaban los hombres macizos, entonces tenía que estar a la altura. El día que su cuerpo obedeciera a la ley de Newton, entonces se replantearía su ideal masculino. Lo tenía clarísimo.

Al oír correr el agua, Adolfo despertó. Se quedó tumbado un rato en la cama mirando la habitación de Helena, sus muebles eclécticos, los marcos con fotos de ella acompañada por diseñadores, modelos o celebridades con quienes guardaba alguna relación. Le gustaba la forma en que mezclaba objetos antiguos con piezas súper contemporáneas. Por las ventanas entraban rayos de sol que parecían hacer bailar las motas de polvo suspendidas en el aire. Su mirada, adormilada y vagabunda, tropezó con una de las más preciadas posesiones de Helena: colgado en la pared frente a la cama, estaba el retrato que le hiciera Richard Avedon cuando era una jovencita. Ella le contó la historia cuando estuvieron por primera vez en esa habitación: su padre había conocido al fotógrafo cuando ambos trabajaron para la marina mercante y siempre mantuvo una buena relación con él; de modo que cuando Helena tuvo la inquietud de modelar allá en los años setenta, su padre consiguió que fuera Avedon quien le hiciera las fotos para su portafolio. Su carrera de modelo había durado un suspiro, pero aquellas fotos serían eternas. Adolfo se puso de pie para mirar de cerca el retrato... una vez más. Cada vez que estaba en esa habitación no podía evitar acercarse a él como la polilla a la luz. Le fascinaba.

—Debes saberte esa foto de memoria —dijo Helena, acercándose con la toalla a guisa de turbante y una impecable bata de baño de Frette. Eran su vicio.

—Cada ángulo. Aunque el original me gusta más.

—Sí, sí. Y yo tengo quince años y ahora me derrito.

Sí: era un dolor de huevos y dura de pelar, pero, aun así, lo atraía. Mucho. Se dejó caer de nuevo en la cama y la miró ir y venir al baño, entrar al clóset. Escuchó a la distancia el aullar de la secadora de pelo y el *clin clin* de los frascos y los cosméticos manipulados. Suspiró mientras se rascaba la entrepierna por esa puta cicatriz que aún le picaba ocasionalmente. Miraba compungido un punto fijo en el techo. Era una chingadera lo que quería hacerle, pero la vida es así: jodes o te joden. Se puso de pie velozmente diciendo al aire: "Voy a hacer café", y como rayo, entró al estudio de Helena y abrió rápidamente su laptop. Hurgó entre las teclas para adivinar su *password*, que descubrió después de tres intentos: si no era Coco ni Yves, sería Christian. En lo único en lo que ella podía ser previsible, era con las contraseñas. Sabía que al igual que con su computadora en la oficina, Helena sería igual de negligente con ésta. Y tenía razón: ahí estaba la carpeta entera de *Étui*. Veloz le dio dos clics para abrirla... pero la carpeta estaba protegida. Volvió a teclear la contraseña, pero no era la misma. Probó con las otras. Nada. Sintió que el sudor le corría por la espalda aún desnuda. *Cómo culos no lo hice anoche*, pensó, pero sabía que Helena tenía el sueño ligero y que sólo cuando se arreglaba por las mañanas su mente se evadía un poco. Siguió tratando con todos los nombres de diseñadores de los que se acordaba. Intentó hasta con Sarah Bustani. Nada. Nada. Hasta que recordó: ¿quién fue aquella que le hizo su vestido de debutante? ¡Coño, sí, Madame Gres! Gres. No. A ver con mayúscula: GRES. Tampoco. Mierda...

—Ésta no es la cocina, guapo —dijo Helena desde el marco de la puerta del estudio.

—Sí, ya sé, claro... es que mi teléfono se quedó sin batería y tenía que checar mi correo...

—Ah, claro. ¿Y pudiste?

—No, bueno... estaba en eso.

—Por supuesto. Y yo soy estúpida. Toma: aquí está tu ropa —dijo, arrojándole sus pantalones y camisa a la cara—. Creo que ya es hora de que te vayas.

—No te alucines, Helena, no estaba haciendo nada malo.

—Mejor cállate. No tienes madre, de verdad. Toma tu teléfono: milagrosamente la batería está al setenta por ciento.

—Helena...

—No digas nada —dijo, pastoreándolo a la puerta.

—Pero mis zapatos se quedaron en tu cuarto.

—No los necesitas: los gusanos no tienen pies.

Helena abrió la puerta y de un empujón lo sacó de su casa. Él intentó balbucear algo pero ella lo detuvo poniéndole la mano frente a la cara.

—Y por cierto: *Grès* lleva acento grave. Por eso no pudiste abrir la carpeta —y cerró la puerta de golpe.

Adolfo sintió el frío del mármol en sus pies desnudos y, al mirarse, se dio cuenta de que aún seguía en calzoncillos. Se vistió rápidamente y quiso volver a tocar la puerta para recuperar sus zapatos porque sabía que pescaría una gripa... y porque eran Hermès. Ahí sí que se acordó del acento grave. Se palpó en los bolsillos del pantalón buscando las llaves de la casa de Helena, pero no las halló. Ahora sí se merecía que se las hubiera quitado. Se recargó en la pared y suspiró profundamente. Miró esa puerta que se había cerrado tras su salida y algo dentro le dijo que probablemente no volvería a abrirse. Se sentía miserable. En qué persona más abyecta lo había convertido ese trabajo. ¿O era su culpa? No, no era posible sacar adelante una editorial que se estaba hundiendo, siendo íntegro. Entró al elevador y bajó los diez pisos hasta la planta baja, cada vez con más preguntas sin respuesta. No pudo siquiera responder al portero de Helena cuando le preguntó dónde estaban sus zapatos. Sólo quería llegar hasta el coche y largarse de ahí. Una vez dentro, trató de calentarse los pies frotándolos contra la alfombrilla. Miró por la ventanilla hacia el departamento de Helena, quizá tiraría sus zapatos por la ventana... pero no. Helena no era de ésas y lo sabía. Antes de arrancar el coche vio que en su teléfono tenía un videomensaje de Helena.

Adolfo querido: gracias por tu visita. Lamento que no te hayas podido quedar para el café... a lo mejor estaríamos tomando una taza ahora. Lamento también que no hayas podido entrar a mi carpeta y hacer sabe Dios qué con mi revista. Pero si tanta curiosidad tienes, te invito mañana al lanzamiento en el Mandarín Oriental; dejo tu nombre y un "plus one" en la puerta. Lamento igualmente que hayas venido con intenciones escondidas, pero para nada lamento el encuentro de anoche. Ya me hacía falta y me dejaste nueva, lo admito. ¡Ah! Por cierto, no soy la única imbécil con passwords previsibles: me reenvié todos los mails de planes editoriales y presupuestos de todas tus revistas que encontré en tu teléfono. O sea que piensa bien antes de querer putearme, porque con esta información te hundo. Y no te preocupes por tus zapatos: los voy a donar a los pobres de la parroquia de mi barrio. Harás muy feliz a alguien que calce de tu número. Nos vemos mañana. ¡No me falles!

—Ahora sí me la metió esta pinche vieja.

Lorna sintió que un intenso calor le cundía del pecho hacia el resto del cuerpo. Ese aplauso tan atronador consiguió que sus emociones se desbordaran y fue consciente de que los ojos se le humedecían. Tomó afectuosamente la mano de su socia y la levantó al aire como gesto de victoria. La miró con una sonrisa que casi se mordía las orejas: así le gustaba verla, era lo que se merecía, y ella también. Una vida de trabajo duro tenía que llegar al reconocimiento, a aplausos, por qué chingaos no. Sí: la presentación de *Étui* y el lanzamiento del primer número habían sido un éxito. No podía creer la conmoción que había causado en las redes sociales la búsqueda por los diez ejemplares. A pesar de que había pasado miedo, siempre supo que un proyecto como ése tendría éxito. No podía ser de otra manera: la sociedad no podía estar ciega. Tomó el micrófono para decir, a guisa de despedida: "Promovimos en línea *Étui* para que diez afortunados pudieran poseerla, vivirla. Sí, hay que tocar las pantallas de los teléfonos, pero también sentir el papel: manden mensajes, pero no dejen de hablarse frente a frente. Que lo virtual siempre sirva a lo real. Siempre".

—Y en este momento —dijo Helena— ¡el contenido del primer número de Étui se sube a la red de forma gratuita para que todos ustedes puedan disfrutarlo!

Lorna miró el gesto casi coreografiado de la mayoría de los invitados que sacaban su teléfono y buscaban de inmediato el sitio. A lo lejos, en un rincón del jardín, se percató de que Belmondo, vestido en Claude Montana vintage y fiel a su encomienda, no se había movido ni un milímetro de la columna donde estaba el ejemplar cero de la revista: un número extra que habían hecho a guisa de archivo… y como un recuerdo de algo que, estaba segura, sería decisivo en sus vidas. Hizo con los dedos el signo de la victoria a Belmondo y él le respondió de la misma forma, mientras vigilaba con ojo policial que nadie se llevara alguna parte de la revista. Se lo había advertido: le tusaría ese copete de medio metro de la cabeza si algo le pasaba al *Étui* de archivo. ¡Disfrutaba tanto que Belmondo le tuviera miedo!

Helena por su parte dejó a Lorna contemplar todo desde el escenario porque sabía que estaba disfrutando de ese momento y que se lo merecía. Ambas habían trabajado muchísimo y, a pesar de que los zapatos cubiertos de cristales de alto y finísimo tacón de Dior la estaban matando, sabía que la noche apenas empezaba: tenía que saludar a los anunciantes y especialmente a los bloggers, porque, al tratarse de un proyecto independiente, ninguna otra revista quiso atender, y menos publicar, el lanzamiento de *Étui*. Se había enterado por Belmondo de que las editoriales más importantes habían pactado un boicot para no hablar de la revista y, además, en AO habían prohibido a todos los empleados tener siquiera relaciones personales con ningún miembro de *Étui*. Ésa quizá fue la parte que le dolió a Helena: no tener a ninguno de sus amigos de la editorial acompañándola: no le quedó más remedio que entender cuando uno a uno los invitados de su excompañía la llamaron para declinar la invitación. Todos menos uno a quien ya había visto entre la multitud. Le provocó un gran placer y sintió una absoluta reafirmación ver que Adolfo había aceptado su invitación… y había traído a Claudine.

—¡Adolfo! Bienvenido. ¿Te atienden bien? ¿Tienes ya champán?

—Ya tenemos, Helena, muchas gracias. Felicidades por el lanzamiento de tu revista. Y gracias por invitarnos.

—Bueno, te invité a ti, pero no sabía que ibas a traer al enemigo —y con una muy dentada sonrisa se acercó hasta Claudine para darle dos besos.

—Helena, no somos enemigas…

—No, cariño, tienes razón, no lo somos —y levantó la copa para brindar con la misma enorme sonrisa—. ¿Y cómo los dejaron venir? Supe que se lo habían prohibido.

—A mí nadie me prohíbe nada, Helena. Sugirieron simplemente que nos enfocáramos en nuestros propios relanzamientos y novedades editoriales —dijo Adolfo, empinándose de golpe la copa de champán.

—Ya veo. ¿Y cómo va *Couture*, Claudia? He visto los números recientes y están un poco flojitos, ¿no?

—Bueno, es que mucha de la gente buena no quiere trabajar con nosotros desde que…

—Lo que Claudine quiere decir —dijo Adolfo, entrando al trapo— es que estamos en un proceso de adaptación que incluye traer nuevo talento, más fresco. Hay fotógrafos y escritores muy maleados que nos sobraban… Pero ahora la revista está enfocándose más en temas de millennials, redes sociales, caras nuevas. A lo mejor por eso la ves cambiada.

—No, no dije cambiada: dije flojita, sin sustancia. Pero, discúlpenme, tengo aún que saludar a mucha gente. Se quedan en su casa. ¡Más champán para los señores! —dijo a un mesero que pasaba y se alejó de ahí ondeando su vaporoso vestido de Nina Ricci. Oh, sí, se sentía triunfadora: no se carcajeó porque era de muy mal gusto, pero ganas no le faltaron. Se dio la vuelta para ver a Adolfo y casi podía escucharlo rechinar los dientes.

—¿Qué te dijo el hijo de puta ese? —dijo Lorna, saliéndole al paso.

—Ya luego te cuento, pero lo dejé girando en un tacón.

—Se lo merece por ojete. Eso de querer joderte... después de joderte, es de gente muy culera.

—Lorna, a veces llegas a ser tan ordinaria...

—¿Preferirías que te dijera que te la quiso meter después de habértela metido?

—No puedo contigo. Mira, allá está León, voy a saludarla. Y tú, compórtate y haz relaciones públicas. Y mide las palabrotas, por el amor de Dios.

—Anda ya, mojigata. Que eres una monja con tacones de Swarovski.

Lorna la vio alejarse mientras casi se ahogaba de la risa. Le encantaba que, a pesar de todos estos años, Helena siguiera escandalizándose con ella. Y se reía para sus adentros porque casi siempre lo hacía a propósito. Alzó la mirada un poco para ver a la fauna y que todo estuviera más o menos bajo control. Parecía que sí: los meseros seguían sirviendo champán sin parar, los bocadillos del excelso chef Carlos Aguilar se agotaban tan pronto salían al jardín, Elton estaba ocupado cuidando el *Étui* y ligando con un morenazo fortachón. De pronto, un grupito que se reía, manoteaba y gesticulaba más de lo normal captó su atención: eran los bloggers. No estaba muy segura de si ir hasta ellos e iniciar una charla... o mejor escuchar qué decían sin sentirse inhibidos por su presencia. Cuando vio una banca vacía justo detrás del seto donde estaban, supo que era la suya. Se acercó con cautela y se sentó sin llamar la atención.

—Qué bueno que no ha llegado. Se va a morir cuando lea esto —dijo Lilian.

—¿Y de cuándo acá te preocupa Esteban? —dijo Wendy, dando un sorbo a su copa.

—A ver, cariño, podemos caernos pésimo entre nosotros, pero si no nos apoyamos como comunidad, estamos perdidos —respondió Lilian.

—En eso tiene razón Lilian, China —dijo Miriam Igualita—. Ya bastante basura nos echan de fuera como para que nos metamos el pie entre nosotros.

—Te dice *china* de cariño, ¿eh? No te encabrones, que ya te vi que le estás echando ojos de pistola a mi hermana —dijo Marian Igualita, poniéndose en guardia.

—Y yo de cariño voy a decirles *Dumb y Dumber...*

—Hum... no entiendo— dijo Miriam Igualita.

—Es una peli buenísima. Googléala —dijo GoGorila.

—Cállense un momento todos. Este artículo está muy cabrón. Se acaban a Esteban, lo hacen cachitos literalmente —dijo Willy, realmente preocupado.

Interesada más que nadie, Wendy reabrió la pantalla de su celular para seguir leyendo el artículo. Ávida, seguía línea a línea los azotes que Helena había propinado en su crítica al blogger:

una celebridad de pacotilla: cobrar sumas exorbitantes por ir a una fiesta o recomendar productos de quinta categoría porque le pagan por ello; hablar pestes de las marcas que no caen en su juego y se han negado a "patrocinarlo", como él llama su actividad mercenaria...

Wendy no pudo contener una sonrisa de satisfacción y miró de reojo a los otros, que seguían leyendo con una mezcla de consternación y alegría culposa. Disimuló un poco la sonrisa cuando sintió la mirada de Lilian, juzgándola. Volvió al artículo porque era francamente hipnótico: por primera vez, alguien respetable y con cacumen decía una verdad de esos miembros que le daban tan mala imagen a un gremio que ella respetaba y buscaba hacer digno. Por eso Wendy siempre era tan crítica y dura con ellos, porque en verdad creía que el oficio de blogger podía ser respetado si se hacía con seriedad, con profesionalismo. Y criticar ácidamente a sus compañeros era —según creía— su manera de forzarlos a mejorar... o a largarse y dedicarse a algo para lo que fueran más aptos, como vender ropa en abonos, por ejemplo. Y continuó leyendo:

Para Pérez, *estilo* significa usar algo que llevaron antes las Kardashian; *moda* representa usar la prenda más obvia de una colección, y *elegancia* es sinónimo de fotografiarse usando sólo prendas de las marcas que las masas no pueden pagar y que él recibe como regalos a cambio de sus recomendaciones vacías. ¿En qué momento lo aspiracional de la moda se volvió un acto tan mezquino y sin sentido?

Wow. Sintió varias miradas en ella y se dio cuenta de que había leído lo último en voz alta.

—Creo que ésta es la parte más fuerte, chicos —dijo La Carola —: "Pero todo lo demás sería menos terrible si Pérez por lo menos supiera algo de moda. Pero no sólo es ignorante en este terreno, sino en lo más básico de cultura general. El chico es un analfabeto funcional que, en su más reciente post, tuvo a bien escribir *Hoscar de la Renta*. Una hache que, con ser muda, dice mucho de él: habla de su ignorancia, de su estupidez y de que debería terminar la educación básica antes de hacerse llamar influencer".

—Yo le dije lo de la hache —comentó Willy.

—Y se va a enfurecer más cuando sepa que le llaman Pérez en el artículo. Lo odia —dijo GoGorila.

—Ahora, no entiendo por qué tanto alboroto, chicos. No creo que se sorprenda mucho: de todas formas, nadie habla bien de él—apuntó Miriam Igualita.

—¡Bloggers! Tengo cinco minutos buscándolos. ¿Cómo van?

¿Ya leyeron el famoso Bloggerfucker? Me dijeron que está buenísimo —dijo Esteban, llegando aceleradísimo con copa en mano y limpiándose los restos blancuzcos de la nariz.

—Ya lo leímos —dijo Wendy—. Buenísimo, en efecto. Te va a encantar.

7

Antes muerto que pedir perdón

Después de salir de la ducha, Belmondo se miró al espejo por un largo rato preguntándose si debía maquillarse o no. Esa base de Dior Studio que le recomendaron en Sephora era una gloria: cubría las pocas, pero aún restantes, huellas de su acné juvenil. Después de último *peeling*, casi brincó de alegría cuando el dermatólogo le dijo que sólo le hacía falta uno más para lograr ese cutis con el que había soñado tanto tiempo. Arrugó la nariz y con un entusiasta "¡qué carajos!" en su mente procedió a aplicarse cuidadosamente una ligera capa de maquillaje para lucir impecable, como siempre le decía Helena que se veía. Le gustaba arreglarse para ella, vestirse para ella… quizá más que para el trabajo que hacía. Había coleccionado cuanta revista editada por ella caía en sus manos desde que tenía doce años. En sus crónicas, la forma que Helena tenía de narrar los desfiles de moda siempre lo transportaron a ese asiento de primera fila imaginario, él miraba la moda cobrar vida cada temporada a través de los ojos de su heroína. Cuando la conoció en el curso de redes sociales, no concebía felicidad mayor que sentarse a su lado y admirarla: su ropa, sus zapatos… ¡sus bolsas! Madre mía. Las quería todas. Cuando logró superar su vergüenza y derretir con su calidez la coraza de hielo de Helena, comenzaron a interactuar más. Helena lo llamaba "mi peripuesto compañero", y él sólo deseaba que algún día le llamara "amigo". Pero estaba seguro de que todo llegaría más temprano que tarde: ahora se sabía indispensable para ella en *Étui*. Con pena comprobó que en el trabajo diario, Helena era bastante parca para las felicitaciones. Cuando le entregó su primer editorial de moda, hubiera deseado que ella le aplaudiera y le hiciera una fiesta para festejar su talento. Pero no: ella sólo dijo: "Ajá" a cada foto que le gustaba y, al final, sólo lo felicitó con un: "Muy bien. El siguiente lo quiero mejor". Pero estaba seguro de que todo marcharía bien y lograría ganarse su cariño.

Estaba terminando de peinarse cuando un sonido lo sacó de sus pensamientos: la llave de agua caliente de la ducha se había abierto de nuevo. Cuando el vecino se duchaba, la vibración de la tubería hacía que su llave se fuera abriendo, hasta que el chorro era considerable. Entró con cuidado de no mojar sus mocasines Vuitton y apretó la llave una vez más. Miró su minúsculo cuarto de baño y se juró que, ahora sí en la siguiente quincena, arreglaría los desperfectos: la tapa de la taza estaba partida en dos, en el suelo había unas majaderas manchas de óxido donde antaño estuviera un mueble que ni siquiera había sido suyo — un regalito del inquilino anterior—, así como muchos otros desperfectos en el departamento. Pero lo que más odiaba y que realmente necesitaba compostura, era la filtración de agua en la pared donde estaba el lavabo: gotas de agua lentas y periódicas descendían por la pared en diferentes sitios y daban la sensación de ser lágrimas, cosa que siempre había odiado. Su madre y su abuela, cuando querían manipularlo, lloraban como magdalenas. Por eso, cuando veía a una persona llorar, lejos de despertar su compasión, lo hacía sentir rabia. Salió por fin de ese baño oloroso a humedad y a su perfume de Tom Ford para escoger, antes de ir a la oficina, su chaqueta y su bolsa. Ésta era la parte que más le gustaba de la mañana.

Su departamento constaba apenas de un dormitorio, baño y una cocinita. Su habitación no tenía muchos muebles, sólo una cama con una mesa al lado y un librero. Dos de las paredes estaban adornadas con carteles de exposiciones de moda, fotos de modelos en pasarela o retratos de diseñadores recortados de revistas. Pero eran las otras dos paredes las que le daban regocijo y hacían a su corazón dar saltitos. Se trataba de sus clósets, armados a medida e improvisados quizá, pero llenos de gracia. Esas dos paredes, que no tenían nada que ver con el resto del austero departamento, representaban su orgullo y alegría. Esa mañana las contempló igual que lo hacía todos los días: como si fuera la primera vez que las viera. Del suelo al techo estaban abarrotadas de ropa, zapatos, bolsas, cajas con joyería, sombreros, bandejas llenas de gafas de sol ordenadas perfectamente en anaqueles metálicos. En ese espacio podía pasar horas y horas acomodando zapatos, reorganizando joyería, limpiando sus bolsas. A veces, en días malos, hacía un hueco justo en medio de las camisas donde se metía a pensar, llorar, maldecir... o todo lo anterior. Se embriagaba del aroma a limpio y del efluvio de sus perfumes impregnado en la ropa: era el mejor antidepresivo del universo. Recorrió visualmente sus sacos, ordenados primero por color, luego por matiz y finalmente por textura. Cuando su amigo Aldo le llamaba enfermo por su forma neurótica de organizar su ropa, él simplemente le respondía: "Sólo una bestia como tú puede juntar prendas de diferentes colores y estaciones". Y en verdad lo sentía así: separar lanas de linos, brocados de *tweeds*, lentejuelas de algodón, era como una obligación, una consigna. "Ni que fuera un animal", le decía a Aldo cuando le aseguraba que le daba lo mismo cómo colgar la ropa. En fin. Después de un corto análisis, optó por una chaqueta de Givenchy con estrellas bordadas y por un clutch rojo de Balenciaga. Ceremonioso, la descolgó, se la puso frente al espejo y sacó de su funda el bolso para meter sus cosas. Su teléfono vibró en ese momento. Era Aldo. *Hablando del rey de Roma*, pensó. Le estaba enviando un archivo adjunto que abrió de inmediato: un video con el texto: "Un recuerdito de anoche". Cerró la pantalla porque ya iba tarde, pero dos mensajes más que rezaban: "¿Ya lo viste?", y luego una hilera de monos tapándose los ojos lo hicieron reabrir la pantalla, porque sabía que no lo dejaría en paz hasta que respondiera algo. Vio el video que le había mandado y se quedó muy impresionado. Le respondió con un rápido: "Es un imbécil. Hablamos luego", y agregó varios emojis de un individuo corriendo a toda velocidad.

Volvió al espejo para contemplarse unos segundos. Le gustó lo que veía: un Belmondo perfectamente ataviado para ir a ganar otra batalla en el mundo editorial. Se encaminó a la cocina, un espacio de tres por tres, para verificar que la *mini* estufa estuviera apagada, el *mini* refrigerador no se quedara abierto y para cerrar la llave de paso del agua —no sólo el grifo de la regadera tenía fugas— que estaba debajo del *mini* fregadero. Volvió al dormitorio para tomar el bolso que había dejado sobre la cama. Antes de salir, echó la bendición a su casa: "Diosito, cuida mi *couture*".

Llegó a la oficina entusiasmado, como cada mañana. Se encantaba a sí mismo por ser un individuo tan positivo. Tocó la puerta y se preparó para la broma pesada de Lorna sobre su atuendo, pero quien le abrió la puerta fue Carmen. La saludó con una sonrisa.

—Bel, corre que ya están en la sala de juntas. Y no están de buen humor.

Entró a la sala dispuesto, como siempre, a inundarlas con su positividad y hacer que olvidaran sus problemas.

—Ya era hora, pinche Elton, ¿qué crees que te vamos a esperar hasta que te dé la gana llegar? —dijo Lorna.

—Pero si son las ocho y media y entramos a las nueve…

—Ay, Belmondo, ¿cuánto tiempo más vas a necesitar para entender su sentido del humor? Todos los días, sin falta, caes en una. O eres muy inocente…

—O muy pendejo —dijo Lorna

—No iba a decir eso. En fin, qué bueno que llegaste, Bel. Tenemos un problema. Copine quiere retirar la publicidad de este número justo hoy que cerramos. Y mañana se siembran ya los ejemplares. Los de la mensajería vienen en camino a recogerlos.

—¿Copine se sale? Vaya. Seguro es por culpa de Esteban —dijo Belmondo.

—¿Por culpa de Esteban? —preguntó Helena—. ¿Cuál Esteban?

—Pérez, nuestro primer Bloggerfucker. Se ha quejado con el mundo entero de que somos unos bullies, que no merece que hablen así de él, que si su reputación...

—Pero ¿cuál reputación? Nadie lo quiere: es un mamón y un creído. Se siente guapo, inteligente, educado y rico, y no es ninguna de esas cosas —dijo Lorna.

—Pues fíjense que anoche —dijo Belmondo en tono confidencial— lo vi salir furioso del bar porque alguien había colgado en el baño una copia enmicada de Bloggerfucker. Claro, como no la pudo romper por más que quiso, sólo consiguió llamar la atención de todo mundo, que se rieran de él y hacer más el ridículo.

Helena pensó por un momento que Lorna se caía al suelo de risa.

—Componte, que estamos en la oficina —le dijo, pero al mismo tiempo estaba muy feliz de que su columna estuviera dando tanto de que hablar; no obstante, le preocupaban también los efectos colaterales que podrían afectarles de manera negativa.

—Voy a hablar hoy mismo con León —dijo Lorna, recomponiéndose—. No puede ser que se deje influir por un blogger llorón. Además ya pasó un mes, debería olvidarlo y dejar que el siguiente Bloggerfucker lo convierta en una noticia vieja.

—Sí, Lorna, por favor resuélvelo. Y trata de cuidar el lenguaje, te lo pido. Sería trágico tener que alterar hoy el contenido de los diez *Étuis*, cuando ya tendríamos que haber producido la mitad del número siguiente. Vamos atrasadísimos.

—Lorna, antes de que vayas a tu cita, déjame hacer un par de llamadas. Este chico puede ser meganocivo con la lengua, y a saber qué haya dicho de ustedes. Mejor que vayas preparada con un buen argumento si quieres hacer *damage control.*

Belmondo salió al jardín a hablar con alguien por un rato. Sabía que, tratándose de Esteban, lo mejor era conocer su juego para que no te pillara por sorpresa. Su estrategia destructiva tenía una fórmula que pocas veces le fallaba: contarle al individuo A una cosa terrible —casi siempre falsa— del individuo B. Luego, iba con el individuo B para decirle que era el individuo A quien había dicho aquella cosa terrible. De esta forma, Esteban llevaba la mierda a B, manchando a A y saliendo casi siempre limpio de la ecuación. Por eso, cuando Esteban iba con alguien a preguntarle si quería oír un chisme, éste casi siempre salía por pies porque ya sabía cómo acabaría aquello. Había logrado cargarse de esta forma dos matrimonios, hecho despedir a tres publirrelacionistas, dos periodistas y dos encargadas de tiendas. ¡Ah! y robado un par de clientes a otros influencers. Volvió a la sala de juntas para decirles lo que había averiguado.

—Bueno —dijo Belmondo—, hablé con La Carola, que es amiga de Esteban, y me dijo que *le habían dicho* que Copine estaba muy disgustada con ustedes porque estaban haciendo negocio con los productos de cosmética que les daba para incluir en los *Étuis.* Que los estaban supliendo por copias de tianguis y ustedes se estaban quedando con los originales.

Belmondo oyó entonces una sinfonía compuesta por el rosario de maldiciones de Lorna y los golpes en la mesa de Helena. Era una historia tan descabellada e infantil que no alcanzaba a entender cómo León se la había tragado. A Helena se la podía acusar de cualquier cosa, menos de ladrona; además, ¿qué necesidad tendría de hacer algo tan estúpido? ¡Vamos, que si ella tuviera que pagar por los productos lo haría! Una vez que se desahogaron, intervino de nuevo para ayudarlas a encontrar una solución.

—Voy a llamar ahora mismo a León para decirle que esto es una infamia —dijo Helena, tomando el teléfono.

—No, Helena, esto es justo lo que Esteban quiere que hagas. Así funciona: y si dices que lo supiste por La Carola, él jurará que es un invento de ella y las únicas que saldrán mal paradas serán tú y La Carola.

—¿Y qué hacemos? Ese rumor nos puede arruinar. Los chismes tienen pies —dijo Lorna.

—Lo único que mata a un chisme es no repetirlo. Ve a tu junta con León y hazte la desentendida. Bel tiene razón —dijo Helena.

—Lorna, quizás esto pueda ayudarte en tu junta con León —dijo Belmondo mostrándole su teléfono.

La noche anterior, cuando él y su comadre Aldo salían del bar y se disponían a irse a casa, Esteban era lanzado a la calle por dos guardias. Aldo, ni tardo ni perezoso, sacó su teléfono para grabarlo todo. Un Esteban alcoholizado, y seguramente drogado, despotricaba contra todo: "Todos son unos muertos de hambre. Yo soy el único instagramer que vale la pena. ¡Yo sí soy influencer! Las marcas hacen lo que yo les pido. Comen de mi mano. De-mi-ma-no. ¡Me pagan miles! ¡Miles! ¿Y tú qué me ves, puto Belmondo? ¡Enano de mierda! ¡Eres peor! ¡Eres un traidor a tu generación! Anden, síganse riendo. Por un artículo meado de una revista de abuelas. Todas las de más de treinta deberían morirse. Ya no sirven para nada".

—Cabrón, discriminador…

—Y machista: habla horrores de las mujeres también —apuntó Belmondo—. No soporto a los gays misóginos.

—No podemos usar ese video, Lorna. En esta revista se juega limpio —dijo Helena.

—Pero él no está jugando limpio, Helena, está acusándolas e intrigando contra ustedes. Y puede ser muy nocivo. Yo preferiría caer en un canal de aguas negras que en su boca.

—Elton tiene razón. No deberíamos permitir que la rabieta de un tarado nos arruine un negocio que tanto trabajo nos ha costado.

—Se me ocurre otra cosa: no vamos a ser nosotros los que

usemos el video. Fue mi amigo Aldo quien lo grabó, y Esteban lo vio. Puedo pedirle que lo suba como cosa suya... Tiene muchísimos seguidores: doble contra sencillo que se vuelve viral.

—Bueno —dijo Helena mirándolo fijamente—. Yo no soy quién para decirte lo que tienes que hacer con tus redes sociales... o las de tus amigos.

—Me voy a ver a León —dijo Lorna—. ¿Crees que el video ya esté en línea en una hora?

—Lo acaba de subir. Y ya tiene cien likes.

Colorado como un tomate, Esteban miraba su reflejo en el tocador de aquel improvisado camerino. Se sentía feo, demacrado... tenso. Sí, se lo estaban llevando los demonios. Todos ellos. Esa noche cortaría el listón de la nueva tienda de H&M y no tenía ni el humor ni las fuerzas. Pero no le quedaba más remedio, porque el horno no estaba para bollos: en el pasado mes se había quedado sin tres clientes y perdido más de 200 mil seguidores en Instagram. Y todo por el puto articulito de mierda de la cajita esa de mierda. Miró a su alrededor para ver si había algo de comer en la oficina de la encargada de la tienda, donde estaba esperando que lo llamaran para salir al dichoso corte de listón. Nada. Y ni loco salía al *cocktail* de allí afuera porque no tenía ganas de dar explicaciones y mucho menos escuchar falsos comentarios de apoyo o ser víctima de risitas de burla. Suspiró profundo. ¡Qué flojera más grande! Crudo, bulleado y humillado, cortar el listón de la tienda con las Igualitas y Drago D —un rapero de décima categoría— era lo que menos se le antojaba en ese momento.

Hurgó en un bolso de mano que encontró, de alguna de las empleadas quizá, y encontró un paquete de Oreos que se dispuso a devorar: llevaba sin comer desde la noche anterior... con excepción de unos *jelly shots* de vodka. Mientras disfrutaba del grasiento relleno de las galletas, se puso a pensar por qué sería que su éxito le ardía tanto a la gente. Si ellos eran tan listos y preparados, ¿por qué no estaban donde estaba él? Se lo preguntaba constantemente. Y sí, ya estaba acostumbrado a las perrerías, pero con el artículo de mierda y encima que un pendejo hubiera tenido la ocurrencia de postear un video con su exabrupto de hacía dos noches... sentía que el agua le estaba llegando a los aparejos. Maldita sea. La Carola ya le había dicho una vez: "Niño, cuidado con lo que dices porque siempre hay alguien grabando". Sí, en efecto, antes lo habían grabado, pero besuquearse con una mujer y un hombre al mismo tiempo, morder un salchichón de la entrepierna de un stripper o llamar "hija de tu reputísima madre" a una mujer policía cuando le ponía una infracción de tránsito, habían sido hechos que, lejos de perjudicarle, lo habían vuelto más famoso: virales a su favor. Además, después de aquellos videos, las cosas habían salido muy bien: al stripper le había mordido algo más que el salchichón y de la mujer policía había logrado escapar a toda velocidad. Eran las cosas que lo hacían sentirse vivo, pleno. Pero parecía que la gente no entendía esto, ni siquiera su propia familia.

Esteban siempre había sido el niño de los ojos de su madre; su padre, aunque lo adoraba también, había tenido que mostrar mano dura para que el chico se hiciera una persona de provecho. Esteban fue siempre mal estudiante y con la malentendida complicidad con su madre, pasó su adolescencia yendo a la escuela a perder el tiempo. Muchas veces reprendido y pocas castigado, Esteban aprendió a prometer mucho, pero a cumplir poco. Así, se salía con la suya siempre que quería un capricho: el primer iPhone, zapatos, ropa o bolsas *fake* que compraba en mercados ambulantes. De hecho, sus dos hermanos mayores le decían Luis Huitrón cada vez que lo veían salir a la calle con sus imitaciones. No, no terminó ni la secundaria y su padre, harto, lo obligó a buscar trabajo. Y así entró como dependiente a Zara y descubrió que la ropa le encantaba.

Cuando no tenía nada que hacer, se metía a los vestidores para hacerse fotos con ropa de la tienda, que subía luego a Instagram. Y, por alguna razón que ni él mismo alcanzó a entender entonces, sus seguidores fueron creciendo de forma desmesurada. Sí, era guapo, pero había algo más. ¿Serían los pies de foto donde casi siempre escribía con faltas de ortografía? ¿O que quizá siempre decía sin tapujos dónde compraba las mejores bolsas *fake* de la ciudad? No, no lo sabía, pero tampoco le importaba. Poco a poco algunas marcas comenzaron a fijarse en él y los regalos a llegar, seguidos después por contratos para promover productos en sus redes. Entonces, dejó su trabajo en Zara para dedicarse de lleno a su nueva vida de influencer.

Mientras su madre estaba fascinada de que su hijo se hubiera convertido en una celebridad instantánea, su padre no entendía nada de aquello y le parecía todo muy raro. Esto de que le mandaran a su hijo un perfume o unos tenis gratis por hacerles una foto y subirla en sus redes estaba mucho mas allá de su entendimiento lógico. "¿Quién regala cosas por tu linda cara?", le dijo varias veces a Esteban, quien giraba los ojos al cielo en señal de fastidio en lugar de explicar a su padre de qué se trataba todo aquello. Quizá porque ni él mismo lo entendía realmente. Su padre prefirió informarse un poco por aquí y allá —para asegurarse de que su hijo no estuviera haciendo nada ilegal— y cuando supo que estaba simplemente siendo exitoso en una nueva profesión de moda, se sintió tranquilo de que ¡por fin! hubiera encontrado un camino en la vida y una profesión que lo hiciera feliz, además de darle para vivir como le gustaba.

Pero Esteban comenzó a cambiar y fue dándose cuenta de que su nuevo personaje desentonaba con su entorno familiar. No lo entendían, no podía compartir nada con nadie. Una vez que recibió unos lentes de sol de Dolce & Gabbana, enormes, con florecitas y cristales, sus hermanos se tiraban al suelo de risa con ellos. "¿Qué, y de las florecitas sale un chorro de agua como en los lentes de payaso?", le dijeron mientras él trataba de ignorar sus burlas y ocultar su rabia por ser incomprendido.

¿Qué van a saber estos dos? Son obreritos de una empacadora. No tienen nada que ver conmigo, se decía, convencido de que los equivocados eran ellos. Su madre, pobrecita, había que trabajar muy duro con ella para quitarle lo "naca". Y su padre, ¿qué iba a entender de moda? Los quería mucho a todos sin duda, sólo que no eran la familia que le gustaría mostrar a la sociedad. Ellos lo adoraban: se lo demostraban siempre. Su hermano ya le había roto la nariz a uno que le había gritado maricón en la calle cuando llevaba puestas las mentadas gafas de Dolce y su madre le había dejado de dirigir la palabra a su abuela cuando le dijo que Esteban era un maricón inútil que vivía de regalitos. Por eso, cuando su padre leyó el Bloggerfucker un mes atrás, sintió que una vez más sus esquemas se sacudían. Muchas de las cosas que él llegó a pensar... estaban ahí impresas. Al principio, se quedó muy callado y serio. Esteban llegó a temer incluso que fuera a montarle un escándalo a Helena: su padre no llevaba bien que nadie atacara a sus hijos. Pero rompió el silencio para preguntarle directamente: "¿Y no crees que esta mujer tenga un poco de razón? Quitando un poco la mala baba del artículo, hay cosas que podrían ser ciertas".

"*¿Are you fucking kidding me?*", le dijo a su padre, que se quedó con cara de póker porque no entendía una palabra de inglés. No, no podía creer que le estuviera diciendo aquello. ¿De qué puto lado estaba? ¿Qué sabía él de redes sociales y mucho menos de moda? Su padre intentó tranquilizar el ataque que le estaba dando: lloraba, reía y se enfurecía al mismo tiempo. Wow. Esteban nunca había sentido algo así y pensó, en serio, que se iba a colapsar en cualquier momento. Pero eso no llegó a pasar, porque, de un bofetón, su padre lo volvió a la realidad. Y aunque después lo abrazó para calmarlo mientras le decía que estaba histérico, él se seguía sintiendo agredido, primero por Helena, luego por los hipócritas de los otros bloggers e influencers, y ahora por su padre, nada menos. Pensó que era un buen momento para poner en práctica los ejercicios de respiración que le había enseñado GoGorila. Mientras hacía consciente la entrada y salida de aire a su cuerpo, escuchó a su padre decirle cosas como: "Debiste haber acabado la secundaria", "Como mínimo deberías pasar el autocorrector a tus entradas antes de publicarlas", "Podrías ser más profesional y objetivo y no sólo hablar bien de quien te pague" o "Si no cambias, tus seguidores ya no te van a creer". Todo esto que para él era sólo un ruido que se negaba a escuchar cobró nitidez cuando su padre le sugirió que debía subir un post donde se disculpara con las marcas y prometiera a sus seguidores tener una actitud más profesional. Aquí se olvidó de respiraciones y pendejadas para decirle a su padre que los seguidores le valían madre y que los clientes lo habían contratado siempre sabiendo que era controversial. ¿Qué iba a saber él, un empleado de gobierno que había tenido su primera computadora hacía menos de cinco años y un smartphone apenas el año pasado? Se levantó y sólo le dijo: "*Sorry*, pero antes muerto que pedir perdón, papá".

Por eso esa noche estaba tan furioso, porque el jodido video había reabierto las heridas y tuvo otra bronca con su padre. Cómo explicarle que para que la gente te respete tienes que ser un cabrón y pisar antes de que te pisen, morder antes de que te muerdan. Hay que hablar mal de la gente porque, aunque no seas chismoso, igualmente van a decir que lo eres: entonces que lo digan con razón. Sí, su padre se había criado con otra educación, pero él no necesitaba la escuela ni la ortografía para ser fabuloso. Sabía mucho de moda porque tenía buen ojo, la ropa que le regalaban le quedaba de maravilla y la lucía como nadie...

—Esteban, ¿ya estás listo? —preguntó la encargada de la tienda tocando desde el otro lado de la puerta.

—Sí, ya sólo me visto, dame cinco minutos —dijo saliendo de su ensimismamiento.

—Perfecto. Ya llegaron Drago D y las gemelas. Aquí te esperamos.

Se atavió con un traje de terciopelo color burdeos de H&M y unas slippers de Louboutin: se negó a usar los zapatos de ellos argumentando que tenía los pies muy delicados, pero la verdad es que pensaba que antes descalzo que usar zapatos de plástico. Salió a la tienda a enfrentar su destino, a hacer frente a la humillación. Sentía que era como Kirsten Dunst en *María Antonieta* saliendo al balcón de Versalles.

—¡Guapo! ¿Dónde estabas metido? Te estábamos buscando como locas —le dijo Miriam.

—Sí, nos dijeron que ya habías llegado pero no te encontrábamos por ningún lado —apuntó Marian.

—Me estaba vistiendo —dijo, llano.

Esteban hizo un gesto de querer apartarse de ellas, pero fue infructuoso porque las Igualitas se movieron con él. Estiró la mano para llamar al mesero, quien se acercó con la charola de bebidas. Raudo, tomó un vaso de whisky con hielo y se lo bebió de un tirón. Dejó el vaso vacío y tomó otro. Miró a su alrededor los racks de ropa nueva colgada, mesas con prendas dobladas, esa iluminación mortecina que detestaba de las tiendas y un aroma a pintura fresca mezclada con aromatizante de lavanda. Y a las Igualitas mirándolo fijamente. Estaba seguro de que si existía el infierno, sería como eso.

—Oye, ¿cómo lo llevas? Nos dijeron que los clientes te están bateando.

—Ay, Miriam, no seas insensible, por favor. Que con el video de ayer el pobre debe estar devastado. Y encima los seguidores se le están cayendo a montones… —dijo Marian.

—Mira quién es la insensible —dijo Miriam.

—Nada, chicas, estoy bien. Esto va a pasar pronto. Creo que mañana o pasado ya sale otro número de la cajita esa pendeja, tendrán a alguien más a quien joder y me dejarán en paz. Ya saben que en este mundillo la gente olvida muy rápido. Vean lo que le pasó a Galliano.

—Pues ojalá sea verdad. Nos dijeron que el artículo levantó tanta ámpula en las casas de moda que ahora están reconsiderando a los influencers con los que trabajan. Qué joda —dijo Marian.

—Pues a mí eso no me apura. Ya tengo un nombre y un prestigio: y veneno que no mata, te hace más fuerte. Creo que esto a la larga me hará más popular, ya verán. Miren cómo le fue a Gloria Trevi después de la cárcel.

—Eso sí. Oye, y al final, ¿por qué nunca corregiste la entrada de Hoscar con hache? —preguntó Marian.

—¿A quién le importa la ortografía hoy? ¿Quién se va a morir por una hache? Me parece una idiotez. Además, ese post tuvo casi medio millón de likes y más de tres mil comentarios después del *motherfucker* ese…

—Es Bloggerfucker —corrigió Marian.

—Y los comentarios eran para trolearte, querido —apuntó Miriam.

—Yo hablo como se me da la chingada gana y a los troles me los paso por los huevos. Ya, en serio, no se preocupen por mí. Preocúpense por quien sea el próximo *bloggerfucker*, nenas. A lo mejor son ustedes…

Hubo un momento de incomodísimo silencio antes de que la directora de la tienda llegara a buscarlos. Acompañada del rapero a quien le olían los pies incluso con los tenis puestos, se dispuso a subirlos al escenario montado afuera de la tienda, en el estacionamiento descubierto. Era una súper producción, casi parecía hecho para un concierto de rock: lleno de glitter y con los tres caracteres gigantes del logo de la marca colgando arriba del escenario. El lugar estaba a reventar: era una apertura muy esperada por los amantes del *fast fashion*. La música sonaba a todo volumen hasta que Lila, una modelo-conductora de TV, subió al estrado para pedir silencio y darles la bienvenida a los asistentes. "¿Cómo están?", gritaba al público que respondía agradecido, incluso cuando, obvia, la conductora repitió la pregunta diciendo que no los escuchaba bien. Esteban miraba desde atrás todo aquello y por un momento lo vio terriblemente patético. ¿Por qué las maestras de ceremonias son todas tan idiotas? ¿No pueden variar en sus técnicas pendejas para dirigirse al público? Suspiró y lo admitió: también se vio a sí mismo patético. Ojalá esto acabara pronto porque tenía unas ganas locas de largarse a su casa y no salir en un mes. La conductora presentó entonces, uno a uno, a los padrinos que inaugurarían la tienda esa noche.

Ladies first, las Igualitas subieron primero. Esteban reconoció que se veían monísimas con su vestidito negro de lentejuelas de H&M y sus taconazos de YSL, aparentemente tampoco habían querido ponerse zapatos del patrocinador. Siguió Drago D, que era la carta fuerte de la noche. De ser un desconocido absoluto hacía tres meses, ahora gracias a su cancioncita "Lame-la", que se oía por todas partes, ya le había caído un contrato con una disquera. Una pena que no le hubiera caído también un baño, porque su hedor era insoportable. Literal, cuando subió al escenario, Esteban pudo respirar aliviado. Pero no por mucho tiempo, porque él era el siguiente.

Subió al escenario y se paró al lado de los otros, quienes sonrientes, espléndidos y ataviados en su ropa de gala brillaban con las luces de los reflectores. La música se mezclaba con el bullicio de la gente, el escenario deslumbraba. Saludaron al público como si fuesen el reparto de la película más taquillera de Hollywood. Y entonces, ocurrió el milagro: Esteban se sintió vivificado, recargado de fuerza. Ésa era la vibra que le gustaba, la que siempre había adorado y por la que había decidido volverse influencer. Si los likes en su *social media* eran como un shot de adrenalina, aquella energía real de la gente era un pasón: una descarga eléctrica. Se absorbió de tal forma en su propio subidón que no escuchaba realmente que gran parte de lo que le gritaba el público eran abucheos. Las Igualitas se miraron entre ellas, ahora sí preocupadas, para ver si al final tendrían que sacar a Esteban de ahí. Pero al verlo, se dieron cuenta de que lo estaba manejando divinamente. "Ya quisiera yo tener esa facilidad de que se me resbalaran las cosas", le dijo disimuladamente Marian a Miriam. Pero él se sentía sublime: estaba flotando.

Una edecán entró al escenario llevando unas enormes tijeras cubiertas de cristales que centelleaban enceguecedoras. La conductora pidió a la directora de la tienda que subiera y ambas estiraron el enorme listón rojo que sería cortado. Esteban tomó un lado de las tijeras y las Igualitas, el otro. Drago D, que había estado distraído posando para los fotógrafos corrió a tomar las tijeras también. En un primer impulso intentó ponerse del lado de Esteban, pero prefirió meterse en medio de las Igualitas mientras las rodeaba por la cintura y hacía una no-tan-fingida cara lasciva. Esteban respiró aliviado, literalmente, por no tener a su lado al rapero hediondo. La maestra de ceremonias contó hasta tres y el grupo cortó el listón. En ese momento, una música triunfal sonó por los altavoces y las letras de H&M estallaron en chispas de bengala iluminando más el lugar de luz y llenándolo de humo de pólvora quemada, que con los reflectores cambiaba de color frenéticamente. Entonces, un cañón disparó sobre la multitud una lluvia de tarjetas de regalo. El público aplaudía enardecido, gritaba, reía y se arrebataba las tarjetas entre sí. Drago D se quitó la camiseta y le llovieron más flashes. Las Igualitas se hacían una selfie en un lado del escenario y Esteban seguía en su trance de fabulosidad por el barullo. En su mente, estaba seguro de que todo aquel alboroto era por él. *Qué chingue a su madre Bloggerfucker*, pensó. De pronto, la gente miró a lo alto: las letras centelleantes del logo comenzaron a tambalearse. La conductora levantó la mirada y pensó que quizá caerían más tarjetas de regalo, globos o mariposas como había visto en una boda. Pero no, aquello no parecía ser parte del show. ¿O lo era? Nadie le había dicho nada, y su guion tampoco lo indicaba. Entonces, extrañada miró hacia uno de los técnicos que hablaba con alguien en su *walkie talkie*. Desesperado, comenzó a hacerle señas para que bajara del escenario. Un crujido seco se oyó en lo alto y varias personas del público señalaban hacia arriba con rostros descompuestos. Tres técnicos subieron velocísimos para bajar de inmediato a la conductora y a las Igualitas, quienes, al darse cuenta de lo que pasaba, gritaron desgarradas a Esteban, que seguía en el mismo punto del escenario sumergido en su ensueño. Drago D, al levantar la mirada y ver aquello, se arrojó encima del público. La emoción de la gente se convirtió en pánico y horror.

Entonces la H en llamas cedió a su peso, cayó en el escenario y mató a Esteban instantáneamente.

8

Mi más resentido pésame

El velatorio de la funeraria parecía el Fashion Week aquella noche. Múltiples dolientes, vestidos en atuendos más extraños que glamorosos, desfilaban frente a los padres de Esteban para darles el pésame, casi como si estuvieran en el besamanos de algún miembro de la casa real. Bajo el gran crucifijo del antiséptico salón, se hallaba el ataúd abierto de Esteban. En las sillas del derredor, varios jovencitos lloraban a moco tendido como plañideras. La familia cercana del influencer no tenía ni idea de quiénes eran todas aquellas personas. La Carola, que había ayudado mucho a la familia con los preparativos del funeral —le tenía un especial cariño a Esteban—, se ofreció a averiguarlo. Después de interrogar a algunos de aquellos individuos a quienes ninguno de sus allegados había visto en su vida, volvió hasta los señores Pérez para sacarlos de dudas: eran fans.

La Carola, que no había checado su teléfono en el último par de horas, se quedó muda al darse cuenta de que las redes estaban en llamas: Lilian había subido, a las cinco de la tarde, un post donde además de decir por enésima vez cuán destrozada estaba por la muerte de Esteban, también daba el santo y seña de su funeral. Reposteada por el resto de los bloggers, esta información ahora era del dominio público y, por eso, esa turba de curiosos que no pintaba nada allí tenía abarrotada la funeraria. "Eso no se hace, qué falta de respeto", masculló.

Honestamente enfurecida, La Carola salió a la calle para llamar desde allí a Lilian y no montar un escándalo en el velatorio. Pero no tuvo necesidad, porque en ese momento una limusina negra se estacionaba frente a la funeraria y pudo reconocer al conductor: era el chofer de Lilian, quien, diligente, corrió a abrir la puerta de donde salió un grupo de seres vestidos de negro que parecían haber sido vomitados por una mala película de *film noir*. Las Igualitas, que salieron primero, vestían un traje de inspiración masculina de Zara —lo sabía porque había comprado el mismo hacía dos días—, llevaban el cabello recogido, unas gafas gigantes de Saint Laurent y los labios rosados. Las siguió Willy, con un traje vintage de Mugler de hombreras aerodinámicas y un broche de Chanel en la solapa; Wendy Wong lucía un vestido con falda línea A de Carolina Herrera y unas gafas enteramente cubiertas de cristales de Swarovski. GoGorila, fiel a su estilo, llevaba un justísimo suéter de velour que evidenciaba su musculatura y al final, como una abeja reina, Lilian emergió de la limo. Con un traje curvilíneo de McQueen, taconazos de Louboutin y un sombrero *pill box* con velo, miró a su alrededor, quizás esperando que le pidieran una foto. No sucedió. La Carola, que estaba en jeans y sin maquillar desde la noche anterior, no podía creer lo que estaba viendo.

—Lilian, ya ni la jodes.

—Digo, primero salúdame y luego me regañas. ¿De qué hablas, corazón?

—¿Cómo se te ocurre postear los datos del funeral? ¡Hay un puto circo ahí dentro!

—Ahora entiendo el porqué de la mujer barbuda —dijo Wendy mirando a La Carola.

—Wendy: ahorita no me estés chingando, que soy capaz de rasgarte más los ojos a putazos.

—A ver, respira, chica. No hay necesidad de putearse a nadie —le dijo Willy abrazándola—. ¿Por qué estás tan enojada?

—Porque es el funeral de Esteban y estas cosas son privadas. El velatorio está lleno de curiosos que no tienen nada que hacer aquí.

—Son sus fans que vienen a despedirlo porque lo quieren —dijo Miriam Igualita.

La Carola las miró con verdadero desprecio. Al ser una mujer que las había pasado tan putas para ganarse si no el respeto, sí la tolerancia de la sociedad, no había perdido su sentido común y sabía que ser una influencer no la convertía en una celebridad de ninguna manera.

—Pero ¿quiénes se han creído que somos? ¿*Fans que lo quieren*? ¿En serio? Pero ni ustedes lo tragaban. Hablaban mierda de él y desde que salió el Bloggerfucker casi ni le dirigían la palabra.

—La Carola tiene razón. Esteban no nos gustaba mucho porque le encantaba esnobearnos —dijo GoGorila—, pero ya está muerto y teníamos que venir al entierro.

—No *teníamos* —aclaró Lilian—. Era nuestra obligación moral como grupo venir a presentar nuestros respetos. Y además era un muy buen chico.

—Claro: los muertos son siempre buenos chicos —dijo Wendy, mirando a Lilian.

—En fin. Hagan lo que les dé la gana. Entren con esas pintas de gángsters de cómic que llevan. Me parece una falta de respeto… pero ustedes jamás han respetado nada —dijo La Carola, dando media vuelta para regresar a la funeraria.

—¡No somos gángsters, es look cincuenta chic! —le gritó Marian Igualita.

—Ya, no tenemos que explicar a nadie nuestro dress code. Si no lo entienden es por incultos —dijo Wendy, reacomodándose las gafas—. Vamos a entrar.

Cuando los seis aparecieron en el velatorio, una ola de murmullos se levantó entre los asistentes. Dos chicos que habían estado llorando rítmicamente al lado del féretro de Esteban, se pusieron raudos de pie para acercarse a ellos. Otras tres chicas que estaban instaladas en la estación de café atacando las galletas hicieron lo mismo. Dos más que hablaban con la abuela del difunto también se acercaron. En un instante, la mitad de los asistentes rodeaba a la parvada de cuervos, como La Carola los había llamado al pasar junto a ella.

¿Tú eres Lilian? ¡Me encantan tus zapatos de Dior con los moñitos! ¡Hola, Igualitas! Seguí su consejo para pintarme el cabello de rojo… GoGorila, ¿te tomas una selfie conmigo? ¿Quién es tu entrenador? Willy, me encantan tus sugerencias de viajes: aunque yo no he viajado nunca. ¿De verdad te gusta el Jägermeister? A mí me sabe a medicina… ¿Sí crees que una 2.55 de Chanel es una gran inversión? ¡Pero es carísima! ¿Si tus padres son de Shanghái por qué naciste en México? ¿Es cierto que sales en una peli porno?

—Perdón, les pido un momento de su atención —dijo el padre de Esteban alzando la voz—. La misa está a punto de empezar, así que les pediría un poco de silencio…

Lilian, en un gesto teatral, se llevó el dedo enguantado a los labios para pedir silencio a los chicos que los rodeaban, quienes poco a poco se dispersaron. Ella se abrió paso para ir a tomar asiento en las sillas que algunos de sus fans —porque ella sí consideraba que lo eran— habían dejado vacías. La siguieron los otros y GoGorila, que era el último de la fila, se acercó hasta el padre de Esteban.

—Mi más *resentido* pésame —le dijo con un fuerte apretón de manos.

El hombre no respondió. La Carola, que estaba detrás de él, sólo elevó los ojos al cielo. Respiró profundo y miró cómo el cura tomaba el lugar al frente del salón para oficiar la misa de cuerpo presente. Alcanzó a escuchar a Miriam Igualita decir: "Yo no me voy a acercar al muerto. Imagínate cómo habrá quedado después del trancazo". Wendy, *sotto voce*, le respondió: "Un cadáver se reconstruye para un funeral, tarada. No lo trajeron aquí directo del accidente". Un familiar de Esteban las calló enérgico, y La Carola sonrió satisfecha de que alguien las pusiera en orden. Siguió escuchando respetuosamente la misa hasta que, por la puerta, vio entrar algo que hizo que se le cayera la quijada: dos mensajeros cargaban una enorme corona de flores de parte de *Étui*. Quiso acercarse a ellos discretamente para que la sacaran de inmediato, pero ya era tarde: la madre de Esteban la había visto.

—Pero ¿cómo se atreve esa mujer? —dijo fúrica—. ¡Sáquenla inmediatamente, es una burla!

La Carola se acercó a calmar a la mujer mientras los mensajeros, que no entendían nada, se llevaban del velatorio el adorno floral. El cura, amigo de la familia, se acercó hasta la histérica madre de Esteban para soltarle una filípica acerca del perdón. La Carola prefirió sacarla de ahí para que tomara aire antes de continuar con la misa. Pero no llegaron demasiado lejos cuando la exclamación de Wendy Wong los hiciera darse la vuelta.

—¡Ya apareció el último de los *Étui*!

—¿Qué demonios dice esta mujer? —preguntó la madre de Esteban a La Carola con una mezcla de fastidio y furia.

Los "fans", Lilian, los otros y hasta La Carola sacaron su celular de inmediato. Aquello sólo significaba una cosa: el contenido de la revista se subiría instantáneamente a la web. La Carola tomó del brazo a la madre de Esteban y continuó con ella su camino a la salida mientras le decía: "Es que se acaba de publicar el nuevo Bloggerfucker".

—¡Pero cómo pudiste hacer algo tan estúpido! ¡Y encima sin consultarme!

Belmondo miraba su regazo tratando de ser fuerte durante la tempestad. Llevaba ya más de quince minutos sentado frente al escritorio de Helena recibiendo la bronca más intensa que había tenido en su vida adulta. Hubo un par de momentos en los que temió que fuera a abofetearlo. Estaba seguro de que se quedaría sin trabajo. Respiró profundo cuando la puerta del despacho se abrió ante una Lorna que pasó alegre como unos cascabeles.

—¡Quinientas mil visitas en media hora! ¡Medio millón, yuju! A ver si la puta competencia supera eso... ¿Qué pasa aquí? —dijo al ver a Helena desencajada y a Belmondo al borde del llanto.

—Que Belmondo tuvo la genial idea de mandar una corona de flores al funeral del blogger este sin consultarme.

—Ay, Elton, cómo eres pendejo. ¿Y por qué hiciste eso?

—Pensé que era un gesto para mostrar nuestro respeto. Además, yo las pagué —dijo, contrito.

—En esta compañía *yo* decido cuáles son los gestos del equipo. Y no es una cuestión de dinero.

Lorna sintió una gotita caer en su estómago: sí, era la que colmaba el vaso. Ya estaba un poco hasta las narices.

—Helena, a ver, bájate un momento del Olimpo. Recuerda que no eres la única que decide cosas aquí.

—Lorna, no voy a discutir contigo este tema frente a un empleado.

—Elton, nene, vete a tomar un cafecito o a patear un perro para desquitarte. No, espérate: un perro no. Un policía, un coche mal estacionado o alguien vestido del culo. Regresa en un ratito. Y llévate un paraguas, que está a punto de caer un tormentón.

Lorna miró a Belmondo salir de la oficina casi a rastras y a Helena roja como un tomate y bufando como un toro. Quizá su papel de pasota estaba dando frutos un poco amargos. A ver: no es que fuera indolente, sino que le daba su lugar y respeto a cada miembro del equipo. Detestaba el *micromanagement*. Pero tal parecía que, a veces, respetar el lugar de otros implicaba que descuidara el suyo. Ya conocía el ego de su Helena y había aprendido a torearlo, pero ahora, trabajando juntas, la cosa parecía irse de control y no lo permitiría, porque quería mucho a su amiga, pero se quería un poquito más a sí misma, como debía ser.

—Nena, empieza a cagarme esto de que actúes como la madame de este burdel. Yo sé que tienes una obsesión por el control y que sólo así has podido lidiar con tanto idiota. Pero no estamos ya en ninguna de las editoriales ojetes para las que hemos trabajado. *Couture* se acabó, y la Helena de *Couture* debería acabarse también, ¿no crees?

—¡Ya sé que *Couture* se acabó! ¿Soy idiota acaso? Y podría dejar de obsesionarme con el control si la gente hiciera bien su trabajo aquí.

—¿Me estás tratando de decir algo?

Helena suspiró y se contuvo antes de decir algo de lo que pudiera arrepentirse. Miró a través de la ventana las nubes de tormenta que se hacían más negras. A ver: sí, le gustaba estar en todo porque a veces Lorna parecía que necesitara nana. La tenía que cuidar todo el tiempo porque sabía que solía arruinar las cosas por su carácter y temperamento. Ella estaba acostumbrada a un ritmo y estilo de trabajo que frecuentemente se desfasaba del de su amiga, y esto en ocasiones llegaba a puntos desquiciantes.

—Te repito la pregunta: ¿hay algo que quieras decirme? —insistió Lorna.

—Que a veces me exasperas. Parece que estoy trabajando con un equipo de adolescentes y no con profesionales. Si tienes algo que discutir conmigo, no lo hagas enfrente de un empleado.

—Ése es tu problema: que en este nuevo proyecto están tú y tus empleados. Nada más.

—Sabes que no me estaba refiriendo a ti.

Pero Lorna sabía que sí, y no sólo eso: estaba intentando desviar la culpa y tratándola como la madre que desautoriza al padre cuando contradice sus órdenes frente a los hijos. Menuda mierda. Ya había vivido eso con su esposo y no permitiría que ahora, con Helena, le sucediera de nuevo.

—Oh, sí, sí que te referías a mí. Y no quisiera tener que recordarte que somos socias: pusimos el mismo capital y estamos trabajando a la par. Cincuenta-cincuenta. Somos iguales.

—No necesitas recordarme nada. Y si somos iguales, tendrías que comenzar a comportarte un poco más como yo —dijo Helena, mirándola a los ojos.

—Dije que éramos iguales, no las mismas. ¿Entiendes la diferencia, nena? Eres tan arrogante que sientes que eres la única que hace bien su trabajo. El señor Dior decía que tener buen gusto era tener *su* gusto. Tú crees que ser talentoso es tener *tu* talento. Pero Dior podía darse el lujo de decir eso porque era un genio. Tú sólo eres una megalómana que se ha creído que llegó a este mundo a salvar a la industria editorial.

—Pues quizá sí, a lo mejor ésa es mi misión. Y probablemente no sea un genio, pero algo bien habré hecho en estos años para estar donde estoy, ¿no crees? Las revistas merecen un mejor futuro. ¡La moda merece un mejor futuro que caer en las manos de influencers subnormales, por Dios santo!

Un trueno en el cielo hizo que la habitación retumbara y ambas pegaron un brinco. Afuera también se desataba una tormenta. Helena se creció como si aquel rayo le hubiera transmitido su energía. No, no era justo lo que Lorna le recriminaba. Si no fuera por ella, después de que la echaron de *Elle*, seguramente hubiera acabado en un pueblito vendiendo ropa de lino a los *new agers*. No iba a tolerar sus insultos.

—Discúlpate —dijo, mirándola fijamente.

—¿Por decir la verdad? ¿Por ponerte en tu sitio cuando me avasallas? No, de ninguna manera.

—¡Discúlpate! —le repitió, clavando las uñas en la superficie del escritorio.

—Nena: vete a la mierda. Y yo me largo a la mierda también. Tú no necesitas socios, sino lameculos que te obedezcan; y yo no te lo voy a lamer. Prefiero pateártelo hasta quitarte lo mamona. Pero ése ya no es mi trabajo: quédate con tu *Étui*. No te preocupes, puedes seguir usando mi casa por un tiempo.

Seguro que lo harás de maravilla con tu pandilla de monos alados. Cierra, por favor, cuando salgas —dijo enfilándose hacia la puerta y abandonando la oficina, dejando tras de sí a Helena de una pieza y con varias uñas rotas.

En su camino a la puerta, se topó con Belmondo sentado en su escritorio con gesto compungido. Lorna lo miró y sintió compasión por ese chico que idolatraba a aquella fiera que sólo le tiraba zarpazos. Ya lo había dicho Holly Golightly: no hay que enamorarse de los seres salvajes. No sabía si él había escuchado la discusión, pero tampoco le importaba ya.

—Elton, niño, un consejo: Helena tiene mucho que enseñarte, pero no es una maestra fácil. Si le aguantas el ritmo, puedes llegar a ser...

—¿Como ella? —dijo, interrumpiéndola con cierta esperanza.

—No, como ella sólo hay una, gracias a Dios. Iba a decir que puedes llegar a ser alguien muy valioso. Ten paciencia y estómago. Y quiero que sepas que mandar flores al funeral de Esteban me pareció un gesto muy elegante —le dio unos golpecitos en el hombro y con paso decidido abandonó la casa. Helena, que había visto todo desde la puerta de su oficina, no tuvo fuerzas para detenerla.

Si Alicia Serrano no toleraba críticas, aquello ya propasaba todos los límites. Esa columna iba más allá de cuestionar su trabajo: era un acto terrorista, de odio puro. El segundo Bloggerfucker, aparecido hacía apenas unas horas y que ya tenía miles de visitas, era sobre ella. Y las visitas seguían en aumento. ¿Qué podía importarles a personas en Bolivia o Sevilla lo que ella hacía? Pues parecía que sí, todo el mundo comentaba, todo el mundo opinaba. El morbo puede llegar a ser muy poderoso. Claudine, que era su amiga-enemiga, le mandó por

WhatsApp un simple: "Darling, ¿ya viste la página de Helena? Te pone pinta", seguido por un montón de emojis furiosos que pretendían representar su solidaridad con ella.

Helena había conocido a Alicia varios años atrás cuando representaba a una marca de cervezas y constantemente le pedía apoyo para su revista. Helena le explicó de todas las maneras posibles que su información no era adecuada para su publicación, porque la cerveza no era *nada* fashion. Alicia entendió entonces, erróneamente, que si relacionaba más su producto con la moda podría acceder a las revistas de estilo de vida. Así que a partir de ese momento comenzó a armarse su propia historia: creó concursos con diseñadores y organizó shows de moda patrocinados por su producto; y dado que en la industria del alcohol los presupuestos eran gigantescos, las fiestas que se montaba Alicia se convirtieron en legendarias: corría la bebida, la gente bonita... y los chismes, por supuesto. Se rumoraba que pedía toneladas de ropa regalada a los diseñadores que patrocinaba, que una gran porción de los presupuestos para las fiestas caía directamente a su bolsillo y que comenzó a pagar, por debajo del agua, para aparecer en las páginas de sociales de los periódicos y las revistas con tal de que la definieran como *ícono de estilo*. Helena siempre declinó las invitaciones a sus eventos porque los consideraba simples "pachangas" y no tenía intención de seguir su juego, lo mismo que muchos otros periodistas serios. Alicia entonces, lista como el hambre, se hizo íntima amiga de lo que Helena consideraba *prensa de segunda*: reporterillos o redactores que, al tener poca experiencia, le compraban la película y creían que en verdad Alicia tenía mucho estilo y elegancia y que era una gran dama, amiga de celebridades y gente famosa.

El problema comenzó cuando Alicia misma se creyó la historia que se había inventado. Cuando comenzaron a invitarla a fiestas, llegaba tirando besos al aire a todo mundo y llamaba por su nombre de pila a todos los famosos con los que se iba topando, aunque ellos no la hubieran visto en su vida. Llegó a la conclusión de que era tan fabulosa que comenzó a despreciar a sus jefes cerveceros por tener poco roce social y "avergonzarla en sus fiestas". Por ello, a Helena no le resultó nada extraño que terminaran despidiéndola. Pero el personaje que se había creado ya no pudieron quitárselo, y con él buscó trabajo en lo que realmente quería: la moda. Así comenzaron a caerle clientes que le duraban un telediario, porque con su afán de protagonismo, ella era siempre el centro de la fiesta. Y los clientes... bien, gracias. En los desfiles salía a agradecer junto con el diseñador, en los lanzamientos de producto ella hablaba más que su anfitrión, cuando enviaba un regalo a la prensa siempre decía que era de su parte. En una palabra: que en un lanzamiento de Chanel, ella quería ser Coco.

Cada vez que Helena la mencionaba en un grupo, más de uno arrugaba la nariz... y más de uno hacía bromas sangrientas. Lorna la llamaba la Wonderland, porque, al igual que la otra Alicia, vivía en un mundo de fantasía y porque a sus casi cincuenta años seguía vistiéndose con una cursilería insoportable: llena de holanes, moños, faldas con vuelo y tutús. Conforme su mala fama se fue esparciendo, se fue quedando sin clientes. Pero con el auge de las redes sociales, Alicia resurgió como el ave fénix gracias a los bloggers, influencers y periodistas digitales, a quienes el tema de las fiestas y la información superficial les venía de maravilla. Lorna, que había ido hacía poco al lanzamiento de un perfume organizado por ella, se quedó de piedra cuando, al pedirle más información, Alicia sólo le pudo decir, con un gin tonic en la mano: "Huele divino, a rosas. Les va a encantar a las millennials. ¿Te gusta mi fiesta?". Cuando se lo contó a Helena, ambas supieron que ella tenía que ser el tema del próximo Bloggerfucker.

Alicia acabó de leer el texto y tiró el teléfono sobre la cama. Se puso a dar vueltas mirando los pósters enmarcados de escenas parisinas. Picada por el morbo, volvió al teléfono para releer el artículo:

Alicia Serrano es una gran organizadora de fiestas, no una publirrelacionista. No se ha dado cuenta de que el cliente y el producto a promover son lo importante: ella tendría que estar tras
bambalinas.

Respiró y se preguntó por qué esta mujer era tan horrible.
¿Qué iba a saber ella de relaciones públicas? Ya quisiera... su
última fiesta de aniversario de *Couture* había sido una aburri-
ción. Continuó leyendo y su indignación renacía.

Alicia quiere ser la niña del cumpleaños, el pastel, los padres, los
invitados... pero acaba siendo sólo el payaso. Ha impostado una
actitud de niña rica y se ha querido convertir en personaje de *Sex
and the City*, pasado por el tamiz de una cursi princesa de cuento.
Pero la mezcla ha sido desastrosa.

Miró sus coronitas de strass y de flores que lucían en cabezas
de unicel sobre su tocador y se acercó a examinarlas. ¡Eran tan
lindas! ¿Qué tenían de malo? Claro que ya pasaba los cincuenta, pero no se sentía en absoluto de esa edad. Abrió su armario
para ver sus trajes de faldas voluminosas, sus abrigos de raso
estampado, sus *twin sets* en colores pastel y orlados en encaje.
Reafirmó que no tenían nada de malo. ¿Por qué tenía que vestirse como anciana si no se sentía como tal? Y lo de tratar de
parecer niña rica sí era cierto, le había servido mucho para entrar a algunos círculos. ¿Qué había de malo en mejorarse para
tener oportunidades en la vida? Esta mujer era una absoluta
cabrona.

Volvió al teléfono para continuar leyendo. Estaba poseída:

Pero el estilo es algo muy personal, y sólo lo menciono en este caso
porque es parte de un todo que no funciona. Podría vestirse como
le diera la gana si ejecutara un trabajo valioso, pero no es el caso.
Comunicar el mensaje de un cliente requiere más que una fiesta:
necesita estrategias, ejecución y resultados. El producto que una

PR promueve, además de darse a conocer, debe venderse. Parece que se le olvida este pequeño detalle. Por eso, cuando las marcas incautas que la contratan se dan cuenta de que únicamente le pagaron por promoverse a sí misma y que su producto se quedó en un segundo plano, no quieren saber más de ella. Alicia es el equivalente profesional del perfume de Paris Hilton: quien lo prueba una vez, jamás repite.

Con rabia, fue hasta su lista de contactos y marcó decidida el número de Helena. La iba a escuchar.

—Hola, Alicia, ¿cómo estás?

—¿Cómo crees que voy a estar después de tu columna? Helena, creí que éramos amigas.

—Alicia, me llamas en muy mal momento. No tengo ánimos para discutir esto ahora. Y te aclaro que nunca hemos sido amigas: tenemos una relación de trabajo cordial, pero nada más.

—Pero eso no significa que seamos enemigas. ¿Por qué dijiste todas esas mentiras?

—¿Son mentiras, Alicia? ¿Eso crees? —le dijo Helena reavivando la furia despertada por su pelea con Lorna—. Yo jamás escribo nada sin haber comprobado mis fuentes. Hablé con los diseñadores a los que les pedías ropa gratis, con los representantes de las marcas que no quieren saber nada de ti. El de Elie Saab me dijo que siguen esperando que les devuelvas el vestido que "tomaste prestado" para su cena.

—Bueno, es que no he tenido tiempo de ir a verlos. Y todo lo que te han dicho debe ser un malentendido… Yo no he pedido nunca a nadie…

—Son tus asuntos, Alicia, y no publiqué ese detalle porque sí sería un golpe bajo. La idea de la columna es hacer críticas reales a las personas de la industria que no están haciendo bien su trabajo. O que abusan de su poder.

—Pero criticaste mi imagen, y eso ya es personal —dijo, Alicia sobreponiéndose.

—Puede ser, aunque no es una noticia nueva: sólo la usé para apoyar mi teoría. En las redes te llaman *Ficticia* Serrano. Pero tienes razón, quizá me metí en algo más personal. Lo reconozco y me disculpo y eliminaré esa parte del texto...

—Cuando todo el mundo ya lo leyó.

—Por lo menos no lo leerá más gente. Pero el resto se queda tal cual, porque es lo que pienso. Y mira, aunque seguramente no lo querrás viniendo de mí, ahí te va un consejo: aprovecha este tirón. Hablarán mal de ti seguramente, pero aprovecha a todas esas personas que no me quieren para que se pongan de tu lado y se hagan tus clientes. Pero ahora sí hazlo bien. Profesionalmente. Tienes el mérito de ser una *self-made woman*. Si dejas el protagonismo y la superficialidad, puedes ser una gran PR.

Hubo un momento en que no se oyó nada más al otro lado del teléfono. Por un momento, Helena pensó que Alicia le había colgado.

—Pero... —dijo Alicia rompiendo el silencio—, ¿qué pasa si a los clientes les gusto como soy ahora?

—Pues entonces sí estamos jodidos.

9

Esta pinche gente de la moda

—¡Ma! Es mi tía Helena, ¿la dejo pasar?

Lorna se asomó desde el barandal del segundo piso del dúplex de su hijo Jaime y la vio parada en la puerta. Se veía puteada. Pero, aunque se había portado como una cabrona, no le gustaba verla así. Y lo cierto era que ella tampoco se veía mucho mejor, porque no había dormido bien en las últimas semanas.

—Sí, Jimmy, déjala entrar.

—No me digas Jimmy.

—Te digo como me sale de las narices, que para eso te parí. ¿Nos dejas un ratito?

—Va. Pero no fisgues en mi compu. ¿Starbucks?

—Latte, extra shot, soya.

—¿Tú, tía?

—Nada, gracias, Jimmy.

Jaime salió de su departamento dando un portazo involuntario que las hizo brincar a ambas. Desde afuera sólo gritó un alargado: "Sorry". Lorna bajó las escaleras con parsimonia sin quitar la vista de encima de Helena, quien realmente parecía no saber qué hacer. Su rostro mostraba una especie de rictus de malestar, de indigestión: quizás era la consecuencia de haberse tenido que tragar su enorme orgullo y dar el primer paso para la reconciliación. Lorna disfrutaba de estos momentos no por ver sufrir a su amiga, sino porque la hacían más humana. Al llegar hasta donde ella estaba, pasó de largo y pudo sentir su tensión. Fue hasta el sofá tapizado de la ropa húmeda de Jaime secándose: la desventaja de no tener terraza ni secadora. Hizo a un lado un montón de calzoncillos multicolores —algunos con agujeros— y se sentó a contemplar a Helena. No iba a iniciar ella la conversación: estaba disfrutando demasiado de este momento.

—¿Cómo estás? —dijo Helena tras carraspear un poco.

—Bien, nena. Atormentando un poco a mi hijo, como está mandado.

—No te he visto: cuando llego a la oficina, ya te fuiste, y cuando me voy, aún no llegas.

—Sí, Jimmy me está dejando quedarme en el sofá de vez en cuando. Ya nos hacía falta reafirmar los lazos maternales.

—¿Vuelves pronto?

—Sí, tan pronto me digas cuándo se mudan y acordemos qué hacer con mi parte del negocio.

—Lorna...

—No te preocupes si no tienes dinero ahora. Puedo esperar, sólo quiero que lo dejemos claro...

—Mira: ni nos vamos de tu casa ni voy a devolverte tu parte del negocio.

Lorna la miró con sorpresa.

—*Étui* sigue siendo nuestra y debemos seguir juntas.

—Pero piensas que soy inmadura e incapaz de trabajar sin supervisión, ¿no?

—No, claro que no creo eso. Estaba muy enojada y hablé sin pensar. Tú también me dijiste cosas espantosas.

—Que sigo creyendo que son ciertas. Pero la diferencia entre tú y yo es que yo te quiero a pesar de todas esas horribles aristas de tu carácter. Y tú eres tan egoísta que no puedes tolerar las mías. Así que no somos iguales, porque yo estoy jugando en desventaja. Y no estoy dispuesta.

Helena se acercó hasta ella y Lorna se puso en guardia, temiendo quizá que fuera a darle un bofetón. Pero no: sólo apartó un puñado de ropa del sofá para sentarse junto a ella.

—Le he dado muchas vueltas a nuestra pelea y... tienes razón. En todo. Creo que desde que me despidieron de *Couture* anhelaba seguir haciendo lo mismo, aunque fuera en otro lugar. Cuando iniciamos esto, no me percaté de que todo había cambiado y quise seguir jugando el mismo juego. Te pido que me disculpes. De corazón.

Lorna, que para entonces ya tenía los ojos húmedos, la abrazó cariñosamente. Tenía muy clara su parte de responsabilidad en la pelea: sabía que si no fuera tan bruta e impulsiva podía haber manejado las cosas de diferente forma. Ése era su coco, la impulsividad. Durante años y mucha terapia, trató de domar su carácter y temperamento. Incluso, en alguna ocasión, su exmarido le había aconsejado medicarse, cosa que consideró seriamente. Por fortuna, encontró una terapeuta maravillosa que le hizo ver que no había nada malo en ella, simplemente tenía que aprender a elegir qué batallas pelear, y le enseñó que una mujer con un carácter bien controlado era capaz de dominar el mundo. Por ello, aprendió a controlar sus impulsos —hasta donde humanamente pudo—, a pedir perdón y reconocer cuando había metido la pata, para luego arreglar sus desaguisados. Lorna sabía que Helena apreciaba su transparencia, su falta de escondites. "Lo que ves es lo que hay." Y justo por esto sabía que no era quien tenía que dar el primer paso en la reconciliación, porque ella reconocía desde el minuto uno cuál era su parte de culpa. Pero Helena no. Y tenía que descubrirlo por sí misma, porque, si no, el conflicto no se arrancaría de raíz. Por ello, los días pasados se había comido la cabeza esperando que el orgullo de Helena le permitiera darse cuenta de su error, y confiaba en que su inteligencia fuera mayor que su ego. Lo deseó durante las últimas semanas porque de lo contrario su relación tenía los días contados. Por fortuna comprobó que Helena era más lista que megalómana.

—Nena, ya te lo dije una vez: somos nosotras. No tengo nada que perdonarte, pero me alegra que me lo hayas pedido, porque esto lleva nuestra relación al siguiente nivel. Sí: soy un desmadre, soy a veces muy desmedida, tengo la boca de un carretonero. Pero a mi edad, esto sólo se va a poner peor. Y lo tuyo ya ni te digo. Pero como no sucedió en mi matrimonio, tratemos de respetarnos y tolerarnos. Sólo eso. El cariño ya está allí.

—Sí, de acuerdo. Y de aquí en adelante vamos a acordar hasta dónde se compra el papel de baño para la oficina. Te lo prometo. Además, quiero ofrecerte que tú también escribas el Bloggerfucker: creo que si nos lo turnamos, tendrá muchos más matices.

Jaime volvió entonces de la calle con dos cafés. Le extendió uno a su madre.

—Bueno, siguen vivas —dijo el chico.

—Sí, Jimmy. Más vivas que antes, por lo menos —dijo Helena.

—Tía: ya no tengo cinco años. Porfa, no me digas Jimmy. Me siento un baboso cuando me llaman así.

—Tu madre te parió, pero yo te cambié los pañales y te limpié las pelotillas. O sea que tengo el mismo derecho a decirte así. Ni hablar, aprende a vivir con ello.

Los tres echaron a reír. Jaime subió a su habitación gritando al aire: "Párense del sofá que mi ropa no va a secarse nunca". Ambas se quedaron un rato hablando de las cosas que se habían perdido en los días de disgusto. Helena le contó a Lorna sobre su llamada con Alicia. Ninguna de las dos había vuelto a oír nada de ella —ni ver nada publicado suyo en las redes sociales—, hasta el día anterior, que Helena había recibido una invitación impresa para una cena que estaba organizando para un diseñador brasileño. Helena pensó que quizá la crítica le había venido bien: ahora había mandado una invitación elegante por mensajería y no un WhatsApp lleno de emojis de sevillanas y estrellitas.

—Bueno, ya veremos —dijo Lorna incrédula—. Yo creo que ésta andará discreta unas semanitas y luego se volverá a despelucar. Por cierto, hablando de otra cosa, me hablaron de *Estilo con Estela* para hacerme una entrevista sobre *Étui*.

—No vas a ir, ¿verdad?

—No: *iremos*.

—Lorna, cariño, la televisión no es el mejor sitio para promover nuestro producto...

—Cualquier sitio es bueno para promover lo que hacemos, Helena. Recuerda la época en que vivimos: hay que gritar para que nos escuchen, porque todos hablan al mismo tiempo.

—Está bien, vamos a tu programa.

—¡Perfecto! Piensa que necesitamos que la gente nos vea humanas, cercanas...

—Cariño: no somos ninguna de esas cosas.

Sentada en la sala de espera de Editorial AO, Wendy Wong, con un sombrero de Gladys Tamez —igual que el de Lady Gaga— y unas enormes gafas de sol de Linda Farrow, mataba el tiempo leyendo tweets y posts de Instagram. La última noticia era que Alicia Serrano estaba organizando una gala en homenaje a Esteban. La imagen con la que lo promovía era una foto de él con las coordenadas de la invitación y el costo de la entrada. El pie de foto rezaba: "Porque lo que hizo por el mundo de la moda es inolvidable, tenemos que seguirlo recordando", adornado con los hashtags #muertoperovivo #teextrañamos #estebanforever y un montón de emojis de angelitos, caras llorando, vestidos, zapatitos... y un taco. *Esta estúpida nunca corrige sus dedazos*, pensó, mientras leía las respuestas. Estaban las de los trolls que de subnormal no la bajaban —Alicia tampoco era eficiente para borrar rápido los comentarios negativos— y seguían los de muchos de sus amigos a quienes la idea les parecía extraordinaria. Lilian había anotado: "Hay que recordarlo porque era un creador de contenido ejemplar. ¡Vamos todos a la gala!". GoGorila respondió: "Ahí nos vemos, yuju!", seguido por un montón de emojis de botellas de champán. Pensó en publicar algo, pero se contuvo. Resonaban en su cabeza las palabras de Lilian que le decían que tenían que apoyarse como grupo, pero cada vez estaba más dudosa de pertenecer a *ese* grupo. *A ver: ¿cuál aportación a la moda? ¿Qué había hecho Esteban aparte de cobrar caro por publicar pura idiotez? Su único mérito fue ser astuto para aprovechar sus miles de seguidores. Nada más. Pero ¿un homenaje? Ahí sí hay un desfase demencial, de verdad. Pura sobreexposición y mercantilismo. Ficticia Serrano está cobrando cien dólares por boleto. Dólares, la muy cretina. Digamos que sí le llegan cincuenta incautos, ya son cinco mil. ¿Qué hará con el dinero? Es un homenaje a sí misma, ¿y así pretende lavar su imagen después de lo que dijeron de ella? Malísima estrategia, Ficticia...*

—¿Señorita Wong? Puede usted pasar. El señor Narváez la está esperando.

Sacada de golpe del mundo virtual, Wendy sacudió la cabeza atontada y se puso de pie con torpeza mientras se arreglaba el sombrero. Siguió a la secretaria por los largos pasillos de AO y cuando se dirigió a los elevadores, la asistente señaló las escaleras diciéndole: "Es más discreto por aquí". Wendy tuvo el impulso de negarse porque llevaba unos zapatos que la estaban matando, pero accedió. A su paso, la gente la miraba como una aparición: no mucha gente se ponía un sombrero de esas dimensiones, y menos para ir a trabajar. Cuando entró a la oficina de Adolfo, reparó en el sándwich a medio comer en el escritorio y el vaso a la mitad de lo que parecía jugo de manzana. Sin despegar la vista de la pantalla ni ponerse de pie, la saludó y con un gesto la invitó a sentarse. Siguió sin hacerle caso por unos momentos, mientras Wendy repasaba el lugar: el azulgris de las paredes, sus cuadros de arte moderno medio Munch, medio Basquiat, las portadas agrandadas de revistas recargadas en un rincón. Miró de reojo por la ventana: comenzaba a oscurecer. Un olor que subía de la alfombra le picó la nariz y estornudó: polvo y ácaros, le daban una alergia tremenda. De pronto, las luces de todo el edificio se encendieron, cambiando la tenue iluminación natural por una más amarilla que le hacía escaso favor a los rostros de los oficinistas.

—Discúlpame, tenía que mandar esos mails con urgencia. ¡Vaya sombrerito y gafas! Menos mal que te pedí que fueras discreta al venir. Imagínate si te digo que necesito que llames la atención —dijo Adolfo con una risa ahogada para luego decir muy bajo: "Esta pinche gente de la moda".

—Bueno, me venía cubriendo. Supongo que porque no quiere que me vean —dijo Wendy, quitándose las gafas.

—En efecto, no quería que te vieran porque los chismes corren muy rápido, y la razón por la que te he pedido que vinieras no puede saberla aún nadie.

A Wendy le dio un brinquito el corazón. Sabiendo cómo estaba el personal en esa editorial, era obvio que necesitaban de sus servicios. Ninguna de las directoras o directores de las principales revistas tenía la más mínima idea de lo que hacía. Ella sí. Vaya que lo sabía. Y desde hacía mucho tiempo, estaba lista para tomar una oportunidad como ésta por los cuernos. Miró a Adolfo fijamente esperando que la reconociera: no era su primera vez en aquella oficina. Un par de años atrás había ido a entrevistarse con él y con la directora de la revista *Lulu*, pero no había obtenido el trabajo porque carecía de experiencia... y no tenía el *look*. Pudo sentirse humillada, pero Wendy era muy lista, y sabía que la imagen era importante para trabajar en una revista de moda. Más bien se sintió furiosa: ella sabía desde entonces que su conocimiento de moda no se comparaba con el de nadie de aquel sitio. *¿Cómo quieren alguien con experiencia y un look matador cuando pagan centavos?*, pensó mientras salía devastada de su fallida entrevista. Entonces, como una Scarlett O'Hara asiática, juró que algún día volvería a AO por la puerta grande. Parecía que el momento había llegado. Se quitó el sombrero de Gaga y lo puso graciosamente en la silla al lado suyo, se alisó la chaqueta y enseguida, confiada, apoyó los codos en los descansabrazos y cruzó las manos en el regazo.

—Dígame qué puedo hacer por usted.

—Háblame de tú, por favor. Mis canas son de estrés, no de edad —dijo, tratando de suavizar su entrada—. En fin: que siendo una blogger...

—Periodista digital. Esa otra palabrita tiene muy mala fama. Yo te hablo de tú, pero no me llames blogger —dijo Wendy lo más cercana a ser simpática que podía.

—Trato hecho. Te decía que siendo una *periodista digital*, debes estar al tanto de todo lo que sucede en el medio. Las revistas están en crisis y la comunicación digital aún tiene muchos problemas que resolver. Mucha gente me ha hablado de ti...

—Espero que bien —dijo Wendy.

—No, exactamente lo contrario. Por eso despertaste mi curiosidad.

Adolfo pudo ver cómo Wendy apretaba la boca tratando de disimular su disgusto. En efecto, en su búsqueda por recursos para sacar adelante las revistas, había estado indagando acerca de la gente joven con talento periodístico. Se había topado con toda clase de personajes: los que querían ser directores de revistas de moda y vivir viajando y en fiestas —a ésos ya los conocía bien porque abundaban en AO—, los que eran listos pero sin personalidad, otros que eran tan inteligentes que en cuanto les ofrecían una cita en AO le colgaban el teléfono y, finalmente, los que tenían muy buenas intenciones y ganas, pero ninguna experiencia... y en este momento no había tiempo para entrenar a nadie. Investigó entonces a los bloggers, y aunque encontró algunos que le gustaban, eran buenos en imagen, pero malos en comunicar. Por Helena y otros empleados de AO ya había escuchado de Wendy, pero sólo cosas como que era una perra cabrona, que tenía un sentido del humor mortífero y un sarcasmo despiadado; pero nadie le había dicho que la mujer escribía maravillosamente y era una erudita en el tema de la moda. Necesitaba con urgencia alguien así: por eso tenía que comprobar por sí mismo hacia qué lado se inclinaba más la balanza.

—Te estaba diciendo —continuó Adolfo— que nos está pegando una crisis peculiar. En las revistas, la gente capaz no ha logrado modernizarse, y la gente joven no alcanza a capacitarse. Todo va rapidísimo y en lo que logramos ajustarnos, nuestras publicaciones son las que están pagando los platos rotos.

—Sí, tengo pegada en mi refrigerador la portada del *Couture* de este mes: "Prepárate para el fin de *semama*" —dijo Wendy sonriendo.

—Por favor, no me lo recuerdes. No sabes lo que ha sido. Quisimos retirar el ejemplar, pero vimos que se estaba vendiendo tanto, que decidimos dejarlo y tragarnos la vergüenza —dijo Adolfo.

—Sí, es una vergüenza que una revista de ese prestigio se venda por las razones equivocadas. No dudo que la portada se convierta en un artículo de colección... *Semama*...

Adolfo comenzó a rechinar los dientes. Sintió el impulso de consultar su computadora, pero se resistió.

—En efecto. Por eso te busqué. No podemos darnos el lujo de que nuestros productos y nuestra imagen se deterioren de esa manera. Me gustaría hacerte una propuesta profesional.

Wendy se reacomodó en la silla y frotó muy ligeramente las manos en el regazo. Estaba lista.

—Necesito una persona como tú que se haga cargo de *Couture*... y quizá de un par más de revistas —dijo Adolfo.

—¡Vaya! ¿Dirigir *Couture* y más revistas? Suena a mucho trabajo, pero, bueno, con los equipos adecuados podría perfectamente...

—No, no quiero que dirijas *Couture* —la detuvo Adolfo—. Esa revista ya tiene una directora y quisiera que supervisaras su trabajo.

—¿O sea, ser una... directora de directores? —preguntó Wendy ya con el rostro pálido por la decepción.

—No, Wendy, tampoco es un puesto así de rimbombante. Voy a ser absolutamente directo: necesito que hagas todo el trabajo de Claudine, que la hagas lucir bien a ella y a su equipo. Y quizá que ayudes un poco también a otros títulos.

—A ver, creo que no estoy entendiendo bien: ¿voy a hacer todo el trabajo de Claudine? ¿Y ella qué va a hacer?

—Representar a la revista allá fuera: ir a eventos, viajar a los desfiles, hacer relaciones públicas para atraer más anunciantes.

—¿Atraer? Pues lo último que supe es que los alejaba. Statement Cosmetics cortó su pauta publicitaria con AO por culpa suya...

Con el ataque que Adolfo le estaba dando a su dentadura, una astilla saltó de su incisivo. Tuvo ganas realmente de pararse y mandar todo a la mierda. ¿Qué estaba haciendo allí, qué puta necesidad? Apretó los ojos y recordó que tenía un compromiso consigo mismo. Una promesa de seguir adelante.

—Wendy, me alegro que hayas venido tan preparada a esta entrevista, y que hayas indagado incluso sobre nuestros errores. Pero tengo que ser claro contigo. Éste es el puesto que tengo para ti. Y —garabateó algo en un post-it— esto es lo que puedo ofrecerte como sueldo. No estarás en nómina, cobrarás como consultora externa.

—¿Por qué pagar un sueldo extra cuando sería infinitamente más sencillo contratarme a mí y deshacerte de ella? —dijo Wendy, tras leer la suma—. ¿Te das cuenta de la contradicción? Están tratando de traer más dinero a la compañía, pero por otro lado están gastando a lo idiota.

Adolfo la miró y tuvo ganas de darle un puñetazo. ¡Maldita sea!, era perfecta para el puesto y seguramente sería una directora extraordinaria para *Couture*. Sí, lo que le habían dicho era verdad: era una perra cabrona y además muy inteligente. Pero no estaba en sus manos; una vez más tenía que hacer lo que le mandaban...

—Wendy, te estoy ofreciendo un gran trabajo y un buen sueldo. Claudine tiene que quedarse en su puesto porque sacarla ahora desestabilizaría aún más la revista... y la imagen de la editorial.

—Y mis funciones serían hacer el trabajo de una descerebrada a quien seguramente se está tirando un alto ejecutivo.

—Eso no debería importarte. Y si quieres trabajar en esta compañía, te voy a sugerir que le bajes un poquito a tu actitud.

—Ahí está el punto, Adolfo: que no quiero. No es un gran trabajo y menos un buen sueldo si consideras que voy a entregarles mi dignidad para que se limpien los pies. Esto no entra dentro de mis planes ahora mismo; creo que puedo hacer algo mucho mejor con mi carrera.

—Puedo aumentarte la oferta a...

—No, de verdad te lo agradezco. Respetuosamente declino tu oferta.

—Estás cometiendo un error.

—No lo creo. Si en un futuro crees que pueda haber un puesto en el que no tenga que esconderme, me encantaría escucharlo.

No, no estaba nada bien que le dieran calabazas. Feliz le hubiera tirado la computadora a la cabeza. Vio a Wendy ponerse de pie y, graciosamente, recoger su sombrero y bolsa. Cuando le tendió la mano para despedirse, realmente luchó consigo mismo para no dejarla con el brazo extendido y quedar como un absoluto cretino. Le estrechó la mano con tal fuerza que, por un momento, los ojos de Wendy cambiaron de forma. Ella salió de la oficina y él se dejó caer de golpe en su silla, abatido. Se pasó la lengua por los dientes y cogió el teléfono para llamar a su asistente.

—¿Me puedes hacer una cita urgente con el dentista?

10

Las manchas en su reputación
no se irán jamás

D esde muy niña, a Lorna le había encantado la televisión, porque la hacía creer que era un lugar donde toda la gente era bonita. Si las otras niñas se volvían locas con los cuentos de hadas, ella prefería las telenovelas y los programas de variedades. Esas voces suaves, esos rostros primero en blanco y negro y luego a todo color, los jingles de los comerciales... el mundo de la tv debía ser perfecto. Por eso, la primera vez que su padre la llevó a un programa infantil en vivo se quedó tan decepcionada que no quiso volver a ver televisión nunca más: el conductor que sonreía amable hacia la cámara era grosero y maleducado cuando no lo estaban filmando. Un individuo panzón y malencarado con audífonos le gritaba a todo el mundo; las chicas que animaban a los niños a aplaudir y a cantar dejaban de hacerles caso cuando cortaban a comerciales; el payaso fumaba y el mago le estrujaba las tetas a su ayudante cuando creía que no lo estaban viendo. La decepción se mantuvo hasta que salió de la Escuela de Periodismo, cuando a pesar de haber jurado no hacer jamás tv, no pudo resistir a un trabajo que le ofrecieron en un noticiero. Duró poco en aquel puesto porque la vida la llevó por el camino de la prensa escrita, pero hizo muy buenos amigos en el mundo de la pantalla chica. Fue ahí donde conoció a Estela Malagón, quien después de muchos años como reportera logró tener un programa que la convertiría en una periodista-celebridad: su programa *Estilo con Estela* era de los más vistos en la barra matutina de la programación. Por eso, declinar su invitación a hablar de *Étui* hubiera sido un gran error, aunque Helena considerara que la tv iba dirigida a un público que a ella no le interesaba. Pero Lorna tenía claro que en la era digital ya no hay un *malos mensajeros*, sino *malos mensajes*.

Así que tempranito y con la mejor actitud, Lorna y Helena estaban muy sentadas en los camerinos de los estudios de televisión. Lorna la miraba con el rabillo del ojo y podía darse cuenta de lo fascinada que estaba su amiga de tener a una chica que la peinara, otra que la maquillara y una más que le estuviera arreglando la ropa. Ya le hubiera encantado tener eso todas las mañanas de su vida. Lorna, reacia a que la estuvieran toqueteando, le ponía peros a la peinadora, que se empeñaba en darle volumen a su cabello. "Me estás dejando como una de las Golden Girls, con un demonio. ¡Aléjame esa secadora!", le dijo a la pobre chica que optó por sólo ponerle un poco de hairspray en el cabello y dejárselo tal cual estaba. Helena, por su parte, estaba encantada del tupé que le habían hecho, porque sentía que la habían dejado como Elizabeth Taylor en sus buenas épocas. Y le fascinaba.

Vestidas y fabulosas, entraron al set que emulaba ser un *walking closet* enorme, con dos sofás donde se sentaba la anfitriona y los invitados. Ahí estaba ya Estela, quien recibió efusiva a Lorna y bromeó con ella con temas un poco subidos de tono. Helena entendió por qué eran tan buenas amigas. Su conversación sobre espaldas anchas y buenas nalgas de locutores de televisión se vio interrumpida por el director del programa, que daba la señal para entrar al aire. Estela saludó a sus telespectadores y, después de presentar a sus invitadas, la entrevista dio inicio con la parte de las preguntas obvias y amables —cómo se les ocurrió la idea, cuál es el secreto de su éxito, dónde se compran su ropa y todo eso— para entrar entonces a un terreno más controvertido. La dirección del programa tenía ya unos meses tocando temas "escabrosos" de la moda para ganar nuevos adeptos. Aunque Estela no estaba a gusto con aquel giro en su programa, no le quedó sino aceptarlo ante la amenaza de perder su trabajo. Al parecer, no sólo la industria editorial estaba en crisis.

—Veamos, Helena. Si tu casa fuera arrasada por el fuego y tuvieras que elegir entre salvar a un influencer o un vestido de Valentino, ¿a quién salvarías?

—Hum —dijo Helena reflexionando—. ¿Haute couture o prêt-à-porter?

Las tres rieron.

—Haute couture...

—Al vestido, por supuesto. Es irremplazable. Influencers hay millones. Además, sería muy posible que fuera el influencer quien hubiera iniciado el fuego.

Volvieron a reír. Estela tuvo un dejo de inquietud al sentir que Helena, muy probablemente, no estaba bromeando.

—Cuéntenme, chicas, ¿por qué les disgustan tanto los influencers? —dijo Estela.

—Porque son una bola de tarados —dijo Lorna, provocando risas hasta en los técnicos—. No, ya en serio, no nos disgustan, creo que los bloggers e influencers son los comunicadores del presente. Pero como todo, hay quien lo hace bien y quien no. Pensamos que era el momento para exponer a los que no están haciendo un buen trabajo.

—Que al parecer son bastantes —dijo Estela.

—No, yo no diría eso —apuntó Helena—, por lo menos en el mundo de la moda hay gente muy valiosa...

—¿Y por qué no hablar de ellos en lugar de los malos?

—Porque hacer bien nuestro trabajo es una obligación, no una gracia, querida. Me parece que a los buenos influencers, sus clientes y seguidores los reconocen; mientras que a los poco profesionales, nadie se atreve a decirles de forma seria, sin trollear, que están haciendo un mal trabajo. Por eso decidimos crear esta columna en *Étui*.

—Bloggerfucker —dijo Lorna, y automáticamente un pitido la censuró.

—¡Huy!, ya nos llamaron la atención —dijo Estela sonriendo—. Es que el nombre es un poco fuerte, ¿verdad? Pero dime, Lorna, los criticados, ¿cómo lo toman?

—Pues no muy bien. No se trata de personas que estén muy abiertas a la crítica. El primero murió, fíjate...

—¿Del disgusto? —preguntó Estela.

—No, nena, lo aplastó una hache gigante.

La conductora rio porque pensó que Lorna estaba bromeando como siempre, pero al ver la expresión de Helena, se dio cuenta de que lo decía en serio. Dominó sus nervios y continuó la entrevista preguntando a ambas por qué habían decidido iniciar ese nuevo proyecto. Helena, más en control de la situación, pensó que un gesto de honestidad les vendría bien para acercarlas con los espectadores.

—Es que me despidieron de mi anterior trabajo, y no me iba a quedar a hornear pasteles en mi casa —dijo con una gran sonrisa dirigida a la cámara.

La conductora, abanderada del feminismo, hábilmente tomó la respuesta de Helena para hacer una proclama y criticar el hecho que una mujer perfectamente capaz perdiera su trabajo por fallas en el sistema social. Pero Lorna también tenía algo que decir al respecto.

—No, nena, el sistema no tiene la culpa. A mí me corrieron por ser la más antigua de mi oficina y a ella porque su jefe puso a una jovencita cachonda pero completamente inútil en su sitio. Para qué nos vamos a hacer tontas.

—Bueno —intervino Helena—, pero ésta es una historia muy vieja y no es la primera vez que pasa. Creo que lo importante es que nosotras sepamos reinventarnos y...

—En efecto, Helena, no es la primera vez que esto pasa, pero discrepo contigo en que lo importante sea reinventarse. Lo importante es que esto ya no pase. Seguir adelante está muy bien, pero qué mejor que hacerlo en un camino que ya hemos pavimentado bien, ¿no? —dijo Lorna, con un entusiasmo que aumentaba por segundo.

—Claro, es verdad —dijo Estela, evidentemente tensa por no poder alejar a Lorna del tema—, pero, pasando a otro asunto...

—Creo que ya va siendo tiempo de que los grandes ejecutivos del mundo editorial dejen de pensar con la entrepierna y no sólo recluten gente capaz, sino que recompensen la experiencia y fidelidad de sus empleados.

Helena, tensa como cuerda de guitarra lo mismo que la anfitriona, simplemente se dirigió a la cámara para invitar a los televidentes a buscar *Étui*.

—Bueno —dijo Estela—, ha sido un gusto tenerlas esta mañana, en este *programa familiar*, hablando de su preciosa revista *Étui*. Volvemos después de unos comerciales.

Al cortar, Estela se puso de pie fúrica y miró a Lorna queriendo morderla. Se acercó a ella, pero un impulso la contuvo. Se echó hacia atrás, la señaló con el dedo y... prefirió largarse de ahí. ¿Por qué tanto drama?, pensó Lorna, Estela ya sabía que ella no era políticamente correcta y que sus exabruptos le ayudaban incluso con la audiencia. Además, querían tener contenido más controversial, ¿no?

—¿A ésta qué mosca le picó? —le preguntó a Helena.

—Que esta televisora es la dueña de AO, grandísima imprudente. ¿Se te olvidó o te vale? Y el que puso a la jovencita idiota en mi lugar es uno de los grandes ejecutivos de aquí. Seguramente es jefe de Estela.

—Acabáramos... —dijo mirándose las uñas.

—¿Lo hiciste a propósito? Mira que eres cabrona.

—Ya era hora de que alguien dijera las cosas tal cual son. Te merecías una vengancita.

—Pero ¿no te da pena tu amiga? ¿Y si la corren? Lorna, yo no necesitaba vengarme. No así, por lo menos.

—No, no la corren, es muy amiga de los de arriba. La regañarán como mucho. Y venga, ríete un poco, que va bien que alguien llame a las cosas por su nombre. Con suerte nos dan un programa que se llame *TVfucker*…

—No tienes remedio…

—Ven, vámonos ya, que esos guardias seguro vienen a sacarnos…

—¡Yo no soy una blogger! —gritó Claudine a los cuatro vientos mientras salía de su oficina hecha una furia. Y lo repitió un par de veces, más contenida, en su carrera al baño. Su asistente la miró entre sorprendida y asustada. El nuevo editor de moda de *Couture*, un chico regordete con un mohawk decolorado y el rostro brillante por la grasa, se levantó de su lugar y la siguió por el pasillo. Cuando Adolfo lo contrató, insistió en dos cosas que necesitaba de él: lealtad a Claudine, y que la vigilara y lo mantuviera informado de absolutamente todo lo que hiciera. Y más tarde le ordenó una tercera: hacerse amigo de ella. Pero sabiendo lo que tenía en casa, Adolfo le aclaró que eso era opcional. Si sucedía, sería una maravilla. Al llegar a la puerta del baño, gritó desde fuera:

—Claudine, ¿estás bien?

—Lárgate —respondió.

—¿No quieres que vayamos a la cafetería a tomar un té o algo?

Claudine asomó la cabeza por la puerta y lo miró con ojos de pistola.

—¿Qué te hace pensar que quiero tomarme algo contigo? Vete a tu lugar. No estoy de humor para departir con mis empleados —y se volvió a meter al baño.

El chico, que era demasiado inexperto para detestarla, volvió a su sitio creyendo realmente que así se comportaban las directoras de las revistas de moda. Ni modo: lo tenía que tolerar si quería hacer carrera en esa industria.

Dentro, Claudine se miraba en el espejo y hablaba sola otra vez. Le valía pito quién la oyera o estuviera alrededor. Necesitaba un momento a solas... con ella misma. Una chica que se retocaba el maquillaje a su lado la miraba con temor, quizá porque ya conocía su fama. Claudine la miró y, asqueada, arrugó la nariz.

—¿Acabas de tirarte un pedo? —dijo, indignada.

—Pues sí —dijo la chica—. Estoy en el baño. Malo que me lo hubiera ido a tirar a tu oficina —y salió de ahí pitando antes de que *La que la virgen le habla* —como ya la apodaban en la editorial por hablar sola— reaccionara y le hiciera sabe Dios qué.

—¡Cerda! —le gritó antes de volver a su asunto con el espejo.

¿Todo esto es porque le estropeé su puto libro? ¿Qué tiene contra mí esta pinche vieja? De verdad, espero que cuando llegue yo a esa edad no sea tan resentida y mala onda. En serio, no entiendo por qué me sacó a mí ahora en el Bloggerfucker, si yo ni siquiera soy blogger. Yo creo que ya chochea esta mujer. Además, todo lo que dice es de puro ardor porque me dieron su revista. Si soy más joven y talentosa que ella. Bueno, quizá todavía no tan talentosa, pero joven, sí. Y eso le arde hasta el alma. Y a lo mejor no sé escribir bien y también me falta aprender del negocio, como dice, pero ahora esas cosas importan cero. Cero. Lo importante es tener un estilazo, saber de diseñadores, comprarte lo último y estar megaconectada. El trabajo sucio que lo haga gente que no tiene nada de eso, como este gordito tan raro que me pusieron de editor de moda. ¿Cómo se llamaba? No sé por qué se me olvida tanto su nombre. Todo el mundo se debe de estar burlando de mí. No se vale, en serio que no se vale...

En su oficina, Adolfo había recibido la llamada del editor de moda de *Couture* —él también había olvidado su nombre—

para decirle que Claudine había hecho una de sus rabietas y estaba en el baño. Justo en ese momento acaba de abrir *Étui on line* para buscar la columna de Helena. A la hora de la comida, ya varios empleados le habían dicho que el Bloggerfucker de ese tercer número estaba dedicado a Claudine. O Claudia, como Helena la llamaba.

Los ojos ávidos de Adolfo recorrieron línea a línea el artículo. En momentos se rio con ganas. La verdad es que la crítica era certerísima, pero cuando recordó que estaba dirigida a uno de sus empleados, se le borró la sonrisa de la boca:

El caso de Claudia Refugio Mendoza, alias Claudine Cole, no es *únicamente* de ignorancia e incultura, sino también de un deseo firme de no superarlas. Ha tenido varias oportunidades para desarrollar su potencial, pero las ha rechazado para preocuparse por el estatus, la imagen y su idea de sentirse importante. Sin base ni sustento, esta mujer es como una sola matrioshka... sin las otras dentro.

Dejó de leer un momento para ir hasta el mueble que tenía a sus espaldas, mover un par de libros y buscar en el fondo la botella de whisky que escondía. Sacó de su escritorio un vaso de cristal —odiaba el plástico excepto en las tetas, solía decir— y se sirvió un buen shot para seguir leyendo. Al continuar, se dio cuenta de que, en verdad, la crítica más ácida era para la editorial:

Al final, de una manera u otra todos fuimos Claudia-Claudine. Pero sucede que en otros momentos históricos, las exigencias de los grandes ejecutivos de las editoriales respecto a la capacidad de su personal eran mucho mayores. En una industria que se cae a pedazos, ¿por qué no contratar a elementos valiosos que la saquen adelante en lugar de imberbes que sólo quieren jugar a *The Devil Wears Prada*?

Vaya: Helena estaba sacando la artillería pesada. *¿Podremos demandarla?*, se preguntó, pero se dio cuenta de que la mujer no estaba difamando, sino haciendo una crítica bastante sangrienta de una persona pública y de la compañía que había detrás de ella. Volvió al artículo:

Podría continuar remarcando los errores de esta directora títere, pero no creo que aporte más a lo que ya he dicho aquí. Además, sus meteduras de pata no son discretas y están a la vista de todo mundo: nadie va a olvidar el titular "Prepárate para el fin de semama" en la portada de *Couture*. Y quien piense que puedo hablar de ardor, es probable que tenga razón: me resulta inevitable lamentar el daño que se le hace a un título que he querido tanto. Pero al final hay algo en lo que los ejecutivos de AO y Claudia Refugio Mendoza se parecen mucho: ninguno tiene la más mínima idea de lo que está haciendo.

Adolfo se puso de pie, apuró el whisky y recogió su chaqueta del perchero. Su celular sonó en ese momento.

—Dígame, jefe —contestó rasposo por el efecto del alcohol en la garganta.

—¿Leíste ya lo que escribió la puta de Helena en su revista?

—Justo lo acabo de leer.

—Tenemos que hacer algo…

—Ya lo pensé, pero no hay nada legal que podamos hacer. La señora está haciendo una crítica, y en este país hay libertad de expresión…

—No estoy hablando de algo legal, no seas pendejo. Nos la tenemos que chingar.

—Jefe, cuando me quise robar su primer número para filtrarlo on line, me salió el tiro por la culata. Esa mujer es muy lista.

—*Mujer* y *lista* no van juntas en una frase. Algún punto débil tendrá. Averígualo.

—Sí, supongo que alguno tendrá —respondió Adolfo y colgó el teléfono. Se había hecho de noche y ni cuenta se había dado.

Tocaron entonces a la puerta. Era su asistente.

—Adolfo, ahí afuera hay un chico que quiere hablar contigo…

—¿Quién es?

—Un chico que se llama Tomás, quiere comentar contigo no sé que cosa de las tomas de corriente o de la instalación eléctrica de tu casa. No le entendí muy bien.

—Ahora no puedo hablar con él. Dile que se vaya, que lo llamo en otro momento.

—Entendido.

Regresó a sus asuntos. La charla que había tenido con su jefe seguía dándole vueltas en la cabeza. Eran tiempos desesperados que requerían de medidas extremas. ¿Qué hacer? Volvió al artículo de Helena y a revisar el resto del contenido de *Étui*. Algo estaba haciendo tan bien que ni él, con toda su estrategia en mercados y negocios, alcanzaba a percibir. ¿Era suerte solamente o había un plan tan bien confeccionado que era imperceptible? O quizá sería simplemente el poder de la verdad y de llamar a las cosas por su nombre. Se sirvió otro vaso de whisky y sacó el teléfono del bolsillo para marcar un número.

—¿Helena? ¿Podemos vernos?

Wendy adoraba el café Orchard en el centro de la ciudad porque le parecía un oasis en medio del ruido y el correr urbano. Como solía ir cuando el lugar estaba medio vacío, le daban siempre la misma mesa en una esquina, iluminada por dos enormes ventanales que daban al jardín interior de una iglesia. Esa tranquilidad le permitía trabajar, escribir y tener reuniones de trabajo, como la que tendría esa tarde con Willy Rojo. Habían pasado ya un par de semanas desde su paso triunfal por Editorial AO y esa sensación de poder con la que salió del sitio aquel día se había incrementado. Mandar al demonio a Adolfo justo antes de que apareciera el Bloggerfucker despedazando a Claudine había sido un hit. No le habría salido mejor si lo hubiera planeado. Pero no sólo estaba orgullosa por no haber vendido su dignidad a una compañía que se hundía, sino que esto le había dado una idea que tenía la intención de ejecutar cuanto antes.

—No puede salir mal. Y el plan es hacerlo solamente por una temporada, juntar una buena cantidad de dinero en ese tiempo, y luego lanzar un nuevo proyecto realmente mío: una revista de nicho, por ejemplo.

—Lo que me hace ruido, Wendy, es que tu proyecto se parece mucho al concepto de Helena Cortez. Van a decir que nos lo fusilamos, y con el callo que la mujer tiene, debe tener registrado hasta el color de la caja de *Étui*. ¿No nos vamos a meter en un lío legal? —dijo Willy, dudoso.

Justamente la idea que había tenido Wendy en estos días pasados era "revisitar" el proyecto de Helena. Teniendo un éxito probado, sólo tenían que darle una vuelta de tuerca a la idea, disfrazarla y presentarla a un buen postor. Cierto: no estaban siendo novedosos, pero Wendy siempre había dicho que desde que Zara apareció en nuestras vidas, el término *novedad* se volvió bastante relativo. A ver; cuando nació *Vogue* en 1892 seguramente muchas otras revistas se inspiraron en ella. ¿Qué de malo había en ello? Además, no hay nada nuevo bajo el sol. Con éstos y muchos otros argumentos, se justificó a sí misma por robarse la idea de Helena. Y pensaba que, si no era ella, tarde o temprano alguien más lo haría. El plan era simple, pero eficaz: crear una caja de regalo, grande, con un moño gigantesco que tuviera dentro regalos de un mismo sitio: una tienda departamental. De modo que presentó la idea y plan de negocios a Galerías Reales, la cadena de tiendas más antigua del país. La mecánica sería escoger un día de cada mes al azar para realizar un concurso: los primeros diez clientes que gastaran más allá de cierta cantidad designada ese día registrarían sus datos personales en una de las diez cajas dispuestas por toda la tienda, de las cuales sólo una estaría premiada. Al final del día se abrirían todas y se anunciaría al ganador. Pero, además de la caja, Wendy había ofrecido hacerse cargo de la revista interna de los almacenes que, hasta ese momento, era una verdadera porquería, según sus propias palabras. Le haría un *revamp* dándole un giro mucho más fashion. Y en la caja ganadora, claro está, habría un ejemplar especial de la revista, con fotos originales y todo eso. Esto, además de estimular el consumo en las tiendas ante la posibilidad de ganarse la caja de regalo, le quitaría a los almacenes su imagen de "pasados de moda" y les daría un aire más cool. Los ejecutivos adoraron la idea y contrataron a Wendy a prueba por seis meses para que la ejecutara y vieran cómo funcionaba. Si no iba bien, a Wendy le daba lo mismo, porque ya habría ganado suficiente dinero para hacer lo que siempre había soñado: su propia revista. Pero como no podía sola con el paquete y confiaba en muy pocas personas, decidió proponérselo a la persona que despreciaba menos: Willy Rojo.

—Mira, así funciona esto: estuve hablándolo con mi tío, que es un abogado buenísimo. Sí, cuestionó la idea por ser poco ética...

—¿Lo ves? —la interrumpió Willy—. No es ético.

—A ver, Willy: ¿tú crees que es ético el trabajo que hacen muchos de nuestros compañeros? ¿Pedir todo ese dinero por subir una fotito a las redes o ir a una fiesta? ¿Crees que es ético que tú vayas a viajes de prensa y te pongas tan borracho que ni te aparezcas en los eventos?

—¿Quién te dijo?

—¡Ay, por Dios! Este medio es un pañuelo, guapo, y por mucho que lo arrugues, los mocos siempre saltan a la vista.

Willy tomó su taza de café y le dio un gran sorbo.

—Así —continuó Wendy— que no me vengas a dar clases de ética. Además, ya todo está inventado, todo está dicho, lo que importa es cómo lo interpretas. Estamos tomando una idea de alguien, como puede haber muchas, y la estamos retrabajando. Nada más.

—¿Y qué quieres que haga yo?

—Que te encargues de toda la parte visual. Que hagas los shootings y contrates un buen diseñador gráfico. Creo que tu hermana había trabajado para una revista, ¿no? Además, que ayudes a armar las cajas de regalo de las Galerías Reales: éstos tienen un gusto terrible. Y procura que sean mucho más atractivas que las de *Étui*: mete champán, caviar, perfumes, un buen reloj de estos que ya no van a vender ni al ochenta por ciento de descuento. ¿Crees poder con todo?

—Espera, niña, que soy millennial. No retengo esa cantidad de información de golpe —dijo Willy, sacando su teléfono para hacer una nota de voz.

—No te preocupes: lo tengo todo en un mail que te voy a mandar ahora mismo. Ah, y esto es lo que te voy a pagar —dijo, extendiéndole un post-it doblado por la mitad.

Willy desorbitó los ojos al abrir el papel. La mesera que se acercó en ese momento a ofrecer más café intercambió una mirada pícara con Wendy, creyendo que le había dado al chico su número de teléfono. Discreta, prefirió alejarse.

—Es mucha lana —dijo Willy.

—Sí, guapo, es la mitad de lo que le estoy cobrando a las Galerías, porque quiero que tengamos la misma responsabilidad. También debo decirte que es mucho trabajo, pero si somos listos, lo haremos bien. *Worst case scenario*, si no funciona o no les gusta, estamos contratados por seis meses y tenemos asegurado este dinero hasta entonces.

—Va, le entro. Cuenta conmigo —dijo Willy—. ¿Y no te gustaría incluir a Lilian? Ella tiene muchos contactos y…

—No, por supuesto que no me gustaría. No trabaja y se cree la reina del mambo. Es lo último que necesitamos. Y por favor, esto es *top secret*. Hasta que lancemos el proyecto en tres semanas, no se lo digas ni a tu madre. ¿Está claro?

—Clarísimo.

—Y mira, no soy tu abuela ni tu amiga para aconsejarte, pero lo voy a hacer igual. Sé que con este dinero te podrás comprar todos los Vuittones de Abloh o los Balenciagas que se te antojen. Pero piensa que, si lo ahorras, en seis meses quizá podríamos asociarnos para poner juntos la revista. Piénsalo. Me voy, que tengo una cita.

Willy se quedó sentado a la mesa viendo a Wendy marcharse con su trench coat oversized de Burberry que ondeaba como una capa. Sí: era como una heroína de manga… o un espectro infernal, aún no lo tenía muy claro. Tampoco tenía claro al cien que el trabajo que había aceptado fuera correcto. Es verdad, él se había puesto hasta las chanclas en un par de viajes, pero, al final, les daba a sus anfitriones el apoyo que le pedían. Quizá le costaba aceptarlo porque siempre había admirado a Helena y lo que le habían hecho en AO era una canallada robusta. O también porque no toleraba a Claudine. Había tenido con ella un noviazgo relámpago que terminó cuando ella supo que Willy no era rico, sólo que pretendía serlo. Y ahora con sus constantes cagadas profesionales, la llamaba la Reina de las Pendejas. Y no le parecía justo que una verdadera reina como Helena fuera desbancada por otra que era un chiste. Pero también se dijo a sí mismo que ésta era una gran oportunidad para hacer un negocio y que, si tenía suerte, pronto dejaría de aparentar ser rico para serlo realmente. La mesera, que se aproximó de nuevo, lo sacó de sus pensamientos.

—¿Se le ofrece algo más? —dijo, cantarina.

—No, muchas gracias. La cuenta por favor…

—Ya la pagó Wendy.

—Ah, vale. Gracias.

—Debes gustarle mucho para que te pague la cuenta y hasta te dé su teléfono. Hacen bonita pareja —dijo la mesera.

Willy se levantó de la mesa, sacó un billete y lo dejó como propina. Miró a la imprudente mesera y le tocó el brazo a guisa de despedida.

—Eso todavía está por verse.

Belmondo, de pie a la entrada de la oficina de Helena, la escuchaba discutir con alguien al teléfono. Paciente, esperó a que la conversación, cada vez más alta de tono, terminara.

—Es muy poco profesional lo que están haciendo, en verdad. Salirse de la revista dos días antes de que se distribuyan los *Étui* nos mete en severos problemas... ¿Cómo? ¿Dentro de seis meses? No, cariño, así no funciona este negocio. Tú firmaste un contrato de compromiso, así que no puedes echarte para atrás... La cláusula de cancelación es válida hasta una semana antes: lee tu contrato... Lo lamento: no puedo devolverte el anticipo... Sí, así es. No debo cargar sola con la pérdida, por eso pedimos anticipos. Este proyecto es así de especial. Si pierdo yo, pierdes tú... No, no te preocupes: nosotros somos quienes no los queremos más por aquí.

Colgó el teléfono. Al levantar la mirada, pegó un salto en la silla de su escritorio al ver a Belmondo parado silenciosamente en la puerta de su despacho.

—¡Dios, qué susto me diste!

—Perdóname, es que te vi tan ocupada que no quise interrumpirte...

—Hombre, pues te vas a tu lugar y regresas más tarde, no seas freak, niño...

Belmondo la miró verdaderamente dolido y le pidió:

—Por favor, no me digas *freak*.

Helena se dio cuenta de que había tocado una fibra sensible.

—Discúlpame, no quise ofenderte.

Belmondo recuperó su sonrisa y suavidad instantáneamente. Helena no sabía mucho de otras profesiones, pero estaba segura de que, en el ámbito de la moda, el índice de gente peculiar era infinitamente más alto que en otros. Tenía a Lorna que era como una fuerza de la naturaleza, a Carmen que, aunque siempre fuera muy callada y displicente, cuando algo no le gustaba no tenía reparos en mandar al demonio a quien fuera. Y Belmondo, un buen chico, pero sí: un poco freak. Quizás era una cuestión de inseguridad... Ella tenía claro que era un profesional muy talentoso y, aunque no se lo decía lo suficiente para no volverlo insoportable, en verdad creía que era un gran elemento. De hecho, se había dado cuenta de que cada vez más le intuía el gusto: cada artículo, cada shooting de moda eran más de su agrado. Estaba haciendo lo que un buen subordinado debía hacer: adelantarse a las necesidades de su jefe. Por eso Helena, al final del día, sabía que tenía que aceptarlo con todo y sus peculiaridades, que aparentemente eran bastantes. Lorna le contó que alguna vez lo sorprendió en un evento tomándole fotos a la gente sin que se diera cuenta, que hablaba solo o que a veces dibujaba en sus cuadernos la ropa que ellas traían puesta cada día. "Un *fashion freak*", fue cómo lo describió. Pero al final, Helena sabía que todos ellos lo eran, de una forma u otra.

—Helena —dijo Belmondo, sentándose frente a ella y haciendo a un lado suavemente el enorme ramo de rosas que había en su escritorio para poder verle la cara—. Quiero pedirte permiso para ir a la gala que organizaron para Esteban Pérez. Todos mis amigos van a ir y GoGorila compró una entrada para mí.

—¿GoGorila? ¿El blogger porno?

—Bueno, yo no lo llamaría porno. Es más bien erótico. Lo más que llega a enseñar son las "pompis".

—¡Pompis! —dijo Helena soltando una carcajada—. Ahora sí me regresaste a los años sesenta. ¿Estás saliendo con él?

—Bueno...

—No, no me incumbe, lo siento. Ve, no hay problema. No tienes que pedirme permiso para ir a ninguna parte en tu tiempo libre, siempre y cuando no comprometa la imagen de *Étui*.

—Por eso te lo preguntaba. Como me diste una gritiza por lo de la corona de flores...

—Eso fue distinto: tomaste una decisión de empresa sin consultarla con nosotras, pero ya pasó. Creo que sobrerreaccioné un poco. Aun así, te agradezco el compromiso que tienes con el equipo y que me consultes este tipo de cosas.

—Pues ya te contaré qué tal estuvo. La madrina del evento es Claudine...

—Pues *no* la saludes de mi parte.

—Todos los bloggers e influencers están ansiosos de ver aquello. Juran que no va a ir nadie, pero Alicia Serrano publicó hace un par de días en Instagram que tenía casa llena.

—Ajá. Y yo puedo publicar que el príncipe Harry se cansó de Meghan y ahora es mi novio...

—Me voy —dijo Belmondo, viendo el celular—. GoGorila ya está esperándome afuera.

—¿Y te vas a ir así de sencillo? —dijo Helena, extrañada de no verlo como solía vestir.

—Nos pusimos de acuerdo para ir todos de McQueen, por aquello de festejar a un difunto, ya sabes. Ahí traigo mi traje: lamé dorado y negro. Ya verás que los dejo muertos.

—Anda, cariño: mátalos con tu estilo.

Belmondo respiraba hondo cada vez que podía dentro del coche de GoGorila. Su perfume, Allure de Chanel, se mezclaba con el aroma de los asientos de piel y era absolutamente intoxicante. Cerraba los ojos y se transportaba... al paraíso. Porque si existía alguno, tenía que ser así. Luego abría los ojos para mirar esos brazos enormes, las piernas que casi se desbordaban del asiento y... claro, el paquete. ¿Cómo no verlo? GoGorila podría hipnotizar con semejante paquete. Hubo un momento en que lo sorprendió mirándolo, y Belmondo rápidamente desvió la mirada hacia otro lado, mientras él sonreía pícaro. Por supuesto que sabía que estaba siendo observado y le encantaba. Pero en realidad Belmondo estaba extático de que, ¡por fin!, él le hubiera dado una cita. Y tenía todas las intenciones de seducirlo como Dios manda para que tuvieran algo duradero. Estaba seguro de que si GoGorila era bueno para un acostón, como tanto le habían contado, con toda seguridad sería infinitamente mejor como novio. ¡Ay!, lo que sería llegar a todas la fiestas y eventos con él del brazo. Le daría mucho más prestigio que llevar una Birkin de cocodrilo. Así que tenía que ser cauto para no arruinarlo todo. No, señor.

—¿Y al final confirmó mucha gente a la fiestecita esta? —dijo GoGorila.

—Se supone que sí. ¿De quién fue la idea esta de vestirnos todos de McQueen?

—Claudine se lo propuso a Alicia Serrano.

—¿Y qué tiene que ver Claudine en todo esto?

—¿No sabías? —dijo GoGorila tras dar un arrancón ante la luz verde—. Parece que además de Esteban, se van a homenajear a sí mismas. Es la fiesta de: "Nos vale madres que nos hayan humillado socialmente y seguimos siendo chidas". Aunque bueno, yo tendría que ser más discreto contigo, ¿no? Trabajas con la mujer que odia a los bloggers.

—No inventes, GoGo. Yo separo muy bien el trabajo de mi vida personal. Además, Helena no odia a los bloggers. Ni a nadie. Y me parece bien que alguien se atreva a decir lo que no está funcionando en una industria…

—Pero se pasa de cabrona.

—Si, quizás a veces es demasiado dura. Pero creo que solamente diciendo las cosas así de claras van a entenderse de una buena vez.

—Pues mira: mientras no se meta conmigo, puede cocinar a los otros en escabeche.

Al llegar al restaurante donde sería la fiesta, GoGorila buscó lugar donde estacionarse. Temían que estuviera abarrotado, pero encontraron un sitio casi enfrente. Belmondo tomó su chaqueta de lamé y al ponérsela estalló en brillos con las luces de los coches que pasaban por ahí. Su acompañante le dijo: "Eres toda una estrella", y él quiso desmayarse, pero la verdad era que más bien estaba flotando. Flotando en su propio ensueño. GoGorila no llevaba más que unos jeans y una camiseta de gasa transparente con una enorme calavera bordada al frente: sus pectorales resaltaban tanto que parecía que a la calavera le hubieran crecido orejas de Mickey Mouse. Juntos, llegaron hasta la mesa de recepción donde estaba la secretaria de Alicia Serrano.

—Hola, GoGo, bienvenidos —dijo la chica.

—Él es...

—Ya sé quién es. Bienvenidos ambos.

—¿Ya llegó Alicia? —preguntó GoGorila.

—No. Estoy preocupada: no he sabido nada de ella desde hoy en la mañana.

—No debe tardar. Ya ves que cuando se mete al spa se le olvida todo —dijo GoGorila.

Belmondo pudo sentir la mirada de disgusto que la secretaria le estaba clavando. Claro, pertenecía a las huestes del enemigo. Quizá tendría que irse acostumbrando a ello a partir de ahora. Ambos entraron al restaurante que estaba medio vacío. Al preguntar a un mesero dónde era la fiesta para Esteban Pérez, él les señaló una puerta. Se acercaron hasta ahí y descubrieron que era la entrada al sótano. Bajaron por unas escaleras de caracol un poco oxidadas y encontraron el lugar. El "escondite" era de lo más cool: estaba amueblado con *buds* de terciopelo púrpura, mesillas bajas, paredes industriales, amplio, y olía a humedad mezclada con cigarro y perfume. El DJ ya tocaba algo de música suave para acompañar la charla de los invitados... que a vuelo de pájaro parecían ser unos diez. Sí, el lugar estaba casi vacío. Willy y Wendy estaban sentados en una de las mesas y, a poca distancia, las Igualitas y La Carola. Regadas por ahí, algunas otras personas que no tenían ni idea de quiénes fueran.

—¿No se suponía que había confirmado mucha gente? —preguntó Belmondo al llegar a la mesa de Wendy.

—Pues se suponía que sí. Y que iba a ser una gala, pero esto está tan divertido como la presentación de un libro de física cuántica. Nos hicieron venir como muñequitos de pastel para nada.

GoGorila, con La Carola y las gemelas, se acercaron también

a la mesa de Wendy: también ellas estaban extrañadas de semejante fiasco.

—¿Y ustedes pagaron su boleto? —preguntó Miriam Igualita—. Porque nosotras sí.

—Todos pagamos —dijo Willy—, porque se supone que era para una buena obra.

—¿Qué buena obra? —dijo Belmondo.

Wendy, siempre la más suspicaz, miró los rostros de sus amigos y comprobó lo que sospechaba: no había tal buena obra y todo aquel tinglado era un pretexto de la pseudo publirrelacionista para lavar su imagen. Pero después de esto, las manchas en su reputación no se irían jamás.

—Creo que nos vieron la cara de idiotas —dijo La Carola.

—Yo me largo —dijo Willy decidido y se enfiló hasta unas escaleras que había en el otro extremo del lugar. Al llegar, un guardia lo detuvo y le pidió que usara las escaleras de caracol si quería salir.

—Esta escalera está reservada: por aquí va a bajar la madrina del evento cuando llegue.

—¿Madrina?

—Sí, la señorita Claudine Cole.

Willy volvió hasta donde estaba el grupo y les contó lo que el guardia le había dicho. Las risas no se hicieron esperar.

—¿La madrina? Pero ¿qué, son unos quince años? Este evento se pudre más cada minuto —dijo Wendy con los ojos todavía llenos de lágrimas de risa.

—Willy, espérate —le dijo Marian Igualita—, tenemos que ver esa entrada. Quiero ver la cara que pone cuando vea que sólo somos nosotros.

Willy accedió porque aquello realmente valía la pena de verse. Se percató de la llegada de unos cuantos invitados más: parientes de Esteban y algunos de los fans que habían hecho acto de presencia en el funeral, eran la muestra plausible de que el hombre es el único animal que se tropieza dos veces con la misma piedra. Willy sintió vibrar su teléfono y leyó un Whats-

App que Lilian le había enviado; había conseguido mesa en Hispánico, un restaurante súper exclusivo, y los estaba invitando a todos. O más bien, había conseguido que los invitaran a cambio de menciones en sus respectivas redes. Cuando se lo dijo a los demás, hubo vítores al saber que, después de todo, la noche no se había ido al carajo. Sólo tenían que esperar la llegada de Claudine. Todos tenían ya listos los teléfonos.

Belmondo sintió que una mano le acariciaba la espalda: era GoGorila, quien con un gesto lo separó del grupo y lo llevó a un lugar un poco más solitario, cosa que aquella noche era fácil de encontrar.

—Te quería pedir algo, Belmo...

Belmondo sintió que las famosas mariposas de las que hablan en las películas le revoloteaban en el estómago. Al final sí que existían. Se preparó para decir "sí". Hasta el dedito anular derecho le sudó en exceso, ¿se estaba preparando acaso para el anillo de compromiso?

—Dime —dijo mirándolo muy fijamente.

—Acabo de firmar un contrato muy importante con Male, la línea de ropa interior...

—Ah, bueno, pues felicidades —dijo Belmondo, con notoria extrañeza.

—Sí, está poca madre. Pero a partir de ahora ellos van a controlar mi imagen y cualquier escándalo me podría costar la cancelación del contrato. Así que quería pedirte que porfa, porfa, porfa, no vayan a incluirme en sus Bloggerfucker... Me darían en la madre.

Belmondo tenía ganas de llorar y al mismo tiempo de agarrar una silla y darle con ella en la cabeza a ese cabrón stripper metido a influencer.

—Pero yo no soy quien lo escribe...

—Pero tus jefas te escuchan. Metan a otros, a cualquiera de ellos, me vale madre. Esta gente de los calzoncillos va a controlar mis redes y pronto no habrá nada malo que decir de mí. Pero si algo pasa ahora, me joden.

—No te preocupes. Hablaré con Helena y lo va a entender.

—Gracias. Eres un súper compañero.

No, ni a amigo llegaba. Belmondo quiso jugar al cool, pero el calor que sentía en la cara significaba que debía estar rojo como semáforo en alto. La garganta se le cerraba y sentía que necesitaba ir al baño para no dar un espectáculo frente a esa jauría. Como diría Rizzo, la de *Grease*: "Llorar frente a ti es lo peor que podría hacer". Pero todo eso tendría que esperar porque oyó entonces un barullo que venía del grupo de bloggers: el guardia que había estado resguardando la entrada de la estrella de la noche se había hecho a un lado y habían dirigido un reflector hacia las escaleras. Sí: la madrina estaba por llegar. Se acercaron hasta una distancia prudente para verla bajar. Belmondo sacó su teléfono para inmortalizar aquello y mostrárselo a sus jefas al día siguiente. Una cortina en lo alto de la escalera se abrió y ahí estaba Claudine, que de verdad se veía espectacular: llevaba un vestido largo de encaje negro desgarrado y en sus pies estaba la maravilla: los botines Armadillo de McQueen. Sí, esos que había usado Gaga, esos que se habían subastado en Christie's por sabe Dios cuántos miles, ésos con los que todo fashionista ha soñado por lo menos alguna vez. Sí, con todo y que nadie la quería, recibió un aplauso al unísono. La mujer se lo había ganado y si bien Alicia había manchado más su reputación al no presentarse a su propio evento y estafar a los invitados, Claudine Cole saldría inmaculada de este lavado de imagen.

Miró a todos y a ninguno, sonriente, pletórica. Se sentía divina y realmente lo proyectaba. Levantó la mano con un gesto casi monárquico y saludó a la turba que la esperaba abajo. El DJ dejó que se oyera por los altavoces a Rihanna cantar "you're beautiful like diamonds in the sky...". Claudine se dispuso entonces a bajar las escaleras. Orgullosa, no quiso agarrase de la barandilla: si algo sabía controlar en este mundo eran los tacones altos. Sonriente, volvió a saludar con la mano como si hubiera una multitud: el reflector no le permitía ver que sólo saludaba a cuatro gatos. Bajó firme dos escalones pero al llegar al tercero, el zapato resbaló violentamente y, en una tétrica cámara lenta, el cuerpo de Claudine pareció desarmarse, doblarse en formas imposibles antes de caer y rodar aparatosamente hasta el pie de la escalera. Los gritos de horror, llantos y "no" se mezclaron en una amalgama de ruido angustiante. Las Igualitas lloraban a gritos y Willy corrió a ayudarla, pero Wendy lo detuvo: "¡No la muevas!".

Entonces, todo mundo guardó silencio. La música se había detenido también. Sólo algún sonido lejano de la calle resonaba en el ambiente como muestra de que el tiempo no se había detenido, como parecía. Belmondo se aproximó hasta ella y vio que un hilillo de sangre le salía por un oído.

—¿Está muerta? —preguntó Wendy.

—Les dije que vestirnos de McQueen con tanta puta calaverita era de mala suerte —dijo La Carola—. ¿Lo ven? Ahí tienen las consecuencias.

11

Tú le llamas tomate, yo le llamo plagio

Wendy tenía muy claro que ella sería parte, tarde o temprano, de ese cuadro de deshonor en el que Helena estaba poniendo a toda la gente que le disgustaba. No sabía si sería la siguiente o la del número de aniversario, pero estaba segura de que protagonizaría un Bloggerfucker; y resultó ser más temprano que tarde: fue la número cuatro. Quizás había llegado a oídos de Helena el rumor de que lanzaría un proyecto sospechosamente parecido al suyo o simplemente pensó que el mundo de la moda era muy pequeño para dar cabida a dos insoportables tan grandes como ellas. No lo sabía, pero ahí estaba frente a ella el artículo que la ponía pinta. Miraba su teléfono móvil y en la parte superior de la pantalla aparecían más de treinta llamadas perdidas: los *plings* de las alertas en sus redes la estaban aturdiendo tanto que optó por poner el teléfono en silencio e ir hasta su computadora para leer el artículo y dejar que el teléfono enloqueciera lejos de ella.

Ceremoniosa, se sentó frente a la laptop, la abrió, tecleó un par de veces y se dispuso a leer el Bloggerfucker. Sus ojos recorrían línea a línea el texto, pero su rostro casi no se movía. Sólo de cuando en cuando sus ojos se abrían desmesurados y le quitaban la expresión hierática del rostro.

La amargura y acidez en una persona tan joven no suelen mantenerse separadas de su trabajo, que tarde o temprano se conta-
mina con ellas. Sí: Wendy Wong es una periodista digital brillante,
conocedora y digna de recoger la estafeta de las grandes ligas en
esta industria. Pero su mala vibra, racismo, clasismo y homofobia
la pierden. ¿A quién le importa la inteligencia de alguien que es
tan poco empática con el momento histórico que le tocó vivir?

Tomó un sorbo del té que tenía al lado en su mesa y continuó leyendo. Se dio cuenta perfectamente de que Helena había usado con ella armas más sofisticadas: no la había medido
con la misma vara que con los otros. Pero por más halagador
que esto fuera, la verdad siempre dolía, especialmente cuando
era tan dura como aquella.

La inteligencia es un don que debe usarse con sabiduría y astu-
cia, pero también con benignidad. Ser inteligente sólo para re-
saltar la estupidez de los otros es un acto ruin y bajo. Llegando a
este punto no sé qué prefiero, si a una persona tan brillante como
la señorita Wendy Wong o a alguien tan frívola y vacía como Lilian Martínez. Si estas dos opciones son lo más notable entre los
bloggers de este país, preferiría entonces retirarme y dedicarme
a la agricultura, para no tener que volverme a topar con ellas en
mi vida.

Oh, claro que estaba furiosa. Pero su padre siempre le había
dicho que los chinos jamás perdían la compostura. Jamás. Le
enseñó que había que sonreír, capotear, hacer reverencias y
nunca mostrar que estaba enojada o descompuesta. En eso radicaba la fuerza de espíritu de su gente. De modo que apoyó
las manos sobre la mesa, respiró profundo y volvió a la computadora… para mandarle un mail a Helena.

SUBJECT:
Gracias… y espero verte pronto.

Querida y admirada Helena:

Gracias por dedicarme tu reciente columna en *Étui*. La he leído con atención y, aunque no concuerdo en todo lo que dices, me ha invitado a la reflexión sobre una serie de aspectos de mi vida profesional, así que lo agradezco en verdad. Por cierto, el día de mañana presento un nuevo proyecto editorial de la mano de Galerías Reales. Ojalá te pudieras dar una vuelta para saludarte. Te adjunto la invitación en pdf.

WW

Sonrió satisfecha: así era como tenían que resolverse las cosas en la vida. Se dirigió a la ducha para arreglarse porque tenía muchas cosas que hacer. Necesitaba un vestido magnífico para su evento; así cuando Helena perdiera los estribos y se convirtiera en un espantajo, ella luciría fabulosa y absolutamente ecuánime, como su padre le enseñó. Poblana, sí, pero china también y a mucho orgullo.

Al día siguiente, Helena y Lorna estuvieron ocupadas con citas durante toda la mañana y a la hora de comer, decidieron ir a un restaurante que quedara cerca del evento de Wendy Wong: si ella había mostrado clase aceptando de forma madura la crítica que le hizo en Bloggerfucker, lo mínimo que Helena podía hacer era estar al nivel y asistir a su evento. Nobleza obliga. Lo más decente que encontraron cerca de allí fue un dudoso restaurante japonés cuyo sushi, nomás de verlo, les dio un repelús instantáneo. Optaron por un arroz con pollo, que parecía ser lo menos dañino del menú. Ah, y una botella de sake, eso sí.

Lorna, quien solía ser la más relajada para comer en cualquier sitio, estaba bastante mosqueada con el lugar. Como madre que visita la casa de su hijo casado, pasaba el dedo por la mesa en búsqueda de mugre y veía las paredes con miedo de que en cualquier minuto le saliera un bicho de detrás de alguno de los cuadros.

177

—Hubiéramos ido mejor a Starbucks —dijo, arrugando la nariz.

—Cariño, esto era lo más cercano a Galerías Reales donde podíamos comer sentadas. Y no vamos a comer nada crudo, así que no te preocupes.

—Sigo sin entender por qué tenemos que venir al *happening* de la Wong.

—Porque es la única que ha entendido lo que queremos decir en Bloggerfucker. No se trata de atacar por atacar, sino de decir la verdad para que esta industria se sacuda lacras; y también para que quien sea suficientemente inteligente aprenda, reflexione y acepte una crítica con madurez. La Wong lo hizo y por eso me pareció correcto aceptar su invitación.

La comida llegó y, después de todo, no se veía tan mal. Lorna moría de hambre así que no se hizo mucho de rogar con el arroz: de cualquier forma, el sake ayudaría a matar cualquier cosa irregular que hubiera en el plato.

—Bueno, termíname de contar lo de Adolfo —dijo Lorna, empujándose de un trago un shot de sake helado.

—Pues eso, cariño, que me llamó la otra tarde para venir a casa y estuvo bastante raro.

—Raro… ¿como Juan Gabriel?

—Jaja. Ese chiste es más viejo que tú, Lorna, que ya es decir —le dijo, mientras la otra se doblaba de la risa—. Encima, te ríes de tus propias gracias. Bueno, ¿quieres que te cuente o no?

—Sí, sí, perdón. Es que te pusiste de pecho —dijo, secándose las lágrimas que aún le corrían por la cara.

—Pues me dijo que necesitaba charlar conmigo sobre lo difícil que se estaba volviendo trabajar para AO…

—Por supuesto que no le creíste ni una palabra, ¿verdad?

—No sé, lo oí bastante atribulado. Incluso se le llegó a quebrar la voz un par de veces.

Lorna la miró sin decir palabra mientras se servía otro shot de sake. Pudo ver en ella esa mirada que conocía y le preocupaba: la de la Helena conmiserada que bajaba la guardia y que, por tanto, era fácil de engañar. No sucedía muy seguido, pero pasaba... y con Adolfo ya había sucedido antes. Prefirió dejarla seguir contando su historia, porque si le decía lo que estaba pensando, con toda seguridad ella se pondría en guardia y lo negaría todo.

—¿Y qué quería?

—Mi consejo sobre cómo manejar ciertos aspectos de su trabajo para que le fuera mejor.

—Le dijiste que lo primero que tenía que hacer era dejar de pensar con el pito...

—No, Lorna, fíjate que ya ni siquiera tiene que ver con eso. Parece que su jefe le está pidiendo cosas cada vez más difíciles. Le sugerí que se buscara otro trabajo, pero dice que por puro orgullo quiere superar este reto, sacar a AO del bache financiero y convertirla de nuevo en una empresa rentable.

—Pues le deseo buena suerte con ello, porque están haciendo exactamente lo opuesto que debería hacerse para sacar a una empresa de la crisis... Y bueno, ¿y tú qué pitos tocas en todo este asunto?

—Me pidió que lo asesorara desde fuera, lo ayudara a reorganizar equipos y armar estrategias alternativas de comercialización. Y que me pagaría muy bien por ello.

—¿Y qué le dijiste?

—Que no, por supuesto. Que por ahora tengo demasiado en mi plato con *Étui* para dedicarme a otro proyecto.

—Por ahora... —dijo Lorna, con un gesto de disgusto.

—Cariño, no voy a aceptar. Era una forma de salir del paso sin sonar agresiva.

—Bueno, la agresividad es excelente preludio para el sexo...

Helena fue ahora quien se sirvió el sake mientras Lorna la miraba inquisitoriamente. ¡Ay, cómo la conocía! Toda esta historia de escucharse y aconsejarse entre ellos era un pretexto para verse y meterse a la cama. ¿Para qué perder el tiempo con tanta ceremonia inútil? Si se gustaban y querían darse un revolcón, ¿cuál era el problema? ¿Pa' qué tanto brinco estando el suelo tan parejo? Pero no: las cosas con Helena nunca eran sencillas, simplemente porque ella tenía un don natural para complicarse la vida.

—Espero que el palito haya estado bueno, porque después de tanta tontería, mínimo que te dejara bien servida.

Helena casi se ahoga con el sake cuando Lorna le dijo aquello. Se rio pero no porque la hubieran cachado, sino porque se sintió un poquito patética. ¿A quién quería engañar? Adolfo ejercía una gran atracción en ella, sabía que era un tramposo y que existía la posibilidad de que con este tema de la consultoría, también le quisiera ver la cara de estúpida.

—Nena —continuó Lorna—, aplaudo que te tires a este hombre las veces que quieras. Es un bombón y está buenísimo, y tú no mereces menos. Pero ten cuidado: él piensa con el pito y eso puede ser contagioso. No dejes que tu cosita se apodere de tu voluntad. Y si ya te quiso chingar una vez, está buscando la oportunidad para volver a hacerlo, créeme. Sólo ten cuidado con lo que le dices y ponle buenas passwords a tus compus.

—Lorna, ya lo sé. Y no soy yo quien tiene problemas para autocontrolarse, recuérdalo.

—Es verdad: yo soy impulsiva y bronquera. Pero no me meto a la cama con el enemigo.

—No te metes a la cama con nadie. Quizá de eso se derivan tus exabruptos…

—Puede ser, nena. Quizás. A ver, te admiro ese carácter pragmático de anteponer tu vida profesional a la personal. Siempre tuviste claro que no querías esposo y mucho menos hijos, pero eso no te impidió disfrutar de los hombres en la cama de manera más fría. Pero cuando individuos tan fogosos como Adolfo se te acercan, tu frialdad se derrite. Creo que es mi obligación como amiga decirte que tengas cuidado.

Lorna se bebió el sake restante y guardó un momento de silencio. Helena sacó su polvera del bolso y se retocó los labios. Miró a Lorna y le dio un golpecito en un hombro a guisa de rompehielos.

—Ya sé que te preocupas por mí, pero no es necesario, créeme, tengo bien controlado a Adolfo. Y mira: si sientes que me pongo blanda, tienes mi autorización para sacudirme y abofetearme.

—¡Huy! Y no sabes el gusto con el que lo voy a hacer —dijo Lorna, recuperando su sonrisa.

Después de un paseo que les vino perfecto para quitarse el mareo de aquel sake de malísima calidad, llegaron a Galerías Reales para atender a la invitación de Wendy. A su paso, Helena lo miraba todo fingiendo un interés que estaba lejos de sentir. La tienda siempre le había parecido anticuada... como si se hubiera quedado atrapada en el siglo pasado, pero no en un rollo retro, sino más bien en uno triste. No obstante, al ser una de las cadenas de tiendas departamentales con más sucursales en el país, eran un anunciante que cualquier revista necesitaba. Así que tenía que mostrar que, para ella, aquello era como Harrods. Las cosas que tenía que hacer por ganarse la vida. De pronto, sintió un dolor agudo bajo de una costilla: Lorna le había dado un codazo mientras apuntaba con el dedo al frente.

—¿Ya viste eso?

Frente a ellas, en un display muy bien puesto, cabía decir, estaba una caja de regalo gigante de la cual, suspendidos por hilos casi invisibles, salían fotos, artículos, perfumes, vinos, zapatos, una bolsa de mano y hasta una chaqueta de imitación Chanel. Abajo, un letrero rezaba: "*¿Quieres saber lo que es* LA CAJA? *Te esperamos hoy a las 6 de la tarde en el segundo piso, departamento de damas*".

—¿La caja? ¿La caja? ¡Pero si es nuestro *Étui*!

—Bueno —dijo Lorna—. Por lo menos ahora ya sabemos que la Madame Puterfly esta no estaba siendo profesional al invitarte: estaba siendo una hija de la rechingada.

—¡Nos copió todo el concepto! Y lo abarató... Esta invitación era para burlarse de nosotras. Pero ahora mismo me va a oír...

—Nada: no te va a oír decir nada, Helena. Tú y yo nos vamos a quedar calladitas y vamos a sonreír como si nos fueran a entregar un Grammy.

—Pero ¿cómo puedes decir eso? Esto es un plagio en toda regla. Tenemos registrado el concepto y cualquier variación posible —dijo Helena, casi echando espuma por la boca.

—Ahí lo tienes: éstos no saben dónde se están metiendo. De la demanda que les meteremos vamos a hacer *Étui* sólo por diversión, porque necesidad económica no volveremos a tener jamás.

Subieron al segundo piso y vieron que en el área de diseñadores contemporáneos se había montado una especie de auditorio que estaba prácticamente abarrotado. Las Galerías Reales habían mandado invitación a todo su *mailing list* y Wendy, junto con Willy, habían hecho lo propio a través de sus redes sociales, por eso no cabía ahí ni un alfiler. La directora de marketing, quien días atrás había discutido con Helena por retirar su pauta publicitaria de *Étui*, se aproximó hasta ella con una sonrisa que, lo mismo que la bolsa de Louis Vuitton que llevaba bajo el brazo, no podía ser más falsa.

—Qué bueno que pudieron venir —dijo acercándose a Helena y Lorna—. Helena, guapa, espero que no haya *hard feelings* por retirarnos de tu revista, pero ya ves que teníamos que enfocar nuestro presupuesto en este nuevo proyecto.

—No, no hay *hard feelings*. Nos quedamos con tu anticipo y teníamos varios clientes que querían entrar en este número, o sea que todo salió bien. Hasta deberíamos estar agradecidas —dijo Helena, tomando una copa de champán al vuelo de la bandeja de un mesero que pasaba.

La mujer forzó aún más la sonrisa falsa al punto que ahora parecía una mueca siniestra. Sí, ese anticipo que les había pagado y perdido por no respetar el contrato casi le cuesta el puesto. Por eso, el proyecto de *La Caja* le tenía que salir perfecto. Su trabajo estaba en juego.

—Qué concepto tan interesante —dijo Lorna—. Me parece haberlo visto en alguna parte...

—Sí, ya sé que se parece un poquito a lo que hacen ustedes, pero somos completamente diferentes, ya lo verán. Digo, revistas hay muchas, web sites hay muchas, conceptos como este...

—Sólo hay uno: el nuestro —dijo Helena, a punto de perder los estribos.

—Bueno, guapa. No hay nada nuevo bajo el sol, ¿no crees? Yo le llamo tomate, tú le llamas jitomate.

—No, nena: tú le llamas tomate y yo le llamo plagio —dijo Lorna.

Si la mujer sonreía un poco más, las comisuras de los labios le llegarían a las orejas. Llamó al mesero para que les trajera más bebidas y se disculpó diciendo que aún tenía que seguir recibiendo invitados. Una edecán se aproximó hasta ellas para llevarlas a unas sillas reservadas para los invitados especiales al frente del salón. Ambas fueron hasta ahí y tomaron asiento junto a una chica asiática que llevaba un sombrero de ala ancha de más o menos medio metro de circunferencia. De hecho, los dos lugares aledaños a ella estaban vacíos porque su sombrero no permitía que nadie se sentara a su lado. Lorna, que no estaba para tonterías, le pidió que se recorriera un asiento para que pudieran estar juntas ella y Helena. Una vez sentadas, el sombrero de la chica se metía en la cara de Lorna todo el tiempo.

—Quítame de encima esa puta antena parabólica, niña, me estás molestando.

—Es un sombrero de Saint Laurent —le dijo, sin siquiera voltear a verla.

—Pues como si fuera tu nave nodriza. Si no te lo quitas, lo hago yo.

La chica hizo caso omiso, así que Lorna, como siempre, cumplió su palabra: se lo arrancó de la cabeza y, abriéndose paso entre la gente, caminó hasta el centro de la tienda donde, asomándose por un barandal, arrojó el sombrero al aire como un frisbee que voló por los aires yendo a aterrizar al candil que colgaba en medio de la tienda. La chica, que no había parado de gritar frenética, corrió escaleras arriba para ver cómo podía recuperar su sombrero. Lorna, descansada, regresó a su sitio.

—Muerto el perro se acabó la rabia —dijo muy ufana.

—Yo debería tener la misma determinación para lidiar con mis problemas —dijo Adolfo, viéndola divertido desde el asiento, ahora visible, al otro lado de la chica del sombrero.

—Pero ¿a qué hora llegaste? —preguntó Lorna.

—Ya estaba aquí, pero la sombreruda nos bloqueaba la visibilidad. Le contaba a Helena que Wendy me invitó a ver lo que está haciendo con Galerías Reales. No sé, me parece que es muy parecido a lo que hacen ustedes, ¿no? Deben estar que no las calienta ni el sol —dijo, tratando de ocultar sin mucho éxito que le alegraba un poco aquella situación.

—No, Adolfo, mi vida. A quien no va a calentar el sol en su celda de la cárcel de mujeres es a esa puta china tramposa. Y a quien la haya ayudado a montarse este negocito —le dijo, mirándole directo a los ojos.

—Lorna, yo no tuve nada que ver, te lo aseguro. Ya bastantes broncas tengo en mi vida como para echarme otra más. Ya no puedo ni con mi alma.

—Ay, sí, qué triste es tu vida, Adolfo. Pobre de ti. Pero me interesa no poco, sino lo siguiente. Ven, te cambio de lugar —dijo, mientras se movía para dejarlo al lado de Helena.

Adolfo miró a Helena con resignación: conocía bien a Lorna y sabía que nunca había sido santo de su devoción. Cambiaron sitios. Un chico vino hasta ellos y, abriéndose paso entre la gente sentada, se dirigió a Adolfo.

—Patrón, ya quedó todo —le dijo extendiéndole las llaves de su coche.

—¿Se pudo arreglar la marcha?

—Sí, y los frenos también, patrón. ¿Quiere que lo espere para llevarlo a su casa?

—No, Tomás, no es necesario. Vete ya si quieres.

El chico se alejó.

—¿Nuevo mensajero? —preguntó Helena.

—Es un chico que me ayuda con encargos...

—Y que te llama "patrón". No podías ser más clasista, Adolfo —dijo Lorna.

—Ya le he dicho que no me llame así e insiste. ¿Qué puedo hacer?

Con un "shush" Helena los calló, señalando al escenario: Wendy acababa de hacer su aparición. Aplausos y vítores se dejaron oír para recibirla vestida con un Vera Wang rojo y unas sandalias doradas de Chanel. Con las manos pidió silencio para iniciar con la presentación. Dio la bienvenida y agradeció a la audiencia por estar esa tarde ahí presenciando un evento sin precedentes: el lanzamiento de *La Caja*, la revista oficial de Galerías Reales, y de su nuevo programa de fidelidad para clientes. Sonreía y caminaba segura de un lado a otro del pequeño estrado, mientras explicaba el nuevo concepto de la revista interna de los almacenes, en la que ahora, se haría un especial hincapié en la moda y estilo de vida: no más catálogos aburridos que iban a parar directamente a la basura. Luego explicó la mecánica del concurso mensual de *La Caja*, en la que los clientes con consumos más altos podían escoger y ganar una caja con premios nunca antes vistos. A pesar de sentirse segura y en poder de su papel, notaba que había mucho ruido entre el público. Una voz proveniente de las últimas filas gritó: "¡No se oye!", y Wendy trató de apoyar la voz en el diafragma para que la oyeran mejor. Nada. Era inútil: el ruido de la tienda impedía que el público la escuchase bien. Se disculpó con la gente y fue hasta el backstage para hablar con Willy.

—¿No han arreglado el inalámbrico? —dijo furiosa.

—No —respondió Willy—. No han podido. Pero ya fueron a buscar uno de cable...

—Les pedí que contrataran a un técnico de sonido profesional. No puede ser que en esta maldita tienda de octava todo lo resuelvan los electricistas. Parece que estamos en el siglo pasado.

Un jovencito llegó corriendo a toda prisa con un micrófono: se lo dio a Wendy mientras extendía el gran rollo de cable que colgaba de él. "Salga, lléveselo y ahora se lo conecto aquí dentro", le dijo. Ella regresó al estrado con el micro en mano, disculpándose sonriente por las fallas técnicas: "Pasa hasta en las mejores familias", dijo, queriendo hacerse la graciosa. Wendy subió y bajó repetidas veces el switch del micro sin resultado alguno. Harta, decidió volver a su presentación, así tuviera que hacerlo a gritos. Pero el público ya estaba completamente disperso. Los camareros seguían repartiendo bebidas y comida, con lo cual la atención que le estaban dedicando era prácticamente nula. Desde el escenario vio a su prima Yasmín Wong —la del sombrero gigantesco— discutiendo a grito pelado con Lorna y, al lado, a Adolfo y Helena charlando animadamente, hasta que en un momento determinado, esta última hizo contacto visual con ella y le dedicó una mirada que podía haber fulminado a un ejército entero... y que la estremeció. Desvió la cara rápidamente hacia el público y supo que, si no controlaba rápido la situación, su evento, y muy probablemente su proyecto entero con Galerías Reales, se irían al infierno.

—Chicos, allá atrás, el micro sigue sin funcionar —dijo casi desgañitándose hacia el backstage. Siguió caminando de un lado a otro tratando de calmar sus nervios, hasta que una voz proveniente de detrás del estrado le dijo: "Ya está".

Tensa, volvió a mirar al frente y se percató de cómo dos guardias de seguridad se llevaban en jarras a su prima que tiraba sombrerazos con el Saint Laurent a diestra y siniestra. Sus ojos pasaron muy rápido por el resto de la gente que ya estaba bastante disgregado y quien no lo estaba, la miraba inquisitoriamente. A Helena no quiso verla siquiera. Tenía que continuar. Encendió el switch... y nada. Repitió. Tampoco. Entonces, lo hizo una tercera vez y en ese momento un chispazo brotó del micrófono y una descarga eléctrica sacudió a Wendy. Fue aquel zumbido intenso lo que finalmente consiguió que el público se callara. Horrorizados, miraban cómo, con los estertores de su cuerpo, sus joyas cuajadas de cristales se agitaban dando un espectáculo de brillos macabros. Las luces parpadearon, el humo flotó en el aire y un olor a quemado impregnó el lugar. Entonces, Wendy, sin vida ya, caía desplomada al suelo.

El Hospital de las Maravillas era el equivalente médico de un resort de cinco estrellas. Además de contar con los mejores médicos del país, aquel centro de salud ofrecía las mejores terapias de recuperación para personas que habían quedado inhabilitadas por accidentes. Sus últimos dos pisos, destinados a la gente de gran poder adquisitivo, tenían pasillos largos y luminosos que conectaban varias áreas espaciosas, adornadas con plantas y flores bien cuidadas, pinturas originales de artistas jóvenes —que incluso consideraban el hospital como galería de arte— y donde había sillones y estanterías llenas de libros y revistas para que los visitantes de los enfermos pudieran relajarse sin sentirse en un hospital. La habitación de la esquina sur del último piso, con mejor vista y orientación, era la de Claudine. Afuera de ella, en el pasillo, podían verse los muchos arreglos florales que mandaba sacar de su cuarto cuando la persona que se los había mandado le importaba un pimiento. Sólo le gustaba conservar aquellos de la gente a la que más o menos apreciaba... o los que tenían flores caras y exóticas. Una enfermera llegó hasta allí y llamó a la puerta saludándola contenta.

—¿Cómo está la paciente más guapa de Las Maravillas?

—Harta. ¿Cómo había de estar?

Claudine tenía la pierna derecha y el brazo izquierdo enyesados y completamente en alto. Fue lo que recomendaron los doctores para que sus extremidades no sufrieran daño o deformación alguna mientras se sanaban las múltiples fracturas. Una manicurista y una pedicurista arreglaban, de manera simultánea, los pies y manos de la convaleciente.

—¡Cuidado, estúpida! Que esté enyesada no significa que no sienta...

La chica sólo balbució una disculpa. Mejor no hacerla enojar más, porque la semana pasada ya les había tirado un vaso en la cabeza cuando se equivocaron de tono de esmalte de uñas.

—Claudine, hay un señor que quiere verte. Dice que es importante.

—Si es mi jefe dile que estoy durmiendo. No sé cómo quiere que trabaje cuando estoy hecha una desgracia. Estos de AO son una panda de insensibles...

—No, Claudine, no es tu jefe. Dice que es de la policía.

¿La policía? Uta. Seguro es porque la noche del accidente dejé la camioneta estacionada en lugar prohibido. ¿O será por aquella vez que se me pasaron los martinis y me metí en sentido contrario en el Periférico? ¿O la vez que no llevaba licencia... O quizá...

—Claudine, ¿le digo que pase?

—No, corazón, dile que estoy muy cansada y que...

—No le voy a quitar mucho tiempo, señorita Cole. Soy el agente Juan Galeana, para servirle —dijo el hombre entrando al cuarto.

Claudine lo miró y, como si alguien hubiera activado un dispositivo dentro de ella, su postura cambió: se enderezó —lo que pudo—, estiró el cuello, se arregló el camisón y, lo más importante, su expresión facial se transformó en un poema de seducción. La enfermera la vio y supo de inmediato de qué se trataba aquello: ya la había visto hacerlo con uno de sus ortopedistas que estaba buenón: lo llamaba "activar el *modo zorra*". Claudine pidió a las chicas del manipedi y a la enfermera que salieran del cuarto. La verdad es que este agente no era para nada como los que controlan el tráfico en las calles o los que están en las dependencias públicas. Oh, no. Galeana era un morenazo de cabello rizado no muy alto, pero con un cuerpo perfectamente proporcionado... de gimnasio, claro. Y aunque olía a perfume de los que ponen en oferta en el *duty free*, en él no le parecía despreciable. Vamos: era lo mejor que había visto en ese cuarto en las casi cuatro semanas que llevaba internada. Bueno, descontando, claro, a su ortopedista pelirrojo.

—Dime —dijo suavemente—. ¿En qué puedo ayudarte?

—Estoy investigando una serie de sucesos relacionados con bloggers, influencers y gente de la industria para la que usted trabaja, señorita Cole.

—Llámame Claudine y tutéame, por favor.

—Muy bien, Claudine. Primero, me gustaría saber si la noche en que te caíste de las escaleras notaste algo extraño en el lugar, algo que te pareciera inusual.

—Bueno, no especialmente. Lo único raro era que no había valet parking y tuve que dejar mi coche justo en la puerta del restaurante... No es normal que un sitio como Dios manda no tenga alguien que te reciba el coche, ¿no crees?

—No sé, nunca uso los valets. En fin... dime otra cosa, ¿por qué la escalera por donde bajaste al evento estaba clausurada hasta antes de que llegaras?

—Ah, pues porque así lo pedí. No quería que nadie más la usara porque yo era la madrina del evento y era mi única oportunidad de lucirme. Por eso di instrucciones para que los otros invitados usaran la escalera de servicio, que la verdad es bastante pintoresca...

—Entre la gente que había en el evento, ¿había alguien que no conocieras, que te resultara extraño?

—Ay, agente Galeana, imagínate si cada vez que voy a una fiesta me fijara en la gente extraña: se me iría la vida viendo a todo mundo. Y esa noche pude ver muy poco porque tenía un reflector frente a mí, pero lo que alcancé a entrever cuando iba bajando la escalera fue al grupo de bloggers de moda que me esperaban ahí abajo, y los ubico a todos. No somos amigos para nada, ¿eh?, pero sí, los conozco.

Galeana tomaba notas mientras recorría ideas en su cabeza y Claudine lo recorría a él con los ojos. Ya alguna vez había fantaseado con un poli. Él se acercó un poco más a ella y sintió más fuerte el perfume de baratija que ya comenzaba a mezclarse con el aroma de su sudor. Cerró los ojos y aspiró fuerte como si estuviera metiéndose una buena dosis de droga: una bien tóxica.

—Claudine: ¿has recibido amenazas de alguna clase, tienes alguien que te acose o que tenga motivos para hacerte daño?

—Hum... no, no lo creo. Digo, no le caigo bien a mucha gente, porque ya ves cómo es la envidia, pero de eso a querer hacerme daño, pues no sé... ¿Por qué?

—Porque alguien frotó dos de los escalones con cera. Tu caída no fue accidental.

12

Las mensajeras de la muerte

Después de llevar varias horas despierta, Helena finalmente consiguió conciliar el sueño gracias a un gramaje poco recomendable de Valium. Ni modo, tenía que evadirse a como diera lugar porque las muchas noches insomne y los días de estrés cada vez más intenso, le estaban pasando factura. Cuando el químico comenzó a actuar, una hipersensibilidad envolvió su cuerpo. Sus sábanas eran más suaves, la fragancia de Aerin Lauder que usaba para perfumar su cama era más embriagadora y, al adoptar posición fetal, sintió que estaba en un lugar seguro. A salvo. Se diluyó en un ensueño pastoso, como si estuviera en la parte superior de un reloj de arena y, poco a poco, la inercia la fuera haciendo hundirse, caer y llegar a otro lugar. Entonces, un brillo que se colaba por sus párpados no del todo cerrados la hizo volver de aquel sitio donde estaba tan cómoda. Abrió los ojos, vio la luz de su baño encendida y escuchó venir de ahí el sonido de la secadora de pelo en marcha. Se puso de pie y caminó a través de la habitación oscura hacia el baño y, al entrar, vio a Wendy parada frente al espejo alisándose el cabello. Tenía las manos amoratadas y una mancha rojiza en el lado derecho de la cara, producto quizá del golpe que se había dado al caer al suelo después del shock eléctrico. Desvió la mirada hacia Helena que estaba parada en el marco de la puerta y volvió a su cabello, absolutamente parsimoniosa.

—¿Wendy? Pero ¿cómo entraste?

—Nunca he tolerado el frizz en el cabello, pero con tanta electricidad, qué podía esperarse...

—Wendy, vete por favor. Mira la hora que es. Mañana tengo un día terrible.

—Bueno, qué me vas a decir tú a mí de días terribles.

—Ya lo sé. Pero necesito dormir.

—No te preocupes, vuelve a la cama. Yo sólo acabo de alisarme el pelo y me voy —dijo, mientras la miraba sin mover la cabeza. Sus ojos tenían un brillo siniestro.

—No puedo dejarte aquí...

—¿Temes que me lleve algo? No te preocupes: ya me robé la idea de tu revista y mira cómo acabé. Aprendí la lección. Eres implacable con la gente que se mete contigo, ¿verdad, Helena? —le dijo dedicándole una sonrisa de fingida complicidad—. Quien te la hace, la paga. Y quien no, también... Porque, ¿Esteban y Alicia qué te hicieron? Nada: su único pecado fue conseguir en meses lo que tú lograste en años. Estabas celosa de ellos.

—No, no es cierto. Eran poco profesionales, advenedizos...

—¿Y por eso merecían morir?

—No, por supuesto que no...

—Pero los mataste igualmente.

—No he matado a nadie.

—¿Estás segura? Hay muchas formas de matar y la tuya es la más letal. Tú eres la responsable. ¿Cuántos van ya...? Pierdo la cuenta.

De pronto, Helena se percató de que el grifo del lavabo estaba abierto y el agua comenzaba a escurrir hasta el piso, a los pies de Wendy. Reparó en la secadora de pelo que tenía en la mano y con toda la rapidez de la que fue capaz, se precipitó a desenchufarla, pero un chispazo la derribó violentamente. Wendy se electrocutaba una vez más frente a ella, pero en esta ocasión, no dejaba de mirarla con aquellos ojos torvos y siniestros... *¡No!*, gritó Helena una y otra vez queriendo hacer algo, pero parecía que la habían clavado al piso y no podía ayudarla. *¡No!*, repitió con la garganta desgarrada y los ojos llenos de lágrimas.

Entonces despertó.

A la mañana siguiente, llegó a la oficina con la resaca de la falta de sueño, del fármaco que lejos de tranquilizarla la había alterado aún más y de los dos coñacs que se bebió después del mal sueño para poder, entonces sí, conciliar el sueño... por unas dos o tres horas solamente. Entró a su oficina y, con toda tranquilidad, se sentó en su escritorio. Miró hacia la ventana por un rato y luego al teléfono. *¿Qué voy a hacer?*, pensó. Y después de un rato de hurgar en su mente aún obnubilada, recordó que tenía que pedir café y algo de desayunar. Al hurgar entre los papeles de su escritorio para buscar el número de la cafetería, se encontró con el pedazo de papel donde había anotado la hora y día del evento de Wendy. Sintió que un escalofrío la recorría entera. Mira que había que ser baja para invitarla a ver cómo había plagiado su proyecto, el que le había costado tanto sudor y sangre. Volvió a estremecerse al pensar en la sangre. Pero ¿no era ella igual de baja que Wendy al estar despedazando la vida profesional de jóvenes comunicadores? ¿Y quién la había subido al estrado para erigirse como juez de nadie? ¿Quién? Cerró los ojos una vez más y veía las joyas de Wendy sacudirse brillantes por los estertores de la electrocución. Bueno, el que obra mal... Apretó los ojos. Escuchó ruido fuera y se recompuso un poco. Lorna entró en ese momento con una charola con croissants, café caliente y algo de fruta. La puso sobre el escritorio de Helena y tomó asiento en la silla frente a ella.

—Buenos días, nena. Llamé a la cafetería para que nos trajeran algo. Seguro que no habrás desayunado.

—No, me leíste la mente. Ya lo iba a hacer yo.

—¿Cómo dormiste?

—Pues mírame solamente: tuve una noche infernal. Cada vez que cierro los ojos, tengo en la cabeza la imagen de esta pobre chica electrocutándose. Nunca en mi vida había visto algo tan espantoso.

—Yo tampoco. En ocasiones me parece hasta olerla...

—Calla, por favor.

—¿No te tomaste la pastilla que te di? Yo dormí de un tirón.

—Sí, pero me hizo el efecto contrario: medio me dormí y soñé con Wendy electrocutándose de nuevo, pero ahora en el baño de mi casa. Pero antes me culpaba de su muerte y de las de Esteban Pérez y Alicia Serrano. Entonces desperté más angustiada...

—Por Dios, nena, Esteban murió en un accidente, lo mismo que Wendy: tú, yo y otras doscientas personas lo vimos. Y Alicia Serrano está desaparecida, pero no muerta. Me dijeron que parece que regresó a vivir con su madre, a su pueblo. Estás alterada, lo de Wendy fue horroroso, lo admito. Pero ni tú ni nadie tiene la culpa: fue un corto circuito.

—Lorna, pero ¿no te das cuenta? A todas las personas que han aparecido en Bloggerfucker les ha pasado algo malo.

—A ver, nena. Son coincidencias desafortunadas. ¿Supiste que en la autopsia de Esteban encontraron altos índices de alcohol? *Ficticia* Serrano hizo lo que buscábamos: que reconsiderara su profesión y dejara de timar a la gente; me dicen que ahora está en casa de su madre ayudándola en su pastelería, alguna vez me contó que le iba muy bien. Mira: quizás ésa sea su verdadera vocación. Claudine se montó en unos zapatos que sólo Lady Gaga podría controlar: se cayó de las escaleras por pendeja. Y Wendy fue víctima de la tacañería de los dueños de las Galerías Reales, que se negaron a contratar un técnico de sonido. No tienes... *no tenemos* culpa de nada.

Helena alcanzó uno de los vasos de café y tomó un sorbo grande. Miró hacia la ventana y la luz le dio un aspecto espectral. Quizá no tenían culpa... pero ¿y si la tenían? ¿Y si todo esto era una especie de plan divino para limpiar un medio que necesitaba ser purgado? ¿Sería tan malo? Quizás estas fatalidades servirían como una clase de castigo ejemplar que haría que el resto de los periodistas digitales tomaran más en serio su trabajo. No. No había manera de que los planes divinos funcionaran de aquella manera. Se sobrecogió al darse cuenta... Seguro que Charles Manson o Hitler pensaron eso. *Dios, perdóname, por favor*, se dijo tratando de anular esos pensamientos.

Lorna la miraba en silencio mientras desayunaba, porque sabía que era mejor dejar que Helena procesara las cosas a su propio tiempo. Y por su parte, sí, ver morir a Wendy le había parecido una experiencia tétrica, pero su punto de vista acerca de la muerte era tan natural como el que tenía de la vida misma: así como pasa una, pasa la otra. Y en efecto, había sido una desgracia y era lamentable la pérdida de una chica talentosa y con tanto futuro, pero, para ella, Wendy había muerto haciendo algo que le gustaba y casi instantáneamente. Si ella pudiera escoger su forma de abandonar este mundo, se apuntaría seguro para una muerte rápida e inesperada, como la de la difunta blogger. Durante una época, Lorna fantaseó con morir desnucada por una modelo a la que se le rompiera el tacón en un desfile de moda y cayera encima de ella. Su fantasía murió cuando los diseñadores dejaron de hacer pasarelas altas y ahora las modelos caminaban al ras del piso en los desfiles. Menuda mierda. No había pensado últimamente en ello, pero desde que había pasado lo de la Wong, supo que no sería tan malo morir así: electrocutada con el micro de un karaoke cantando "Cabaret" muy a lo Liza Minnelli, por ejemplo. Pero sabía que sólo ella era así de macabra y no pretendía que los demás lo fueran también. Por eso sabía que Helena tenía que procesar lo que ambas habían vivido... a su manera.

—¿Se puede? —dijo Carmen entrando a la oficina con una charola de sándwiches y donas—. Pensé que como era día de junta editorial sería una buena idea traer provisiones.

—Gracias, Carmen: eres la gloria de un pueblo —dijo Lorna.

—Ah, Helena: ésta es la carpeta con todo lo que pude averiguar de esta persona para el siguiente Bloggerfucker, como me pediste...

Lorna hizo un gesto a Carmen para disuadirla, pero Helena recibió la carpeta y la ojeó detenidamente.

—Helena, si quieres yo me hago cargo de la columna de este mes. Entiendo perfecto que no estés en condiciones...

—No, no lo estoy, pero eso no importa, porque a partir del siguiente número, Bloggerfucker dejará de publicarse.

Willy Rojo tocó dos veces el claxon mientras se asomaba por la ventanilla esperando que Belmondo saliera pronto de su casa. Ya iban tarde y encima, con el tráfico que había en la ciudad, seguro que llegarían cuando el desfile ya hubiera acabado. Esa noche presentaba su colección más reciente Pura Campos, una nueva diseñadora. Pura había sido de las peores estudiantes en su clase de diseño, pero la mejor a la hora de montarse un negocio de ropa. Cuando cayó en cuenta de que no sería la próxima Jeanne Lanvin, tomó el primer avión que encontró a Delhi, trajo maletas llenas de ropa por la que pagó centavos, les bordó una lentejuela aquí y colgó unas cuentas por allá, les puso una etiqueta con su nombre y las vendió entre las amigas de su madre. Exitazo. Y sucedió que, en la fiesta de cumpleaños de un político menor, conoció a una millonaria excéntrica, emparentada con un expresidente, y la convenció de embarcarse con ella en un nuevo proyecto: una colección de trajes híbridos, mitad ropa vintage de mercado de pulgas y mitad prendas deportivas. A la millonaria, la idea le pareció súper original —no tenía ni idea de que eso ya lo habían hecho antes Martin Margiela y algunos otros—, así que le extendió a Pura un cheque bien gordo. Ella se fue a cuanto mercado de pulgas pudo, compró muchas lentejuelas, kilos de cristales de Swarovski, pintura para grafitear las prendas con frases de autores clásicos y ¡presto! Ya tenía una colección nacida de la buena voluntad de su mecenas y de una idea que se había sacado del fondillo. No, no era talentosa, pero sí muy lista, y en el mundo de la moda a veces eso era más importante. Antes de que la criticaran de que se había fusilado el concepto de alguien más, se curó en salud reconociendo que la idea no era original y que otros creadores ya habían hecho algo parecido, pero decidió vender su proyecto como una oportunidad para que las personas que, al igual que ella, quisieran expresar su verdadera personalidad, tuvieran acceso a prendas únicas.

Obviamente, hubo mucha gente que le compró el argumento... especialmente aquellos que recibieron días antes de su presentación una prenda como regalo con la única condición de que la usaran el día del desfile y, por supuesto, que la difundieran en sus redes. Willy fue uno de ellos. Pero más allá de estar feliz con la chaqueta que llevaba orgulloso esa tarde, realmente pensaba que si aquello estaba tan bien ejecutado, como Pura lo proclamaba, podía ser una propuesta muy interesante, y no quería perdérselo.

Belmondo, por su parte, había tenido en la cabeza otra clase de dilema. Había sido convocado para cubrir el evento para *Étui*, pero no tenía acompañante, y eso para él era catastrófico: *One is the loneliest number*, solía decir. Buscó desesperado un *plus one* adecuado. GoGorila había sido tachado con Esterbrook de su lista después de la última que le había hecho, y su comadre Aldo andaba en la playa, así que al final quedó con Willy. No eran amigos exactamente, pero siempre se llevó bien con él. Habían tenido un par de charlas últimamente, y se había percatado de que, de toda la banda de bloggers, Willy era el único que realmente valoraba el trabajo de Helena y su equipo. Claro que pensaba que Bloggerfucker era duro, pero también sabía que alguien tenía que decir las cosas tal cual eran. Reconocía que no era el influencer más correcto del mundo: se emborrachaba, trabajaba poco y muchas veces cobraba sólo por poner su linda cara en una foto al lado de un producto. Y en efecto, era lo que la mayoría de ellos hacía, pero lo que volvía diferente a Willy era que él era consciente de ello y no se creía trascendente:

sabía que vivía un momento de suerte y que tenía fecha de caducidad, y para cuando eso sucediera, ya tenía un plan de vida: montar una boutique con ropa *one-of-a-kind*. A Belmondo esta idea le encantaba, y seguro que se volvería su cliente número uno o, ¿por qué no?, quizás hasta podía asociarse con él. Su teléfono vibró, y vio el mensaje desesperado de Willy: "Deja ya de depilarte las cejas como RuPaul y baja", y escuchó afuera el sonido impaciente del claxon. O bajaba ya o lo dejaría.

Willy vio desde su coche aparecer a Belmondo con una bomber jacket gigantesca de Vetements, que lo hacía verse como una albóndiga pinchada en una brocheta. Le costó un poco de trabajo embutirse en el asiento delantero del mini coche, pero al final lo consiguió.

—¡Niño! ¿Por qué te tardas tanto? Vamos a llegar cuando todo haya acabado.

—¿No te has enterado? Los empleados del museo donde iba a ser el desfile se pusieron en huelga y no dejan entrar a nadie. Pero Lilian se ofreció a prestar su casa y todos los invitados están yendo para allá…

—¿Cómo? ¡No jodas, qué gente más hija de puta! ¿Cómo hacen esto el mero día de un evento? Son ganas de joder. Ah, mira. Me está llegando el mensaje de Lilian —dijo viendo la pantalla de su teléfono—. Lo bueno es que su casa está muy cerca, vamos a llegar perfecto. Oye, qué buen look, ¿eh?, pareces jugador de americano.

—¡Gracias! Sí, ésa es la idea. Esta nueva tendencia de volúmenes y *oversizing* me trae loco.

—Oye, cuéntame cómo va todo en tu trabajo…

—Bien, todo excelente… —dijo un poco incómodo.

—Venga: no te estoy pidiendo secretos ni chismes, me interesa de verdad cómo lo llevan con todo esto que ha pasado.

—¿Pues qué te digo? Que creo que todas estas coincidencias relacionadas con Bloggerfucker son súper desafortunadas…

—Yo diría que son más que desafortunadas: ya los llaman "los mensajeros de la muerte". De cuatro Bloggerfuckers, cuatro han caído. Estamos aterrorizados por saber quién es el quinto...

—No creo que haya mucho de que preocuparse ya, Willy: no habrá un quinto. Helena decidió acabar con Bloggerfucker. Por favor, esto es megaconfidencial y no puedes repetirlo —dijo mirando al cielo sabiendo que, una vez más, se había ido de la lengua.

—¿De verdad? ¡Pero si es un exitazo! Se cuadruplicaron las visitas en su web, hay gente en eBay subastando los textos originales de los Bloggerfuckers de cada *Étui* que hay en el mercado. Ya hay una chica que se está haciendo rica con unas camisetas que dicen Bloggerfuckyou...

—Sí... ya está demandada.

—Pues, mira, como blogger me siento aliviado porque, en serio, estábamos temblando de ver quién sería el próximo. Lilian decía que ojalá fueran las Igualitas porque ya la tienen harta...

—Qué cabrona —y ambos rieron.

—Pero como comunicador, creo que *Étui* es lo más interesante que ha pasado en la industria desde que tengo uso de razón.

—Bueno, ya hubo una portada en el *Vogue* americano con Nicole Kidman de espaldas y sin un solo titular...

—No jodas, ni tú ni yo habíamos nacido. Y me refiero aquí. Estamos llenos de revistitas femeninas que todos los putos años hablan de las mismas cosas: los básicos del verano, cuida tu piel en el invierno, las bolsas que cambiarán tu vida, diez tendencias que no te puedes perder... todo el tiempo. Qué hueva. Y sí, las fotos pueden ser más monas, con mucha producción y ventiladores y photoshopeadas, pero hay muy pocas cosas nuevas. Lo que ustedes están haciendo sí me parece revolucionario. Y no me hagas caso a mí: vean las encuestas, los números...

Belmondo no necesitó reflexionar demasiado para saber que Willy tenía razón. Salvo un par de ellas, las revistas femeninas se habían vuelto tan predecibles como el mal servicio en una aerolínea de bajo costo. Y encima, las pocas que valían la pena habían caído en manos de editoras "florero" como Claudine, que las estaban convirtiendo en pasquines sin sentido. *Étui* era todo un suceso, pero gran parte de su éxito radicaba en no ser autocomplaciente: de ahí que la gente recibiera tan bien Bloggerfucker. Sí, el elemento del morbo era fuerte, pero también la gente con cacumen aplaudía el hecho de que por una vez, en un foro público, alguien llamara a las cosas por su nombre. Pero él ya había dicho lo que tenía que decir hacía días en la reunión que tuvieron en el equipo de *Étui* para saber si Bloggerfucker se iba o se quedaba. Después del broncón que hubo en la oficina porque Helena tomara una vez más una decisión sin considerar a Lorna, decidieron someterlo a votación y, ¿adivinen qué? Hubo un empate, porque Carmen se puso del lado de Helena. De modo que se reunirían la mañana siguiente para ver si alguien cambiaba de opinión y de una buena vez decidían qué hacer.

Willy llegó a una casa de Lilian completamente iluminada por reflectores.

—¡Vaya con la Lilian...! ¿Qué estás haciendo? ¿Me estás tomando fotos? —dijo, bajando de sopetón el teléfono de Belmondo con la mano.

—Es que te ves súper guapo, amigo. Y me gusta tomar fotos de la gente sin que posen, son mucho más bonitas.

—Okey. Pero no publiques ninguna sin que yo la apruebe, ¿eh? —le advirtió Willy.

Un valet parking le pidió detener el coche junto a la puerta.

—¿En qué momento organizó todo esto? Parece que hubiera planeado hacer la fiesta aquí desde el principio. ¡Wow! —dijo Belmondo.

—No te extrañe que así haya sido y que Lilian haya sobornado a los trabajadores del museo para ponerse en huelga. Así se las gasta mi amiga.

Al bajarse del coche, un hombre se acercó hasta Willy casi cerrándole el paso.

—¿Señor Guillermo Rojo?

Willy se quedó descontrolado de escuchar su nombre de pila en boca de un extraño.

—Soy el agente Galeana, de la Policía Judicial. Me gustaría hacerle un par de preguntas.

—Pero vengo llegando a una fiesta y…

—Sólo tomará unos minutos, no se preocupe.

—Okey. Belmondo, entra y búscanos lugar, ahora te alcanzo.

—¿Seguro? ¿No quieres que te acompañe? —preguntó Belmondo, consternado.

—Preferiría hablar con él a solas, si no le importa —dijo Galeana.

—No te preocupes. Sólo quédate atento al celular por cualquier cosa —le dijo Willy.

Belmondo tomó rápidamente una foto del agente —por las dudas— y entró a casa de Lilian. Willy caminó hasta un lugar más apartado para hablar con el hombre, pero no completamente fuera de la vista de los que llegaban al desfile. El poli no le daba buena vibra.

—Señor Rojo, ¿fue usted quien acompañaba a la señorita Wendy Wong el día del accidente que le costó la vida?

—Disculpe, antes de seguir, ¿tiene una placa o una identificación?

Galeana sacó de su chaqueta su placa y se la mostró a Willy. Sí, era un policía real. Había desconfiado porque ya alguna vez le habían mandado un stripper disfrazado de poli para jugarle una broma.

—Sí, agente, yo estaba con ella. Bueno, en el backstage, pero sí.

—¿Notó usted algo raro o inusual alrededor suyo?

—¿Como qué?

—Alguna persona que no conociera, algo fuera de lugar…

—Agente, estábamos trabajando con el personal de la tienda y prácticamente no conocíamos a nadie. ¿Que si había algo fuera de lugar? Todo: la organización era un asco.

—Entiendo. Mire, estoy dando seguimiento a la investigación de este hecho y necesito toda la información posible. Le pregunto: ¿por qué la señorita Wong usó un micrófono con cable cuando había inalámbricos?

—Porque no funcionaban y tuvo que usar el otro. De hecho, ella no quería usar micrófono, pero el ruido de la tienda no le dejó de otra.

—¿Por qué no quería usar micro?

—Porque era muy obstinada. Me dijo que tener algo en las manos cuando hablabas en público era una muleta y ella no la necesitaba. Por eso quería lograrlo todo con proyección de voz, pero no fue suficiente.

Galeana anotaba cosas, mientras Willy lo veía sin entender realmente lo qué pasaba. No sabía si aquello era normal, preguntarle sobre la muerte de su amiga en plena vía pública en lugar de citarlo en la jefatura… pero como era la primera vez que lo interrogaba un agente, no tenía un punto de comparación.

—Dígame: ¿quién estaba a cargo de los micrófonos?

—Un empleado de las Galerías que se encargó de todo el montaje: él puso el estrado, montó el escenario y creo que hasta ordenó las sillas, pobre. Revisó los inalámbricos y dijo que no funcionaban. Ése es el problema de la tienda: les falta personal y ponen a todos a hacer de todo.

—Y cuando trajeron el micrófono que le dieron a la señorita Wong, ¿ya venía conectado?

—No, un chico lo trajo desconectado y en cuanto se lo dio, fue a conectarlo. Pero no sé dónde, el cable era larguísimo y no pude ver dónde acababa.

—Chico, dice usted. ¿Era muy joven?

—Sí, unos dieciocho años más o menos…

—¿Usted tocó el cable?

—No, no tenía para qué, él se lo dio directamente a ella. Yo lo vi desde un poco más atrás: el espacio era muy reducido y no quería estorbar. Oiga, no estoy cómodo con este interrogatorio en plena calle. Déjeme llamar al abogado de mi familia para preguntar si...

—No se preocupe, no es necesario. Estamos recabando información sobre una serie de incidentes que pueden estar relacionados. Señor Rojo: ¿tiene alguna idea de por qué no enchufaron el micro ahí mismo, en el backstage?

Galeana analizaba sus movimientos, sus reacciones. Había averiguado que los micrófonos inalámbricos funcionaban perfectamente, sólo que ese día extrañamente las baterías estaban descargadas. El encargado del equipo técnico de la tienda le dijo que las había dejado cargando toda la noche anterior. Pero lo más importante que averiguó fue que en su departamento sólo trabajaban dos hombres de unos cincuenta años, y ninguno de ellos había estado de servicio esa tarde...

—No lo sé, porque tenía que conectarlo en los altavoces, supongo. Yo no sabía que esos micros siguieran existiendo hasta que lo trajo este chico...

—No hay un "chico" en el equipo técnico de Galerías Reales, señor Rojo. Y el micrófono que la policía retiró de la mano de la difunta señorita Wong no le pertenecía a la tienda: era nuevo.

—Dios mío... ¿Me está diciendo que el accidente de Wendy fue intencional?

—Dígame, señor Rojo: ¿si viera usted de nuevo al chico que se hizo pasar por técnico en la tienda lo reconocería?

—Sí, me imagino que sí, aunque llevaba gorra, barba y cabello muy largo.

Cuando lo dijo en voz alta se dio cuenta de lo mal que sonaba todo aquello.

—¿Algo más que le resulte... distintivo?

—No lo sé... no vi nada...

—Señor Rojo, ¿conocía usted a alguien que quisiera hacerle daño a la señorita Wong?

—¿Ve usted a toda la gente dentro de esa casa? —dijo Willy, señalando con el dedo la mansión de Lilian—. Pues cualquiera de ellos la hubiera querido desollar. Wendy era de las personas más abiertamente odiadas de esta industria. Ahora, le pido que me disculpe, esta conversación me está poniendo mal. Si no me necesita más, mi desfile está a punto de comenzar…

—No, por ahora no. Le agradezco su tiempo. Lo buscaré si necesito que reconozca al chico de la gorra y la barba —dijo con tono sarcástico.

—Encantado. Y si lo que le hicieron a Wendy fue a propósito, ojalá agarre al culpable. Sólo que va a tener que buscar entre muchísima gente. Buena suerte con eso —dijo, mientras se alejaba para entrar a la casa.

Galeana sacó un cigarro de su bolsillo y lo encendió al tiempo que veía a Willy irse. Le dio una larga fumada y mientras sacaba el humo, dijo para sus adentros: *Buena suerte para ti y tus amigos, guapito, porque de ésta no salen tan fácilmente.*

Faltaban tres días para el cierre de *Étui* y el ambiente estaba bastante tenso en la oficina. En los días pasados, Helena había tenido que lidiar con las cosas más inverosímiles: la web de la revista colapsada por la cantidad de personas preguntando por las camisetas de *Bloggerfuckyou* y si tenían más *merchandising* oficial. ¿Oficial? *Pero ¿quiénes se han creído que somos, un equipo de futbol?*, se preguntó indignada. Esto no tenía que ver de ninguna manera con el proyecto que ella había imaginado.

Lorna, por su lado, estaba encantada de la vida con el tema y, a espaldas de Helena, había decidido retirar la demanda a la chica que había creado las benditas camisetas y, en su lugar, la había contratado para trabajar con ella y crear la famosa línea de *merchandising* que la gente quería. ¿Qué había de malo en aprovechar el tirón publicitario que estaban teniendo? Seguro que cuando a Helena se le pasara el momento de culpa infundada, vería las cosas como ella. No podía ser tan ciega. ¿O sí?

La verdad es que sentía que en las últimas semanas ya no podía poner las manos en el fuego por su amiga como lo hubiera hecho en el pasado. La decisión unilateral de cerrar Bloggerfucker las había llevado a una bronca mayúscula y, aunque Helena había jugado con ella la carta de la democracia y sometió el tema a votación, sabía que una vez más era una estrategia para salirse con la suya. Por un lado, Lorna no quería forzar a Helena a que hiciera algo con lo que no estaba cómoda, pero ¿y lo que ella quería? ¿Por qué demonios era siempre la que tenía que ceder? Ya iba siendo hora de que fuera Helena la que tuviera que tragarse la cucharadita de mierda: ella ya había tomado muchas. Por eso no quiso pelear más, porque sabía que otra pelea de ese calibre podría dañar su relación para siempre… y ningún proyecto profesional lo valía. Prefería mil veces perder su trabajo que a su amiga, pero no dejaría de pelear por retenerlos a ambos. Lorna sabía que lo que tenía que hacer en ese momento era tratar de ser lo más ecuánime posible y apelar al instinto de conservación de Helena: sin Bloggerfucker no habría *Étui*, y sin *Étui*, ambas volverían a ser un par de sesentonas desempleadas y, si bien esto a Lorna le importaba un pito, para Helena seguro sería la debacle.

Y Helena no era tonta, pero estaba asustada con este tema de "las mensajeras de la muerte" que la tenía sin conciliar el sueño, o bien, recibiendo visitas de ultratumba cuando conseguía dormir. Menuda joda. Quiso pedir opinión más allá de las paredes de su oficina con alguien que no tuviera intereses personales en el tema. Se reunió con Ricardo Redondo para pedirle consejo. Ella sabía del mundo editorial, sí, pero Ricardo era el *master* del retail. Helena ignoraba si todo este escándalo en el que estaban metidas sería dañino para su revista y para ellas. Ricardo, hombre de negocios certero y directo, le dijo con todas sus letras que se dejara de estupideces: "Estás haciendo un trabajo impecable y debes seguir haciéndolo. Estás haciendo historia. Estos accidentes son desafortunados sin duda, pero han resultado muy útiles para que tu revista se salga del nicho de la gente de moda y le interese al mundo entero. No te pelees con ello: acéptalo y sigue la corriente". Helena sabía que ahora ya no era solamente una directora de revista, sino una mujer de negocios, y tenía que actuar en consecuencia, porque ya no sólo era ella, formaba parte de un equipo que podía terminar afectado por una mala decisión suya. Y no se permitiría hacer daño a la gente que le confiaba su proyecto de vida.

Esa tarde se la pasó revisando las redes sociales de *Étui* y las suyas propias para ver cómo iban las cosas. Sí, el número de seguidores crecía día con día, y las visitas otro tanto. Pero también habían aumentado los trolls y los memes crueles donde la llamaban de todo menos guapa... y le dolía, no podía evitarlo. Ya había aprendido a lidiar con las habladurías y chismes en el mundo de la moda, pero esto era mucho peor. La inconmensurable crueldad de algunos comentarios, la sorna, la ignorancia, la estupidez y el veneno podían con ella; sabía que necesitaba más entrenamiento para volverse inmune a este nuevo virus social, el más dañino desde que descubrieran el sida, pensaba. Harta, cerró su laptop para estirar un poco las piernas.

Helena se aproximó hasta la oficina de Lorna, quien estaba al teléfono mientras revisaba algunos de los textos que habían recibido para el *Étui* de ese mes. Helena se sentó en una silla frente a ella y tomó una *Couture* que estaba sobre su escritorio. La comenzó a ojear con curiosidad y morbo. En su carta editorial, Claudine había publicado una foto suya en el hospital con la pierna en alto, pero con unos altísimos *stilettos* de cristales de Louboutin en sus pies. Perfectamente maquillada y peinada, tenía una laptop en su regazo y pretendía trabajar desde su convalecencia. La carta se titulaba "Si te caes, levántate, con estilo". La leyó y tuvo que aceptar que estaba bien hecha, seguro se la había escrito alguien más. Siguió ojeándola para descubrir que sólo había cuatro anuncios, y dos de ellos eran de chicles y papel de baño. Sonrió satisfecha. Los artículos no tenían nada que ver entre sí y la revista era caótica. Un editorial de extensiones de cabello le puso los pelos de punta: no había nada menos *Couture* que eso. Dejó la revista donde la había tomado y, a pesar de que estaba satisfecha de que sus predicciones sobre Claudine se cumplían, se sentía triste de ver la agonía de algo que había querido tanto.

—Ya estoy libre, nena —dijo Lorna, colgando el teléfono—. Oye, estaba hablando con otro cliente que *necesita* entrar en este número. Yo sé que teníamos un límite de artículos por *Étui*, pero no podemos dejar fuera a tanta gente que quiere anunciarse... ¡Qué dicha! ¿Te imaginas que algún día escucharías esta frase en el mundo de las revistas?

—Lorna, ya lo habíamos discutido, no podemos convertir *Étui* en una canasta navideña. Sí, yo sé que hay demanda, pero dejarlos entrar a todos va a ser pan para hoy, hambre para mañana. Prefiero que sigan deseando lo que no pueden conseguir. Era lo que queríamos con los lectores, y ahora, bendito Dios, también está pasando con los anunciantes.

—Sí, es verdad, pero yo no me pondría tan *picky* cuando en este número ya no tendremos Bloggerfucker. Es lo que nos ha hecho virales, y ahora sin él, vete tú a saber si no acabamos como una revista de AO.

—¿Tan poca fe tienes en tu trabajo? Bloggerfucker no es *Étui*.

—Ya lo sé, pero es lo que nos puso en el mapa. ¿Y sabes qué es lo que más me jode de todo, Helena? Que con toda seguridad una de las editoriales que nos amargó la vida va a tomar la idea y a lucrar con ella, mientras nosotras estaremos sentadas mirándolo desde nuestra publicación políticamente correcta.

—Ya se nos ocurrirá algo nuevo...

—Sí, no lo dudo, Helena. Pero dime: si en nuestro nuevo "algo" recomendamos restaurantes donde la gente termine intoxicada, o maquillaje que te dé lepra o un cirujano plástico que te ponga tres chichis en lugar de dos, ¿qué va a pasar? No sé por qué no puedes entender que esto es una coincidencia. No somos las mensajeras de la muerte como nos llaman. Si tuviéramos ese poder, ya te hubiera obligado a que escribieras un

Bloggerfucker sobre Donald Trump o las señoras que se te cuelan en la cola del súper.

Helena quiso reírse, pero estaba llena de dudas. Jamás había sido supersticiosa, pero todo esto era demasiada coincidencia. Y la verdad, sí, estaba asustada ahora de que no sólo con Bloggerfucker, sino que por culpa de cualquier otra sección de la revista pudiera pasarle algo malo a más gente.

—Ya lo sometimos a votación, Lorna, no me presiones más. Fue una decisión democrática.

—Democráticas mis nalgas que se cayeron al mismo tiempo —dijo Lorna—. A ver, ¿realmente quieres hacerme creer eso? Carmen no votó en contra de Bloggerfucker porque estuviera de acuerdo contigo, sino por fidelidad, no nos hagamos pendejas. El día que Carmen no te cubra las espaldas, se cae muerta. Ése es el pacto que hiciste con Satán...

—Lorna, de verdad...

—Chicas —dijo Carmen, asomándose discreta por la puerta—: hay un señor que quiere hablar con ustedes. Es de la policía.

Lorna miró a Helena desconcertada y pensó lo mismo que Claudine: que estaban ahí por las multas que no había pagado en años. Mierda caliente, ahora sí la agarraban. Ni hablar, ya se veía escribiendo desde la prisión...

—Dile que pase —dijo Helena, devolviendo la mirada extrañada a Lorna.

Juan Galeana entró a la oficina y las saludó con sendos apretones de manos. Miró a su alrededor con aprobación y sorpresa.

—Qué buena oficina tienen montada aquí, señoras. Muy llena de luz y espacio. Ya me gustaría que la mía fuera así de agradable... Le salió bien el divorcio, ¿verdad, señora Lira?

—Disculpe, ¿lo conozco? —dijo Lorna, incómoda.

—Soy el agente Juan Galeana. Vine porque necesitaba hablar con la señora Cortez, pero ya que está también usted, señora Lira, puedo matar dos pájaros de un tiro.

—Pues a este pájaro no lo mata sólo con un tiro, Juan Galeana —dijo Lorna, poniéndose de pie para enfrentar al sobrado agente—, y si usted no había tratado antes con una dama, le aviso que aquí hay dos, así que le pido primero que nos enseñe su placa y luego que nos trate con el debido respeto, o voy a invitarlo a que se vaya por donde vino.

El agente sacó su identificación de la chaqueta y la puso frente a sus desconfiadas caras. Luego buscó una silla, pero Lorna se apresuró a sentarse en la suya... y subir los pies en la única que quedaba libre. Galeana suspiró.

—En fin. Necesito hacerles unas cuantas preguntas acerca de dos personas... de tres, más bien. Esteban Pérez, Claudine Cole y Wendy Wong.

Helena sintió que se le iba el alma al suelo. Ahora no sólo los trolls creían que ellas eran responsables de lo que les sucedió a los Bloggerfuckers, también la policía lo pensaba. Lorna, por su parte, miraba retadora al agente: nunca le habían gustado los representantes de la ley, y menos cuando tenían esa actitud tan sácalepunta.

—Estamos investigando los accidentes de estas tres personas, fatales en el caso de Pérez y de Wong. ¿Qué relación tenían ustedes con ellos?

—Yo trabajé con Claudia... *Claudine*, por una temporada en Editorial AO. Y a los otros los conocía por su trabajo. A algunos los había visto en fiestas y eventos, pero no más que eso.

—¿Usted, señora Lira?

—Sí, los conocía un poco más, de charlas en alguna reunión de trabajo. Pero nos movíamos en diferentes círculos, básicamente por una cuestión generacional.

—Ya veo. ¿Me pueden contar un poco de esta columna de su revista, *Blogger*...?

—...*fucker* —dijo Lorna, mirándolo directo a los ojos.

—Esa misma. Según he visto, es una publicación mensual donde hablan pestes de una persona determinada. ¿Estoy en lo correcto?

—No, no lo está —dijo Lorna.

—¿Cuál es el objeto de la publicación? Sus críticas parecen promover el odio en su industria...

—No, oficial, de ninguna manera, lo está interpretando mal. No invitamos a atacar a nadie ni nada parecido. Era una columna crítica del mundo de la moda y la comunicación en nuestro país.

—¿Era...?

—Sí. Hemos decidido terminarla. Muy mala prensa para nuestro proyecto por los desafortunados incidentes con la gente que usted menciona —dijo Helena.

—Ya veo. Díganme, señoras, ¿ustedes tenían alguna animadversión por las personas a las que criticaron? Fue usted bastante dura con ellas, señora Cortez. Tengo entendido que Claudine Cole tomó su lugar en la revista que usted dirigió por años, ¿estoy en lo correcto?

—Sí, lo está.

—¿Es verdad que el día que iba a despedirla acabaron despidiéndola a usted?

—Es verdad.

—Y le dieron a ella su puesto.

—Sí, se lo dieron. ¿Adónde quiere llegar? ¿Está diciendo que la odio tanto que la tiré por las escaleras?

—No estoy diciendo nada, señora Cortez.

—Pero lo está insinuando. Mire: no estoy acostumbrada a hablar con agentes federales ni a jugar al gato y al ratón. Si tiene preguntas claras y concisas en las que podamos apoyar su investigación, le agradecería que no se anduviera por las ramas. Pregunte y respondemos, ya se percató de que la señora Lira tampoco tiene problema con ello.

—¿Le hubiera gustado quitar de en medio a Claudine Cole para volver a tomar su antiguo puesto de trabajo?

—Ni muerta volvería a AO. Y quizás usted no entienda esta industria, agente Galeana: una persona no recupera su empleo porque despidan a la persona que se quedó con él. Seguramente, si Claudine hubiera sido *quitada de en medio*, como usted sugiere, le darían su puesto a otra chica, más joven y con menos experiencia, si fuera posible. Pero respondiendo claramente a su pregunta: no, no quería deshacerme ni de Claudine ni de ninguno de los otros protagonistas de mi columna.

—Pero se expresa usted de ellos en sus textos como si fueran un estorbo…

—Lo son —dijo Lorna—. Toda la gente que no hace bien su trabajo y se aprovecha de un medio que les da una oportunidad es un estorbo aquí y en China. ¿No tiene usted compañeros en su trabajo que quisiera perder de vista, señor Galeana?

—No estamos hablando de mí…

—Mire, agente Galeana: sí, esa gente estorba para que la industria avance, eso es lo que pensamos. Pero no la queremos muerta ni accidentada: deseamos que trabaje como es debido, o que deje la moda y encuentre algo que le apasione y la haga feliz. Y si no lo encuentran, ni hablar; pero por lo menos que dejen de chuparnos la sangre a los profesionales que tenemos toda la vida en este negocio —dijo Helena, que en esta ocasión estaba perfectamente sincronizada con Lorna.

Galeana tomó notas una vez más y miró fijamente a las dos mujeres.

—¿Les importaría si reviso un poco su oficina?

—Por supuesto que no, señor Galeana. Sólo deme permiso de ir a esconder el micro con el que electrocutamos a Wendy y las pinzas con las que cortamos la hache que le cayó encima a Esteban. ¿Cree usted que somos pendejas? Usted se marcha en este minuto porque si no tiene una orden de registro, no lo voy a dejar pasar ni al baño a mear. ¿Le quedó claro?

—Señoras, sólo estoy haciendo mi trabajo…

—Del culo, ya se ve. Esa actitud que tiene de "las voy a meter al bote si no cantan" no me impresiona. Conozco mis derechos. Ya le dijimos lo que sabemos y si nos enteramos de algo, le juro que yo misma voy a llamarlo. ¿Me deja su número?

Galeana sacó dos de sus tarjetas y extendió una a Helena y

otra a Lorna. No pudo evitar esbozar una media sonrisa al ver las agallas que tenían esas dos. Helena se puso de pie para despedirse y vio en ella una actitud casi monárquica. *Bueno, pero tener sangre azul nunca había sido un impedimento para derramar sangre roja,* pensó. Extendió una vez más la mano a las chicas para despedirse.

—Señora Cortez: hace bien en no publicar más su columna. Creo que es una decisión sensata. Señora Lira, un placer. Me gustan las mujeres con temperamento como el suyo.

—¿Es usted casado, Galeana?

—No.

—Qué pena: me hubiera encantado llamar a su mujer y darle algunos tips para conseguir un divorcio tan ventajoso como el mío —dijo Lorna al extenderle la mano.

El agente se marchó y Helena miró a Lorna con disgusto. No, ya no estaba preocupada ni temerosa. Estaba furiosa.

—¿Quién se habrá creído este hombre? Venir hasta aquí y sugerir que teníamos algo que ver con lo que le pasó a esa panda de inútiles…

—Bueno, hasta hace unas horas tú también lo creías…

—Pero creo que necesitaba que alguien tan imbécil como él me lo dijera para darme cuenta de lo ridícula que he sido todo este tiempo.

—Y si alguien como ese policía de cuarta cree que es sensato sacar de circulación Bloggerfucker, significa exactamente lo opuesto —dijo Lorna.

Helena se puso de pie y con una mirada que parecía decir: "chiquito se me hace el mar para echarme un buche de agua", le dijo:

—Lorna querida, más querida que nunca: Bloggerfucker se queda.

13

#MeToo #ButILovedTo

De un par de años a la fecha, el pequeño pueblo de San Bernardo se había convertido en el paraíso de los yoguis y *new agers*. Por su aspecto pintoresco, clima espectacular todo el año y gran oferta de alta gastronomía, había logrado atraer más turistas en los últimos cinco años de los que había tenido en los pasados cincuenta. De hecho, cuando Alicia Serrano se marchó de ahí para buscar un futuro más mundano en la capital, justo empezaba este boom que a ella le causaba una flojera infinita. Por aquel tiempo, su madre comenzó a utilizar en todas sus conversaciones términos como holístico, meditación, chacras, sanación… se dejó de maquillar, de teñir el cabello y sólo se vestía con fibras naturales y de comercio justo. Pero en el momento en que decidió volverse vegana y creer al pie de la letra todo lo que le decía su psíquica, fue cuando Alicia supo que había que largarse de ahí cuanto antes. Cuando ya en la capital obtuvo el puesto de PR en la compañía cervecera, su madre le dejó de hablar por casi un año: no quería tener nada que ver con una mujer que era parte de un emporio que estaba pudriendo más a la sociedad fomentándole sus vicios. Alicia pensó que ya se le pasaría y así fue: ambas se reconciliaron cuando la psíquica de su madre resultó ser una estafadora que desapareció de la faz de la tierra con una buena suma de dinero que ella le había dado para iniciar un negocio juntas, dejándola devastada, en bancarrota y con su fe en la astrología completamente destruida. Alicia decidió entonces ayudar a su madre con sus ahorros —ganados de trabajar en la industria del vicio— y montaron juntas una panadería rústica que, con el tiempo, se convirtió en la más famosa de San Bernardo. Cuando Alicia la llamó un par de meses atrás para avisarle que volvía al pueblo para quedarse, su madre no podía creerlo. Sí: había decidido empacar toda su *couture* e irse a vivir a un pueblito alejado de la capital. Al cuestionarle su madre el porqué de esa decisión tan repentina, ella sólo le dijo que estaba cansada de la gran ciudad y que necesitaba una temporada en paz. De modo que se instaló en la casa de su infancia y se convirtió en una empleada más de la panadería; y si bien las primeras semanas lo pasó bastante mal, poco a poco se fue resignando al trabajo sencillo. Sí, extrañaba su vida de fiestas y de fashionista pero no había nada que pudiera hacer al respecto. Odiaba no poder usar su ropa y bolsas: el primer día que estuvo en la panadería echó a perder una falda de Valentino al caerle accidentalmente masa de galletas encima. Entonces entendió por qué su madre se ponía esas horribles blusas de manta: porque si algo les pasaba, las tiraba a la basura sin ningún remordimiento. Por eso, con todo el dolor de su corazón, tuvo que entrar al *groove* del traje de manta y algodón orgánico. De nada servía lamentarse.

La panadería era pequeña, un espacio de unos cuantos metros donde, al entrar, tres vitrinas exponían sus creaciones: a la derecha el pan, al frente los pasteles y repostería y a la izquierda chocolates y dulces tradicionales. Todo hecho en casa, por supuesto. Esa noche, Alicia se había quedado sola en la panadería porque su madre se había apuntado a un curso para hacer *scones*. Había tal inmigración británica en San Bernardo que aprender a hornearlos se estaba volviendo una necesidad, y una gran oportunidad de ampliar el negocio, dicho sea de paso. Entró a la trastienda a revisar que los hornos estuvieran apagados y que no quedara ningún panadero y, a las ocho de la noche en punto, colgó el cartelito de CERRADO en la puerta. Fue por su bolsa, su Gabrielle de Chanel que guardaba en un cajón detrás del mostrador para tenerla salva: ya había renunciado a la ropa, pero las bolsas no se las quitaría nadie. Salió, cerró con llave y se alejó a paso tranquilo. Aún sentía en su ropa el aroma a vainilla y harina tan característico de la panadería. La noche estaba tan agradable que en lugar de tomar un taxi prefirió caminar y dar un paseo… y quizá por esa noche, tratar de ver las cosas con una perspectiva diferente. Apreció entonces esas calles y casas que de niña le encantaban, de adolescente las odiaba por pueblerinas y ahora, a su edad madura, le parecía que no estaban del todo mal y hasta tenían un encanto especial. Suspiró pensando un poco en lo que estarían haciendo sus amigos: quizá poniéndose ciegos de champán y presumiendo su ropa nueva. *¡Ay, Dios, ropa nueva!*, pensó. Hacía tanto que no se compraba nada porque el comercio on line tenía muchos problemas para llegar hasta ahí y las únicas dos boutiques del pueblo vendían ropa como la que su madre, y ahora ella, usaba. Saboreó su evocación y reconoció que no, no hubiera querido irse de la capital, pero no tuvo otro remedio. No si quería seguir en una sola pieza.

Un par de calles antes de llegar a casa, Alicia se detuvo en una tienda a comprar algo de fruta. Al salir de ahí, tuvo una sensación rara, de sentir pasos detrás de ella. Giró la cabeza con discreción, pero no vio nada. Seguro era cansancio. Llegó finalmente a la calle donde estaba la casa de su madre que llevaba un par de días sin alumbrado público, porque estaban reemplazando las farolas. La única luz era la que venía de dentro de las casas. Apretó el paso porque sabía que la ecuación *mujer sola-calle oscura* no era generalmente buena y entonces volvió a sentirlo: alguien la seguía. Supo entonces que estaba en lo cierto cuando el ruido de las pisadas detrás de ella también aceleraron el ritmo. Su corazón empezó a latir fuertemente y sacó las llaves de la Chanel para tenerlas listas. Casi trotando llegó hasta la reja que separaba el jardín de su casa de la calle y la abrió tan rápido como pudo. Justo en el momento en que la cerraba y volvía a dar vuelta a la cerradura, una mujer se acercó y alcanzó a tomarla del brazo.

—¿Alicia Serrano?

Alicia dio un grito y jaló su brazo para ponerse fuera de su alcance.

—¡Qué quiere, déjeme! ¡Voy a gritar y mi vecino tiene un rifle, se lo advierto!

—¡Perdóneme, no quería asustarla! Mire, soy Victoria Zavala del periódico *La República*. Vine a pedirle una entrevista —le dijo, enseñándole su identificación.

Alicia se acercó a mirar la credencial y vio que era real.

—¿A mí?, ¿sobre qué? —dijo con una calma recién recuperada. La verdad era que, en su caso, la palabra *entrevista* era como una droga a la que jamás había podido decir que no.

—Sobre el escándalo de Bloggerfucker...

—Ah, gracias, pero no. No me interesa —y se dio vuelta para dirigirse a la entrada de su casa.

—¿Por qué decidió abandonar la ciudad cuando era usted una profesional tan exitosa y un ícono de la moda?

Alicia se detuvo por un momento y sintió que esta mujer estaba realmente interesada en ella como celebridad. Además, siempre tuvo la necesidad de contar su parte de la historia. El canto de sirena de Zavala había funcionado: fue hasta la reja y la invitó a pasar a su casa. Al entrar y encender la luz, un murciélago que colgaba en la lámpara del recibidor salió volando en medio de ellas, dándoles un susto de muerte. "Son inofensivos, pero aún les tengo horror. Les gustan las casas viejas", le dijo mientras la pasaba al salón y ella iba a la cocina a hacer café. Volvió trayendo consigo una bandeja con una vieja cafetera de porcelana, tazas a juego y un plato con galletas hechas por su madre, "las mejores de San Bernardo". Tomaron asiento en el amplio sofá, y Alicia dejó la bandeja frente a ellas en la mesa de centro, donde reinaba un enorme adorno de alcatraces blancos. Después de un par de sorbos al café y probar las galletas, la periodista dio comienzo a la entrevista en un tono más bien casual. Hábil, Victoria sabía cómo ganarse a sus entrevistados: sobándoles deliciosamente el ego. De modo que primero preguntó a Alicia sobre su carrera en Relaciones Públicas, cómo se convirtió en una de las mujeres con más estilo y gran conocedora de moda en el país, quiénes eran sus diseñadores favoritos y algunas obviedades más. Su víctima se fue reblandeciendo y se dejó ir hablando de sí misma, su deporte favorito. Así llegó el momento en que Zavala, como Kaa, la boa de *El libro de la selva*, había conseguido tener a Alicia perfectamente inmovilizada y a su merced. Entonces atacó.

—Si es usted una mujer tan reconocida en la industria de la moda, ¿cómo es posible que Helena Cortez haya dicho semejantes cosas de usted en su columna?

—No lo sé, pregúntele a ella —dijo Alicia morigerada—. No entiendo por qué esa mujer me tiene tanta inquina. Todo lo que dice en su columna es falso...

—¿Completamente? Porque he hablado también con algunos de sus clientes y me dijeron que gran parte de lo que Helena dice es verdad, el tema de los vestidos regalados, por ejemplo; varios diseñadores lo corroboraron.

—Mira, Vicky, ¿puedo llamarte Vicky? Vamos a tutearnos. Déjame decirte algo: la industria de la moda está llena de gente que cree que se lo merece todo. Los diseñadores sienten que deberían ser glorificados y adorados, aparecer en portadas de revistas sólo porque creen estar tocados por un talento divino. Y no es así. ¿Te fijas que dije *sentir* y *creer*? Porque todo es pura subjetividad: muchos no tienen siquiera un talento medianito, y divino, menos. Son arrogantes, chambones en su trabajo y creen que hacen alta costura. Ajá: y yo soy Marilyn Monroe. Lo que hice fue promoverlos y, sí, les pedí ropa porque era parte de esa promoción: yo me la ponía, me fotografiaban con ella y las mujeres querían comprarla. Así funciona esto.

—Sí, me lo imagino, pero muchos me han dicho que pedías vestidos por docenas... Y que cuando trajiste a Jean-Paul Gaultier exigiste el vestido más caro de la colección de alta costura...

—¡Bueno! Te has tomado bastantes molestias para entrevistarme —dijo mordiendo una galleta y dando un sorbo a su café tratando de evitar la respuesta.

—¿Es verdad? —insistió Victoria.

—Mira: esto es más complejo que decirte si es verdad o no. ¿Pedí vestidos? Sí, pero también promoví mucho a la gente. Todos éstos que te han hablado de mí eran escolares cuando yo los tomé. Así que no me vengan ahora con que *a Chuchita la bolsearon*. La promoción tiene un precio: yo obtuve mi primer empleo como relaciones públicas metiéndome a la cama con mi jefe, y por favor no publiques esto. ¿Que fue injusto? Sí, porque yo era perfecta para el trabajo. Pero si quería el puesto en ese momento, sabía que ése era el precio que tenía que pagar. Y no me arrepiento. Yo me puedo unir al movimiento del #*MeToo*, pero puedo agregar después un *hashtag* que diga #*ButILovedTo*.

Victoria la miró y sintió que la había subestimado. Según lo que había investigado, dedujo que Alicia era una trepadora social y una *bimbo blonde* frívola y estúpida, pero de tonta no tenía un pelo. Al parecer, siempre había tenido claro lo que quería en la vida, sabía que tenía un precio y pagarlo, nunca había sido un problema para ella.

—¿Eres feminista?

—Ésa es una pregunta tramposa, porque si te digo que sí, creerás que mi conducta se contradice con ello. Creo en el derecho de cualquier mujer a hacer lo que mejor le parezca con su cuerpo. Yo he hecho con el mío lo que he querido y nadie me ha obligado a nada. Los hombres —y alguna mujer— me han ofrecido grandes momentos en la alcoba, y algunos de esos momentos me han traído como consecuencia oportunidades profesionales. Y para mí todo ha sido placentero. ¿Cuál es el problema?

—La moral, el sentirnos usadas...

—La moral a veces es un estorbo. Es sólo sexo, niña; y si lo practicamos a veces con imbéciles que ni siquiera nos dan un orgasmo, ¿por qué no practicarlo por algo realmente útil? Y lo de sentirse usada es una ñoñez. Bajo ese esquema, yo también he usado a los hombres para llegar a donde he querido. No hagamos un drama donde no lo hay.

—¿No has pensado dar un giro de profesión? Quizá la moda no sea lo tuyo. Creo que podrías inspirar a muchas mujeres para volverse más poderosas...

—No lo sé, me gusta mucho lo que hago. O lo que hacía... —dijo con un dejo melancólico.

Victoria la miró y supo que ahí estaba asomando la cabeza justo lo que había venido a buscar. Pero como no quiso asustar al conejo y que volviera a meterse a la madriguera, pausó la charla para pedir un poco más de café. Alicia fue hasta la cocina a rellenar la cafetera y volvió a su sitio. La periodista elogió la casa de su madre, diciendo que era un lugar perfecto para jubilarse o retirarse. Alicia sintió dentro de sí ese látigo de la derrota que no estaba lista para aceptar aún.

—Dime, Alicia, ¿por qué la huida y dejar plantados a tus invitados en el último evento que organizaste, el homenaje a Esteban Pérez?

—Preferiría no hablar de eso... —dijo, desviando la mirada.

Mierda: había espantado al conejo y se había vuelto a esconder.

—Mira: te doy mi palabra que no publicaré nada que no autorices. Lo puedo firmar si quieres. Pero es muy extraño que la gente que ha aparecido en Bloggerfucker haya acabado tan mal. Tú eres la única que ha resultado ilesa...

—Por muy poco.

—¿Qué quieres decir?

—Por favor, pero no publiques esto, que la policía sigue investigándolo. ¿Me lo prometes?

Victoria asintió.

—Después de que salí en el dichoso Bloggerfucker, alguien entró a mi casa, no una, sino tres veces. Las dos primeras yo no estaba, pero me di cuenta de que alguien había estado ahí porque al volver me encontré cosas fuera de lugar... incluso quien entró fue lo suficientemente cínico para abrir una botella de vino, tomarse una copa y dejarla, junto con la botella abierta, en la mesa de mi cocina.

—¿Y no llamaste a la policía?

Alicia cerró los ojos porque, sólo de recordarlo, le daba taquicardia y comenzaban a temblarle las manos. Las dos primeras veces que se percató de que alguien había irrumpido en su espacio, pensó que se trataba de su ex, que aún tenía llave de su casa. Habían quedado como buenos amigos y en ocasiones le pedía posada cuando se pasaba de copas, por eso no le dio mayor importancia. Pero la tercera vez que entraron a su casa, ella estaba ahí sola. Al escuchar ruido y preguntar desde su cama quién era y no obtener respuesta, supo que algo andaba mal. Sintió pánico, se encerró en su cuarto y llamó a la policía. Tuvo la buena idea de poner música a todo volumen para llamar la atención de los vecinos, que eran bastante pesados con el tema del ruido, así que no tardarían en venir a tocarle a la puerta. Pero no hizo falta porque la policía llegó bastante rápido; inspeccionaron el lugar y no encontraron nada. Ella les contó el tema del ex y las llaves y lo llamaron, pero resultaba que el susodicho tenía más de un mes trabajando en Europa. Entonces sí entró en pánico en verdad, porque la policía le hizo saber que la persona que había entrado a su casa lo había hecho por la puerta y sin forzar la cerradura, lo que indicaba que había usado una llave. Estaba asustada. Muy asustada. ¿Quién había ido a buscarla varias veces y qué quería? Seguramente nada bueno. Los agentes policiales la ayudaron a hacer un repaso de las personas a las que les había dado llaves de su departamento: sí, algunos novios, pero todos se las habían devuelto si mal no recordaba. Al final, las dos personas con llave de su casa eran su ex, que estaba en Europa, y la chica de la limpieza, a quien conocía desde que llegó a la capital a trabajar. Ella no podía ser. Sintió entonces más miedo y la policía le sugirió que, en lo que averiguaban, era mejor que se fuera por una temporada a algún lugar seguro y se mantuviera tan anónima como pudiera, porque los acosadores estaban cada vez más agresivos.

—De las cuatro personas que han aparecido en Bloggerfucker hay dos muertas y una seriamente lastimada. ¿De verdad crees que quien entró a tu casa haya sido un acosador?

—Ya no sé ni qué pensar. Lo de mis amigos bloggers han sido accidentes, ¿no?

—Claudine me dijo que el día de la fiesta, a la que no te presentaste, alguien puso cera en los escalones para hacerla caer.

—Ay, madre. Eso no lo sabía yo.

—Me lo dijo en confidencia, ya sabes. Y parece que en el caso de Wendy Wong también hay cabos sueltos, pero obviamente la policía no quiere contarme nada. Con Esteban no sé, pero a ti te fueron a buscar tres veces a tu casa, y dudo mucho que fuera para hablarte de la palabra de Dios...

—Pero a ver... ¿me estás diciendo que Helena nos quiere matar?

—O ella o alguien que se esté tomando demasiado en serio sus palabras y que piense que ustedes, los *bloggerfucked*, como ya los llaman por ahí, están de sobra en la industria de la moda.

Alicia se puso de pie y caminó en silencio hasta la ventana del salón: el ambiente se sentía un poco cargado y necesitaba un poco de aire fresco. Al descorrer de un jalón la cortina de la ventana, otro murciélago salió disparado revoloteando alrededor de las dos mujeres que gritaban muertas del susto. Alicia consiguió abrir la ventana y él murciélago por fin voló hacia fuera; se giró decidida hasta Victoria.

—¿Sabes quién es Helena Cortez? Un bicho como ese —dijo señalando a la ventana abierta—que espera agazapado el momento de joderte la vida. Es una criatura de la noche, una mujer oscura. Es un vampiro: de hecho no me sorprendería que ese murciélago haya sido ella. Helena va de moral, de recta y elegante, pero tiene tanta cola que le pisen como a nosotros, a los que nos ha hecho pedazos en su dichosa columnita. ¿Quién se ha creído que es para juzgarnos, para señalarnos?

Alicia fue hasta un mueble del salón para buscar una botella de tequila. Sacó dos vasos y los puso sobre la mesa. Ni siquiera preguntó a Victoria si quería uno, lo sirvió igual. Se empujó un vaso al hilo y se sirvió un segundo; entonces despepitó todo lo que pensaba y sabía de Helena. Le contó a Victoria que tenía mucho tiempo de conocerla y que siempre la había considerado como una paria por trabajar "vendiendo cervezas", como alguna vez le dijo en una cena, la muy hija de puta. No lo había olvidado. Y no sólo se negó a ayudarla a promover su producto sino que convenció al resto de los directores de revistas de AO para que tampoco lo hicieran…

—¿Y sabes por qué? —le dijo a Victoria—. Porque tuve la osadía de bajarle el novio.

Victoria abrió los ojos desorbitadamente.

—Como lo oyes. En una fiesta, Adolfo Narváez y yo hicimos clic, nos enrollamos y estuvimos saliendo por un tiempo. Por supuesto que yo no sabía que ella también tenía un lío con él. Cuando supo lo nuestro no sólo se apresuró a acabarlo, sino que decidió hacerme la vida imposible y cerrarme todas las puertas que pudo.

—Pero ¿Adolfo no era su jefe?

—Niña, ¿no has escuchado nada de lo que te he dicho? Sí, claro que sí, pero eso no era un impedimento para meterse a la cama con él. ¡Y bravo por ella! El problema fue que se involucró emocionalmente y entonces perdió toda la perspectiva del juego. Tener sexo por amor es una gloria, pero el sentimiento debe ser mutuo. Si te confundes creyendo que un acostón con un pitoloco como Adolfo es amor, estás perdida. Por eso decidió odiar a todas las que nos metimos a la cama de Adolfo Narváez. Y creo que a mí más que a ninguna, porque yo duré con él una temporadita. Y eso seguro que la estaba matando.

—O sea que esto puede ser un plan de venganza de Helena.

—No me extrañaría. Y con todo esto que me has contado hoy, doble contra sencillo que por ahí va la cosa.

—Pero ¿qué tenía entonces Helena contra los otros *blogger-fucked*?

—Claudine también se acostó con Adolfo. Wendy no sé, pero no me extrañaría. Y Esteban también: él me lo contó...

—¿También le gustan los chicos a Adolfo Narváez?

—Vicky: la filosofía sexual de Adolfo es: "Agujero, aunque sea de caballero". Le tira a lo que se mueva.

Victoria sonrió satisfecha sin decir palabra: sabía que tenía una gran historia entre manos. Apuró su café y se despidió de Alicia, prometiéndole por lo más sagrado que no publicaría nada sin su consentimiento y que mantendría en secreto su paradero para no ponerla en riesgo. Salió de ahí y mientras caminaba a su hotel, sacó de su bolsa el teléfono para hacer una llamada.

—Soy yo. No sabes de todo lo que me enterado. Resulta que todo esto no es más que la obra de una mujer despechada. ¡Crímenes de pasión en el mundo de la moda! Muy en el estilo de Gianni Versace... con esto no sólo voy a conseguir que me hagan jefa de sección en el periódico; quizás hasta escriba un libro... Sí, sí, claro que estoy consciente del tema legal, por eso tengo que ver cómo logro que la policía colabore conmigo. Hechos, no suposiciones, como siempre me has enseñado, jefe... ¿Sabes? Charlar con esta mujer me llenó de inspiración. Voy a sacarle la sopa a Juan Galeana... al precio que sea.

—¿Adolfo?

Helena se apoyó en el escritorio y miró hacia fuera de su oficina intentando ver qué detenía a Adolfo. Al no obtener respuesta, se puso de pie buscarlo. Desde la puerta de su oficina lo llamó de nuevo y, como respuesta, escuchó a Beyoncé cantar "If I Were a Boy". La música venía del segundo piso y hasta allí se dirigió Helena para encontrar a Adolfo en la salita de estar de Lorna, frente al aparato de sonido y con un trago en la mano...

—¿No habías ido al baño? Esta parte de la casa es privada, sólo para el uso de Lorna. No tendrías que estar aquí...

—¿Tú que harías si fueras hombre?

—¿Disculpa?

—Sí, como Beyoncé. ¿Qué harías?

—Lo mismo que hago ahora. Ser mujer nunca me ha impedido hacer lo que quiero... ¿Te estás tomando su whisky?

—Tiene que haber algo. A mí, por ejemplo, me gustaría ser mujer para salirme con la mía haciendo chantajes emocionales.

—Qué opinión tan jodida tienes de nosotras.

—No digo que todas lo hagan, pero es algo que envidio, para qué voy a engañarte. Imagínate que cuando me pidieron despedirte, si le hubiera ido a llorar un poco a mi jefe, quizá te habría dejado quedar.

—No, Adolfo, si hubieras sido una mujer como yo, hubieras ido con tu jefe a decirle con todas sus letras que estaba cometiendo el error de su vida. Y que si no podía darse cuenta por su testosterónica estupidez, tú también te largabas de ahí.

Adolfo se bebió de un trago el whisky y fue a servirse uno más. "Le mando mañana una botella, no te preocupes", dijo antes de que Helena volviera a recordarle de quién era la bebida. Fue a sentarse en un sofá de la salita y Helena lo acompañó sentándose en el contiguo. Ahora, sonaba por los altavoces "First, Be a Woman".

—Vaya con la playlist de Lorna... ¿Qué sigue, "I'm a Woman, Hear Me Roar"?

—No, sigue "Fuck You", de Lily Allen. Yo le grabé el CD.

Adolfo se rio con ganas y miró a Helena. Un pensamiento fugaz pasó por su cabeza: ¿por qué no tomar el primer vuelo a cualquier lugar del mundo con ella y empezar una vida juntos? Lejos de tantas broncas que se habían ido sumando a sus vidas. Helena estaría feliz de librarse del estigma de "Mensajera de la muerte" y él de pelear por evitar la quiebra de la editorial, cosa que le estaba causando lágrimas de sangre... y dientes hechos polvo. Suspiró. Qué idea más idiota... el momento de iniciar un proyecto juntos, cualquiera que fuera, ya había quedado muy atrás. La relación personal entre ellos ya estaba muy dañada como para ser algo diferente de lo que era ahora, algo totalmente felino: podían estar juntos, juguetear, acicalarse... pero tarde o temprano uno soltaría un zarpazo y ambos se enzarzarían en otra pelea.

—Venga, vamos a mi oficina a seguir trabajando. No quiero que Lorna llegue y nos encuentre aquí —dijo Helena poniéndose de pie y jalando a Adolfo del brazo, que se hacía el remolón para dejar el sofá.

—Demasiado tarde: ya los encontró —dijo Lorna, entrando a su salita con expresión adusta.

Adolfo se puso de pie de inmediato y, al hacerlo, volcó el vaso de whisky en el suelo. Helena se quedó con cara de adolescente sorprendida en su habitación con el novio que no le gusta nada a su madre.

—Discúlpame, Lorna. El baño de abajo estaba cerrado y subí a éste. Recordaba que estaba aquí porque lo usé en aquella fiesta de disfraces que organizaste hace dos años. Y luego vi tu sala tan acogedora que se me ocurrió poner un CD...

—Y te serviste un whiskacho también.

—Eh... sí, también. Lo siento de verdad. No quise invadir tu espacio. Estaba trabajando con Helena en su oficina y... mañana te mando una botella para reponértela —dijo casi tartamudeando.

—Que sean dos. Y del bueno. Ahora te pediría que te fueras porque tengo que limpiar el desmadre que acabas de hacer. No quiero que el alcohol se impregne en la alfombra y huela igual que tu oficina. Sí: yo también recuerdo cuando estuve ahí hace unos años.

Adolfo levantó la mano a guisa de despedida, soltó un "No vengas, Helena, ya conozco la salida", y bajó raudo las escaleras. Helena se sentía realmente mal, no por lo que había hecho, sino por el lugar en el que lo había hecho. Vio a Lorna entrar al baño, la oyó jalarle al escusado y luego volver con una toalla en las manos.

—Encima, el muy cerdo ni siquiera levantó la tapa del asiento ni le jaló a su meada —y tiró la toalla en el charco que había quedado por el whisky derramado.

—Ya limpio yo, deja eso…

Lorna la detuvo con un gesto. Presionó la toalla con el pie, para luego recogerla y devolverla al baño. Al regresar, se sirvió un shot de whisky, no sin antes mirar el bajón que le había pegado a la botella su invitado no deseado. Fue a arrellanarse en el sofá que antes ocupara Adolfo y desde ahí miró a Helena, quien fue a sentarse a su lado.

—Ya sé lo que vas a decirme…

—No, no lo sabes —y le dio un buen sorbo al vaso de licor.

—Ya te había dicho que me había pedido ayuda y que estaba dispuesta a dársela. Lorna: Adolfo y yo estamos relacionados. No es mi pareja ni mi amante, y mucho menos trabajamos juntos. Pero le tengo aprecio y me necesita. Estoy segura de que él respondería de la misma forma si se tratase de mí.

—Helena, por Dios santo, ¿te estás escuchando? ¿Sí te das cuenta de lo absurda que te oyes? Dices que él respondería igual por ti. ¡Te despidió de la forma más humillante de tu empleo! ¿Tienes alzhéimer?

—No necesitas recordarme eso…

—Yo creo que sí, porque parece que se te olvida. Y también te recuerdo que quiso filtrar el primer número de *Étui* antes de que saliera al mercado.

—Y lo que yo te recuerdo a ti, Lorna, es que no tengo que pedirte permiso para ver a quien me salga de las narices.

—Por supuesto, faltaría más. Sólo que ésta es mi casa. Y si bien hemos acordado tener aquí la oficina, el segundo piso sigue siendo para mi uso estrictamente personal. Y si quisiera volver a mi casa y encontrar que un fulano deja mi baño meado y se toma mi whisky, hubiera seguido casada.

—Creo que estás sacando las cosas de quicio...

—¿Sabes qué? Creo que tienes razón. Mira, le voy a hablar a mi hijo Jimmy para que organice una fiesta con sus amigos en tu departamento hoy en la noche. Suena bien, ¿no? Y si alguno de ellos, cuando esté hasta la madre de pedo, le pinta bigotes a tu retrato de Avedon, pues no pasa nada. Para qué sacar las cosas de quicio, ¿no?

Helena no dijo más. No podía porque sabía que Lorna tenía razón. Pero no iba a admitirlo, porque eso sería también admitir que, con respecto a Adolfo, se le alborotaba la colegiala que llevaba dentro. Ése era un problema... y tenía que ponerle remedio.

—En tu casa puedes hacer un trío con Adolfo y Bin Laden si te apetece, nena. Pero no lo quiero en mi casa y, de ser posible, tampoco en la oficina. No puedo vivir con este miedo de que en cualquier momento te va a joder. Porque no sólo lo hará contigo, sino que nos llevará entre las patas a mí, a Elton y a la pobre de Carmen, que ninguna culpa tenemos.

—Tienes razón. Y sólo para tu tranquilidad te digo que estuvimos en mi oficina y subió al baño porque el de abajo estaba cerrado... supongo que estaría Carmen. Y luego se distrajo con tu estéreo. Pero no lo perdí de vista para nada.

Lorna le dio un abrazo para romper la tensión. Detestaba ser la mala de la película cuando ella solía ser tan cool para todo. Pero sabía que este hombre no era bueno para ella. Era su puta kriptonita. Y lo más que podía hacer era tratar de protegerse ella y al equipo de Étui: Helena ya estaba grandecita para saber lo que hacía. Y como dijera su abuela Lira: "El que por su gusto es buey, hasta la coyunta lame". En fin. Helena se marchó y Lorna, al quedarse sola, decidió volver a su oficina para despachar algunos emails pendientes. Al bajar, pasó por el baño de la primera planta y debajo de la puerta vio luz. Se acercó y tocó, pero nadie respondió.

—¿Hola?

Giró el picaporte, pero la puerta tenía seguro. Volvió a tocar y tampoco obtuvo respuesta. Entonces sintió un vacío en el estómago. Tocó una vez más y trató de abrir la puerta por la fuerza, pero no escuchaba nada dentro. Corrió hasta su bolsa para buscar las llaves de su casa y volvió temiendo lo peor. ¿Y si Carmen se había desmayado? ¿Y si seguía la mala racha del Bloggerfucker? *Dios, no lo permitas.* Al abrir la puerta del baño, su corazón palpitó con fuerza… pero no encontró a nadie ahí. Todo estaba limpio y en orden: de hecho, parecía que la última que había usado ese baño había sido ella misma antes de salir a su cita, hacía unas horas. No entendía nada.

Y entonces lo supo. Puso el seguro en el picaporte desde dentro y cerró desde fuera. La puerta no podía abrirse. Alguien había hecho lo mismo esa tarde. Y casi estaba segura de saber quién había sido.

—Agente Galeana: lo recibí porque estoy consciente de que lo que está sucediendo allí fuera es terrible. Y por supuesto que me afecta cuando una de mis colaboradoras ha sido una de las víctimas, pero, en primer lugar, viene usted a mi oficina con puras conjeturas y, encima, pretende inmiscuirse en mi vida sexual. Le voy a pedir que se vaya.

—Señor Narváez, antes que nada, su vida sexual me tiene sin cuidado: puede usted tener sexo con palmeras si le apetece. Si lo estoy sacando a colación es porque, al parecer, usted ha tenido encuentros sexuales con todas las víctimas de los incidentes relacionados con Bloggerfucker.

—Como le dije ya: son conjeturas.

—La señorita Cole me lo dijo con todas sus letras: tuvo un affaire con ella, y con Alicia una relación, porque duraron varios meses —dijo Juan Galeana consultando su libreta de notas—. Y con Esteban fue un encuentro más casual en el baño del restaurante La Mandrágora durante la fiesta de una diseñadora que se llama… Therèse Méndez. Al parecer, los encontraron *in fraganti* la difunta Wendy Wong y otra blogger llamada La Carola. Fue ella quien me lo dijo hace un par de días. ¿Qué es ese ruido tan raro? —preguntó mirando alrededor.

Adolfo paró de rechinar los dientes. Se puso de pie y, con un gesto mecánico, quiso buscar su botella de licor, pero se detuvo. Volvió a sentarse frente a Galeana, quien no dejaba de observarlo.

—Y también por otra de las personas con las que he charlado supe que la señorita Wong estuvo aquí en su oficina días antes de su fatal accidente.

—Sí, estuvo aquí en una reunión de trabajo. Tenía una oferta para ella. Pero no le pareció interesante y la rechazó.

—¿Y cómo le sentó su negativa?

—No muy bien, la verdad, porque la chica era muy talentosa y estamos muy necesitados de profesionales de su calibre. Pero al parecer ella ya tenía otro plan en mente: plagiar el proyecto editorial de Helena Cortez.

—Ya veo. El que presentó el día que se electrocutó.

—Exacto.

—Usted estaba allí, junto a la señora Cortez.

—Sí.

—¿Y qué hacían allí, si puedo preguntar? A usted le dio calabazas y a Helena Cortez le robó el concepto de su revista…

—Wong era una rastrera. Ni Helena ni yo sabíamos qué se traía entre manos hasta esa tarde; nos invitó a ambos para enseñarnos su "nuevo proyecto", y ahí supimos que era una copia de la revista de Helena. Quiso vengarse de ella por haberla criticado en Bloggerfucker.

—¿Y por qué lo invitó a usted?

—Para regodearse y pavonearse, nada más. Supongo que necesitaba vengarse porque no le ofrecí el puesto que quería. Ella buscaba la dirección de *Couture*, y ése es el trabajo de Claudine Cole.

—Su… amante.

—Le pido que tenga más respeto, Galeana. No, no es mi amante. Es mi empleada. Y si tuve algo con ella, no está relacionado con el trabajo. Así que le sugiero que, si no tiene pruebas de que yo esté ligado a estos accidentes, deseche sus putas teorías mariguanas.

—Ahora soy yo quien le pide respeto.

El interrogatorio siguió por un rato más aún. Galeana preguntó todo lo que le vino a la cabeza y Adolfo, entre rechinidos de dientes y maldiciones mentales al agente, respondió a todo. De los nervios del inicio y la incomodidad del después, ahora había pasado al fastidio. Había visto muchas series policiacas y sabía que ésa era una estrategia de los detectives para cacharte en alguna contradicción, pero en este caso, la versión de Adolfo era más que simple: sí, había tenido sexo con tres de las cuatro víctimas. Wendy Wong había sido una cabrona y le daba exactamente igual que se hubiera electrocutado o regresado a Shanghái. ¿Que si hubiera tenido sexo con ella? Sólo ahogado de borracho... y con una azucarera al lado, porque era tan amargada, que seguro si le hacía cunnilingus le quedaba la boca como hiel. Galeana ahogó una risa. Le caía bien este hombre. Se despidió de él con la frasecita "si se entera de algo llámeme", y se dirigió a la puerta. Pero antes de salir dio la vuelta y miró a Adolfo.

—Su amiga, Helena Cortez, tiene carácter explosivo, ¿verdad?

—No, no diría eso. Tiene mucho temperamento, pero es muy ecuánime.

—¿Y su socia?

—Ella sí. Lorna no conoce el autocontrol.

—Sí, eso me imaginé.

14

Esto es vida y lo demás es para los pendejos

Acostada en una cama olorosa a perfume masculino, curry y perro, Victoria Zavala miraba la ventana por la que, a través de una cortina de gasa, se translucía la luz parpadeante de un anuncio luminoso de la calle. De tanto en tanto, se oía el ulular de las patrullas que salían de la estación de policía contigua. A Juan Galeana le parecía enormemente conveniente vivir tan cerca de la jefatura donde trabajaba. Gracias a ello, tras un día largo y cuando lo único que quería era tirarse en la cama, sólo le tomaba unos minutos hacer su deseo realidad. Victoria acarició a Comanche, el perro labrador de Juan, que dormía a sus pies en la cama y se levantó luego para tirar a la basura los envases desechables de la comida india que habían cenado justo antes de tener una muy buena sesión de sexo. Volvió a la habitación y, tras abrir la ventana para que se ventilara el cuarto, volvió a echarse en la cama. Comanche, agradecido de tenerla de regreso, le lamió el pie, cariñoso.

—Se encariñó contigo en tiempo récord —dijo Juan, saliendo del baño con una toalla enredada en la cintura y olorosísimo a su perfume: parecía que en lugar de ducharse con agua lo había hecho con Cool Water.

—¿No te han dicho que perfumarse tanto es una vulgaridad? —le dijo Victoria desde la cama.

—Pues era una de las cosas que te encantaban de mí cuando me conociste, aunque creo que ahora hay otras—respondió el agente, mientras se quitaba la toalla exhibiéndose pícaro frente a ella, antes de ir a buscar sus bóxers para deslizarse en ellos.

—No te vueles, chato, que tampoco es para tanto —lo calmó la reportera al tiempo que tomaba su celular para revisarlo.

Galeana se subió a la cama, le quitó el teléfono de las manos y le dio un beso largo. Ella sentía cómo el perfume, aún fresco, se transfería a su piel. Vamos, desagradable no era. Ya prefería mil veces el Cool Water que el tufo de sobaco o a patas de algún otro novio que había tenido. La verdad era que la pulcritud de Juan le atrajo desde el momento de conocerlo. Un par de años atrás, cuando su jefe en el periódico le sugiriera que comenzara a hacer periodismo "serio" si quería ser tomada en cuenta para un mejor puesto laboral, ella decidió dejar su sección de cocina para adentrarse en el periodismo policiaco y de investigación. Conoció a Juan Galeana, quien se convirtió en su contacto directo en la fuente policiaca y, desde el principio, se dio cuenta de que no le era indiferente. Se portaba mucho más amable con ella que con el resto de la gente a su alrededor. Juan podía estar mentando madres, mandando a la mierda y profiriendo cuanta maldición le venía a la cabeza a sus compañeros o por teléfono, pero cuando Victoria llegaba, cambiaba por completo… así que decidió aprovecharse de ello. Gracias a sus coqueteos, comenzó a tener todas las exclusivas policiacas jugosas y acceso a investigaciones donde la prensa no tenía cabida: por supuesto que con límites, porque Galeana tampoco era tan idiota para exponerse a perder su trabajo porque le gustara una periodista buenorra. Él a ella… no le gustaba tanto, la verdad. Victoria reconocía que tenía cuerpo de diez, que no era feo y, cuando se esforzaba, hasta podía ser encantador, pero le parecía un corrientazo: para qué se iba a engañar. Sin embargo, al igual que la gota que de tanto caer rompe la piedra, Galeana logró metérsele a Victoria. Después de meses de insistir, ella aceptó salir a cenar con él, y luego tuvieron algunas citas más. Eso sí, por más que él quería, ella nunca había entrado a su cama sino hasta hacía muy poco. Así como Alicia Serrano había conseguido promociones laborales de esa forma, Victoria tomó la decisión de seguir su ejemplo y aprovechar su relación con Galeana para sacarle la máxima información posible… y escribir un artículo que la convirtiera en jefa de sección del diario *La República*. Pero acostada al lado de Juan, acariciando su torso firme y perfumado, se daba cuenta de que todo esto no sólo no era humillante ni sobajador: estaba resultando una experiencia deliciosa. Se desperezó porque tenía que marcharse: esa noche GoGorila haría de DJ en una fiesta que daba la marca de ropa interior con la que trabajaba; era una gran oportunidad para charlar con él lejos del resto de los bloggers de moda.

—¿Adónde vas? Pensé que te ibas a quedar toda la noche.

—No, Juanito. Tengo trabajo…

—Bueno, podemos pedir algo de cenar y luego te vas.

—Todavía estoy haciendo la digestión, y de mala forma, del curry que comimos hace rato.

—Ah, o sea que eso que huele es un escape de tu aparato digestivo —dijo agitando el brazo para alejar el olor mientras se reía con ganas.

—Jaja. Qué chistoso. No, más bien es una mezcla de tu perfume y el olor del Comanche, que necesita un baño urgente.

—Bueno, ¿qué traes con mi perfume? Digo, si prefieres estar con alguien que huela a nalgas te puedo presentar a mi primo Fernando.

—No tengo nada contra el perfume, sino con la cantidad que usas. En serio, deberías ponerte menos. Es de nacos perfumarse tanto.

—Uyuyuy, perdóname, Helena Cortez. Se me olvidaba que desde que estás escribiendo un artículo de gente de la moda ahora te has vuelto niña bien.

Victoria no le contestó y Juan, desde la cama, siguió mirando cómo se vestía. Desesperada, buscaba uno de sus zapatos que a saber dónde había caído cuando él la había desnudado. La habitación era grande y estaba muy bien ordenada, su decoración era incluso antiséptica: muebles sencillos de madera, paredes desnudas y suelos de mármol. La verdad es que Victoria se quedó bastante sorprendida cuando fue la primera vez, porque aquello no parecía la casa de un policía: se esperaba que hubiera botellas de licor, latas de cerveza por doquier, colillas de cigarro apagadas en ceniceros rebosantes y una pared llena de fotos de criminales y anotaciones sobre ellos. Pero no, en su lugar encontró una casa que parecía de *showroom*, un perro *super american* y todo bastante limpio. La verdad es que se había sentido un poco decepcionada: la fantasía de enrollarse con el policía más canalla se había desvanecido.

—Ahí está —dijo, señalando a lo alto de uno de sus libreros, donde el zapato de Victoria colgaba de un trofeo de tiro.

—Oye —agregó ella mientras bajaba el zapato—, ¿has averiguado algún otro dato del primer accidente, el de Esteban Pérez?

—No mucho más. Realmente parece que sí fue un accidente. Según el reporte que leí, con el calor de la pólvora ardiendo, el soporte de las letras se reblandeció, éstas se vinieron abajo y mataron al blogger. Eso dijeron los peritos.

—¿Qué peritos? ¿De la policía?

—No, los que contrató la gente de la tienda de ropa. Están reconocidos por la policía.

—Pero los contrató *la tienda*… Esto me huele raro. A ver: la tienda no quiere verse involucrada en un escándalo, por eso la teoría del accidente les viene mucho mejor que el intento de homicidio. Ahora, ¿me vas a decir que la gente que hizo el montaje no sabía que el soporte de las letras podía calentarse y debilitarse con el calor? Cuando fui a investigar, el personal de la tienda me dijo que había encontrado tornillos tirados por ahí que no estaban quemados, lo cual significa que los quitaron antes de que las letras ardieran.

—Pudieron ser tornillos de cualquier otra cosa, Victoria, no jodas. Montaron un escenario allí. Si eso hubiera tenido relevancia para el caso, lo sabríamos.

—Algo se les está escapando, por favor. Esteban muere aplastado por una hache, justo la letra por la que lo criticaron en Bloggerfucker. No soy idiota: eso no fue para nada un accidente.

—A mí me suena igual de apestoso este asunto, muñeca. Pero si no hay pruebas, no podemos acusar a nadie.

—¿Y qué esperas para ir a buscarlas?

—Sí, sí… en este mismo minuto voy. Sólo deja me visto —dijo poniéndose de pie y mirando a Victoria con enojo—. ¿En qué momento te convertiste en mi jefa? No se te olvide quién es quién aquí: yo soy quien está buscando a un posible asesino. Tú sólo quieres una promoción en tu trabajo. Y si crees que jugando a ser investigadora de serie de adolescentes de Netflix vas a llegar más lejos que yo en mi investigación, *be my guest*.

—Pues a lo mejor lo logro.

—Bien por ti. Y si descubres algo, comparte, no seas díscola. Recuerda que, hasta ahora, todo lo que sabes de este caso es gracias a mí.

—¿Ah, sí? ¿Quién le sacó la sopa a Alicia Serrano? ¿Quién te dijo que La Carola había sorprendido a Esteban haciéndole sexo oral a Adolfo?

—¿Y quién te dio el contacto de todas estas personas? Yo mero, mamacita. Incluso el de Alicia, que es confidencial, porque la chica sigue en riesgo. ¿Y qué dijiste? ¿Sexo oral? De verdad, te estás contagiando de la mamonería de esta gente pretenciosa de la moda. Te recuerdo que hace un rato no le decías "sexo oral".

—En fin. Me voy que tengo algo importante que hacer.

—¿Buscar que te hagan *sexo oral*, acaso?

—No, voy a buscar un galón de perfume barato y a bañarme con él. Pendejo.

Marian y Miriam estaban extasiadas mirándolo. En el escenario, vestido únicamente con un mini bóxer de Male, la línea de ropa interior de la cual era ahora imagen, cubierto en aceite con destellos dorados —*Seguro de Nuxe*, pensaba Miriam, porque ella también lo usaba para la playa— y bañado por mil luces que cambiaban frenéticas de color y ritmo, estaba GoGorila entregado en cuerpo y alma a su papel de DJ. Marian estaba embrujada por esas manazas que se movían de un tornamesa a otro para cambiar de canción y hacer efectos de sonido. De hecho, pensó, si con una sola mano podía abarcar completamente su cara… ¿qué haría con ambas? Sería como estar enredada con un pulpo. Wow. Miró a su hermana que bailaba al ritmo de la música y se percató de que sus ojos estaban clavados en algo que la tenía hipnotizada: los pezones de GoGo.

Cerca de ellas, un par de chicas, que estaban en primera línea de la pista, miraban seductoras al blogger y éste, al notarlas, les sonrió y dedicó sus mejores "saltos de tetas" como él llamaba a tensar y mover sus músculos pectorales. Una de las chicas comenzó a provocarlo abriendo uno a uno, lentamente, los botones de su blusa. Él, siguiéndole el rollo, puso su dedo pulgar en el resorte de su calzoncillo y comenzó a jugar con él, moviéndolo un poco hacia abajo y luego devolviéndolo a su lugar. La chica, que había aprovechado muy bien la barra libre de la fiesta, estaba absolutamente desinhibida y su amiga la animaba a ir a más. Al final, se abrió por completo la blusa mostrando un bra rojo de encaje. Las Igualitas, que se habían dado cuenta del juego, estaban escandalizadas. "Menuda zorra. Y hasta con brasier rojo de Victoria's Secret, para que no nos quedara ninguna duda", le dijo Miriam a su hermana.

—¡Quítatelo! —gritó enardecida la chica a GoGorila, refiriéndose, por supuesto, al diminuto calzoncillo.

Él, que estaba bastante entonado también, le gritó: "Me lo quito si tú te lo quitas primero y me lo echas". Ella, ni tarda ni perezosa se arrancó la blusa ya abierta y, con un rápido gesto, se quitó el bra y lo lanzó directo a GoGo, quien lo atrapó con una mano, para luego mostrarlo por todo lo alto como un trofeo. El público fascinado aplaudió; era impresionante ver a aquella turba que gritaba, bailaba, bebía y sabía Dios qué demonios se metía para estar en ese estado de euforia. La chica, con las tetas al aire, ahora reclamaba lo suyo y demandó a Go-Gorila que se quitara los calzones. Y por supuesto que él no la iba a defraudar: haría lo que fuera para sus fans. De modo que, ante los aullidos, las miradas vidriosas y lascivas de mujeres y hombres del club, GoGo, haciendo honor a su nombre artístico, comenzó su strip-tease. Pero no llevaba el calzoncillo siquiera a mitad de las nalgas cuando el técnico de iluminación lanzó de golpe una luz de estrobo y, casi de forma enajenante, en las paredes se reflejaron imágenes del logo de Male, fotografías de GoGorila en diferentes posturas, y una bomba con confeti en forma de minúsculos calzoncillos estalló sobre los invitados llevándolos a su máximo frenesí. Para cuando la luz dejó de parpadear, los asistentes aún deslumbrados se dieron cuenta de que había un nuevo DJ en el escenario, quien, antes de que nadie reclamara la ausencia de GoGorila, dejó sonar por los altavoces "Bad Romance" de Gaga, sabiendo que nadie se resistiría a su influjo. Y tuvo razón. La única que seguía reclamando su premio era la chica sin brasier, que segundos más tarde fue invitada a abandonar el lugar... por conducta inapropiada.

—No jodas, GoGo. Si quieres volver a tu vida de stripper en clubs para maricones, no tengo ningún problema. Pero entonces, olvídate del contrato con Male.

Era su jefa, furiosa, que había salvado la situación. Lo había sacado del escenario casi a rastras antes de que se quedara en pelotas y le causara a la marca un problema de imagen. Lo llevó hasta su camerino para decirle hasta de lo que se iba a morir.

—No les digas maricones, no seas homófoba, Rosario —dijo GoGo sentándose de golpe en una butaca.

—Soy lesbiana, así que puedo tirar piedras en mi propio tejado si me da la gana. Mira: cuando firmaste el contrato, accediste a todas las cláusulas que tenía. Y una de ellas era que si hacías cualquier cosa que desprestigiara o relacionara a la marca con un tema controversial, no sólo te rescindiríamos el contrato, sino que podíamos demandarte por daños y perjuicios.

—Mira, ricura: ésta es una marca de calzones. En las fotos que me hicieron para la publicidad me retocaron tanto el paquete que el pito se me ve como micrófono. ¿Y ahora me vienes a armar este pedo porque le enseñé un poco las nalgas a mis fans? Te estás meando fuera de la bacinica.

—Ni ricura ni meando en ninguna parte. A ver si entiendes esto: soy la directora de marketing de Male Underwear y soy tu jefa. Te estamos pagando un dineral por ser nuestra imagen. El retoque digital a las fotos es parte del encanto: los hombres que compran ropa interior quieren que sus cositas se vean grandes dentro de los calzoncillos. Es parte de la estrategia con la que vendemos. Dime qué señor va a querer comprarse unos calzones cuando al modelo que los anuncia se le ve un pitito ridículo.

—Mi pito es grande y maravilloso.

—Para la vida real. No para vender calzones, guapo.

GoGorila se quedó callado viendo cómo Rosario iba a hasta su bolsa por un cigarrillo y entonces recordó las ganas que tenía de darse otro chute de coca. Tenía ya casi dos horas en ayunas y el cuerpo le estaba pidiendo alegría. De modo que decidió darle la razón a su jefa para que se largara de una puta vez, lo dejara solo y pudiera hacer lo que le diera la gana, o sea, ponerse hasta las manitas.

—Okey, lo entiendo, Rosario. No vuelve a pasar. Me dejé llevar por el momento.

—Y me parece muy bien: me encantan tu entusiasmo y disposición, en verdad. La gente te adora, sólo que recuerda que ya no eres un stripper ni un escort...

—Jamás he sido escort, no me chingues. Y stripper sólo cuando me pagaban muy bien. Soy GoGo dancer e influencer de moda.

—Y ahora imagen de Male. No lo olvides.

—No, no lo olvido. De verdad. Ahora, si me dejas descansar un rato antes de la siguiente tocada, te lo voy a agradecer.

—Va. Te vengo a buscar en un rato para acompañarte al escenario. Oye, tus amigas las Igualitas querían venir a entrevistarte para su blog. ¿Les digo que pasen?

—No, ahora no. Más tarde. Diles que después del otro show.

Rosario salió y GoGorila fue hasta el pequeño baño del camerino, donde tenía su neceser. Tomó la lata de espuma de afeitar, removió la base y sacó de ahí un par de bolsitas. Regresó hasta el tocador dispuesto a meterse un par de líneas. *Sólo así aguanto el ritmo de trabajo*, se decía. Estaba aspirando la segunda cuando la puerta se abrió repentinamente.

—¡La puta madre, Rosario! ¿No te enseñaron a tocar...?

—Disculpa, la puerta estaba entreabierta. Soy Victoria Zavala, del periódico *La República*. Habíamos quedado de vernos justo ahora, a las once...

—Ah, sí. Pasa, pasa. Y echa el seguro a la puerta.

Victoria obedeció y GoGorila volvió a lo que estaba haciendo. ¿Se había metido dos o una? Qué memoria. Por si las dudas, se armaría otra. Al fin y al cabo estaba suavecita. Sin importarle que la periodista lo estuviera mirando, se metió la tercera línea. ¡Bárbaro! Esto es vida y lo demás es para los pendejos.

—Disculpa que te interrumpa, pero me dijiste que podíamos charlar un poco para el artículo que estoy escribiendo.

—Sí, me acuerdo perfecto. Pero no tengo mucho tiempo: la nazi de mi jefa me viene a buscar en nada para ir al segundo show de hoy.

—No necesito mucho tiempo: sólo quiero que me digas tu opinión acerca de las cuatro personas que han atacado en Bloggerfucker. ¿Qué relación tenías con ellos?

GoGorila comenzó a sentir como si su pecho se abriese y

pudiera sentir todo lo que pasaba a su alrededor. Su sentimiento era una mezcla de felicidad y melancolía. Recordó que Esteban lo llamaba el Parkourer y nunca le quiso decir por qué. Harto de las risas escondidas de algunos de los bloggers cuando lo llamaba de aquella forma, investigó qué significaba el apodo: se trataba, nada menos, de los chicos que practicaban el deporte de trepar por paredes y edificios. Sí: lo había estado llamado trepador. Como si el pendejo de Esteban se hubiera criado en Buckingham. Con Claudine se había enredado dos veces y cuando él sugirió ir más en serio, ella sólo le dijo: "Hum... va a ser que no". Claro: una "niña bien" con un forzudo de gimnasio de barrio no hacían un buen *match*. ¿Alicia?, era buena chica cuando le convenía. Lo invitaba a todas sus fiestas cuando necesitaba mucha gente, pero cuando se trataba de un evento muy exclusivo, siempre lo dejaba fuera de la lista. Y Wendy. *Su* Wendy. El amor de su vida. Sexo de primera, charlas excepcionales: no entendía por qué la gente la había odiado tanto. Sintió que la garganta se le cerraba. ¿Por qué no pudo arreglar a tiempo las cosas con ella? ¿Por qué la dejó irse de este mundo sin haberlo perdonado? Eso no lo dejaba descansar. Una lágrima gorda rodó por su mejilla. Victoria fue por la caja de kleenex y se la extendió. Luego, vio su bata en la butaca y también se la dio: GoGo, que estaba temblando, se la puso de inmediato.

—Gracias —le dijo.

—Oye, si no estás bien podemos vernos mañana o pasado...

—No, estoy bien. Sólo me estaba acordando de estas personas. ¿Qué te puedo decir? No me gustaban. Mi relación con ellas era de trabajo, sólo de "hola" y "adiós".

—Pero ¿no eran tus cuates?

—Cuates los huevos y no se hablan —le dijo con un repentino subidón.

—Pero fuiste al funeral de Esteban... Le mandaste flores a Claudine y, según supe, fuiste el único que estuvo en el funeral de Wendy, que fue súper íntimo.

—Porque eso hace la gente con educación: es una cuestión de respeto. Y sí, somos del mismo grupo, nos llevamos muy bien y convivimos a veces más de lo que lo harías con tu propia familia, pero de eso a ser amigos y tener una relación, hay mucho trecho, muñeca.

—Pero con Wendy sí la tuviste. Fueron novios, ¿no?

GoGorila se puso de pie de golpe y fue hasta el baño. Esta entrevista lo estaba sacando mucho de onda. Buscó en su lata falsa de crema de afeitar... y ya no quedaba nada. Mierda. Dio un puñetazo en la pared y se vio en el espejo. Estaba pálido. De pronto, en el reflejo apareció también Victoria, quien, con una sonrisa le mostró un paquetito. A GoGo se le iluminaron los ojos. Ella entonces accedió a dárselo siempre y cuando le respondiera un par de preguntas más. Volvieron al camerino y él se sentó en su tocador y ella en la butaca. Estaba ansioso, pero la promesa de recibir su premio a cambio, lo volvió cooperativo. No: no creía que Helena quisiera hacerle daño a ninguno de ellos. Era una octogenaria ojete, pero no mataría a nadie con tal de no arruinarse la manicure. Y sí: esta gente, sus colegas *bloggerfucked*, se habían ganado a pulso que la gente no los quisiera. Una cosa es ser un aprovechado, pero otra muy distinta es pasar por encima de los sentimientos de las personas para salirte con la tuya. No, claro que no merecían lo que les había pasado, pero mucha gente tampoco se merecía lo que ellos les habían hecho.

—¿Y Wendy?

—Sí, intentamos tener una relación. Salimos por medio año, pero ella lo quiso mantener en secreto.

—¿Se avergonzaba de ti?

—No de mí, de algunos problemas que tengo y que ella quería que resolviera. Pero me mandó a la mierda hace más de un mes, así que ya no estábamos juntos. Bueno, ya te respondí. ¿Me vas a dar eso o qué?

Victoria le extendió el sobre y GoGorila lo tomó ávido. Lo olió e identificó de inmediato el producto. Fue hasta el baño a buscar papel para forjarse el churro. Volvió a su tocador y a ello se puso.

—Wendy quería que dejaras las drogas...

—No entendía nada. No soy adicto, sólo las uso para aguantar mi ritmo de trabajo y tanto ejercicio que debo hacer para tener este cuerpo, que es el que me da de comer. Ella era súper inteligente, yo no. Mis opciones son limitadas... pero ella creía que podía hacerlo sin "ayuda química", como le decía a esto —dijo, mientras levantaba en la mano el churro y se disponía a darle la primera fumada—. Pero no pude... y ella terminó conmigo.

—¿Le pediste que volvieran alguna vez?

—Varias, pero no quiso. Creo que ya estaba viendo a alguien más...

—¿A quién? —preguntó ella muy interesada.

—Al principio creí que era Adolfo Narváez... pero parece que era alguien de nuestro mismo grupo.

—¿Willy Rojo?

—Sí, el muy cabrón traidor. Y me enteré justo el día que murió Wendy. Por eso te digo que esta gente no me gusta nada... —y dio una fumada tan honda que casi consumió medio canuto.

—Te agradezco la información. Me has ayudado mucho con mi artículo —dijo Victoria poniéndose de pie y caminando hacia la puerta—. Y ten cuidado con eso, chico: es bastante fuerte. Mi novio se lo decomisó a un individuo que experimenta con fármacos.

—Pues dile a tu novio que muchas gracias: está de puta madre.

15

Número cinco

—S tatement vuelve a atacar —dijo orgullosa Lu Moreno a sus invitados con un sobreactuado movimiento de brazos—. Nosotros no sólo creemos en la diversidad humana, sino también en la de la belleza. Por eso, hoy los convocamos para presentarles la colección Three Musketeers, tres productos de maquillaje únicos que te harán lucir impecable sin importar tu edad, tono de tez... o género, porque, *surprise*, también funciona divinamente en la piel masculina.

Una carcajada de Lilian Martínez la hizo callar. La sorprendió revisando su teléfono, como hacía siempre. Al darse cuenta de que la anfitriona había callado por su interrupción, murmuró un "sorry" y siguió riendo por lo bajo. En esta ocasión, Lu había organizado presentaciones a grupos pequeños en un restaurante *posh* para tener un trato más personalizado: contrató un pequeño salón con una mesa para seis personas únicamente... y esa mañana se daría cuenta de su garrafal error. En medio de mucha gente, lo desagradable de algunos influencers y periodistas podía diluirse un poco; no obstante, en *petit comité*, lo horrible de sus personalidades parecía magnificarse. Sentadas a un lado de Lilian estaban las Igualitas, que se miraron entre sí desaprobando la cada vez más insolente actitud de la blogger. Al otro lado estaba GoGorila despatarrado en la silla con unas gafas enormes de Gucci con cristales rosados, que, según había leído en *Esquire* —o en un *Cosmopolitan* de la peluquería, no se acordaba bien— eran ideales para ocultar las ojeras y la cara de resaca. Y vaya que le hacían falta esa mañana, porque había olvidado por completo que Lilian se había ofrecido a recogerlo esa mañana y cuando tocó a su puerta, no tenía ni media hora de haberse ido a la cama. Remolón, no tuvo más remedio que vestirse para ir al dichoso desayuno... por ende, estaba ahí un poco a la fuerza. Lu respiró profundo para recobrar fuerza y continuar con la presentación, pero justo en ese momento aparecía Belmondo en el salón, disculpándose por llegar tarde. Torpe, fue hasta el lugar vacío que estaba al lado de las Igualitas quienes, al unísono, le dijeron que el sitio era de Lu. Se dirigió entonces al otro lugar vacío de la mesa junto a GoGorila, pero Lilian tomó su bolso de Celine y, arrojándolo sobre la silla y sin siquiera mirarlo, le dijo "Sorry, pero aquí no te puedes sentar". Belmondo se quedó sin saber qué hacer... porque ya no había más asientos en el salón. Lu se ofreció entonces a llamar a un mesero para poner un lugar extra en la mesa, pero Belmondo, decidido, fue hasta la silla donde Lilian había puesto su bolsa, la quitó, se la devolvió y, retándola, le reviró: "Mira cómo sí puedo". Lilian, colorada como un tomate, le dijo entre dientes "Puto maricón ridículo". Las Igualitas volvieron a mirarse entre sí escandalizadas y GoGorila le dijo por lo bajo: "Lilian, bájale tres rayitas. No jodas". Lu decidió regresar a su presentación y ver si con ello podía finiquitar esa disputa tan infantil.

—Chicos, buena vibra ante todo. La buena vibra es belleza. En fin, como les decía antes, estamos muy orgullosos de nuestro nuevo trío de productos de belleza, que con un gesto sencillo y rápido pueden embellecer a cualquier persona que quiera ofrecer al mundo su mejor cara. Y para muestra, he invitado a cinco personalidades del mundo de la moda, todos distintos y todos con una personalidad única. Ellos están usando Three

Musketeers y lucen espectaculares... pero mejor juzguen por ustedes mismos: les presento a Lorna Lira, directora de *Étui*; los bloggers La Carola y Willy Rojo; María León, directora de Copine, y la diseñadora Pura Campos. ¡Un aplauso para todos ellos!

Sólo aplaudieron las Igualitas y Belmondo. Lilian seguía revisando su teléfono y GoGorila parecía que se había quedado dormido. Uno a uno, los *real life models* entraron al salón. Todos vestían diseños de Pura y, caminando con una actitud relajada y casual, se pararon alrededor de la mesa para que los invitados pudieran verlos de cerca. Belmondo era el más entusiasmado con la idea y estaba súper orgulloso de su jefa, que se veía radiante con el traje que le habían puesto: una falda negra línea A de gasa y una chaqueta deportiva de Adidas bordada con pedrería. La Carola fue directo a pararse junto a GoGo: no pudo evitarlo. Las Igualitas charlaban con León y Pura. Willy, claro, fue hasta donde estaba Lilian.

—¿Cómo me veo, amiguita? —le dijo Willy extático.

—Ridículo, nene. Pero si te pagaron, vale la pena. ¿Y en verdad todos llevan los mismos productos? Porque me imagino que a Lorna habrán tenido que resanarla con yeso... —dijo con una carcajada soez.

Willy la miró extrañado: Lilian se veía y actuaba rara. Se acercó y le preguntó al oído si se sentía bien.

—Divinamente. Me estaba matando el dolor de cabeza y GoGo me dio una pastilla. Me siento perfecta.

Mierda, pensó Willy. Ningún fármaco que viniera de GoGorila podía ser de fiar. Se acercó hasta él discretamente para preguntarle qué demonios le había dado a su amiga. GoGo se puso de pie y sin miramientos le dijo: "Algo para que se sintiera mejor. ¿A ti que carajos te importa?", y con su enorme manaza, lo tomó por la cara y lo empujó con tal fuerza que fue a dar directamente al piso. Las Igualitas gritaron y corrieron a levantarlo, pero la adrenalina de la furia ya se les había adelantado: Willy estaba cara a cara con GoGorila buscando la revancha, pero él, en un gesto cínico, levantó las manos y le dijo entre risas:

—No te pongas así, nene, sólo quería ver lo lindo que te habían dejado los productos de Statement.

Willy intentó irse sobre él, pero Pura y Belmondo lo detuvieron y, casi a la fuerza, lo llevaron al baño para calmarlo. La Carola tomó a GoGorila del brazo y lo condujo de nuevo a su lugar. Para entonces, el ambiente era más pesado que llevar una vaca en brazos.

—Bueno —dijo Lilian rompiendo el silencio—, ahora sí nos quedamos sólo con las momias: a ver Lorna, déjame ver tu precioso cutis de pergamino.

Lu no daba crédito a lo que estaba pasando. ¿Qué pesadilla era aquélla? ¿Qué demonios le pasaba a Lilian que estaba más insoportable que nunca? Tenía que echarla de su evento ahora mismo. Se acercó a la puerta para llamar a alguien de seguridad, pero se contuvo. ¿Qué tal si montaba un escándalo aún más grande? Tenía que manejar esta situación con mucha cabeza fría si no quería perder su trabajo… y que esto tampoco trascendiera las paredes del lugar. Pero quizá ya era demasiado tarde para eso: Lorna estaba ahora de pie frente a Lilian. Y ahí sí temió lo peor. Lorna se inclinó hacia ella… y sucedió lo impensable: pasando el brazo por detrás de sus hombros, puso su cara junto a la suya y le dijo con una sonrisa:

—Aquí está mi cutis de pergamino, corazón. ¿Quieres tocarlo?

—¿Y si no lo hago vas a matarme como a los otros bloggers? Digo, tú o tu gemela satánica. Y por favor, no me toques, detesto tener cerca a personas tan desagradables como tú…

Y, al querer sacarse el brazo de Lorna pasándolo con brusquedad por encima de su cabeza, el zíper del puño de la chaqueta se enganchó con su cabello y, del tirón, un mechón enorme se fue con él. Lilian comenzó a gritar como una poseída y GoGorila, como un resorte, se puso de pie para abalanzarse sobre Lorna, pero en ese minuto, atraídos por los gritos de la blogger, entraban dos guardias del restaurante quienes lo sometieron rápidamente y lograron sacarlo de ahí de inmediato. Lilian lloraba sentada en una silla cubriéndose la cabeza con una mano y las Igualitas, que no paraban de llorar tampoco, se habían acercado a Lilian para intentar calmarla, cosa bastante complicada al estar las tres poseídas por la misma histeria. La Carola trató entonces de calmar las cosas de forma tranquila, dirigiéndose a una y otras, pero nada funcionaba. Entonces, harta de que nadie le hiciera caso, de un grito ordenó a las Igualitas que se callaran de una puta vez o se largaran de ahí. Lilian no paraba de decir que Lorna la había atacado y de señalarla con el dedo índice —curvado por el peso del enorme anillo de diamantes de Cartier que llevaba en él— la miraba con unos ojos cuyo maquillaje tan corrido era un verdadero poema. La Carola no paraba de pedirle que se calmara, que había sido un accidente: todos lo habían visto. Lu, quien como un péndulo caminaba de un lado a otro de la mesa sin saber exactamente qué hacer, se ofreció a pedir una jarra de café bien cargado… o una botella de licor. Lo que hiciera falta.

—Corazón de mi vida: esto no se arregla con café o tequila. Lilian necesita ir a dormir la mona y este par de ridículas necesitan un bofetón cada una para quitarles lo escandalosas.

Las Igualitas tomaron aire e intentaron cortar el llanto: sabían que La Carola no se andaba con tonterías y que era perfectamente capaz de abofetearlas.

La Carola levantó como pudo a Lilian y con un gesto llamó a las Igualitas. Ya se encargaría ella de sacarlas de allí. Antes de salir, sólo dijo:

—Lu, te pido una disculpa a nombre de todos mis amigos. No sé de verdad que les pasó hoy…

La Carola salió del desmadrado salón del restaurante sosteniendo a una debilitada y parcialmente calva Lilian y seguida por las Igualitas, que se habían puesto sus idénticas gafas de sol de Dior para que nadie supiera que habían llorado. Como si eso fuera lo más importante en ese momento. Lu seguía caminando de un lado a otro de la mesa mirando el café volcado, las sillas caídas, el centro de mesa hecho una desgracia. Lorna, que había estado clavada en el mismo sitio desde hacía rato sin decir palabra, la miró y le ordenó que se sentara. Lu obedeció sin chistar.

—Lu, no sé qué decirte. Si antes pensaba que este medio se había ido a la mierda, ahora lo corroboro. ¿Sabes qué creo? Que quizá sea un plan de Dios de poner a toda la gente inmunda en un mismo sitio y acabar con ella usando un solo rayo.

—Pero Lilian no es así usualmente. Digo, es una hígada, pero así… no la había visto en mi vida.

—Hija mía: porque venía súper drogada. ¿Qué no te diste cuenta? Por eso fui a abrazarla, para calmarla. Hoy en la mañana la vi llegar con el repelente forzudo ese: te apuesto que le dio algo. GoGorila está cada vez peor y mira que lo veo poco; pero siempre que me lo encuentro, está hasta las manitas.

—Y pensar que todavía tengo la presentación para la prensa escrita en la tarde. No sé si podré.

—Podrás.

—¿Te espero aquí para que seas de nuevo mi modelo? —dijo Lu, mirándola esperanzada—. No sé si los otros quieran hacerlo después de esto… No los culparía.

—Mira, ya soy muy mayor para esto. Pero si me compras publicidad para el siguiente *Étui* me meto un Red Bull intravenoso y aquí me tienes. Y convenzo a los otros para que vengan también.

—¿De verdad? ¡Gracias! Cuenta con ello.

—Y por favor, hoy en la tarde ponme lejos de Claudine: no vaya a ser que accidentalmente le pinche una teta, se le desinfle y volvamos a tener otro San Quintín.

Una vez que Lorna se marchara, Lu se encerró en el salón del restaurante diciendo a los meseros que quería arreglarlo un poco antes de su siguiente evento, pero la verdad era que necesitaba llorar hasta quedarse tirada en el piso después de todo lo que le había pasado. Mientras tanto, Belmondo abandonaba el restaurante en ese momento; era el último del grupo fatídico de esa mañana. Se había quedado un largo rato calmando a Willy, hasta que al final lo convenció de marcharse y no empeorar las cosas. Estaba esperando su Uber cuando un brazo le rodeó el cuello.

—Qué buen desmadre se armó ahí adentro, ¿verdad?

—¡GoGo! —dijo sorprendido—. ¿No te habían echado?

—La calle es de todos y puedo estar aquí si me da la gana.

—Ya ni la chingas, en serio. Mira: métete tú lo que quieras, pero drogar a una amiga diciéndole que le dabas una pastilla para el dolor de cabeza es tener muy poca madre.

—Hombre, no seas aburrido —dijo con una sonrisa retorcida—. Nadie salió lastimado.

—Willy sí. Y Lorna por poco, según me dijeron los meseros.

—Ese cabrón se lo merece por andarme pedaleando la bicicleta.

—¿Qué? ¿Cuál bicicleta?

—Que por su culpa Wendy me dejó, y justo cuando más la necesitaba…

—¿Tú… y Wendy? Pero ¿cuándo…?

—Ya no importa. Ahora quien importa eres tú, muñeco. Oye, me dijeron que tu amigo Aldo puede conseguir cositas muy ricas y de buena calidad…

—No sé de qué me estás hablando.

—No te hagas pendejo, claro que sabes. Y te lo voy a decir sin rodeos: consígueme algo bueno y diferente que me mande a la galaxia sin escalas, y te prometo que nos damos un buen revolcón. Y no me mires así, que ya sé que siempre me has tenido ganas.

—GoGo: sí, siempre te he tenido ganas, no te voy a mentir. Pero… ahora no estás tomando decisiones claramente, y darme un revolcón con alguien sin voluntad me parece denigrante. Me merezco estar con alguien a quien no tenga que intercambiarle sexo por drogas. Y te estimo de verdad: por eso te digo que ya le bajes a meterte tanta porquería. Vas a perder tu contrato con Male.

—A ti eso te vale madre. Anda, que nos podemos divertir mucho —y diciendo esto, le tomó la mano para ponerla en su entrepierna.

—Ya llegó mi Uber. Cuídate, GoGo.

—Tú te lo pierdes, pinche maricón.

Aquel día había sido miserable en la redacción de *Étui*. Al tratarse un concepto tan peculiar, no sólo su impresión era importante, la distribución era también parte fundamental de su encanto. Toda esa mañana, Helena y Carmen habían lidiado con problemas técnicos de la entrega de los *Étui*, y aunque al final el nudo se había deshecho y todo fluía correctamente, ambas estaban extenuadas. Carmen se relajó un momento en su escritorio antes de marcharse a su casa. A pesar de su cansancio, se sentía satisfecha de haber resuelto un problema más al lado de Helena, y uno más complejo de los que había afrontado con ella en AO. Le gustaba la idea de tener una revista íntima, que en lugar de miles de ejemplares tuviera sólo diez, de los cuales, cinco se quedaban en la capital y otros cinco se iban al resto del país. Carmen había tenido que hacer mes tras mes un *scouting* exhaustivo de diez sitios donde el *Étui* se pudiera vender: boutiques, joyerías, perfumerías o hasta restaurantes *trendy*. Ella misma acordaba con los gerentes de cada sitio la estrategia: debían vendérsela a la primera persona que preguntara por ella con la frase: "*¿Voulez-vous Étui?*". Ésa era la regla. Sin frase, no había revista, así de simple. Y a pesar de que cada sitio recibía un porcentaje de la venta, un pequeño artículo promocional en la revista y, por supuesto, toda la difusión en redes que conllevaba ser uno de lugares donde *Étui* había aparecido, los problemas nunca faltaban: se había topado con empleados poco dispuestos a "perder el tiempo en tonterías", otros a quienes les daba lo mismo entregar la revista sin la frase clave o incluso empleados que habían llegado a filtrar, a algún amigo suyo, que la revista estaba en su establecimiento. Carmen, que tenía años trabajando con Helena y que había sorteado toda clase de obstáculos, alcanzó en los pocos meses de vida de *Étui* resolver todos esos problemas. Convenció a los directores de las tiendas de compartir la información sólo con el personal de mayor confianza y mejor disposición, consiguió algunos patrocinios para "premiar" a los empleados que mejor trataran al cliente que buscaba *Étui* y con esto logró tener a sus socios comerciales contentos. Pero el problema al que se había enfrentado esa mañana era nuevo y no estaba preparada para ello: la mensajería tenía extraviados dos paquetes. Y aunque estaban asegurados, eso no era lo importante, sino que habría dos ejemplares menos de la revista y eso no formaba parte del plan con los anunciantes... ni con los lectores. Tenían que ser diez, ni uno menos. Lo que había pasado ese día era que uno de los paquetes se entregó por error en otro lugar y uno más lo recibió un empleado que... decidió guardarlo para sí mismo. Por fortuna, el control que tenía Carmen de cada envío era tan extremadamente meticuloso que les tomó sólo un par de horas averiguar qué había pasado con los paquetes y resolver el problema: un mensajero recuperó el paquete entregado erróneamente y al empleado que se había quedado con el otro, lo mandaron a su casa... para siempre. Todos los *Étui* estaban ahora donde tenían que estar y, de hecho, ya habían sido encontrados los seis primeros por los lectores. Con un poco de suerte, ese mismo día aparecerían todos y podían subir el contenido de la revista on line esa misma noche.

—Hasta mañana, Helena. Estoy molida —dijo Carmen, asomándose a su oficina.

—Descansa, Carmelita. Yo también me voy en un momento.

Se oyó el cerrarse de la puerta de la calle tras la salida de Carmen. Helena recogió su bolsa y gabardina, y apagó la luz de su oficina para irse a su casa. Estaba agotada. En ese momento, se abrió la puerta y vio a Lorna entrar. Se veía terrible.

—Cariño, ¿qué te pasa? ¿Estás bien?

—Sí, no te preocupes. No puedo con mi alma de cansancio, pero nada más. Tuve dos presentaciones con tus amigos de Statement como su "modelo de la vida real" y luego tuve que resolver un asunto bastante engorroso. ¿Ya te vas?

—Sí, voy saliendo. Pero tengo hambre, ¿ya cenaste?

—No, y me comería una vaca. ¿Vamos a nuestro lugar?

Víctor las llevó al María Castaña, donde como siempre las recibieron con toda clase de fiestas. Obviamente les dieron su mesa habitual: de hecho, nunca se habían preguntado si alguna vez llegaron a quitar a los comensales de la mesa en caso de que hubiera estado ocupada, pero lo cierto es que les daba igual. Era parte de los beneficios de ser clientas habituales y de las altísimas cuentas que pagaban cada vez.

—Un *amuse-bouche*, señoras —dijo el mesero solícito, poniendo un plato con varias tapas en la mesa.

—Gracias, caballero. Pero no necesito entretener mucho mi boca: le advierto que estoy muy hambrienta —dijo Helena—. ¿Fideuá para las dos y un riojita, cariño?

—Para luego es tarde —respondió Lorna.

Después de las primeras dos copas de vino, ambas ya sentían que eran personas de nuevo. Helena le había contado a Lorna la mañana que había pasado con el tema de la distribución y que necesitaban un nuevo sistema más seguro y confiable, y pensó que Víctor, su chofer, podía encargarse: si en alguien podía confiar los *Étuis*, era en él. Lorna estuvo de acuerdo en que era una forma fabulosa de quitarse pendientes de encima. El mesero llegó con la comida y las dos lo recibieron con expresiones entusiasmadas. Lorna lo miraba puntillosamente.

—¿Sabes a quién me recuerda el mesero? —dijo Lorna, una vez que éste se marchó.

—No…

—¿Te acuerdas de Manolo, aquel novio español que tuve antes de casarme con mi ex?

—Manolo, claro, guapísimo…

—Y no sabes lo bien dotado. Era súper fiestero y con él me corrí unas parrandas tremendas. Íbamos mucho a casa de un primo suyo, que era nieto de una cantante famosa de los años cuarenta. Lupe Bellman, ¿te suena?

—Creo que sí… ¿No era aquella que fue amante de un presidente de la República?

—Exacto.

Lorna había estado en muchas fiestas en aquella casa con el español macizo y siempre se la pasó en grande, porque además de que el alcohol y la comida corrían a mares, la gente iba y venía por toda la casa como si fuese una tienda departamental. Y cuando el borrachales del anfitrión se hartaba de sus invitados, se escabullía a un salón privado de la casa a seguir la fiesta sólo con unos cuantos amigos. El mentado salón había sido el comedor privado de su abuela, donde solía recibir al presidente para que no fueran molestados. Tenía incluso una puerta oculta para el servicio que iba directamente a la cocina. El nieto de la Bellman les contó que un día, justo por la puerta secreta aquella, su abuela había sacado a un amante con el que le ponía los cuernos a su *otro* amante. Menuda putilla.

—Vaya historia, Lorna. Es muy tú…

Helena la miró, y a pesar de que lucía mejor que hacía un rato en la oficina, seguía viéndose atribulada.

—Cariño, ¿en verdad está todo bien? Te ves rara, cansada… No me estarás ocultando algo, ¿verdad?

—No, no es nada. La verdad es que este tema de modelar para la gente de Statement me bajó la moral. Ya no tengo edad ni ganas, y la verdad es que todos los pendejos veinteañeros lo único que saben decir cuando me ven es *Qué bien conservada estás*, como si fuera el brazo de Álvaro Obregón en su frasco de formol.

—Pues ya no lo hagas, Lorna. Bastante tenemos con la revista y el chismerío que nos rodea para hacer actividades extracurriculares.

—Hoy fue el último día, por fortuna. Y sólo lo hice para que se volvieran a anunciar con nosotros. Y también porque tú no quisiste hacerlo, dicho sea de paso.

—Bueno, no tenemos problemas con anunciantes por ahora…

—Por ahora, pero hay que ver hacia el futuro. Afianzar relaciones para el momento en que no estemos tan bien posicionadas.

—En eso tienes razón. Y no quise modelar porque no es lo mío, cariño…

—¿Y lo mío sí? Claro, como a mí me gusta tanto modelar, le voy a quitar el trabajo a Gigi Hadid. Pero como me siento hoy, más bien será a Iris Apfel.

—Pero tú eres más extrovertida, Lorna. Y mira, no te quejes tanto, porque te pagaron muy bien.

—Eso sí. Y lo que gané irá directamente al "Fondo Nacional del Tesoro para el Birkin". Ya casi me lo puedo comprar.

—Me siento muy feliz por ti —le dijo Helena, mientras tomaba su teléfono que parpadeaba por la llegada de un mensaje. Lo miró y sonrió discreta.

—Hum… el gato que se comió al ratón. O que va a comérselo en un rato.

—No es lo que piensas…

—Yo no pienso, nena. Si pensara ya me hubiera retirado a vender cocos a Acapulco. Yo sólo interpreto lo que veo. Era Adolfo, ¿verdad?

Helena tomó su copa de vino para darle un largo trago y evitar con ello responder la pregunta de Lorna. Ella, que no era tonta, interpretó ese gesto como lo que era: una afirmación.

—Ay, nena, que pareces veinteañera. Ya tienes canas en el pubis para comportarte así…

—¡Yo no tengo canas en el pubis! ¿Cómo te atreves?

Lorna soltó tal carcajada que sintió cómo su cuerpo se iba llenando de buena vibra de nuevo. Helena, cuyo nivel de aguante con el sangriento sentido del humor de Lorna estaba bajo mínimos, no se rio esta vez de la broma.

—Ay, nena, vamos. No pongas cara de chanclazo. El tema con Adolfo te pone tan a la defensiva…

—Porque así me haces ponerme, Lorna. Siento que me repruebas todo el tiempo. Crees que me he obnubilado con él, pero no podrías estar más equivocada. Tengo perfectamente claro que me ha hecho putadas y yo a él. Pero ambos lo sabemos y, guardando ciertas medidas de seguridad mutua, podemos llevar una relación entretenida. Sí, ya sé que vas a decirme que no es sano, que estamos enfermos y no sé cuánta cosa más. ¿Y sabes qué?, probablemente sea cierto. Pero tengo buen sexo con él y sus consejos me han ayudado mucho últimamente. Recuerda que es un hombre que sabe mucho del negocio editorial... de vender, vamos. Tú y yo hemos sido periodistas siempre...

—No me estarás diciendo que será nuestro consejero o nos hará de consultor, ¿verdad?

—Claro que no. Vamos, si por mí fuera no tendría problema, pero viendo cómo lo detestas, ni se me ocurriría proponértelo. Después de la agresividad con la que lo corriste la otra vez de la oficina...

—No, nena, no nos equivoquemos. No lo corrí de la oficina, sino de mi casa. Estaba en mi espacio bebiéndose mi licor y oyendo mi música. Eso no fue otra cosa que el macho llegando a orinar el territorio.

—Ay, Lorna, de verdad creo que ya te imaginas cosas.

—¿Sabes qué hice por la tarde y por qué me quedé tan puteada? Estuve con Jimmy revisando el video de seguridad de la casa.

Helena la miró con los ojos como platos:

—¿Hay cámaras de seguridad en tu casa? —preguntó incrédula.

—Las he tenido desde hace mucho. ¿Cómo crees que descubrí que mi exmarido metía fulanas a mi propia habitación? Pues esta tarde comprobé que tengo razón en desconfiar de tu *sweetheart*. El día que lo eché a la calle, cuando ya no quedaba nadie, bajé a la oficina y descubrí que el baño estaba con cerrojo... sin nadie dentro.

—A veces sucede si cierras la puerta muy fuerte… —dijo Helena confrontándola.

—Sí, lo sé. Pero además, la luz estaba encendida, o sea, que quien cerró el baño quiso hacer creer a quien pasara por ahí que estaba ocupado. En fin: que yo también creí que eran historias mías, hasta que después de varias noches intranquila, decidí ir a casa de Jimmy a ver los videos, porque él es quien sabe hacerlo. Y lo que vi de ese día, nena querida, fue a Adolfo cerrando la puerta del baño desde fuera, dejando la luz encendida. Luego subió las escaleras, buscó mi whisky y se sirvió un vaso, pero no para tomárselo: lo dejó en la mesa de mi salita para irse a revolver los cajones y la mesilla de noche de mi dormitorio. Cuando escuchó que lo llamabas, salió de mi habitación como bala a poner la música y tomarse el whisky, para que cuando subieras tú pensaras que había estado ahí todo el tiempo.

—Lorna… —dijo en un ahogado intento de negación.

—Tengo el video aquí mismo.

Y lo vieron juntas. La cara de Helena aumentaba de tono de rojo por segundos y comenzaba a clavar las uñas en la mesa. ¿En verdad estaba lista para tener una relación con alguien al que tenía que estar cuidando todo el tiempo? ¿Qué quería en la habitación de Lorna? ¿Qué demonios buscaba ahí? Ninguna lo sabía. Quizá pensó que Lorna tendría su computadora allí, o un iPad donde poder enterarse qué estaban haciendo en *Étui*; o robarle su Rolex de diamantes. O unas pantys. A estas alturas de las cosas, ambas ya podían creer cualquier cosa. El camarero vino a recoger los platos vacíos y la botella que también había quedado limpia. Se las mostró sin hablar para indagar si debía reponerla, y ambas dijeron que sí con la cabeza.

—Bueno, ¿qué vas a hacer? —preguntó Lorna.

—No sé. Hablar con él, pero no ahora ni mañana. Estoy furiosa y desconcertada. Digo, porque al final tampoco es que se llevara nada…

—Eso no lo sabemos. No se ve claro, porque tampoco sabemos qué estaba buscando. Muy probablemente acceso a nuestro servidor.

—Lorna, ¿me juras que no te lo estás inventando? No será esto un montaje de esos que se hacen editando los videos...

Lorna la miró a los ojos y no dijo palabra. Con ese silencio no sólo respondía a la dolosa pregunta de su amiga, sino que también le mostraba que ese dardo de duda había dado justo en su corazón, y sentía que sangraba lentamente. Con una mano llamó al mesero para pedir la cuenta, abrió su bolsa para sacar un par de billetes, los dejó sobre la mesa y se puso de pie dispuesta a marcharse.

—Lorna, no te enojes, por favor. Te lo pregunté porque sé que eres capaz a veces de hacer cosas locas e impulsivas.

—Sí, Helena, lo soy. Pero una cosa es mandar a alguien a chingar a su madre o tomarme una botella entera de coñac y otra muy diferente es hacer un videomontaje para acusar injustamente a una persona. Ésas son palabras mayores. Helena, me vale verga, escúchalo: *verga*, con quién te acuestes, y si te quiere traer atada con una correa de perro. Pero quien quiera joder *Étui*, me quiere joder a mí, y eso no se lo voy a permitir ni a él ni a ti. Porque es mi proyecto.

—Nuestro proyecto —la corrigió Helena.

—Pues ya va siendo hora de que actúes como si eso fuera cierto. Me voy a casa.

Lorna se dio la media vuelta y se alejó de ahí cuando se dio cuenta de que había olvidado su celular sobre la mesa. Al volver a tomarlo, vio que tenía tres mensajes de WhatsApp de Lu Moreno. Los abrió ahí mismo y, al leerlos, se puso lívida y se dejó caer de golpe en la silla.

—¿Qué pasa, Lorna, Dios mío? ¿Le pasó algo a Jimmy?

—No... acaban de encontrar a GoGorila muerto de una sobredosis.

—¿A GoGo...?

—Sí, Helena: a nuestro número cinco.

16

No hay que llorar cuando se quiere, hay que llorar cuando se debe

Al día siguiente, Helena abrió los ojos cuando ya la luz del sol inundaba su dormitorio. No se había desvestido... ¡No se había desmaquillado, por Dios Santo!, pensó al ver su almohada manchada del fucsia de su color de labios de Chanel y de su delineador negro. No, no había tenido fuerzas. Se puso de pie y al acercarse a la ventana, por la altura del sol, pudo darse cuenta de que era pasado medio día. Su teléfono parpadeaba sin parar en el buró, pero no quiso siquiera acercarse a él. Descalza, se encaminó hasta la cocina para encender la cafetera y hacerse un expreso triple. Era curioso ver cómo casi todo lo que bebía últimamente era triple. Se sentó en una silla de la mesa de su desayunador y le dio un sorbo largo a la taza. Sí, sentía cómo la cafeína le daba ya el primer chute. Ahora sí, podía repasar en su cabeza lo que había pasado anoche... y que seguía pareciendo un sueño. Dio otro trago al café para desperezar por completo su conciencia. No: todo había sido real. Había lastimado profundamente a su mejor amiga insinuado que había armado un videomontaje para inculpar al crápula de Adolfo y, encima, la maldición de Bloggerfucker se manifestó una vez más: había cobrado su última víctima. Ahora sí estaba dispuesta a darle un puñetazo a cualquier persona que le dijera que todo aquello era una coincidencia. Apuró el resto de café y se dirigió a la ducha. No podía esconderse del mundo para siempre.

Llegó a la oficina una hora más tarde para encontrarse con el equipo de *Étui* reunido en la sala de juntas. Belmondo tenía los ojos hinchados de tanto llorar, Carmen estaba al teléfono y Lorna escribía en el pizarrón temas para lo que, parecía, sería el siguiente número. Al ver llegar a Helena, hizo un gesto grandilocuente con el brazo invitándola a sentarse.

—Bienvenida, guapa. Ya era hora de que llegaras y tragaras un poquito de esta avalancha de mierda que nos está cayendo encima.

—Perdón. Tuve una pésima noche y acabo casi de despertarme.

—Yo dormí divinamente, nena. Saber que tengo amigos del alma que me adoran a pesar de todo y que hay un drogadicto menos en el mundo me dio la paz que necesitaba para descansar —dijo incisiva.

—¿Qué hacen?

—Planeando los temas para el siguiente número.

—¿Con la que debe estar cayendo allí fuera? ¡El quinto Bloggerfucker murió ayer!

A Belmondo se le llenaron de nuevo los ojos de lágrimas. Carmen, discreta como cada vez que los titanes tenían encontronazos, dejó el teléfono y abrió su laptop para tomar notas.

—Lo sé. Yo te lo conté, si mal no recuerdo. Pero éste es un negocio y tenemos que seguir adelante. Ese hombre era escoria: quiso atacarme, drogaba a sus amigos por diversión y ya no se alimentaba más que por vía nasal o intravenosa. Como comprenderás, no pienso dedicarle mucho tiempo de mi vida a un individuo como ése...

—No era tan malo... —dijo Belmondo, ahogando un sollozo. No era momento de defender lo indefendible, por muy bueno que GoGorila hubiera estado. *Qué penita y qué desperdicio*, se dijo suspirando.

—¿No te das cuenta, Lorna? ¿Eres tan irracional que no te enteras? ¡Ya hay una víctima más de esta columna! Y ya no puede ser casualidad ni una "desafortunada coincidencia". Después de cinco personas ya no. ¡Allí afuera hay algún maniaco que está haciéndole daño a la gente porque piensa que se lo estamos pidiendo!

—No, Helena, no tenemos nada que ver esta vez. El contenido de la revista se acaba de subir esta mañana a la web. Hasta ayer, sólo las seis personas que habían hallado *Étui* sabían quién era el *bloggerfucked*... y cuatro de ellas eran del interior del país.

—¿Y subimos todo el contenido de la revista a pesar de lo que pasó? La gente va a pensar que no tenemos corazón... Habíamos acordado consultarnos todo, Lorna. Pasaste sobre mí para hacer lo que te dio la gana.

—No, Helena: no pasé sobre ti ni nadie. Yo soy la encargada de subir el contenido on line cuando el último *Étui* aparece, cosa que sucedió hoy a las diez de la mañana. Si revisas la cantidad de veces que te llamé, cuántos mensajes y mails te mandé, verás que te lo estaba avisando y te preguntaba si tenías algún problema con ello. No dijiste nada.

—Estaba indispuesta, ya te lo dije...

—Y como una de las últimas discusiones que tuvimos nosotras fue por no ser eficiente como tú, heme aquí: siéndolo. Y antes de que quieras eliminar Bloggerfucker de nuevo, te digo que voy a defenderlo con uñas y...

El timbre de la puerta los sobresaltó y sirvió para calmar los ánimos cada vez más caldeados.

—Salvados por la campana, nunca mejor dicho —dijo Carmen, quien, solícita, fue a abrir y volvió al salón de juntas seguida por Juan Galeana, que también tenía cara de haber descansado poco.

—Buenas tardes a todos.

—Vaya: ésta es la muestra de que una desgracia nunca llega sola —dijo Lorna con un bufido mientras Helena y Belmondo pujaban un desganado *buenas tardes*, más por obligación que por cortesía.

—Ya imaginarán por qué estoy aquí.

—Señor Galeana, si quiere hablar con cualquier persona de este equipo, tendrá que hacerlo frente a nuestro abogado —dijo Helena poniéndose de pie frente a él.

—Señora Cortez, no se precipite. Le pido que se calme. Nadie los está acusando de nada y, de verdad, sólo necesito hablar con ustedes para echar un poco de luz en este asunto que me trae como loco. ¿Puedo tener una charla amable con usted y su equipo para que nos ayudemos mutuamente? Piense que en el momento en que esto tenga lógica y agarremos al culpable, si es que hay alguno, usted estará libre de todas esas habladurías que cada vez están dañando más su imagen y su negocio.

Galeana tenía razón, y era verdad que esa tarde, mientras iba en camino a la oficina, la idea de ir a la policía había pasado por la cabeza de Helena. Todo estaba volviéndose tan confuso que quizá sí necesitaba a alguien externo con más conocimiento de este tipo de asuntos, que le dijera si en verdad tenía razón para preocuparse.

—Como sabrán, Guillermo Manrique, mejor conocido como GoGorila, fue encontrado muerto ayer en su departamento a causa de una sobredosis.

Belmondo estalló en llanto, y aunque hacía hasta lo imposible por ser discreto, le costaba mucho trabajo contenerse.

Galeana relató cómo el día anterior, los vecinos de GoGorila se quejaron porque, alrededor de las cinco de la tarde, la música que venía de su departamento era muy alta y habían escuchado que se rompían cosas. Llamaron a la policía y cuando los agentes llegaron a su departamento, tuvieron que derribar la puerta al no recibir respuesta después de tocar en repetidas ocasiones. Al entrar, encontraron al chico tendido en el sofá, con la jeringa aún en el brazo y ya sin vida. Belmondo no pudo contenerse más y estalló en sollozos, y como si fuera contagioso, también lo hizo Carmen. A Helena, a pesar de su usual fortaleza, los ojos se le humedecieron también: qué pena de verdad que el chico hubiera terminado así, por mucho que él se lo hubiera buscado.

—Una sobredosis, señor Galeana. ¿Y qué pitos tocamos nosotros en ese tema? —dijo Lorna, que era la más compuesta del equipo.

—Aún no lo sé, pero hay varias cosas que me inquietan, señora Lira. Por ejemplo, que esta mañana haya aparecido el Bloggerfucker que, oh casualidad, estaba dedicado a él. Luego, que la droga que mató a Manrique, o GoGorila, como quieran llamarlo, era de una clase muy rara, muy experimental, que no puede hallarse en cualquier sitio. Digamos que sólo tiene acceso a ella gente de alto poder adquisitivo. Es una droga muy *fashion*, por llamarla de alguna manera.

—Y sugiere que nosotras se la dimos... —dijo Helena.

—Una vez más, no sugiero nada. Expongo hechos y hago preguntas que espero me ayuden a responder. Quitando de la mesa la posibilidad de que ustedes se la hubieran dado, quizá puedan saber quién pudo haberlo hecho.

—Bueno —dijo Belmondo titubeando—, hace unos días él se acercó a mí para preguntarme si conocía alguien que pudiera venderle algo de droga. Yo le dije que no tenía ni idea —y discretísimamente se limpió las manos en el pantalón porque le sudaban como una regadera.

—¿Y qué le hizo pensar que usted sabía eso, señor...?

—Belmondo. A secas. Como Cher.

—Bien, señor Belmondo como Cher...

—No lo sé... quizá porque soy gay y salgo mucho de noche. Y sí, he visto que la gente se droga, pero la verdad es que no es lo mío. Por eso no pude ayudarle. Pero por el ambiente donde él se movía, no dudo de que pudiera encontrar a alguien que le diera lo que estaba buscando.

—Revisamos los videos de seguridad de su edificio y vimos que alrededor de las cuatro entró un repartidor de pizza.

—Vaya, pues a lo mejor le llevó algo más que una hawaiana. No sería el primer repartidor *multitasking* que conozco —dijo Lorna.

—Podría ser. Lo curioso es que al mismo tiempo entró al edificio una persona que no puede distinguirse bien porque el repartidor de pizza se interpone entre él y la cámara. Lo único que alcanza a verse son sus piernas: llevaba unos jeans como cualquier otros… y unos tenis de Gucci, de esos que tienen los talones de color diferente.

—Señor Galeana, está usted describiendo a la mitad de las personas que siguen la moda. Esos tenis los tiene medio mundo —dijo Lorna.

—Eso me temo, sí. Y también me temo que esa persona haya sido la que le llevó la droga a GoGorila… pero también, quien estuvo con él a la hora de su muerte.

Helena sintió que la sangre se le helaba. Se sintió un silencio que podía cortarse con cuchillo.

—Pero, si murió de una sobredosis, ¿por qué esa persona que estaba con él no lo ayudó cuando vio que se ponía mal? ¿Por qué no llamó a una ambulancia? —dijo Helena.

—Porque si era un traficante de idiota se embarra en ese asunto. Se lo hubieran llevado a la cárcel —dijo Carmen por primera vez en toda la tarde. No hablaba mucho, pero cuando lo hacía solía ser bastante certera.

—O fue esa persona quien le inyectó la droga… —dijo Helena.

—También pensé en esa posibilidad, pero en la jeringa no había más huellas que las de GoGorila —apuntó Galeana.

—Mi pregunta es: ¿por qué si sólo iba a entregarle droga se quedó tanto tiempo? —dijo Lorna.

—Ésa es también nuestra pregunta, señora Lira. Los videos de seguridad muestran que a las seis quince de la tarde, esa persona salió de nuevo… pero cubriéndose la cara con una revista de moda. Se acerca hasta la cámara y la desvía hacia el techo. Miren: es ésta.

Y en su celular, Galeana les mostró la revista con la que el presunto asesino de GoGorila se cubría la cara: era el *Harper's Bazaar* de 1995, con la portada de Linda Evangelista. Sí, ese que había hecho famosa a Helena. Lorna y Helena se miraron sin poder decir palabra.

—¿Les suena de algo?

—Sí, agente. Es una de las portadas más importantes de mi carrera. Yo la produje.

—¿Dónde estuvo usted ayer por la tarde? —le dijo Galeana.

—Aquí. No me moví de la oficina más que para ir a cenar con Lorna a eso de las ocho de la noche. Carmen estuvo conmigo hasta las siete.

—Y antes de que me lo pregunte, yo estuve trabajando como modelo todo el día, por la tarde estuve con mi hijo y llegué aquí a las ocho. Y sí, no ponga esa cara de sorpresa. Tengo un hijo y trabajo como modelo. A mí también me cuesta trabajo creerlo.

—¿Usted, Belmondo como Cher?

—En una sesión de fotos para el próximo número —dijo con voz llorosa—. Discúlpeme, oficial, pero GoGo era mi amigo y todo esto me pone muy nervioso.

—No se preocupe —respondió Galeana, extendiéndole su pañuelo.

Lorna lo miró y sintió que había vuelto cincuenta años en el tiempo. No veía un pañuelo de tela desde que usaba los de su padre para ponérselos de pañal a sus muñecas.

—En fin, señoras y señor. Está por demás que les pida que, si saben algo, me lo informen de inmediato. Y ahora sí, les pediré como favor especial que suspendan su columna de Bloggerfucker hasta nuevo aviso. Quiero apelar a su buena conciencia en lugar de usar la ley contra ustedes...

—¿La ley? ¿Para qué, disculpe? ¿Para cerrar nuestra revista? —preguntó Lorna.

—Dije que no la quiero usar —puntualizó Galeana.

—Tan bien que íbamos, y al final le gana el gallito macho que lleva dentro, Galeana. Qué ley ni qué la mamá del muerto...

Carmen ahogó una risa.

—En el minuto en que usted descubra que cualquiera de los que estamos aquí somos criminales, podrá usted aplicar la ley y hasta llamar a la Santa Inquisición. Pero mientras eso no suceda, nosotras podemos seguir haciendo nuestro trabajo como mejor nos parezca. No puede impedirnos nada.

—Era una sugerencia —dijo Galeana.

—Pues aquí va otra. ¿Por qué no se larga? Y la próxima vez que quiera hablar con nosotros, lo hará frente un abogado, punto final. Ya me llenó usted el buche de piedritas. Y con mucho gusto, si sabemos algo que pueda serle útil, se lo informaremos.

Galeana masculló furioso una despedida y salió de la oficina. No sabía bien a bien si Lorna tenía conocimiento de leyes o si simplemente era una cabrona con la que más valía no meterse. Estaba llegando a la puerta cuando un brazo lo detuvo.

—Oficial, tenga, muchas gracias— dijo Belmondo extendiéndole su pañuelo.

—Puedes quedártelo. Tengo muchos.

—Gracias —dijo Belmondo, guardando el pañuelo como si fuera una prenda de amor de su caballero.

—Oye, chico, si llegaras a enterarte de algo más, por favor llámame. Yo sé que tú quieres que atrapemos al culpable de la muerte de tus amigos, ¿verdad?

—Sí, nada me haría más feliz. Y podría dormir tranquilo. Tengo tanto miedo desde que todo esto está pasando…

—Oye, una pregunta. Hoy se subió *Étui* a las redes al mediodía, ¿verdad?

—Sí, así es.

—Y hasta ayer en la tarde, sólo las primeras seis personas que encontraron la revista sabían de quién trataba el Bloggerfucker, ¿tengo razón?

—Sí…

—Y dime, antes de que la revista se distribuya, ¿quiénes conocen el contenido?, ¿muchas personas?

—No, por supuesto que no. Es súper privado. Los únicos que sabemos lo que habrá en la revista antes de que se publique somos nosotros cuatro. Nadie más.

—O sea que sólo ustedes cuatro sabían que el quinto sujeto de Bloggerfucker era GoGorila.

—Sí... —dijo Belmondo titubeante.

—Gracias. Supongo que nos encontraremos muy pronto.

—Eres una hija de la rechingada, Victoria. Lo que hiciste no tiene madre, en serio.

—Vamos a ver, Juan, tú sabías que estaba preparando este artículo y que tenía intención de publicarlo...

—Sí, pero quedamos en que me ibas a enseñar primero el texto para que viera si la investigación me comprometía en algún punto. ¡Alicia Serrano me acaba de hablar llorando para que le mande protección policial porque dijiste en tu puto artículo que estaba en San Bernardo!

—Pero no dije en qué parte de San Bernardo...

—¡No jodas, Alicia, es un pueblo de tres mil habitantes!

—Creo que estás exagerando un poco. Sólo estoy contando una historia con un punto de vista editorial: el mío. Lo que documento son hechos y la mayoría de ellos los recabé hablando con testigos. Tampoco te hagas ahora el afectado...

Pero lo malo no era lo que Alicia había reunido en sus entrevistas; lo jodido del asunto era que había publicado en su artículo muchos datos que formaban parte del secreto de sumario de la investigación, a los que había tenido acceso gracias a él. Galeana estaba desencajado porque estaba seguro de que, si había un puto asesino matando bloggers de moda ahí afuera, ahora estaba al tanto de lo que sabían de él o ella, y sería mucho más difícil de atrapar. Pero no estaba claro sobre qué lo ponía más furioso: la gritiza que le había puesto su jefe esa mañana al leer el artículo de Zavala en *La República* y la amenaza de perder su trabajo si esto comprometía la investigación, o el ser tan extremadamente pendejo para haberse dejado enredar por una mujer buenota que sólo lo había usado para sacarle cuanta información había querido. *Pendejo, pendejo, pendejo*, se decía una y otra vez.

—Relax, cariño, en verdad. Ya lo hablamos hoy en la tarde que vaya a tu casa...

—Victoria: vete a chingar a tu madre. No te quiero volver a ver en mi vida —y le colgó el teléfono.

Galeana se dejó caer en su silla y, apoyándose en su escritorio, escondió la cara entre las manos. Aspiró hondo y percibió el aroma de su propio perfume, cosa que siempre lo calmaba. ¿Qué jodidos les pasaba a las mujeres con las que trataba últimamente? Parecía que el feminismo las estaba convirtiendo a todas en una panda de cabronas. Lorna Lira, la mayor de ellas. Lo sacaba absolutamente de quicio, aunque había algo en ella que le gustaba: que no le tenía miedo, ni a él ni a nadie. Había pensado mucho en ella desde que las había ido a ver a la oficina de *Étui* días atrás. Se preguntaba hasta dónde podía llegar con ese carácter tan bronco, lo que sería capaz de hacer. Claro está que también estaba Helena, con suavidad de terciopelo, pero con esas agallas que la hacían indestructible. *Cuídate de las aguas tranquilas*, pensó. Tomó el periódico que tenía sobre el escritorio para releer el artículo de su ahora ex —*pendejo, pendejo, pendejo*— y hacer un poco de recuento de daños.

El encabezado del artículo era "Víctimas de la moda", título que hasta a él le parecía chabacano. "Si dice que perfumarse mucho es de nacos, escribir con lugares comunes mucho más", dijo entre dientes mientras lo releía. La foto que acompañaba la nota, casi de media página, no podía ser más oportuna: se trataba de un viejo retrato que una revista experimental había hecho de Helena caracterizada como Medusa, en donde aparecía, triunfante, clavando el tacón finísimo de su *stiletto* en el corazón de un Perseo que yacía petrificado en el suelo. Suspiró y releyó:

Mi charla con Alicia Serrano transcurrió entre café y galletas, las mejores de todo San Bernardo, según nos hizo saber... Adolfo Narváez había tenido trato incluso íntimo con casi todas las víctimas... "Las mensajeras de la muerte", como son llamadas en las redes Helena Cortez y Lorna Lira. tienen todos los motivos del mundo para quitar de en medio a la gente más joven que les roba oportunidades profesionales... y no hay casualidades en los decesos de los bloggers de moda víctimas de la malintencionada columna Bloggerfucker: una H gigante que cae misteriosa y casualmente en Esteban Pérez, cera en los escalones por donde tenía que pasar Claudine Cole, un micrófono aparentemente arreglado para electrocutar a Wendy Wong y una misteriosa droga desconocida que mata a Guillermo Manrique, alias GoGorila. ¿Es acaso Bloggerfucker una maldición que no podemos controlar? ¿O se trata de una lista que invita a una depuración de raíz en el mundo de la moda... y alguien se está encargando de ejecutarla? Esperemos que la policía haga pronto algo al respecto.

—No sé cómo pude haberme tirado a una mujer que escribe tan mal —dijo por lo bajo mientras el coraje le regresaba. Un murmullo a su alrededor lo sacó de sus meditaciones.

—Galeana, te buscan —le dijo uno de sus compañeros a viva voz.

Cabezas girando, murmullos, alguna risa y hasta un silbido fueron el preludio a su llegada. Era Helena, con un vestido de lana azul marino de Oscar de la Renta, zapatos blancos de tacón y un collar de Bulgari. Nunca había ido antes a una comisaría de policía, así que se puso lo que creyó más adecuado.

—Señora Cortez, ¿qué hace aquí?

—Buenas tardes, agente Galeana. Necesito hablar con usted.

El escritorio de Galeana estaba en una gran oficina rodeado por los de sus compañeros, quienes siempre estaban metiendo las narices en todo, menos en sus propios casos. "Por eso el índice de violencia no disminuye en el país, inútiles", les decía cada vez que los sorprendía perdiendo el tiempo. Por ello, se puso de pie de inmediato y llevó a Helena a una sala de juntas al fondo de la comisaría, donde pudieran hablar en privado. No quería tener a esa banda de subnormales haciendo bromas estúpidas: ya había escarmentado con Victoria Zavala.

—Siéntese —dijo, mientras encendía la luz. Uno de los tubos de neón chisporroteaba dando una iluminación un poco perturbadora. Subió a una silla y dándole un zapatazo logró que dejara de parpadear—. Listo, arreglado —repuso satisfecho.

—Me gustaría también poder arreglar mis problemas golpeándolos con mis Manolos, agente —dijo tratando de romper la tensión.

—Dígame, Helena, ¿a qué debo su visita? ¿Algo que quiera compartir conmigo?

—No lo sé realmente, pero necesitaba hablar con usted. Este asunto no me deja tranquila y encima, con el artículo que salió en *La República*, siento que ya no tengo para dónde correr. Esta chica, Victoria Zavala, es una perfecta idiota. Como no accedimos ni Lorna ni yo a darle una entrevista, dice cosas muy malintencionadas de nosotras. Nos culpa de todo.

—Sí, es una idiota, estoy de acuerdo con usted —dijo mientras, como un mantra, en su cabeza se repetía el *pendejo, pendejo, pendejo*—. Pero la verdad es que no las culpa, sería muy grave que lo hiciera sin tener pruebas.

—Pero nos responsabiliza, que es peor. Somos la mano que está guiando a un asesino.

—Aún desconocemos si haya alguno, señora Cortez. Esta investigación tiene montones de cabos sueltos. Desafortunadamente, ese artículo es poco oportuno, porque revela cosas que no quería que se supieran aún. Pero está hecho, así que tenemos que averiguar, con más cautela ahora, quién puede estar detrás de todo esto.

Helena bajó la mirada y dos lagrimones asomaron en sus ojos. Se mordió el labio y jugó nerviosamente con sus manos sobre la mesa. Galeana sacó su pañuelo y se lo ofreció a

Helena, mientras iba hasta el garrafón de agua para servirle un vaso. Ella bebió un par de sorbos y trató de recomponerse.

—Vine a verlo porque tengo miedo y creo que hay algo que usted debería saber.

El día anterior, Helena se había quedado sola en la oficina a trabajar, cosa que cada vez le gustaba menos. Por lo general, si tenía que hacer cosas y no había nadie con ella, prefería irse a su casa y trabajar desde allí. Pero esa tarde se entretuvo tanto que prefirió quedarse. Estaba yéndose, cuando oyó la puerta de la oficina: era Jimmy, que venía a buscar a su madre para llevarla a cenar. Mientras la esperaban, comenzaron a charlar y salió el tema de los famosos videos de las cámaras de vigilancia. Jimmy, hijo de tigre pintito, no pudo evitar decirle: "Ya ni la chingas, tía Helena", por haber pensado que su madre había hecho un videomontaje sobre Adolfo. Sí, estaba muy avergonzada por haber dudado de Lorna y de él, claro, por la parte que le tocaba al ser el informático. Él la invitó a cenar con ellos, pero Helena estaba molida y esperaba poder dormir bien esa noche. Ya se había despedido e iba camino a la puerta cuando vio algo que la detuvo: el chico sacaba de su mochila un par de tenis Gucci... de los que tienen los talones de diferente color. "Los olvidó mi mamá en la casa la otra tarde", dijo, mientras los ponía sobre el escritorio de Lorna. Helena, que ahora desconfiaba hasta de su sombra, quiso dejar pasar de largo el asunto... pero no pudo. Necesitaba preguntarle a Jimmy a qué tarde se refería.

—La tarde en que GoGorila murió por la sobredosis —dijo Galeana.

Helena volvió a sentir que los ojos se le rasaban de lágrimas. Nunca había sido una mujer que llorara, ni siquiera cuando murió su padre al que adoraba. Su madre, fallecida también hacía años, alguna vez le dijo: "¿Sabes qué es lo que suele pasarle a las personas como tú? Que todas las lágrimas que guardaron a lo largo de su vida, un buen día escapan de golpe. No hay que llorar cuando se quiere, hay que llorar cuando se debe". Y parecía que aquella predicción, como sucede a menudo con los vaticinios maternos, estaba sucediendo ahora.

—Sí —dijo Helena—. Ella me aseguró que había estado toda la tarde con su hijo, pero él me dijo que ella llegó a las siete, se cambió de zapatos y le dio los videos de vigilancia que había ido a buscar. Yo la vi a las ocho en la oficina y de ahí nos fuimos a cenar.

—¿Videos de vigilancia?

—Sí, de la oficina y su casa. Tiene la paranoia de que el hombre con quien salgo nos va a sabotear la revista. Pero no hay nada en esos videos que lo pruebe.

—¿Cree usted que puedo tener acceso a ellos?

—Tendría que pedírselo a Jimmy. Él controla ese asunto.

Por momentos, parecía que Helena fuera a desvanecerse. Galeana, que la miraba inquisitivamente, se percató de su sinceridad y de que el temor mezclado con pena era verdadero. Helena no estaba fingiendo.

—O sea que antes de ver esa tarde a su hijo, ella estuvo en otro lugar...

—Sí, trabajando con la gente de Statement Cosmetics. Pero llamé a la chica responsable, Lu Moreno, y me dijo que Lorna había salido del evento a las tres de la tarde.

—O sea que de tres a siete, no sabemos dónde haya estado la señora Lira...

Helena movió la cabeza negativamente y se sintió una mierda gigantesca. No podía creer lo que estaba sucediendo: estaba ahí, en una comisaría de policía, insinuando que su amiga de toda la vida, su hermana, su cómplice... era la posible responsable de un asesinato. No gesticulaba, no se movía ya casi, pero de sus ojos no cesaba de salir esa cascada de llanto que parecía venirle de lo más hondo. No, no podía creerlo, pero necesitaba estar segura de que su amiga, la única, a la que más quería, no había hecho daño a nadie. Y si lo había hecho, debía evitar que continuara haciéndolo.

—Helena, tengo que decirle algo. He investigado bastante

sobre este tema y he encontrado ciertas cosas que me han llamado la atención. El día de la muerte de Esteban Pérez había una lista de invitados a la fiesta de H&M y Lorna estaba en ella.

—Me dijo que había recibido invitación, pero que no pensaba ir...

—Fue —dijo Galeana, extendiendo la copia de un papel—. ¿Reconoce su firma? Éste es el registro de su entrada.

Sí, era su firma. Helena tenía ya la garganta cerrada.

—El día que Claudine Cole se cayó de las escaleras...

—Esa noche ella estuvo conmigo, oficial. Lo aseguro y hasta tenemos una foto juntas —dijo Helena casi ahogada.

—En la noche sí, pero esa tarde la señora Lira comió en el restaurante donde horas más tarde se haría la fiesta para Esteban Pérez... y donde Claudine sería la madrina.

Helena no podía decir nada más. La sensación de ser una basura aumentaba por minutos.

—No estoy segura de nada, no quiero acusar a nadie, pero me parecía importante que usted supiera todo esto. No quiero que más gente salga lastimada, agente Galeana. No quiero cargar con ese peso en mi vida.

—No podemos acusar a nadie porque no hay pruebas contundentes. ¿Que si Lorna puede ser una sospechosa importante? Sí, lo es. Pero no tenemos un arma, huellas digitales... nada. En casa de GoGorila tampoco hallamos nada: en la jeringa de la droga sólo estaban sus huellas, ya les dije cuando las visité en su oficina. Tenemos que darle un giro a la investigación, dar el siguiente paso, y usted puede ser de gran ayuda.

—¿Yo?

—Sí. ¿Ya decidió quién es el sexto *bloggerfucker*?

17

No poder usar tacones en dos años es lo mismo que estar muerta

Helena Cortez   Lorna Lira

*tienen el placer de invitarle a celebrar
el número 6 de la revista Étui con una Neon Night
Lugar: Casa Blanca, Independencia 1000
Hora: 19:30
Día: Noviembre 12
Dress Code: Black & White & Neon
RSVP: Carmen/Belmondo etui@etui.com*

La Carola había recibido la invitación esa mañana mientras desayunaba. Después de leerla por segunda vez, la dejó al lado de la taza de café, panecillo y su ración matinal de hormonas. Volvió a tomarla para escrutar esas letras doradas grabadas a calor e impresas en un papel exquisito. No sabía qué pensar. ¿Hasta dónde quería llegar esa mujer? ¿Era cínica o extremadamente inteligente? Tal parecía que Helena estaba montándose en la cresta de esa ola de escándalo de moda y crimen que la tenía en la mira del país entero. Y el artículo sobre Blogger-fucker que apareció en *La República* no hizo sino agrandar aún más el fenómeno. Nunca antes se había hablado tanto de una revista de moda y de una editora; vamos, que ni la Wintour era tan famosa en estos lares como Helena Cortez y su compinche Lorna Lira. Eran como la Velma y Roxie de *Chicago*, pero en el mundo fashion. Había una parte de La Carola que sentía admiración por ella, pero al girar la cabeza y ver sobre la televisión esa foto que les habían tomado en una cena hacía escasamente un año, donde estaba todo el grupo de bloggers, sintió una punzadita de pena. Tres de ellos ya no estaban y, de una forma u otra, la culpa la tenían esas dos señoras que ahora eran casi rock stars. Entonces, su teléfono vibró. Era… ¿Lilian?

—¿Hola? —contestó La Carola, extrañadísima de recibir una llamada suya. Nunca antes lo había hecho.

—Carola, soy Lilian —dijo.

—Sí, ya vi —dijo aún extrañada.

—Te llamo porque quería preguntarte si recibiste una invitación para la fiesta de *Étui*…

—Sí, hace un ratito…

—Pues parece que nos invitó a todos, la muy descarada.

—Aún no entiendo qué diablos quiere…

—Burlarse de nosotros, qué más. Y salirse con la suya.

—No sé, corazón. Quizá sea una ofrenda de paz…

—A esta mujer le gusta tanto la paz como a mí Zara, mamacita. Aquí hay gato encerrado. A lo mejor nos quiere envenenar a todos con los canapés.

—Entonces estás a salvo, porque jamás comes canapés —dijo La Carola, y ambas rieron con una risa tonta.

—Ya hablé con Dumb y Dumber, con Willy…

—¿Con Dumb y…?

—Sí, mujer, con las Igualitas, como si no supieras que las llamamos así…

—No quisiera saber cómo me llaman a mí…

—No, darling, no quieres saberlo. Pero eso no importa ahora.

Tenemos que hacer frente común los pocos que quedamos del grupo original, primero para cuidarnos entre nosotros y luego para encarar a esta pinche vieja o quien sea que esté ejecutando sus mandatos.

—Ay, Lilian, qué dramática...

—Ya se murieron Esteban, Wendy y GoGo, y Claudine no podrá usar tacones en dos años, que es lo mismo que estar muerta. ¿Sigues creyendo que soy dramática?

—Retiro lo dicho. ¿O sea que vamos a ir a la fiesta de *Étui*?

—Por supuesto, no me perdería por nada en el mundo la oportunidad de insultar a Maggie Smith y Judy Dench...

—¿A...?

—Ay, por Dios, Carolina. ¡Hoy estás de un lento! ¡A Helena y Lorna, por Dios santo!

—Ya, ya. Perdón. Sí, estoy como atarantada. Pues nada: a buscar entonces algo neón que ponerme para la fiestecita...

—Yo tengo un vestido rosa flúor de Courrèges que ya no me pongo y que a ti te quedará divino con tu tono de piel. Ven a mi casa en la tarde para que te lo pruebes...

Y en eso quedaron. La verdad es que La Carola estaba sorprendida de cómo la desgracia había humanizado a Lilian, que incluso estaba siendo amistosa con ella. La sola idea... le daba un poquito de escalofrío.

Desde el día anterior a la fiesta, Helena se había instalado en un pequeño estudio en el segundo piso de Casa Blanca, desde donde a ratos trabajaba en asuntos de la revista y el resto del tiempo coordinaba personalmente los pormenores del evento. Había sido una gran suerte que Ricardo Redondo estuviera lanzando Pelle, una nueva marca italiana de chaquetas de piel y se ofreciera a patrocinar la fiesta a cambio de hacer un mini *fashion show* como parte del *happening*. A Juan Galeana la idea de incluir a alguien extra en la organización no le hizo ninguna gracia, porque significaba que más gente tenía que saber cuál era la verdadera finalidad del festejo. No obstante, Helena lo convenció de aceptar al prometerle que ella se haría cargo de lidiar con Ricardo sin necesidad de decirle nada que pudiera comprometer *el plan*. Helena sabía que implicar a más personas en la organización era riesgoso, pero para montar una fiesta como aquélla hacía falta dinero y necesitaba el patrocinio de Ricardo, así que le ofreció que Belmondo se haría cargo del desfile, sin costo extra, y que él sólo tenía que presentarse a la fiesta como un invitado más. Pragmático hombre de negocios, se sintió feliz de que le quitaran esa carga de encima: de hecho, su filosofía era arrojar dinero sobre los problemas para hacerlos desaparecer. Ojalá Helena pudiera hacer lo mismo con los suyos. Estando en la parte más álgida de una enardecida discusión telefónica con la gente del catering, un golpazo de música pop que retumbó en el aire de repente hizo que Helena pegara un brinco y saliera precipitada del estudio. Se asomó por el barandal y vio, en el piso de abajo, a Belmondo ensayando con los modelos para el show de esa noche.

—Bel, cariño, yo sé que estás trabajando, pero ¿no podrías bajarle un poco a la música? Estoy en medio de una llamada importante.

—¿Por qué no cierras la puerta? Así ya no escucharás nada. Recuerda que el estudio está…

—No quiero cerrar la puerta. Quiero que bajes el volumen de la música, por favor.

—Sí, Helena, disculpa, ya la bajo— dijo Belmondo, con el rabo entre las patas.

Desde arriba, pudo ver lo majestuoso de aquella casona, de techos altos y ventanas gigantescas. Ya no se hacían casas así. Lupe Bellman, una vieja diva de la canción de los años cuarenta, se la había mandado hacer con todo el dinero que le había sacado a su amante, el presidente de la República, nada menos. Originalmente decorada con el barroquismo y exceso naturales en una artista de mediados del siglo pasado, ahora estaba semivacía, con aire minimalista, decorada con muebles de Stark y obras de arte grandilocuentes, todas en color blanco. El nieto de la cantante, un junior bueno para nada, había dilapidado la fortuna de la familia en fiestas, drogas y mujeres, y cuando se vio ahogado por las deudas, vendió la casa a un coleccionista de arte que la había convertido en una galería-hotel de extra lujo y además la rentaba para eventos exclusivos, como el de aquella noche. Usualmente sólo permitía el acceso a la planta baja, pero Lorna, quien había hecho la negociación para rentarla, logró que pudieran usar el estudio para trabajar en él. Y hablando de la reina de Roma...

—Hola, Elton —dijo Lorna, entrando animada a la casa—. Ya estás ensayando el desfile, qué bien. ¿Has visto a la cara de chanclazo de mi socia?

Belmondo abrió los ojos desmesuradamente y con la cabeza le indicó que Helena estaba justo arriba de ellos, mirándolos desde el barandal del segundo piso. Lorna levantó la cabeza y se topó con la mirada matadora de Helena.

—Ah, sí, ya la vi —le dijo a Belmondo—. Y mírala, ¿a poco no tiene cara de chanclazo? Parece que lleva semanas sin ir al baño... —dijo, mientras subía por las escaleras, envuelta por la risa de las modelos que estaban ensayando.

—Eres una ordinaria —le dijo mientras volvía a meterse al estudio. Lorna entró detrás de ella.

—Nena, de verdad, ¿no puedes reírte un poquito? Tienes un rictus que se te va a quedar ahí para siempre. Te va a caer la edad de chingadazo, *mark my words*...

—No tengo ninguna razón para reírme, Lorna...

—Pues te la buscas, nena. No puedes seguir viviendo así...

—Mira, quizá si te abres la blusa pueda tener un motivo para reírme un poco...

—¡Claro! O si te quitas el maquillaje y te miras en el espejo —le respondió Lorna, hábil como una serpiente.

Y ambas rieron, pero un poco a la fuerza. No era como cuando lloraban a carcajadas y quedaban ahítas después. No, algo pasaba. Lorna pensó que lo mismo podía ser la tensión del evento, o el hecho de que ahora hasta en la calle las reconocían y que había memes, fotos e incluso camisetas con imágenes de ellas que evocaban a Bonny & Clyde, Charles Manson, Hitler, Cruella de Vil, el Chapo Guzmán o algunos de los personajes más sangrientos de *Game of Thrones*. Lorna *decidió* encontrar aquello divertido y no tomarlo en serio, quizá porque si lo hacía se daba un tiro. Sí: ahora sí le pesaban las tres muertes de personas inocentes a causa, muy probablemente, de Bloggerfucker. Finalmente había dejado de creer que aquello era una casualidad. Por supuesto que no lo era. Ni madres: había un puto loco ahí afuera esperando el momento en que ellas dijeran quién era la escoria en el mundo de la moda para eliminarla. Por eso habían planeado lo de esa noche. Y no podía mentirse a sí misma: también tenía miedo.

—¿Trajiste la ropa que te vas a poner para la fiesta? —le preguntó Helena.

—No, voy a ir a cambiarme a casa. Al fin que no tengo mucho que hacer aquí. Tú y Belmondo se encargaron de todo, sólo vine a ver si todo iba bien y si no me necesitaban para algo…

—No, cariño, todo está fluyendo a la perfección. El catering llega en dos horas, Belmondo está terminando de ensayar, van a empezar a maquillar a las modelos y parece que Galeana y sus agentes también lo tienen todo controlado.

—Perfecto. ¿Cómo te sientes, nerviosa? ¿Quieres un Lexotan?

—No, ya sabes que los calmantes me hacen justo el efecto contrario. Y claro que estoy nerviosa, Lorna. Lo de hoy no es un juego.

—Yo sé que no. Y admiro tus cojones, de verdad. Pero todo va a salir bien, ya verás.

—Y si no sale bien, por lo menos dejaré de sentirme así de mal y con este peso encima.

Lorna se aproximó a ella y le dio un abrazo largo, pero notó que Helena se resistía, que estaba crispada. Era mejor dejarla sola.

—Bueno, con gusto me quedaba un rato más en este lugar que me trae tan buenos recuerdos de las fiestas con Manolo, pero tengo que irme. Te veo en un ratito.

Helena se quedó sola en el estudio y no pudo evitar, una vez más, que una lágrima brotara al ver a su amiga alejarse. No quería creer que ella tuviera algo que ver con todo aquel asunto del Bloggerfucker. No quería ni podía. Pero con un poco de suerte, mala en todo caso, eso lo sabría muy pronto.

La luz de los múltiples reflectores que alumbraban la casa y se movían de un lado a otro parecía tocar el cielo negro. Era un espectáculo digno de una premier en Los Ángeles. Cuando Lorna descendió del coche escoltada por Jimmy y miró hacia lo alto, exclamó: "Ahora sí que nos pasamos de lanza". Ambos llevaban él mismo traje masculino en color amarillo flúor que les había hecho Pura Campos a medida: Jimmy con una camiseta blanca debajo y Lorna con un enorme collar de cristales azul eléctrico. Caminaron hasta la entrada de Casa Blanca donde dos modelos, chica y chico, vestían ella un traje masculino en verde neón y él, una falda larga línea A en rosa neón y el torso descubierto.

—Bienvenidos a la Neon Night de *Étui* —dijeron al unísono.

—Todavía no puedo creer que haya gente que se gane la vida haciendo eso —dijo Jimmy a Lorna refiriéndose a los modelos, mientras entraban al gran salón.

—Y muy bien ganada. Te apuesto que el chico de la falda gana más en una noche por enseñar las chichis de lo que tú en un mes con tus computadoras. Ya podías seguir su ejemplo y retirar a tu pobre madre.

—A ti no te van a retirar ni mis chichis ni nadie. Eres imparable —le dijo, dándole un achuchón que le arrancó una sonrisa.

—Conque imparable —le dijo Juan Galeana, acercándose a ellos para saludarlos.

—Sí, agente. Hasta ahora, nada ha podido detenerme —dijo Lorna, extendiendo la mano.

—Tú debes ser el famoso Jimmy.

—Jaime, por favor. Sólo la pesada de mi madre y Helena me llaman así. Jaime Lira.

—Muy bien, Jaime. ¿Usas el apellido de tu madre por alguna razón? ¿Complejo de Edipo? —dijo Galeana con una risa.

—¿Ya vamos a empezar a pelear tan temprano, Galeana? ¿No se da cuenta de que sus bromas son absolutamente carentes de humor y tremendamente estúpidas? ¿Dónde aprendió usted a socializar?

—Tiene razón, Lorna, lo siento. Es verdad, soy muy torpe para las charlas de salón. Ojalá en la academia de policía nos enseñaran un poco de destreza social: la gente nos toleraría más.

—Ma, no seas panchera, en serio... Uso el apellido de mi madre porque me gusta más que el paterno, agente. Y entiendo la broma, créame. Lorna es el prototipo de la madre emasculadora. ¡Au! —dijo al recibir el zape de su madre en la cabeza.

Las luces del lugar parpadearon por un momento. Helena bajaba entonces, majestuosa, por las escaleras del salón con un vestido vintage de Thierry Mugler hasta la rodilla, de cuello redondo y manga larga en color blanco, con una media cola en color verde neón. Llevaba el cabello recogido y unos aretes de acrílico transparente con cristales en forma de gota. Galeana la miró bajar y entonces supo lo que era la llegada de una estrella.

—Buenas noches —dijo a todos y a nadie—. ¿Alguien sabe por qué la luz está dando esos bajones? ¿Dónde demonios está Belmondo?

—Ya voy yo a buscarlo —dijo Jimmy, que justo necesitaba un pretexto para largarse de ahí.

—Te ves espectacular, nena —le dijo Lorna, dándole un beso en la mejilla.

—Gracias, cariño, tú también. Y Jimmy. Qué bueno que vino.

Galeana las miró esperando que le lanzaran hueso: después de todo, él también se había esforzado para vestirse de acuerdo con la ocasión y había ido a Zara a buscarse una camisa amarillo neón para ponérsela con su traje negro; de hecho, el único que tenía. Y no se perfumó en exceso: ya estaba aprendiendo.

—Usted también, mi comandante. Hasta se ve guapo, vamos —le dijo Lorna guiñándole un ojo—. Están comenzando a llegar los invitados, voy a ir un momento a la entrada para recibirlos.

Helena la miró alejarse y se le hizo un nudo en la garganta. Por un instante sintió que todo era normal y que aquélla no era sino otra fiesta de las muchas que habían compartido. Suspiró profundamente.

—Sé lo que está pensando, Helena. Y debo decirle que si no fuera policía, también me costaría trabajo creerlo. Pensé que en los videos de vigilancia de la casa encontraría algo, pero no.

—¿Me estabas buscando, Helena? —dijo Belmondo, casi aterrizando al lado de ella.

—¿Sabes qué demonios sucede con la luz y por qué da esos bajones desde hace rato?

—Porque la gente de montaje no trajo planta propia y los reflectores están conectados a la corriente de la propia casa... De hecho tuvimos un pequeño apagón, pero fui corriendo a buscar una linterna en caso de...

—¿Qué demonios estás diciendo? —dijo Helena desorbitando los ojos—. ¡Eso puede tronar los fusibles en cualquier momento! ¿Es que acaso no piensas, Belmondo? ¡Utiliza la cabeza para algo más que para coordinarte ropa, por Dios santo!

—Ya les pedí que trajeran una planta de luz, no sé por qué tardan tanto. Voy a checarlo... —dijo, mientras se alejaba absolutamente mortificado.

—Helena... ¿había necesidad de que le hablara así al chico? Todo mundo está nervioso, póngase en sus zapatos... —dijo Galeana.

—Mire, agente: no ha nacido la persona que me diga cómo debo tratar a mi equipo. En este negocio estamos siempre en presión constante y la ineptitud no es recompensada con buenas formas, lo siento mucho. Y ya quisiera yo que cualquiera de ustedes se pusiera en mis zapatos esta noche. Cualquiera. Aquí la única que está en peligro soy yo...

—Nadie está en peligro. Hemos tomado medidas...

—Sí, sí. Ya sé. Pero la carnada soy yo, no lo olvide.

Galeana no quiso estresarla más, y con el pesado silencio que sobrevino, se percató de que se había quedado sin tema de conversación. Parecía que Lorna tenía toda la razón en lo referente a sus habilidades para socializar: eran casi inexistentes. Por fortuna, vio cómo se aproximaba a ellos una mujer a la que sus dotes de conversador la tenían sin cuidado. Qué alivio.

—¡Oficial Galeana! ¡Cuánto tiempo! Qué bien le queda esa camisa neón. ¿Es de Givenchy?

—Buenas noches, Claudia —dijo Helena—. Bienvenida.

Claudine hizo como si no la hubiera escuchado.

—O quizás es de Valentino. *Anyway*. Le queda preciosa. ¡Ah, Helena, aquí estás, no te había visto! —dijo con un tono absolutamente fingido.

—Pero sí la acaba de saludar... —dijo Galeana sin entender el jueguito que se traían aquellas dos.

—No, quizá se dirigía a alguien más, porque mi nombre es Claudine. En fin, gracias por invitarnos, Helena. Qué chula la fiestecita, ¿eh?

Helena sintió como si le hicieran la depilación brasileña... pero lentamente. Respiró profundo y decidió que esa noche tenía cosas más importantes en la cabeza que responder como se merecía a esa subnormal.

—Me alegro que te guste. Veo que ya estás mejor de la pierna.

—Mejor, sí. Sin poder usar tacones, pero mejor eso que muerta, ¿verdad? Y bueno, gracias a Dios y a Miu Miu que sacó estos tenis de súper plataforma con pedrería que me hacen sentir en las alturas, como debe ser. Esto de ir al ras del piso es para las... bueno, no es para mí, vamos.

Adolfo llegó y Helena casi dio gracias al cielo en voz alta. Un minuto más a solas con Claudine y hubiera sido ella quien terminara lo que el asesino dejó a medias.

—Buenas noches. Espectacular ubicación, espectaculares tus invitados. Felicidades, Helena: lo lograste una vez más. Señor Galeana, qué gusto verle.

—Gracias, Adolfo. Eres muy gentil. Estábamos aquí charlando con tu *plus one*...

—Nada de *plus one*: vine sola e invitada como directora de *Couture* —dijo Claudine, restregando sus palabras a Helena, quien sintió otro jaloncito de la depilación lenta.

—Sí, la gente tiende a malinterpretar todo —dijo Adolfo mirando directamente a Galeana—. De modo que, aunque trabajamos juntos, decidimos venir cada uno por nuestro lado.

—Pero en el caso de ustedes dos no se trata de una malinterpretación, *don Adolfo* —dijo Galeana con coletilla. Estaba aprendiendo rápido el arte de joder sutilmente al prójimo, tan común en ese mundo que odiaba más cada minuto que pasaba.

—Juan, acuérdate de que prometimos tutearnos cuando me viniste a visitar al hospital, dejemos que estos dos *muy viejos* amigos hablen de sus cosas. Vamos por un drink, ¿no? —dijo Claudine tomando a Galeana por el brazo y llevándoselo del grupo.

—En serio no sé cómo puedes trabajar con una persona tan avasalladoramente estúpida —dijo Helena, mientras los miraba alejarse.

Adolfo se empujó de golpe el vaso de ginebra que llevaba en la mano. El alcohol esa noche lo patrocinaba Gina Gin, una marca nueva de Ginebra dirigida al público femenino —de hecho el *Gina* era por *vagina*—, cuya calidad era bastante dudosa, pero que por su imagen fashion y feminista era perfecto para la ocasión. Hizo un gesto grandilocuente al sentir lo agarroso del licor en la garganta, y la pausa a la que se vio obligado por ello le dio tiempo a pensar dos veces antes de salir en defensa de Claudine. Vamos: era Helena. ¿A quién quería engañar? En efecto, ella no sólo era tonta, sino avasalladoramente estúpida. Helena estaba en lo cierto. Y encima, ahora lo tenía amenazado: le habían hecho una oferta para dirigir una nueva revista para millennials llamada *Eléctrica* y, si no le daba más sueldo y una larga lista de beneficios extra, se iría con ellos a final de mes y dejaría descabezada *Couture*. Tuvo el impulso de contarle todo aquello a Helena, pero sabía que ella, por muy empática que pudiera ser, no dudaría nada en hacerle ver que era un gran imbécil. Y sí, lo era, pero con matices: no todo era culpa suya. El idiota de su jefe no entendía razones y estaba emperrado con conservar a la subnormal de Claudine al precio que fuera. Adolfo ya le había ofrecido presentarle algunas amigas para quitarle el enculamiento que tenía con ella, pero no. Nada. Él la quería en AO y al frente de *Couture*. Costara lo que costara. Y mientras Claudine, igual que los caballos en los desfiles, se iba cagando por doquier, Adolfo tenía que ir detrás de ella para limpiarlo. No. No iba a defenderla.

—¿Y por qué celebrar seis meses y no esperar a cumplir un año? —prefirió preguntar Adolfo a Helena para cambiar de tema.

—Extravagancia, querido. Sólo eso. Además, hoy las cosas duran tan poco que hay que celebrar mientras se pueda —respondió Helena dando un sorbo a su copa, para dejarla de inmediato en una mesilla contigua con gesto de asco.

—Pues es una extravagancia costosa. Tuviste muchos patrocinios, ¿verdad?

—Adolfo, es verdad que nos llevamos bien y hasta has comenzado a dejarme de disgustar como individuo. Pero sigues siendo mi competencia, y entre gitanas no se dice la buena fortuna.

Adolfo tomó el vaso que Helena había despreciado y le dio un buen sorbo. La miró, y levantándolo, le sonrió.

—Pues salud por tu fiesta, Helena. Sólo tú logras este tipo de cosas. Criticas sangrientamente a un gremio y luego lo tienes aquí, comiendo de tu mano.

—Querido mío: es la misma historia de siempre. Me extraña que te sorprenda tanto cuando ya llevas años en este negocio. Tú te cargarse mi carrera en AO y míranos: estamos aquí bebiendo una ginebra que sabe a orines como si fuéramos los mejores amigos del mundo.

—¿Y no lo somos?

—No creo, Adolfo. Somos algo inclasificable que puede parecer muchas cosas, pero amigos, no.

—Entonces, tu definición de amigo es Lorna Lira. A ver si no te sale rana.

—Pues mira: tú me saliste sapo, así que no sería la primera vez en mi vida. Te dejo, que tengo que seguir recibiendo invitados. Te busco en un rato...

Helena se alejó de él y a los pocos pasos, Galeana la atajó.

—No le habrá dicho nada de lo que pasará esta noche, ¿verdad?

—Ni una palabra, no se preocupe. Sólo hablábamos del concepto de la amistad.

Eran las ocho y media y el lugar estaba casi a reventar. Entre los invitados de *Étui*, los de Ricardo Redondo y los de León —quien había patrocinado los regalos para los invitados— se había reunido un buen grupo de gente que ya se la estaba pasando de maravilla. Frente a la puerta de Casa Blanca, una limusina rosa neón se estacionaba y fotógrafos corrieron a ver de quién se trataba. Vestido también en neón y negro, el chofer de Lilian bajó a abrirle la puerta para que tuviera una de sus entradas estelares acostumbradas. Al bajar del coche, Lorna la vio y se quedó de piedra. Como de rayo, sacó su teléfono para mandar un mensaje mientras se reía por lo bajo. Detrás de ella, aparecieron La Carola en el Courrèges vintage de Lilian, las Igualitas en vestidos elásticos de Off-White, y Willy con un traje negro de Dior y tenis verde neón de Gucci. Un par de bloggers jóvenes que trataban de colarse a la fiesta los veían con admiración y esperaron que bajaran más personas del coche... pero no sucedió. Ya sólo quedaban ellos.

—¿Qué pasa, cuál es la urgencia? —dijo Helena, llegando sofocada al lado de Lorna, quien sólo señaló a Lilian. Helena no podía creerlo. Sí: llevaban exactamente el mismo vestido. Lilian, que aún no se había percatado de ello, hizo su pasarela rodeada, o más bien seguida, por sus amigos. Iba incluso mandando besitos al aire hasta que, sin darse cuenta, tuvo a Helena de frente.

—¡Pero qué coño! —dijo casi ahogándose.

Los invitados que habían salido a fumar, quienes esperaban a alguien o aún no lograban entrar, empezaron a lanzar risillas de burla y a tomarles fotos con los celulares. Lilian tenía una cara de asco que era un poema. Pero Helena, vieja loba de mar, se acercó y le dijo: "O quitas esa expresión o te van a comer viva. Ríete, porque ya no hay nada que podamos hacer ni tú ni yo". Y dicho esto, se puso junto a ella con su mejor sonrisa y posó para los fotógrafos. Lilian, quien como Lorelei Lee de *Los caballeros las prefieren rubias* era estúpida para las cosas estrictamente necesarias, le siguió la corriente a Helena y posaron juntas para la foto, incluso jugando una con el vestido de la otra. Al final, después de darse mutuamente besitos al aire, Lilian entró a la fiesta con su séquito y Helena volvió con Lorna que radiante la abrazó y felicitó.

—¡Así se hace, nena de mi vida! —le dijo sabiendo que esa foto de ambas con el mismo vestido ayudaría a limpiar la imagen de Helena y a Lilian seguramente le devolvería unos cuantos miles de los seguidores que había perdido. Un *win-win*.

—¿Jugando con la presa antes de devorarla, Helena? —dijo una voz que las hizo girar la cabeza violentamente. Era Victoria Zavala.

—Perdón, pero no recuerdo que la hayamos invitado a esta fiesta, señorita Zavala —dijo Helena sin poder creer el cinismo de esa mujer.

—Vengo a cubrir el evento para el periódico, así que si me permiten... —dijo, intentando pasar por entre ellas.

—No, guapa, aquí no vas a cubrir nada. Si acaso, te cubrirás con maquillaje los moretones que voy a dejarte en la cara si no te largas —le dijo Lorna.

—¿Me está amenazando?

—Por supuesto que sí, y generalmente no sólo amenazo: cumplo lo que digo. Tú y yo tenemos un pollito que comernos: nos vamos a partir la madre como dos hombres —y se aproximó amenazante hacia ella.

Helena detuvo a Lorna de un brazo, pero no había siquiera necesidad: Victoria había salido por pies. Galeana, que llegaba en ese momento, miró a la mujer que se alejaba a toda prisa...

—¿Era Victoria, de *La República*?— preguntó sorprendido.

—La misma —dijo Helena.

—¿Por qué se fue?, ¿qué pasó?

—Que no estaba invitada y no me gusta la gente que se cuela a las fiestas, agente. Así que la persuadí para que se fuera derechito a chingar a su madre —dijo Lorna, sin saber que hasta hacía muy poco Galeana también la había mandado al mismo sitio.

—¿No invitaron a Alicia Serrano? —preguntó curioso Galeana.

—Sí, pero se disculpó. Me dijo que había ganado cinco kilos desde que era repostera y no quería que la vieran gorda. Me sonó a pretexto —dijo Lorna.

—Probablemente. Y no la culpo. Que se te metan a la casa tres veces para hacerte algo —dijo mirando a Lorna—. En fin. Creo que ya es hora de comenzar. ¿Vamos, agente?

—Estamos listos —dijo Galeana, quien, decidido, regresó a la fiesta.

Ellas se quedaron atrás y se miraron por un momento. Esta vez fue Helena quien abrazó a Lorna. Pasara lo que pasara, eran ellas hasta el final. Y tomadas de la mano, entraron a la fiesta.

Hecho todo él un nervio, Belmondo miraba, desde un monitor detrás del escenario, a las modelos deambular entre la gente con ese aire indiferente y distante que las caracteriza cuando caminan en una pasarela. El concepto de aquella noche era sencillo: Belmondo había previsto como escenario un estrado de unos seis metros cuadrados por uno de alto y como escenografía un sencillo ciclorama blanco con el logo de *Étui* proyectado en color rosa neón. Las modelos subían al estrado por las escaleras ubicadas en la parte trasera y posaban para los fotógrafos con el logo de la revista de fondo. Luego, bajaban y deambulaban un poco entre los invitados para, finalmente, ir a tomar sus posiciones finales en una serie de minicolumnas de mármol, dispuestas alrededor del salón, donde las modelos subían y posaban como si fueran esculturas; algo muy *ad hoc* a la decoración y estilo de Casa Blanca. Las chaquetas de la colección de Pelle eran exquisitas, de una piel suave y corte impecable. Belmondo había utilizado sólo las de color blanco y negro para poder jugar con accesorios y prendas básicas en color neón. El maquillaje de las modelos era muy retro años ochenta y todas llevaban pelucas estilo Farrah Fawcett en tono platino. Ricardo Redondo miraba el espectáculo desde un rincón y sonreía: aquél era su máximo nivel de satisfacción expresa. Nunca felicitaba ni aplaudía. Sonreía si todo iba como él deseaba y si no lo hacía, significaba que todo había sido terrible. Por ahora, la parte del desfile estaba salvada, aparentemente. Con un pequeño control remoto, el mismo Belmondo controlaba un dron con una cámara de video que captaba el ir y venir de las modelos y las expresiones de los invitados. De pronto, en medio de rostros de personas que reían, hablaban por teléfono o se bebían la producción de ginebra del ultimo año, lo vio. Acercó los ojos a la pantalla y no podía creerlo. Lo botó todo y poseído, salió corriendo del backstage.

—¡GoGo! ¡GoGo!

Se abría paso entre la gente con desesperación, con el rostro desencajado. Llegó hasta el lugar donde había creído verlo para darse cuenta de que quien estaba ahí, charlando con una chica, no era GoGo, sino otra persona. Belmondo lo tomó de los hombros y lo sacudió como si fuera un espejismo, como si al hacerlo, su amigo fuera a manifestarse. El fortachón desconocido que no tenía ni idea de qué estaba pasando, lo apartó de golpe con un "¿Qué te pasa, pinche loco?", y súbitamente, llegaron hasta él La Carola y Lilian y se lo llevaron, ante las miradas de burla y extrañeza de quienes estaban cerca.

—¡Era él! —decía entre llantos—. ¡Les juro que era él!

—No, mi alma, no es él. Es otro forzudo que ya quisiera parecerse a nuestro GoGo. No le llega ni a los talones. Respira, por favor —le decía La Carola, mientras le masajeaba la espalda, tratando de calmarlo.

Lilian, con una mano en el hombro de Belmondo, le mostraba su solidaridad. Así como Ricardo Redondo sólo sonreía cuando estaba complacido, Lilian sólo tocaba el hombro de alguien cuando quería manifestarle su apoyo. Pero en esta ocasión, ella también estaba conmovida y los ojos se le habían rasado de lágrimas.

Lorna llegó en ese momento para ver qué pasaba, porque detrás del escenario una Helena, hecha un manojo de nervios y furia, le había dicho que Belmondo había salido corriendo, dejando el desfile a la mitad. Por lo bajo, Lilian le dijo a Lorna lo que había pasado: Belmondo había creído ver a GoGo en la multitud. La Carola había ya conseguido calmarlo.

—Gracias, chicas —dijo Lorna—, de verdad se lo agradecemos.

—Te juro que lo vi... —seguía diciendo Belmondo, mientras Lorna lo tomaba por los hombros y discretamente lo llevaba de nuevo al backstage, donde Helena, tiesa de rabia, lo miraba con los ojos inyectados.

—Pero ¿qué demonios te pasa? ¿Qué forma es ésa de abandonar tu puesto de trabajo cuando estás produciendo un desfile? ¿Eres idiota acaso? ¡Eres la persona más irresponsable que he conocido en mi vida y después de esto...!

—¡Helena, cállate el puto hocico ya! ¿Qué no te das cuenta de cómo está el chico, joder? ¡Tiene una crisis nerviosa! ¡Dios! Cuando eres así de arpía me dan ganas de matarte...

Helena no dijo más y Lorna fue hasta la pantalla de video, tomó la diadema de audio y el control del dron. Ella se hizo cargo del desfile. Belmondo estaba sentado en el suelo con la cabeza metida entre las rodillas y abrazándose a sí mismo, mientras se agitaba convulso por el llanto. Por fortuna para todos, el encargado de sonido no había cesado la música y las modelos, al darse cuenta de que algo raro pasaba, decidieron dinamizar el desfile intercambiándose de sitio entre ellas, como si fuera parte del montaje de Belmondo. Mira: para que luego digan que las modelos son tontas. Lorna miró a Helena y le preguntó cuál era la señal para que las modelos volvieran al backstage y el show acabara. Helena se encogió de hombros y le dio la espalda. Estaba furiosa. Pero, inesperadamente, Belmondo se puso de pie y con la cara roja y húmeda se acercó al micrófono de la diadema de Lorna para decirle al encargado de sonido: "Vamos con música y efecto del final", y entonces se marchó de allí. La luz bajó entonces, y en todo el salón se proyectó un efecto láser con miles de logos de Pelle moviéndose rítmicamente y se escuchó una voz que decía repetidas veces en italiano: "Pelle, fatto in Italia". Entonces la luz subió de golpe, la música cambió de ritmo y las modelos regresaron una por una al escenario para posar juntas y luego abandonar el estrado tras los flashes de los fotógrafos y los aplausos enardecidos. La gente estaba encantada y aparentemente, salvo a quienes lo atestiguaron, nadie se había percatado ni del exabrupto de Belmondo ni de que el desfile se había quedado sin dirección por unos instantes. Lorna dejó la diadema porque era su turno de subir al escenario. Se pinzó en la solapa el micrófono inalámbrico que previamente le había dado Belmondo y mirando directamente a los ojos a Helena, que estaba parada a unos pasos de ella, sólo le dijo: "Es nuestro turno, Helena, pero no voy a poder subir ahí sin antes decirte que tengo el estómago revuelto de darme cuenta de lo despreciable y abyecta que puedes llegar a ser. Ahora sé por qué no puedes vivir sin tacones, porque de otra manera pisarías tu propia sensibilidad, porque es ahí donde la tienes: en los pies". Y dicho esto, salió al escenario. El show tenía que continuar.

—Queridos amigos, les doy la más cordial bienvenida —dijo con una gran sonrisa y la cara roja por la emoción—. Estamos felices de festejar con ustedes este aniversario de *Étui*. Quisimos celebrar un sexto aniversario por seis meses de edad, porque dar vida a cada uno de nuestros pasados números ha sido tan intenso que siento como si hubieran sido años, en verdad. Tengo claro que la nuestra es una revista controversial y que nos hemos vuelto "virales", quizá no por las razones que nos hubieran gustado...

Los murmullos comenzaron a crecer entre los asistentes. Un ruido que parecía proceder de una nube de insectos aumentaba adueñándose del lugar. Lorna se sintió sobrecogida. No había que seguir dándole más vueltas al tema.

—Y por esta controversia, Helena Cortez, la otra directora de *Étui*, quiere conversar con ustedes esta noche. Les pido un aplauso para ella.

Helena entró al escenario entre aplausos mezclados con algún abucheo. Pero los invitados, fans irredentos de las "mensajeras de la muerte", no tardaron en callar a los bullies. Ésa era una noche de fiesta, de glamour... y de negación.

—¡Cuidado con el micro, no te vaya a dar un toque! —gritó una voz masculina de entre el público, causando risas y revuelo. Ahora, hasta la muerte de Wendy Wong era motivo de chunga.

—Amigos queridos: buenas noches. No me voy a alargar mucho, porque ésta es una fiesta y ustedes están aquí para disfrutarla. No obstante, es impensable no levantar la voz para lamentar esas terribles pérdidas que hemos sufrido de compañeros muy apreciados en el mundo de la moda. También nos apena muchísimo ver cómo una industria tan llena de corazón y alma se haya vuelto hueca como una figura de cartón piedra. Personas sin conocimientos, sin escrúpulos y sin amor por la moda se han apoderado de ella convirtiéndola en una broma, en un mercenarismo absurdo. La moda es cultura, es arte, es inteligencia, y mucha gente sin cerebro ha reducido todo esto a una foto en Instagram, un streaming o un video de YouTube. A followers, más y más de ellos. Y a likes, por supuesto. La gente muere y mata por likes…

Murmullos. Exclamaciones. Risas. Helena se dio cuenta de lo equivocado de su elección de palabras. Pero siguió adelante.

—Esto es justamente lo que hemos tratado de acabar, lo que hemos querido combatir. Ése es el porqué de nuestras críticas ácidas y directas a personas que en su momento consideramos lacras para este negocio. Pero creo que tan nociva es una persona que no toma en serio su trabajo, como alguien que se lo toma demasiado en serio. Por eso, esta noche es especial para nosotros por una razón, porque haremos un evento multimedia y un anuncio muy especial: los diez números del *Étui* número seis ya han aparecido, pero pedimos a nuestros socios comerciales que no los entregaran sino hasta hoy, a las nueve treinta de la noche… o sea, en tres minutos escasos. La razón es que, como parte de este festejo, entregaremos los *Étuis* y subiremos el contenido on line de la revista exactamente al mismo tiempo, para darles a conocer en primicia y globalmente el nombre del protagonista de nuestro siguiente Bloggerfucker.

La nube de insectos seguía ahí, y crecía como una plaga bíblica. Los murmullos subían de volumen por segundos y se hacían más intensos al estar salpicados con las expresiones de sorpresa.

Lorna tomó entonces la palabra, y justo en punto de las nueve treinta, se proyectaron en los costados del salón los videos en *live streaming* con los diez "buscadores" que habían hallado

Étui. Anunció entonces que, en ese momento, el contenido de la revista se subiría a las redes. Pero antes, había que hacer el anuncio más esperado. Las luces bajaron de intensidad y en el escenario, el nombre de *Étui* desapareció, para que, como si alguien lo estuviera escribiendo a mano, apareciera el nombre del sexto *bloggerfucked*: Helena Cortez.

18

It's my party and I'll die if I want to

Aquello era una olla de grillos. Murmullos por un lado, exclamaciones por otro, parpadeos luminosos de teléfonos celulares por doquier, *plings* y *plungs* de mensajes recibidos y enviados, risas, el *cling* de copas que chocaban y el húmedo sorber de labios.

Helena pidió varias veces silencio, pero aquello era harto complicado en aquel momento. No obstante, no cesó en el intento hasta que consiguió que sus morbosos invitados le devolvieran su atención.

—Si no les importa, me gustaría leerles yo misma esta entrega de Bloggerfucker, porque de alguna manera es una confesión, el momento de desnudarme frente a ustedes —dijo Helena. Entonces sí, todas las miradas y luces se posaron sobre ella, literalmente, porque uno de los reflectores de la calle estaba ahora dentro del salón y la iluminaba como lo que era: una estrella.

Helena lucía magnífica, pero más que por su imagen impecable, estaba engrandecida por el orgullo, por la verdad. Su verdad. En ese texto que ella misma había escrito, abría lo mismo su corazón que sus motivos: *Los motivos del lobo*, pensó incluso, cuando estaba escribiendo. Lorna la había ayudado a redactarlo para que aquello fuera una reflexión de vida mucho más que un *mea culpa*, porque, a pesar de que se sentía responsable de una manera u otra de lo que les había pasado a los bloggers, en definitiva ella no era la culpable *de facto*. Y tenía claro que para ser un buen crítico, debía ser capaz de soportar una crítica. Así de simple. Y nadie mejor que ella que siempre había sido implacable consigo misma. Por eso exigía, por eso juzgaba, porque antes ya se había exigido a sí misma y juzgado infinidad de veces. Y sin piedad. Con la voz que se le rompía en momentos, decidió dar lectura al texto, ante las miradas hambrientas de quienes estaban allí.

Aunque siempre me ha parecido una vulgaridad, he decidido hablar de mí en tercera persona para poder tomar cierta perspectiva, en un intento de mirarme desde fuera.

Helena Cortez emitió juicios absolutamente inclementes sobre personajes que, según su punto de vista, estaban dañando la industria de la moda, abaratándola, prostituyéndola. Y no es que estemos viviendo el Armagedón, porque farsantes, vividores y aprovechados ha habido siempre. Pero sucede que hoy la moda pasa por un momento de fragilidad, y necesita ser cuidada y comprendida para llevarla a su siguiente estadio, a su próximo nivel. Ésa era la responsabilidad que Helena creyó suya. Y ése fue su pecado de *hybris*. Aunque su razonamiento era correcto, ¿quién demonios la erigió como la vengadora y justiciera de un sistema que no estaba pidiendo ser defendido? Ahí Helena cometió un error. Quizá debió dejar que el ciclo natural de las cosas actuara por sí mismo y que esta gente fuera desapareciendo sola, en el sentido profesional de la palabra.

Pero a diferencia de las de otras épocas, estas nuevas generaciones de lacras son más peligrosas, porque vienen reforzadas por el virus mortal de la fama: la enfermedad del alma más dañina de este siglo XXI. Helena, de la mano de su socia Lorna Lira, creó Bloggerfucker como un antídoto para este mal que está haciendo tanto daño no sólo a la moda, sino al mundo en general. Ser famoso a costa de lo que sea: de tu integridad, de tu amor propio, de tus propias capacidades incluso, porque Helena está segura de que muchos bloggers son inteligentes, pero la sed de fama no les permite desarrollar sus mentes: quieren lucir y brillar antes que pensar en lo que realmente hacen y para qué están haciéndolo. Y ése fue otro pecado de Helena Cortez: pretender ser quien encontraría la vacuna contra este virus.

Helena pecó de arrogante, de soberbia, y no olvidemos que por ese pecado Luzbel se convirtió en Lucifer y fue arrojado al averno. Helena tampoco escribió esos textos de forma inocente, no señor. Había odio y despecho por sentirse desplazada de un lugar que ella creía que sería perpetuamente suyo. Nada más lejano de la realidad. Helena se sintió vieja, inútil y fuera del juego, y culpó a los bloggers e influencers de ello, cuando quizá tuvo que haber entendido que el problema era más grande: era del sistema que los había creado. Helena no quiso entender el momento en el que vivía, no supo quitarse ese viejo traje hecho a medida que era su carrera profesional y buscarse uno nuevo, más cómodo quizá, más de *fast fashion*. A Helena le faltó piedad, primero consigo misma y luego con la gente a la que criticó, y se olvidó que, después de todo, detrás de un periodista, de un diseñador o un blogger, hay una persona. Ése fue su error más grande.

Un atronador aplauso retumbó en el lugar. Lorna, a su lado, la miraba con los ojos húmedos por ese batidillo de emociones que llevaba dentro del cuerpo. Hacía tan sólo unos instantes podía haberla ahorcado por idiota e insensible y ahora quería abrazarla por haberse abierto en canal frente aquella jauría sedienta de chisme y sangre. Helena casi no podía ver: la luz que la iluminaba era enceguecedora y la emoción también la tenía obnubilada. Entonces, el reflector parpadeó un par de veces y, después de un zumbido eléctrico y un chispazo, se apagó de golpe, lo mismo que el resto de las luces del lugar. Su pronóstico se había cumplido: se habían cargado el generador de luz de la casa. La gente, inquieta, trató de enfilarse hacia la calle, pero la puerta de Casa Blanca había sido cerrada por orden de Juan Galeana.

—Les pido calma, por favor, es sólo un apagón. ¡Mantengan la calma por su propia seguridad! —dijo Galeana subido en una silla para hacerse oír.

—¡Es una trampa, nos quiere matar a todos! —gritó Lilian histérica en otra área del salón.

Hubo gritos, exclamaciones, llantos. Quienes estaban cerca de la salida, al darse cuenta de que habían sido encerrados, comenzaron a ser presas del pánico y a tratar de abrir la puerta, que estaba cerrada por fuera por los agentes de policía comandados por Galeana. Ése era el plan, poner una trampa al asesino de los *bloggerfucked*. Sabían que estaría ahí esa noche. Y que provocaría un "accidente". Y ya estaba sucediendo porque aquel apagón no era para nada fortuito. Galeana estaba seguro de que lo había causado el asesino. De pronto, una luz se encendió. Aparentemente, Willy Rojo recordó que los teléfonos tenían linterna, y encendió la suya, seguido poco a poco por el resto de invitados quienes, con la escasa iluminación, apaciguaron un poco su nerviosismo. Aquello parecía un concierto de rock, con la única diferencia que el escenario seguía a oscuras. En él, Helena estaba absolutamente en shock. Se había dejado caer al suelo de rodillas y miraba todo aquello extática, hipnotizada. De pronto sintió que una mano la tomaba del brazo y comenzaba a jalonearla para llevársela de ahí. El terror se apoderó de ella y gritó tan fuerte que casi logró que la multitud volviera a guardar silencio, pero lo que en verdad pasó fue que se destapó una histeria colectiva y la gente comenzó a ir de un lado a otro buscando por dónde salir de ahí. Helena soltó su cuerpo para que quien fuera que quisiera llevársela, lo tuviera más difícil.

—¡Levántate, ven rápido, joder! —dijo, mientras seguía jalándola con fuerza del brazo.

—¿Lorna? ¿Eres tú? ¡Déjame, no me toques! ¡Sabía que eras tú! ¡Asesina! ¡Asesina!

Pero el sonido de un golpe seco se oyó cerca de ellas y la mano de Lorna liberó su brazo. Helena se movió hacia atrás cuando un celular se encendió y pudo ver a quien lo llevaba: era Belmondo.

—¡Helena, ven, vámonos de aquí! —y, alumbrando el camino con el teléfono, la ayudó a levantarse. Salieron pitando del escenario por la salida que conducía al backstage.

Juntos subieron al segundo piso por las escaleras que estaban justo detrás del escenario. Belmondo abrió la puerta del estudio donde Helena había estado trabajando todo el día y buscó un sitio para que ella se sentara.

Fuera, los gritos seguían oyéndose y un cada vez más desesperado Juan Galeana clamaba por calma, pero la histeria colectiva era tal que había que tomar una medida urgente, de modo que sacó su revolver y, apuntando al techo, disparó una vez. La gente se tiró al suelo y entonces Galeana pudo dejarse oír.

—¡Señores, por favor cálmense! Todo está bajo control. Hemos cerrado la puerta por razones de seguridad, pero nadie está en peligro. Por favor, les suplico que mantengan la calma.

En la oficina, Helena, que había oído el disparo, quiso volver a la puerta para asomarse y ver qué sucedía, pero Belmondo la cerraba en ese momento.

—¡Belmondo, Dios mío! ¿Escuchaste eso? ¡Un disparo! ¿Estará bien Lorna? Deberíamos ir a… —y el dolor agudo de un pinchazo en el cuello la hizo callar y de pronto, no supo más de sí.

Galeana estaba al teléfono con la comisaría peleando a grito pelado para que alguien viniera a arreglar de inmediato la falla eléctrica. Seguían a oscuras y aquello no ayudaba a que la gente encerrada pudiera guardar la calma. Y las cosas comenzaron a ir a peor cuando las baterías de los teléfonos empezaban a morir y ya no tenían forma de alumbrar... o chatear con sus amigos en el exterior, porque al parecer, ni en momentos de extrema tensión, la gente podía dejar en paz sus putos teléfonos celulares. Al finalizar la llamada mandando a la mierda a su interlocutor, vio desde lo alto de la silla en la que se había encaramado a aquel rebaño de individuos, todos vestidos a la moda, despojados de aquello que los hacía quienes eran: su actitud. Esa aura con la que circulaban por la vida que podía ser desde autoconfianza hasta una insoportable megalomanía. Sin ello, no eran más que un grupo de pobres personas con maquillaje corrido y miedo en el rostro. Eran sólo gente. Recordó una charla que había tenido con Helena hacía un par de días. Le preguntó si creía que la moda era para todo mundo, y ella le respondió: "De ninguna manera: la moda es para los individuos, nunca para la gente". La frase de Helena que entonces le sonó a reflexión sociológica o hasta filosófica, ahora, mirando a aquel grupo, cobraba mucho sentido. Por un momento hasta sintió compasión por ellos y tuvo el impulso de abrirles la puerta para que se marcharan corriendo, como ratones asustados que era en lo que se habían convertido aquella noche. Pero no. No podía dejar salir a nadie en ese momento. Por más que ya hubiera habido conatos de desmayo, amenazas, histeria, no podía dejar salir a nadie de la casa. Cualquiera de esas personas podía ser el asesino que estaba buscando. Tres de sus compañeros lo estaban ayudando a mantener el orden y a comprobar cualquier cosa extraña que sucediera, y afuera un grupo de cinco agentes más tenía la casa rodeada. De pronto, vio que alguien se abría paso entre la gente para llegar hasta él.

—¡Agente Galeana! ¡No encuentro a Helena por ninguna parte! —dijo Adolfo con angustia.

Helena. Mierda. Por estar cuidando la puerta se había olvidado de ella. Mil veces idiota: ella era la carnada de la trampa y la había dejado sola. Ése era el plan: por eso era ella la *bloggerfucked* número seis.

—Estaba en el escenario, ¿no sigue allí? —preguntó Galeana

acercándose a Adolfo—. ¿Y Lorna, alguien la ha visto? ¡Con una chingada!

Ambos corrieron hasta el escenario entre trompicones, llevándose en su carrera a mucha gente en la oscuridad. Al subir, vieron un cuerpo que yacía en el piso.

—¡Helena! —dijo Adolfo, arrojándose hacia ella, pero, al girarla, se dio cuenta de que se trataba de Lorna.

—¡Galeana, es Lorna! ¡Ay, no, parece que está…! —dijo con horror al notar que sus manos estaban manchadas de sangre.

Galeana encendió la linterna de su celular y se acercó a ella. La sacudió, le dio ligeros golpes en las mejillas y nada. Lorna no se movía.

—¡Tiene pulso, agente…! —dijo Adolfo, casi triunfante.

Jimmy, que había estado buscando desesperadamente a su madre todo ese tiempo, consiguió verla al ser alumbrada por el teléfono de Galeana y se abalanzó a ella.

—¡Mamá! ¿Qué tiene mi madre, qué le pasó? —dijo desesperado, arrodillándose al lado de Adolfo mientras la sacudía con fuerza.

Galeana, que la alumbraba con su teléfono, se percató de que Lorna tenía una herida en la cabeza y de ahí venía la sangre. La desesperación de Jimmy sacudiendo a Lorna y su voz parecieron funcionar… y Lorna recuperó el conocimiento.

—¡Ay…! —dijo llevándose la mano a la nuca, y al sentir su propia sangre casi volvió a desmayarse.

—No te muevas, mamá, tienes un golpe, pero parece que no es grave —le dijo Jimmy, mientras le veía la herida—, no hay nada roto.

—¿Cómo chingaos que no hay nada roto? ¿Y esta sangre? Como no me haya vuelto la menstruación, esta sangre me salió de la cabeza —dijo Lorna.

Jimmy respiró aliviado: su madre estaba en perfecta forma. Magullada, pero en forma. Adolfo y Galeana la ayudaron a ponerse de pie y trataron de buscar un lugar donde sentarla a que descansara un momento.

—Los golpes en la cabeza pueden ser muy traicioneros —dijo Galeana.

—Ma, ¿y mi tía Helena?

Hacía algunos años, Helena había ido a un viaje relámpago de trabajo a París. El mismo día que llegó, sólo pudo correr a cambiarse al hotel para asistir a una cena de gala en donde no se quedó dormida entre el primero y segundo plato de puro milagro. Al día siguiente por la mañana, tenía que tomar un tren para ir a Lyon a ver cómo imprimían los foulards de Hermès. En el momento en que se reclinó en su asiento de primera clase en el tren, la calefacción del camarín y el jet lag que llevaba encima se convirtieron en una mezcla narcótica que la sumió en el sueño más desagradable de su vida. Se sentía pesada, sin voluntad y escuchaba el ruido del tren al correr sobre las vías como si naciera dentro de su cabeza. Quiso levantarse para ir al baño y echarse agua a la cara, pero no pudo moverse. Era como el sueño aquel donde estás consciente de lo que está pasando pero no puedes hablar ni gritar, aunque sientas que una presencia maligna se acerca a ti para hacerte daño. Y si bien en el tren a Lyon no había ninguna presencia maligna, esa noche y en aquel lugar que aun no reconocía, sí que la había. Poco a poco, sintió que su conciencia volvía y si no veía nada, aunque tuviera los ojos abiertos, era porque aquel sitio estaba completamente a oscuras, y si no podía moverse era porque estaba maniatada a un sillón. El dolor del pinchazo en el cuello la trajo de golpe a la realidad y gritó con todas sus fuerzas.

—¡Ayúdenme!

Pero el golpe de luz de una linterna la deslumbró momentáneamente.

—Ya despertaste. Bienvenida de vuelta —dijo Belmondo con una risilla tonta que le heló la sangre a Helena.

—Bel, ¿qué haces, qué está pasando? ¡Déjame ir, por favor!

—¡Ah! Ya soy Bel otra vez. Ya no soy irresponsable ni idiota, ni uso la cabeza sólo para coordinarme ropa. Y eso es únicamente lo que me has dicho esta noche —dijo Belmondo gélido.

—Pero ¿estás enojado porque te reñí esta noche? ¿Por eso me drogaste y me tienes atada a… un sofá? En verdad que estás loco…

Helena no dijo nada más porque un bofetón que no vio venir le impidió seguir hablando.

—Deja ya los insultos. La Helena que conozco no insulta. La Helena que adoro es un ícono de moda, de elegancia, de bien decir y bien estar. Mi Helena no se quiebra ante la adversidad, no llora a moco tendido como has llorado últimamente, ni ríe a carcajadas soeces como cuando estás con Lorna. Ésa no es la Helena que admiro.

—Esa Helena no existe… —dijo Helena sollozando y no pudo decir más al recibir la siguiente bofetada de Belmondo. Entonces comenzó a pedir ayuda a todo pulmón y con todas sus fuerzas.

—Y la Helena que adoro es más lista, y sabría que si no la tengo amordazada es porque nadie allá fuera puede escucharla. ¿Recuerdas que me contaste que esta oficina estaba insonorizada? Así que tampoco entiendo por qué tanto escándalo con mi ensayo de esta mañana cuando estaba trabajando para *Étui*. Te hubieras encerrado y ya está. La Helena que amo es agradecida, es considerada. Tú eres una pobre mujer que ha usurpado el lugar de la diva del periodismo que he admirado toda mi vida. Qué decepción, de verdad.

—Eres un *freak* repulsivo y un cobarde. Anda, ven a golpearme de nuevo…

Helena cerró los ojos y se preparó para recibir la tercera bofetada. Pero lo que sucedió fue que escuchó un mueble arrastrándose hasta que pudo ver a Belmondo sentándose frente a ella en una silla. Colocó la linterna de pie sobre una mesa que tenían a un lado, e iluminó débilmente sus rostros dándoles un aspecto macabro. Lo miró con verdadera curiosidad, tratando de hallar en su cara algo que la hiciera entender el porqué de todo aquello.

—Bel, querido. ¿Tú? ¿Fuiste tú? ¡Pero eran tus amigos, chicos con los que compartías incluso tu vida personal…! ¿Por qué?

—Yo no fui quien los hizo pedazos en una columna. Tú sabes que la pluma puede ser más letal que un arma. Los humillaste, los sobajaste. Y lo tenían merecido porque, al final del día, todo lo que dijiste de ellos era verdad. Yo simplemente… estuve de acuerdo contigo. Tu palabra siempre ha sido ley para mí. Si tú creías que estorbaban en el mundo de la moda, yo también lo creí entonces. Por eso…

—¿Los mataste?

Y el siguiente bofetón casi tira a Helena del sofá. Belmondo, después de agredirla, volvía al punto exacto donde se había quedado, como si aquello no hubiera sucedido.

—… por eso no lloré por ellos, no merecían lágrimas. Menos GoGo. Él sí es digno de que le llore toda mi vida porque no fue decorosa la manera en que se fue. ¡Tenía tanto futuro, tanto por hacer!

—Todos tenían mucho por hacer, Bel. Es muy triste todo esto y, por favor, deja ya de pegarme. El Belmondo que admiro no maltrataría a nadie —dijo Helena con la voz entrecortada.

No le siguió pegando. Después de todo, no quería que Helena luciera agredida cuando la encontraran. Ésa no era la idea que tenía en mente. Se levantó y tomó la linterna que había dejado sobre la mesa y se la puso en la boca para poder ver lo que iba a hacer. Helena observó cómo de su chaquetón flúor de Balenciaga sacó un pequeño vial que contenía un líquido parduzco. Lo miró a contraluz y lo puso sobre la mesa. Acto seguido, sacó dos jeringuillas que llevaba envueltas en un pañuelo, aquel que le había dado el agente Galeana días atrás para enjugarse las lágrimas. Por lo bajo, cantaba: "It's my party, and I'll cry if I want to".

Helena sólo vislumbraba sombras débiles, algunos movimientos, escuchaba tintineos y ruidos. Aquello no debía ser nada bueno. Y aunque su primer impulso fue gritar de nuevo para pedir ayuda, se contuvo y supo que tenía que ganar tiempo. Galeana seguramente estaría buscándola. Seguro. Y Adolfo... y Lorna. Lorna. Un peso en el pecho y un nudo en la garganta la sofocaron. Un sollozo la ahogó. Qué injusta había sido con ella y, ahora, probablemente ella estaría allí fuera malherida o algo peor... Y quizá no tendría ya la oportunidad de pedirle perdón jamás.

—No llores, ya te dije que la Helena que admiro no llora, no se derrumba —y Belmondo siguió cantando por lo bajo "It's my party".

—Tienes razón —dijo Helena, respirando profundamente y reponiéndose lo más que pudo—. Bel, cariño, ¿serías tan amable de retocarme un poco el maquillaje? Debo estar hecha una desgracia.

Belmondo la miró y dejó las jeringuillas en la mesa. Sonriendo, fue a buscar el *minaudière* de Helena, su precioso Petit Malle enjoyado de Louis Vuitton que llevaba dentro de su propia bolsa —lo había estado cuidando todo el día por órdenes de ella— y sacó su lipstick fucsia de Chanel y su polvo compacto de Dior. Ceremonioso y con la linterna todavía en la boca, los puso sobre la mesa y procedió a retocar el maquillaje de Helena. Primero tomó el aplicador del polvo y lo pasó por sus mejillas, en movimiento ascendente, por supuesto. Luego retocó la frente y finalmente lo pasó por debajo de los ojos, para tratar de arreglar los estragos de las manchas producidas por el llanto.

—¿Ves?, por eso no hay que llorar. Desgracia por completo tu maquillaje. Menos mal que usas delineador y mascara contra agua, porque si no parecerías una Catrina —continuó con los labios. Listo: se veía perfecta. Observó que los ojos de Helena miraban desesperados hacia su bolso. Belmondo sabía lo que estaba buscando.

—No está allí, no te preocupes. Tú y yo necesitábamos un poco de tiempo solos sin que nadie nos molestara. Por eso até tu teléfono al dron del desfile y lo saqué por la ventana. Si la policía te está buscando por el localizador, debe estar a kilómetros de aquí.

—No, no buscaba eso —dijo Helena tratando de ocultar a toda costa su desilusión y miedo—, necesito unas gotas de perfume.

Belmondo fue de nuevo hasta la bolsita de noche y sacó el extracto de Portrait of a Lady de Byredo, con el que se perfumó primero él y luego lo hizo con Helena. Ella lo hubiera matado por hacer eso, pero el que Belmondo se pusiera su perfume era lo menos importante en ese momento.

—Muchas gracias, Bel. ¿Y sabes qué? Me gustaría decirte algo. Yo también te admiro y me encanta ver cómo te has desenvuelto con todo este asunto. Has sido chic en todo momento. Mira que ir a ver a GoGo con tenis de Gucci y luego cubrirte la cara con una de las revistas que más adoro de mi carrera, merece un aplauso. Hagas lo que hagas, hay que hacerlo con estilo.

—¿Verdad que sí? ¡Vaya! ¡Ésta es *mi* Helena, la que admiro y amo! Sabía que tú, mejor que nadie, entenderías esos guiños de moda.

—Por supuesto que los entiendo, vamos. Además, siempre he pensado que el accesorio más digno de envidia, el más difícil de conseguir, es un hombre hermoso. Me queda clarísimo que GoGorila era el accesorio perfecto para ti, el que te hubiera convertido en esa *star*, en ese influencer que mereces ser...

—Ay, Helena, parece que puedes leerme. Por eso siempre te he considerado la mujer más brillante de esta industria. ¡Exactamente! GoGorila no era sólo el mejor accesorio para mi vida, sino el hombre con el que pude haber sido feliz por siempre. La gente que va por ahí diciendo que la belleza no es lo más importante está completamente equivocada. Por supuesto que lo es, y quiero decir globalmente, externa e interna. Pero como ésa es más complicada de ver, la externa es la que personas como tú o yo necesitamos para que el mundo nos respete...

—Pero ¿qué pasó? ¿Por qué no te quedaste con GoGo para ti y fueron felices como te mereces?

—Porque las drogas lo habían dañado tanto que no era capaz de distinguir la realidad, lo que era bueno para él. Yo era lo mejor que podía haberle pasado. Soy lo mejor. Lo sigo siendo...

—No puedo estar más de acuerdo contigo. Pero ¿qué pasó aquella tarde entonces? —preguntó Helena.

Belmondo se puso de pie y se alejó de ella por un momento. Primero más débiles y luego más intensos, sus sollozos se oían de un lado a otro de la habitación. Ya le había dicho lo terrible que era llorar y ahora él estaba haciendo lo mismo.

—No llores, el Belmondo que admiro no llora. Ven y cuéntame, anda. Seguramente la inconsciencia de ese hombre no le permitió ver cómo eres en verdad, esa persona luminosa que conocí en el curso de Periodismo Digital y que por su talento vino a formar parte de mi equipo. Sólo alguien muy ciego no podría darse cuenta del diamante que eres...

Sólo alguien muy ciego, sí. Belmondo había lidiado toda su vida con personas cortas de mira: su padre, que en cuanto supo que era maricón le cerró el grifo del dinero y lo obligó a ganarse la vida hasta que reconsiderara esa "fase ridícula", como le llamaba a su homosexualidad. "Te puse Belmondo como homenaje al actor más macho de la historia y me saliste una corista", le dijo decepcionado. O aquel jefe que tuvo en el primer trabajo como reportero en un periódico, que lo bulleaba por su forma de vestir. Y como olvidar a su antiguo *roommate* que lo quiso meter a la cárcel por robarle casi un armario entero de ropa de diseñador que a él le quedaba espantosa: *Jamás le quedará igual que a mí*, pensaba. Eso era ser ciego. Y lo de GoGorila más aún. ¿Cómo no percatarse de que era su media naranja perfecta? ¿Cómo ser tan imbécil para estar enamorado de esa puta china insoportable de la Wong? Por eso había ido a verlo aquella tarde, porque desde que GoGo le había ofrecido tener sexo con él a cambio de droga *high end*, Belmondo no había podido dejar de pensar en ello. Tenía clarísimo de que meterse a la cama con alguien a cambio de algo era mera prostitución, sí, pero se dio cuenta de que con GoGorila aquello podía ser mas bien una puerta, una oportunidad para entrar hasta su corazón y hacer que se enamorara de él, que supiera que era lo que necesitaba para dejar la droga, la tontería y convertirse en la estrella que merecía ser, con Belmondo a su lado, claro está. Por eso, después de hablar con Aldo para que le diera el frasquito con la sustancia que mandaría a GoGo a las estrellas —y a él de paso, según el trato—, quedó de verlo en su casa. Al llegar, se encontró en la puerta al repartidor de pizza y entró al edificio con él. No, no se había escondido como pensaba Galeana, simplemente le tocó estar del lado donde la cámara no lo enfocaba directamente.

Cuando entró al departamento de GoGo, un tufo le golpeó la cara. Aquello olía a comida echada a perder, pies y suciedad. GoGorila tenía días de no salir de allí aparentemente. Belmondo, amable como siempre, se ofreció a ayudarle a limpiar, pero él se negó. Nunca lo había visto en ese estado. Frío, le preguntó si le había traído "aquello", y él, que era bueno pero no estúpido, le dijo que sí, pero que no olvidara que aquello tenía un precio. GoGo, resignado a cumplir su oferta si quería la droga, se quitó la camiseta, se abrió la bragueta del pantalón y se tiró boca arriba en el sofá con desgano. No: ésa no era para nada la idea del encuentro romántico que Belmondo tenía en su cabeza, pero Roma no se había hecho en un día y estaba seguro de que con sus artes amatorias y su cariño, lograría involucrarlo, seducirlo y, con un poco de suerte, hasta hacer que se olvidara de la droga. Belmondo se arrodilló al lado del sofá y comenzó a acariciar suavemente aquellos pectorales perfectos que, gracias a su tacto, dispararon dos pezones morenos que se apresuró a devorar. Siguió bajando con besos mustios por su abdomen duro hasta llegar a un pubis de potente olor. Los días sin baño habían reconcentrado los humos naturales del chico, pero Belmondo, lejos de repelerse, se sintió voraz, se excitó al máximo. Con ardor, sus manos tocaban con ansiedad aquel cuerpo duro pero suave al mismo tiempo. Abrió por completo la bragueta del pantalón para poder admirar por primera vez aquello que tantas veces se había imaginado, y descubrió que no era igual, sino superior. Pero antes de ir a ello, quiso conquistar primero algo con lo que incluso había soñado más: sus labios. Subió hasta su rostro y mientras sus dos manos como garras estrujaban los pectorales del chico, su boca fue al encuentro de la suya. Entonces, sucedió. De un empujón, GoGorila lo apartó de él gritando: "¡Quita, maricón!", mientras se limpiaba la cara con el dorso de la mano. Belmondo, sentado en el suelo a causa del manotazo y devuelto de golpe a la realidad, sólo pudo preguntarle qué le pasaba. "Nada, que no me gustan los hombres, es todo. Y ya te dejé llegar suficientemente lejos, así que dame lo que trajiste." No, ése no era el trato, puto GoGo *dancer* de mierda. No era eso en lo que habían quedado. Iban a coger. A coger a cambio de droga. Así de sencillo. Y ahora cumplía con el trato o se largaba de allí llevándosela consigo. Pero GoGorila no iba a aceptar el acuerdo. Belmondo lo vio venir hacia él hecho una furia y lo cateó para encontrar la droga. Al resistirse, lo tomó por las solapas de la chaqueta y casi lo levantó por los aires, azotándolo contra la pared de un empellón. Y él tuvo que darle la droga… si no quería salir lastimado. Físicamente, claro, porque emocionalmente ya estaba destruido.

GoGorila regresó de nuevo al sofá, preparó la jeringa con la droga y se recostó en el mismo sitio donde antes había dejado que su patético dealer tuviera su propia dosis de éxtasis. Belmondo no pudo más y le confesó ahí mismo y antes de que perdiera el conocimiento, que estaba perdidamente enamorado y que era él, y nadie más, quien lo apoyaría para llegar hasta donde quisiera llegar. GoGorila lanzó una carcajada estentórea más hiriente que cualquier puñetazo que pudiera haberle propinado.

"¿Me lo estás diciendo en serio? ¿Crees que un hombre como yo podía estar con una persona como tú? Aunque me gustaran los hombres, tú serías el último al que elegiría para estar conmigo. En fin, no te lo tomes personal, porque, eso sí, me caes perfecto. Y ahora, si no te importa irte, tengo cosas que hacer. A menos que te quieras quedar y cobrarte a lo chino cuando esté en el viaje. Si quieres, adelante, mientras yo no me dé cuenta", y procedió a inyectarse. Belmondo lo miró a través de los ríos que brotaban por sus ojos. Aquello olía a mierda, GoGorila era mierda y él también. Entonces, se dio cuenta de que el chico comenzaba a temblar. Belmondo lo miró extrañado suponiendo que aquél era el efecto normal de la droga. Pero entonces, los movimientos comenzaron a subir de intensidad rápidamente: los ojos se le pusieron en blanco y los temblores se transformaron en convulsiones. GoGo lanzó un grito ahogado que congeló la sangre en las venas de Belmondo quien, paralizado, no podía dejar de contemplar la escena. Seguía llorando y no podía moverse. Sólo balbucía: "No, no por favor", mientras veía cómo, poco a poco, GoGorila iba quedándose tranquilo, inmóvil, y con los ojos abiertos en blanco. En el brazo, la jeringuilla colgaba triunfante. Belmondo entonces corrió hasta su bolsa para tomar su teléfono y llamar una ambulancia... pero se contuvo. ¿Qué diablos iba a decir que estaba haciendo allí? ¿Y si la policía conectaba puntos y descubrían cosas de él que no debían saberse? De prisa, fue hasta el baño para buscar una toalla. Bajo el lavabo, encontró también una botella de cloro con el que la empapó, para volver hasta GoGo, ahora inerte. Limpió todas las partes de su cuerpo donde lo había tocado. Enseguida hizo lo mismo con los picaportes de la puerta y se marchó de allí, no sin antes cubrirse la cara, ahora sí a propósito, con el *Harper's Bazaar* de Linda Evangelista que llevaba en su bolsa. Cada semana tomaba un viejo ejemplar de su colección para releerlo y ahora le había tocado a Linda.

Helena ya no sentía las manos y el cuello le dolía más por el pinchazo: seguramente Belmondo le había desgarrado algún músculo al inyectarle la droga que la durmió. Por un momento fugaz tuvo compasión por él. No sabía mucho del síndrome de Estocolmo porque era la primera vez que la tenían secuestrada, pero sintió empatía por ese chico tan joven que estaba frente a ella, talentoso, bueno, que por una circunstancia extrema había perdido la razón. La forma en que le había confesado el episodio con GoGorila era completamente editorial: parecía que pensaba y estructuraba sus frases como si estuviera redactando un artículo. Las revistas de moda le habían hecho mucho daño.

—Todo esto es terrible, Bel, lo sé, pero no tienes la culpa de nada: GoGorila murió por una sobredosis...

—Pero yo estaba ahí, viéndolo. Odiándolo. Cuando lo vi reclinado en el sofá, tan perfecto, tan cerca y a la vez tan lejos de mí, deseé que se muriera. Y mi deseo se hizo realidad —dijo con una voz que comenzaba de nuevo a temblar.

—Los deseos no matan, Belmondo. Él tomó esa decisión.

—Pero pude haberlo salvado si hubiera llamado a una ambulancia. Pero ¿sabes qué? Tuve miedo.

—Claro que lo tuviste...

—¡Cállate ya de una puta vez! —le dijo levantando el brazo para propinarle otro bofetón, pero se detuvo—. Discúlpame. ¡Dios mío, qué poco chic me ponen estas situaciones! Como escribiste en el artículo sobre Lucy Lara: "La elegancia del alma es la más importante, porque no sólo se refleja en tu propio exterior, sino en todo lo que haces".

—Sí, querido, exacto —dijo Helena haciendo un esfuerzo por sonar ecuánime—. Ni golpear ni insultar ni descomponerse reflejan un alma elegante, ya te lo digo yo.

—¿Sabes de qué tuve miedo, Helena? —dijo Belmondo, retomando la conversación justo donde la había dejado antes de su exabrupto.

—No, cariño, dímelo —dijo ella, siguiéndole la corriente... para ganar tiempo. No podía ser que no estuvieran buscándola en la casa. ¿Cómo era posible?

—Tuve miedo de GoGo, de que volviera a rechazarme. A humillarme contándole a todo mundo lo que había pasado, el asco que había sentido de mí. De eso tuve miedo. Por eso lo dejé marcharse. Era lo mejor para ambos.

—Sin duda, Bel, sin duda. Uno tiene que dejar ir... dejar irse a veces. Hiciste lo correcto. Y a los demás también teníamos que dejarlos que se fueran. Lo que hace daño, lo que destruye en vez de construir, no debería existir.

—Por eso no siento pena alguna por Esteban, que era una basura, aprovechado, grosero... ¡Inculto, por Dios! Wendy era una arpía, Alicia una corriente... Y Claudine es la mujer más soez que he conocido en mi vida. Y por eso ya tampoco siento pena ya por ti, porque has dejado de ser todo aquello que me hizo idolatrarte, que me hizo desear algún día llegar a ser como tú.

Belmondo volvió a ponerse de pie junto a la mesa y se colocó la linterna en la boca para alumbrarla. Ahí, comenzó a preparar las dos jeringas tomándolas cuidadosamente con el pañuelo de Galeana. Helena alcanzó a ver el débil destello de una aguja iluminada por aquella luz trémula y entonces supo lo que estaba pasando. Su tiempo se había acabado.

—Belmondo, no sé qué estés planeando, querido, pero no es necesario en verdad. Podemos conseguir ayuda... las cosas no tienen que acabar mal para nadie...

—Las cosas no van a acabar mal para nadie, Helena, estate tranquila. Yo voy a ocupar tu lugar, porque tú ya no lo mereces. Tu grosería, tu falta de visión, tu poco tacto, tu sentimentalismo barato... tu falta de humanidad. Todo eso te tiró del pedestal en el que estabas. Ya no eres un ícono de la moda, un referente en el mundo editorial. Eres una pobre mujer que lo ha perdido todo. Hasta las ganas de vivir. Por eso, después de ayudarte esta noche a escapar de Lorna, a quien querías responsabilizar de todo, me confesaste tus crímenes, intentaste matarme a mí y luego decidiste quitarte la vida. Por fortuna, la dosis que me inyectaste a mí no fue letal. La tuya sí: pobre Helena.

Y dicho esto, llenó una jeringa con el líquido del vial que tenía sobre la mesa y a otra le puso sólo una pequeña cantidad. Con la linterna en la boca comprobó ambas jeringas; luego tomó la más llena tras dejar la linterna en la mesa y caminó hacia Helena, quien, presa del pánico, comenzó a pedir ayuda a gritos una vez más. Belmondo se acercó hasta ella y un poco a tientas buscó su brazo, pero Helena no se lo iba a poner fácil. Comenzó a revolverse en el asiento, a gritar y patalear...

—¡Quédate quieta de una vez, con un demonio! ¡Ten resignación! Esto no va a dolerte y te quitará de esta vida de sufrimiento que llevas ahora. ¡Quieta ya, joder!

Y al acercarse a Helena para ponerle la inyección en el brazo, Helena sintió cerca de su cara el cuerpo de Belmondo, su calor, y se fue directo a él con los dientes. Lo había pescado del cuello. Lo mordió tan fuerte como pudo y Belmondo, gritando, la tomó del cabello para hacer que lo soltara hasta que, dando un tirón, consiguió zafarse de la boca de Helena y se llevó la mano al cuello herido. La sangre le salía a chorros. Furioso, le propinó un bofetón tan fuerte que Helena fue a dar al suelo con todo y sillón. Frenético, fue por la linterna para buscar la jeringa que había perdido en el forcejeo.

—¡Por favor no, te lo ruego! —suplicaba Helena bajo el sillón—. ¡Van a saber que fuiste tú! ¡Vas a ir a la cárcel y no podrás seguir trabajando en la moda! ¿Qué no te das cuenta?

—¡Cállate ya, carajo, cállate! Por supuesto que podré. Yo soy la nueva Helena.

—¡Van a encontrar tus huellas en las jeringas, no seas idiota!

—No, señora, las jeringas estuvieron en tus manos cuando quedaste inconsciente. Yo sólo las toqué con el pañuelo. Todo está calculado... ¡Aquí está! Menos mal que sigue intacta —dijo al hallar la jeringa. Y con ella en mano volvió hasta donde estaba Helena y, levantando el sillón para tenerla frente a frente, le dijo:

—Helena, ha sido un gran honor haberte conocido y poder trabajar contigo. Gracias por lo que me has enseñado. Qué pena que no tengas ya nada más que aportarme —y diciendo esto, llevó la jeringa hasta el brazo de Helena.

Entonces, un estrépito lo sorprendió. El sonido de cosas que caían y se rompían al lado de ellos lo hizo dar un paso atrás. El librero que estaba a unos metros se había caído con todo su peso al suelo. Una luz cegadora descontroló a Belmondo por completo y Helena, haciendo acopio de fuerza, se giró sobre sí misma para volcar el sillón de nuevo. En paroxismo absoluto, Belmondo levantó la jeringa dispuesto a clavarla donde fuera... pero un puñetazo lo hizo salir disparado lejos de Helena: era Galeana.

—¡Me quería matar, agente, sólo me estaba defendiendo, ella es la asesina! ¡Asesina! —dijo Belmondo, señalando a Helena con el dedo desde el suelo.

—¡Ya pueden pasar! —gritó Galeana.

Dos agentes con linternas, seguidos por Lorna y Adolfo, entraron a la habitación. Lorna, desencajada, se precipitó hasta Helena que yacía en el suelo y la desató con desesperación, repitiendo: "¡Dime que estás bien, dime que estás bien!". Libre, Helena la abrazó y comenzó a sollozar con histeria y alivio en el regazo de su amiga. Adolfo se acercó y la abrazó con fuerza, como queriendo fundirse con ella. "Estás viva", le decía muy quedo. Y en ese momento, volvió la luz. Deslumbrados, todos miraron a su alrededor y vieron ese circo de sangre y cosas rotas por doquier. Belmondo, aprovechando ese instante de descuido, corrió hasta la ventana, la abrió e hizo un intento de saltar, ante los gritos de horror de Lorna y Adolfo. Pero Galeana, hábil, consiguió alcanzarlo antes de que lo hiciera, lo cogió por el cuello de la chaqueta de Balenciaga y lo devolvió de golpe al suelo. Ayudado por otro de los agentes, lo esposó.

—¡Ella es la culpable! ¡Miren las jeringas, tienen sus huellas digitales...! —pero no dijo más porque otro puñetazo, ahora de Lorna, lo hizo callar.

—Anda y lárgate a chingar a tu madre, pinche Elton culero —le dijo al tiempo que se sobaba la mano dolorida por el golpe.

Adolfo seguía abrazando a Helena, quien se calmaba poco a poco. Lorna se acercó hasta ella y la abrazó con todas sus fuerzas.

—Ya pasó, nena. Ya pasó.

—¿Viste? Al final tenía razón: el Bloggerfucker sí estaba maldito.

19

Esa tristeza mustia

Helena abrió poco a poco los ojos y descubrió que no estaba en su recámara. No recordaba nada... y tuvo miedo de moverse, así que sólo clavó la mirada en el techo. El olor antiséptico impregnado en el ambiente refrescó su memoria: estaba en el hospital. Vio hacia la ventana al lado de su cama y la luz débil que entraba por ella la hizo intuir que estaba amaneciendo. Al otro lado del cuarto, en un sofá, Adolfo dormía sentado, vencido por el cansancio. Sus brazos descansaban laxos a sus costados y el teléfono, en su mano, mandaba señales luminosas. Al incorporarse en la cama, el rechinar del colchón lo despertó y de inmediato se aproximó hasta ella.

—¡Ya despertaste! ¿Cómo te sientes? —le dijo cariñoso.

—Como si hubiera ido a tres Fashion Weeks seguidos... o como si alguien hubiera querido matarme —dijo Helena, tratando de sonar animada.

—Depende de cómo te sintieras, el medico dijo que podías irte hoy mismo a casa...

—Sí, creo que será lo mejor. Y quizá tenga que pensar en pasar un rato por la oficina... Pero antes puedo ir a ducharme a casa. Apenas está amaneciendo...

—No, Helena, está anocheciendo. Llevas dormida casi quince horas. ¿Recuerdas que llegamos ayer en la madrugada?

Helena volvió a recostarse y se dio cuenta de que le estaba pasando de nuevo: cuando años atrás muriera su padre, después del funeral se fue directamente a la oficina a trabajar, a seguir con su vida normal. Era como si aquello que había vivido y que tanto dolor le causó fuera una película, algo que sabía que había ocurrido... pero no a ella. Ahora le sucedía lo mismo con Belmondo. Se llevó la mano al cuello aún dolorido y recordó que el médico le había confirmado que tenía un pequeño desgarre muscular por el pinchazo mal puesto. Luego, se tocó el hombro derecho, muy adolorido también por la caída del sillón al suelo. También el lado derecho de la cara le dolía por haber recibido tantos bofetones en el mismo sitio: cómo no recordó poner la otra mejilla como tantas veces le enseñó su abuela. Le molestaba por igual un diente, no estaba segura bien a bien si era también por los golpes o por la mordida que le había dado a Belmondo. Dios. La mordida. Recordó entonces que una de las primeras cosas que pidió al llegar al hospital fue un cepillo de dientes: necesitaba quitarse de la boca ese sabor a sangre.

—¿Y Lorna? ¿Cómo está? ¿Está aquí también? —preguntó Helena de golpe: se había olvidado por un momento de su amiga... la que le salvó la vida.

—Está bien, el golpe que le dio Belmondo sólo le hizo una herida superficial, pero ya ves que, como dicen las abuelas, la cabeza es muy escandalosa, siempre sangra mucho. Le hicieron un *scan* para ver que no tuviera daños internos, y nada, todo bien. Excepto los daños cerebrales que ha tenido toda su vida... —dijo con una risa tristona.

—Mi amiga, mi amiga. Me salvó la vida... Y yo...

—No te canses, Helena, relájate. ¿Llamo a la enfermera? Quizá necesites otro calmante. El de anoche te hizo mucho bien...

—No, deja, no. Lo que necesito es ver a Lorna.

—Dijo que volvería en la tarde. Supongo que no debe de tardar. Sabía que hoy podías irte. El médico anoche nos dijo que, salvo las magulladuras, no tienes nada serio.

—Sí, claro. Mi divertimento de anoche es de lo más normal entre la gente. De hecho, se está poniendo de moda drogar, maniatar y golpear a las personas como alternativa a una noche de cine.

Adolfo soltó una carcajada.

—Claro que vas a necesitar ir a un loquero y tomar pastillas por una temporada. Pero demos gracias de que puedes contarlo, amor…

—¿Amor? —dijo ella con sorpresa.

Tocaron a la puerta y Adolfo respiró aliviado.

—¡Adelante! —dijo, incluso con efusividad.

—Buenas tardes, señora Cortez —saludó Juan Galeana al entrar en la habitación—. Me dijo la enfermera que probablemente seguiría dormida. ¿Cómo se siente?

—Bien, agente. Agradecida.

Agradecida, sí. La noche anterior, momentos después de que se llevaran preso a Belmondo, Helena comenzó a hiperventilar y la cabeza le dio vueltas. *Es un infarto*, pensó. Por fortuna, una ambulancia ya estaba afuera del lugar de la fiesta, atendiendo a las víctimas de histeria. Lorna, Wonder Woman, al grito de "muévanse, ridículas", hizo a un lado a la turba para que abrieran paso a lo que ella consideró una verdadera emergencia. Ya en la ambulancia, los paramédicos tomaron los signos vitales de Helena, y aunque no quisieron precipitar un diagnóstico, todo parecía ser un ataque de pánico. Lorna la tranquilizó. "Todo está bien", le decía una y otra vez como un mantra. "Estaba segura de que te volvería a ver. Que podría volver a pelear contigo, a reírme y emborracharme", le dijo. A pesar de que la policía la buscaba enloquecidamente afuera de la casa, ella estaba segura de que quien se la había llevado, no podía haberla sacado de la casa sin ser visto. Era irreal, ilógico. "Esto de que los policías sólo se basen en hechos a veces es una pérdida de tiempo, nena. La intuición es más valiosa en ocasiones", le dijo Lorna. Por eso, había que pensar en otras posibilidades. Así fue como lo supo. Recordó que la oficina donde Helena había estado trabajando todo el día, había sido antes el comedor privado de Lupe Bellman. ¡Claro! El mismo que había insonorizado para que nadie pudiera escuchar cuando el Señor Presidente la hiciera aullar de placer... o aburrimiento —nunca lo sabremos— y también recordó que la habitación tenía una puerta de acceso privada para la servidumbre. Lorna había ido hasta Galeana para decirle que, en efecto, había gente buscándola fuera, pero ¿quién buscaba dentro? "Es imposible que la tengan aquí dentro, tan cerca del resto de los invitados y de la misma policía. No tiene ningún sentido", le dijo Galeana. Pero para Lorna, cuya lógica era la de lo ilógico, sentía que justo aquello era lo más probable. De modo que si el inútil de Galeana y sus achichincles no la ayudaban, lo haría ella sola. El agente accedió, pero tenían que planearlo bien... y rápido. Si había un captor encerrado en la oficina, tenía que ser sorprendido, porque si entraban por la puerta, aunque la forzaran, le darían tiempo suficiente para hacer daño a Helena al sentirse acorralado. De modo que Galeana, guiado por Lorna y con un agente y Adolfo como refuerzos, fueron a la cocina y encontraron la dichosa puerta... cerrada. "La vida no siempre te las pone fáciles", le dijo Lorna. Pero no fue difícil abrirla. Tras ella, descubrieron un pasillo corto que daba a unas escaleras. Subieron y encontraron dos puertas en el descansillo; a la izquierda, la de la habitación principal y a la derecha, la que daba al famoso comedor, ahora la oficina de Casa Blanca. Silenciosos, se aproximaron y vieron bajo la puerta los parpadeos de la luz de la linterna. Helena tenía que estar ahí. Antes de abrir la puerta, Galeana preguntó a Lorna si sabía qué había detrás. Ella, haciendo acopio de memoria, recordó que había un librero, no demasiado grande... seguramente sería fácil de volcar. Pero ¿y si al echarlo abajo lastimaban a Helena? Lorna los detuvo por un momento. No, tenía que haber otra forma más segura...

pero no se le ocurría, y el bruto de Galeana la presionaba diciéndole que los segundos eran vitales para rescatarla. "Tenemos que arriesgarnos", le dijo Galeana muy bajo y Lorna supo que tenían que hacerlo. Era más probable que Helena saliera lastimada si ellos no intervenían. Dieron muy discretamente la vuelta al picaporte y con mudo júbilo comprobaron que la puerta no estaba cerrada. Galeana la abrió suavemente y con la ayuda de Adolfo empujó el librero que, pesado, cayó en medio del estudio y sorprendió al captor. Al hijo de la gran puta de Belmondo. Sí, Helena estaba agradecida sin lugar a dudas. Sin la necedad, terquedad y cabronería de Lorna... ella no estaría allí.

—Belmondo está ahora mismo en el pabellón psiquiátrico del Hospital Nacional. Vigilado, por supuesto, aunque dudo mucho de que sea capaz de intentar algo más.

—¿Por qué dice eso? —preguntó Adolfo.

—Porque parece que ha caído en cuenta de todo lo que ha hecho. El chico es un psicópata, pero no era peligroso... hasta que comenzó a serlo. El psiquiatra me dijo que el de Belmondo es un caso de manual. Un homosexual rechazado por su padre, obsesionado con la fantasía de una vida de revista de moda, con la ropa, el maquillaje, los restaurantes, viajes, gente... con tener un amante de anuncio de ropa interior, válgame. Y usted, Helena, era la reina de todo aquello, una diosa que había creado esa fantasía, y por eso estaba obsesionado con usted...

Dicho esto, Galeana le extendió una *tote bag* de Gucci con un libro dentro. Era un álbum de recortes, el *scrapbook* de la obsesión de Belmondo: Helena y su trabajo. En aquel fascículo, con neurosis puntillosa, había puesto una pequeña foto de todas y cada una de las revistas que Helena había editado en su vida. Debajo, a guisa de acordeón, había una breve reseña de los aciertos del ejemplar y la calificación personal que Belmondo le daba a cada publicación. Luego, había fotos de los editoriales producidos por Helena que más le habían impresionado...

y más adelante, había un apartado de fotografías de Helena desde su niñez hasta el momento actual. Lo atemorizante de aquello era que muchas de esas fotos eran originales y, seguramente, Belmondo las había sustraído de la casa de Helena. Otras, más inquietante aún, habían sido tomadas por el mismo Belmondo sin que ella se diera cuenta. Incluso había una de ella durmiendo. Al verla sintió que un escalofrío le recorría todo el cuerpo. Había páginas garabateadas, planes aparentemente editoriales y en las últimas páginas, Belmondo había comenzado a firmar como Belmondo Cortez. Helena cerró el álbum y se lo devolvió, asqueada, a Galeana.

—Y bueno, en su teléfono encontramos fotografías de Go-Gorila desnudo, el chat donde aceptaba llevarle droga a cambio de sexo, otro donde le decía literalmente a Wendy Wong que quería matarla por cabrona, y uno más donde le escribía a su amigo Aldo que era una pena que Claudine no se hubiera matado en las escaleras. El mentado Aldo, por cierto, está prófugo por ser responsable de dar a Belmondo las drogas que suministró a sus víctimas.

—¿Irá a prisión? —preguntó Helena.

—Se evaluará el veredicto médico. Pero en la penitenciaría o el psiquiátrico, Belmondo pagará por los *bloggerfucked*.

—Qué rápido aprendió la jerga editorial de *Étui*, agente Galeana —dijo Lorna, entrando en ese momento.

—¡Lorna! —gritó Helena, extendiendo los brazos para recibirla. Ambas se entregaron a un efusivo, intenso, fortísimo abrazo. Lloraron, pero no como habían llorado de un tiempo a la fecha. No. Esta vez eran lágrimas de alegría que, a pesar de su sabor salado, a ellas les parecían azúcar pura.

Galeana, discreto, apartó a Adolfo para hablar con él un momento en privado en la habitación. Para el veredicto final del médico que examinaba a Belmondo, él y Helena tenían que hacer una declaración de los hechos y quizá responder algunas preguntas sobre su trato cotidiano con el acusado. Era cierto que al inspeccionar la casa de Belmondo encontraron cosas inusuales, pero no había realmente nada que gritara "asesino serial" o "psicópata". Su minidepartamento era menos que modesto y en él no había armas ni herramientas, lo más cercano que hallaron que pudiera utilizarse como un arma eran unas tijeritas para cutícula. Vaya, que ni siquiera el infantiloide álbum dedicado a Helena era tan extraño: salvo, claro, la parte de las fotos paparazzeadas. Galeana esperaba encontrarse un armario con veladoras, fotos atravesadas con cuchillos y frases terroríficas escritas con pintura roja, pero no. "Qué daño nos ha hecho *CSI Miami*, incluso a los mismos policías", le dijo con una media sonrisa. Eso sí: en sus clósets había mucha ropa nueva y sin estrenar y alguna no sólo con etiquetas, sino incluso con alarmas, lo cual los hizo deducir que una parte de los modelitos de Belmondo eran robados.

—Todo tiene sentido ahora —dijo Helena, que había alcanzado a escuchar esto último—. No era posible que con lo que le pagábamos en *Étui* comprara tal cantidad de ropa.

—¿Y esto no le llamó la atención? —preguntó Galeana.

—No, guapo, no nos llamó la atención porque la industria de la moda está llena de personas así, que no tienen un centavo pero se visten con Dior. A las nuevas generaciones parece fascinarles vestirse de prestado. O robado, ya lo ve usted —dijo Lorna.

—No entiendo... —dijo Galeana.

—O bien se endeudan para comprarse unos zapatos y comen galletas de animalitos por meses, o los más astutos los piden prestados a los *showrooms*. Si analizáramos cuánta de la gente que se exhibe en redes sociales realmente es dueña de la ropa que muestra, seguro que nos quedaríamos con un porcentaje muy bajo.

—Belmondo me dijo, cuando me tenía atada, que le había robado ropa a un *roommate* suyo...

—¿Y qué más le dijo de las otras víctimas, Helena? ¿Recuerda?

—Sólo lo que le dije anoche, agente. Con GoGorila fue más específico, más detallado. De los otros no quiso decirme nada, sólo que no lo lamentaba, que merecían lo que les había sucedido... —y entrelazó sus manos al sentir que comenzaba a temblar de nuevo.

Lorna miró a Galeana con ojos de pistola y él supo que no era el momento de seguir preguntando nada. Helena ya había dado su declaración la noche anterior y si bien necesitarían de su colaboración para consignar a Belmondo, no sería en ese momento.

—Las dejo solas, pues. Sólo quería ver cómo estaba Helena. Y me alegra ver que usted también está bien, Lorna. Que salvo los moretones, estén ambas sanas y salvas. Helena, trate de no estar sola por unos días. Es un consejo personal —dijo Galeana en la puerta, dedicándoles a ambas una sonrisa como despedida.

—Salgo con usted, Galeana. Helena, ya sabes que yo te llevo a casa —dijo Adolfo.

Helena se sentó en el borde de la cama con Lorna y por un momento no dijeron nada, sólo se miraron a los ojos, hasta que Helena no pudo más y dos gruesas lágrimas rodaron por sus mejillas y se abalanzó de nuevo a abrazarla.

—Perdóname, por favor. Perdóname. Tú querías salvarme, tú me querías ayudar y por mi culpa te lastimaron, Lorna. ¡No voy a perdonármelo jamás! Y pensé mal de ti. Sospeché lo peor de mi mejor amiga, de mi hermana, de la única que me ha demostrado siempre su amor incondicional. Lorna, por favor, perdóname, dime que me perdonas...

Lorna sólo decía "ya, ya" mientras le frotaba la espalda al abrazarla para calmarla y sentía cómo sus lágrimas le empapaban el hombro. "No hay nada que perdonar. Nada", le decía bajito al oído. Se separaron poco a poco y Helena fue recomponiéndose ante la mirada compasiva y solidaria de Lorna. Helena se puso entonces de pie y fue hasta el baño a buscar su vestido. No había nada que odiara más que las batas de hospital. Al volver a la habitación dispuesta a volverse a enfundar su vestido de Mugler, descubrió con disgusto que estaba lleno de sangre. Se lo sacó, arrojándolo lejos de sí y comenzó entonces a buscar a su alrededor algo con que cubrirse. Lorna, que había venido preparada, sacó de su bolsa un pequeño envoltorio: era un vestido negro de tejido de punto de Sonia Rykiel que le extendió a Helena. Ella se lo puso inmediatamente. Aspiró profundo el discreto aroma floral del vestido: Lorna acostumbraba poner jabones de Etro dentro de sus cajones para perfumar su ropa.

—Te queda mejor que a mí. Tenía tiempo que quería dártelo. ¿Te acuerdas que lo compré contigo en París?

Cómo olvidar aquel viaje. Ambas estaban en la boutique de la Rykiel en Saint-Germain probándose ropa, cuando una nueva rica rebosante en tarjetas de crédito y altanería entró pidiendo que la atendieran de inmediato. Vio a una mujer y le dijo: "Tú, la de los pelos, tráeme una copa de champán y los vestidos más caros que tengas". Lorna y Helena se miraron con los ojos como platos, porque se dieron cuenta de que "la de los pelos" era nada menos que la misma Sonia Rykiel. La diseñadora, impertérrita, entró hasta un privado y volvió con una botella de champán. Al ver que no traía una copa, le dijo: "¿Qué, pretendes que me la tome directamente de la botella?", y la diseñadora le respondió: "No, es un regalo. Puede usted beberla en casa", y tomándola suavemente del brazo, la llevó a la puerta, donde le deseó una muy buena tarde. Eso era elegancia. Luego, al verlas probándose los vestidos, asintió al ver a Lorna con el traje negro y, mirando a Helena, le dijo: "Pruébese el fucsia". Y desde ese día, incluyó ese color como clave en su guardarropa.

—¿Estás segura? —dijo Helena, arreglándose el vestido—. ¡Es precioso!, y siempre te quedó perfecto.

—Ya no. Mi cuerpo ha cambiado. Yo he cambiado.

—Ambas, cariño… ambas. Y seguro que después de esto, jamás volveremos a ser las mismas.

—No, nena. Nunca más. Y creo que éste es justo el momento de reordenarnos. De reacomodarnos.

Helena fue a sentarse a su lado en la cama y la miró con ojos de ciervo, con temor de esa conversación que sabía necesaria y que estaba cierta que sería difícil. Y dolorosa. Y que no sabía hacia dónde las llevaría.

—Lorna, no hay nada que reacomodar, porque esencialmente dentro de nosotras no se ha movido nada…

—Helena: pensaste que era una asesina. Y que te quería matar. ¿En serio crees que todo sigue igual? ¿En verdad?

Helena calló. El flujo de sus pensamientos era caótico. En su cabeza estaba *Étui* con Bloggerfucker y todo lo que le había traído. Estaba Adolfo: ese hijo de puta del que resulta tan delicioso enamorarse. Los bloggers muertos, el artículo de periódico que la llevó a niveles altísimos de neurosis. Pero en todos esos pensamientos estaba Lorna, riendo, a veces jodiéndola, otras defendiéndola y muchas más apoyándola. Pero siempre ahí, a su lado. ¿Cómo había podido pensar que iba a hacerle daño? ¿Cómo llegó siquiera a creer que era capaz de matar?

—Lorna, a pesar de todo esto que me pasó ayer, de los moretones en todo el cuerpo… el dolor más intolerable que siento es por haber pensado mal de ti, por dudar de ti y por haber llegado a pensar que querías hacerme daño, cuando tu única intención era ponerme a salvo. Esto me está carcomiendo. Y pensar que jamás puedas perdonarme me hace querer…

Y no pudo seguir hablando. Lorna una vez más fue hasta ella para abrazarla.

—Nena, por supuesto que te perdono. ¡Dios! Si estábamos todos en un estado emocional al límite, por favor. No te culpo. ¿Que como amiga me hubiera gustado que compartieras tus dudas conmigo? Sí, pero, claro, si pensabas que yo era la asesina, compartir conmigo hubiera sido una pendejada.

Ambas rieron y el cuerpo les dolió entero, pero por primera vez había algo reconfortante en ese dolor.

—¿Sospechabas tú de alguien?

—De mucha gente, Helena. Pero mi abuela decía que peca más el que piensa mal que el que obra mal. Quizá por eso soy tan confiadota. Pensé que pudo haber sido la pedorra de Lilian: si hay alguien con cara de loca ahí afuera, es ella. O Carmen, siguiendo órdenes tuyas. O Víctor, siguiendo órdenes tuyas.

—¿Y de mí?

—¿Como ejecutora? Nunca. Mi corazón nunca me lo permitió.

Una punzada de culpa llegó directa a Helena. Lorna no había sido capaz de pensar mal de ella. Ella no.

—¿Y sabes qué, Helena? Todo esto que nos ha pasado, no sólo ayer sino en los últimos meses, me ha hecho revalorar mi relación contigo.

Helena sintió un sudor frío que le bajaba de golpe de la cabeza a los pies.

—Eres mi única amiga. No voy a decir hermana, ni madre ni hija porque, al final, todos estos parentescos son perpetuos por la genética, no por gusto. Yo quiero ser tu amiga para siempre por decisión, por elección. Y para que eso suceda, no podemos seguir trabajando juntas. Voy a dejar *Étui*.

—¿Cómo? ¡No, Lorna, por favor, no me hagas esto!

—Es lo mejor para las dos, ¿no te das cuenta? Trabajar juntas estuvo a punto de acabar con lo más bonito que tenemos. En seis meses nos peleamos más que en los cuarenta años que tenemos de conocernos. No es sano. No para mí…

—Pero no voy a poder sola, Lorna. Y *Étui* es nuestra, es nuestra idea…

—Y lo seguirá siendo, pero yo estaré lejos. La sociedad continúa, pero sólo seré socia inversionista. Por decisión. Créeme, es lo mejor.

—¿Y tú qué vas a hacer? ¿Te retiras?

—Hace una semana me volvieron a llamar de *Elle*. Resulta que sorprendieron a mi exjefa cobrando por debajo del agua a las casas de moda por ponerlas en la portada y la mandaron a chingar a su madre. Me ofrecieron la dirección y les dije que no estaba interesada. Pero esta mañana volvieron a llamarme con una oferta mejor. Y voy a aceptarla.

—¿Y vas a regresar a ese infierno, a la empresa que te quiso traicionar?

—Sí, porque las llamas de ese infierno ya no pueden quemarme, nena. Ya no. Y voy a disfrutar de tener la mesa puesta, porque personalmente escogeré a mi equipo y con mi amor voy a esclavizarlos, para que yo sólo vaya a la oficina a dar órdenes. Ya me lo he ganado. Y mira, qué pena lo de Belmondo porque si no, te lo robaba…

Las dos rieron con una risa agridulce. Sí, Lorna tenía razón: no podían trabajar juntas porque las dos eran fuerzas de la naturaleza que, cuando chocaban, provocaban cataclismos. Y estuvieron a punto de cargarse lo más preciado que tenían: su cariño. Helena estaba agradecida y feliz de sentir el perdón honesto y de corazón de Lorna. Ella misma no estaba segura de haberla podido perdonar si las cosas hubieran sucedido al revés.

—Vas a estar bien, ya verás. ¡Eres la directora de la revista más famosa del país, joder! Verás que no va a faltar gente que quiera trabajar contigo.

—Pero nadie como tú.

—Eso seguro. Yo soy excelsa.

Ambas rieron, pero sus rostros no reflejaban alegría. Parecían dos invitadas a un funeral que recordaban cuán bueno había sido el difunto. Y sí, había algo muerto ahí: una etapa, una especie de amor, un proyecto conjunto. Una amistad como la conocían hasta entonces. Quizás esa tristeza mustia que ambas sentían era por saber que ellas ya no serían como lo habían sido hasta aquel día…

Llamaron a la puerta y Helena balbució un "adelante".

—Helena, el doctor dice que puedes marcharte cuando quieras. ¿Te llevo? —dijo Adolfo entrando a la habitación.

—Sí, creo que sí. Necesito comer algo. Y una copa. ¿Vienes, Lorna?

—No, nena, gracias. Me sigue doliendo el chingadazo que Belmondo me dio en la cabeza. Me voy a casa a hacerle el amor

330

a un Valium. Y tú, grandísimo cabrón… gracias. No había podido decírtelo. Te has portado como campeón —dijo cariñosa a Adolfo.

Adolfo le sonrió y se acercó a darle un abrazo, momento que Lorna aprovechó para decirle al oído: "Y si le haces algo, culero, vengo y te corto los tanates". Adolfo se rio con ganas y le dio un beso en la mejilla.

—No te preocupes: voy a hacer bien las cosas, te lo prometo. Y no voy a dejarla escapar.

Epílogo

El cansancio emocional hacía en Helena el mismo efecto que una droga. O lo que debería hacer una droga, porque ya estaba visto que a ella la paz química no le hacía gran efecto. Pero recordaba que cuando su abuela ya estaba muy enferma, para calmarle los dolores, le daban morfina. Cuando despertaba, decía que así tenía que ser el cielo: un sitio sin dolor, donde te dejas ir sin miedo y te sientes envuelto, arropado. Así se sentía ahora en el asiento del coche de Adolfo. No tenía sueño porque había dormido mucho, pero su cerebro quería disminuir de velocidad. Ya está. Lo peor ya había pasado. Bloggerfucker no tenía la culpa de que un demente la hubiera vuelto su biblia. *Ella* no tenía la culpa. Y a pesar de sentirse huérfana por no tener más a Lorna trabajando con ella, estaba feliz de no haberla perdido por completo. Ya trabajarían más adelante en la reconquista de nuevos territorios en la relación. Seguro que sí. Se giró a ver a Adolfo, quien, con la mirada fija en la carretera, se veía como un modelo en un comercial. Se lo imaginó desnudo como siempre que corroboraba lo guapo que era. Él la miró y sonrió, como si adivinara lo que estaba pensando.

—Ya te sientes mejor, parece…

—Sí, aún atarantada, pero creo que una buena comida y una copa me van a ayudar. ¿Vamos al María Castaña? Ahí siempre nos dan mesa a Lorna y a mí…

Helena miró por la ventanilla y se percató de que estaban saliendo de la ciudad. Miró hacia atrás y alrededor, pero no vio nada que le diera referencia de su ubicación...

—Oye, ¿dónde estamos? Ya nos salimos del centro de la ciudad... Digo, no se ve que haya mucha civilización por aquí...

—Es que antes quisiera ir un momento a mi casa, a cambiarme. Y de allí nos vamos a cenar. Perdona que no te lo dije antes, pero te vi tan absorta que no quise molestarte con una nimiedad.

—¿A tu casa?

—Sí, no te importa, ¿verdad?, va a ser sólo un momento.

Helena no dijo nada y pensó que, en todos esos años que tenía saliendo con Adolfo, nunca habían ido a *su* casa. Él rentaba un pequeño loft en la ciudad, muy cerca de AO, que usaba ocasionalmente para pernoctar cuando los días de trabajo en la oficina eran largos. Helena conocía el estudio y lo llamaba la Leonera, porque estaba segura de que era donde Adolfo llevaba a sus conquistas. Llegaba a hablar ocasionalmente de su casa, donde había vivido con sus padres, pero, por una razón u otra, jamás la invitó y ella tampoco tuvo mucho interés en conocerla, dicho sea de paso. De hecho, la mayoría de las veces que se encontraban era en el departamento de ella. Quizás hubiera preferido conocer su casa en otras circunstancias, pero estaba muy cansada para discrepar. De modo que si quería ir a cambiarse a su casa, que así fuera.

—¿Puedo poner algo en el estéreo? Me encanta oír música cuando voy por la carretera.

Helena examinó un poco el complicado aparato de sonido del BMW de Adolfo; aquello parecía el centro de operaciones de la NASA. Él le sugirió que conectara su teléfono a través del bluetooth para oír lo que quisiera.

—Soy muy bruta para estas cosas tecnológicas. ¿Esta cosa tan cara y sofisticada no tiene un reproductor de CD, por Dios santo?

—Sí, se lo mandé poner. Pero sólo tengo un par de discos en la guantera...

—Ya encontré uno que me encanta.

E introdujo en el aparato de sonido un disco, rayado y viejo, pero que milagrosamente se oía perfecto. *The Joshua Tree*, de U2.

Adolfo siguió conduciendo mientras las luces de la ciudad se volvían cada vez más lejanas. Helena tarareaba "But I Still Haven't Found What I'm Looking for".

—¿Sabes que cuando entrevisté a Bono para la revista le coqueteé como una loca? Qué vergüenza. Y el hombre se portó súper correcto. Las cosas que haces cuando eres joven...

—Pero tú ya no eras tan joven en esa época, ¿no? Este disco es del 87.

—¡Hombre, qué caballeroso eres, Adolfo! Pues sí, era jovencísima: tenía treinta años —dijo, ocultando los dos años que siempre le había dado por quitarse.

—Y ya eras directora de *Marie Claire*, creo...

—¿Tú también eres experto en mi *timeline* como Belmondo? —dijo Helena, un poco incómoda.

—No, Helena, por favor, no jodas. Te estoy haciendo conversación. Y, además, tú me has dicho muchas veces que fuiste directora editorial desde los veinticinco y que a los veintiocho tuviste tu primer título internacional. No llevo tu *timeline* ni nada. Sólo pongo atención cuando me cuentas algo, chingaos.

Helena se sintió mal por haber brincado contra Adolfo, especialmente después de todo por lo que habían pasado en las últimas horas. Sí, estaba aún ciscada, ni hablar. Después de todo, apenas la noche anterior habían intentado matarla. Respiró profundo y guardó silencio. Prefirió mejor escuchar a Bono y disfrutar del viaje. Miró a Adolfo, que se había quedado muy serio, pero ya no quiso decirle nada. Todos seguían tensos y seguro no se les pasaría rápido.

Llegaron hasta lo alto de una colina y admiró la hermosa vista de la ciudad que se apreciaba desde allí. Se detuvieron al frente de un conjunto residencial y, al aproximarse al portón, Adolfo presionó desde el coche el control remoto que abrió la enorme reja.

—¿No tienen portero? —dijo Helena, mirando la caseta de vigilancia vacía al cruzar el portal.

—No, se jubiló hace años y nos tomó tanto ponernos de acuerdo para contratar a uno nuevo que, cuando finalmente nos decidimos, nos dimos cuenta de que no nos hacía falta, así que nos quedamos sólo con las alarmas, los controles remotos, y fin de la historia.

Llegaron hasta la puerta de la casa de Adolfo y Helena no pudo evitar exclamar un "wow". Aquél era un lugar impresionante.

—¡Vaya con la cabañita, señor! ¿Por qué nunca antes me habías invitado a venir?

Adolfo dudó un momento si meter el coche en el garaje o dejarlo fuera. Pensó que era mejor tenerlo a mano y apagó la marcha.

—Bueno —dijo un poco seco—, es que nunca te interesó conocerla.

—Hombre, si hubiera sabido que era casi un palacete me hubieras tenido aquí todos los fines de semana. ¡Es como una casa de campo! ¿Tiene piscina?

—Clásica Helena, deslumbrada por el oropel. Sí, tiene una piscina y jardines en la parte de atrás.

¿*Clásica Helena*? ¿Qué le pasaba a este hombre? En fin. No quiso hacer más incómoda la situación y prefirió no responderle. *Vamos a calmarnos todos*, se dijo. Entraron a la casa y Helena percibió el aroma del enorme ramo de rosas frescas que descansaba en un jarrón del recibidor, mezclado con el olor rancio de la cera para pulir pisos. Era un perfume que se antojaba antiguo, pero reconfortante. Helena evocó algunos museos europeos que olían así. Una mujer mayor vino a recibirlos.

—Buenas noches, Adolfo. Buenas noches, señora.

—Helena, mucho gusto. Buenas noches, doña...

—¡La famosa señora Helena! Yo soy Lucrecia, para servirle a usted y a Dios. Y nada de doña. La única doña era María Félix —dijo campechana.

—¿Cuántas veces tengo que decirte que dejes eso de "para servirle"? Pareces del siglo pasado —dijo Adolfo, gruñón.

—Soy del siglo pasado. Y tú ya deja de decirme lo que tengo que hacer, con un demonio. ¿Les ofrezco algo de tomar? ¿Van a cenar aquí? No me dijiste nada y no tengo gran cosa, pero puedo ver qué...

—No se preocupe, Lucrecia, vamos a ir a cenar fuera. Y perdone la pregunta, pero ¿cómo que famosa?

—¡Huy, señora Helena! Todos sabemos de usted en esta casa...

—Lucrecia —dijo Adolfo, interrumpiéndola—, creo que no te voy a necesitar hoy. Si ya te quieres ir a tu casa, no hay problema.

—Pero les traigo un café, una copa de vino...

—Nada. Que te vayas ya. Mira que eres terca.

Lucrecia viró los ojos al cielo y, dando las buenas noches, se retiró. Parecía estar acostumbrada a los exabruptos de Adolfo. Pero Helena, no.

—¿Qué te pasa, Adolfo? Estás bastante pesadito. Mira, te agradezco todo, pero quizá no sea buena idea lo de la cena. Voy a pedir un taxi y mejor me voy a casa...

—No, hombre, no vas a ninguna parte. ¿Qué les pasa a las mujeres hoy, por Dios? —dijo arrebatándole el *minaudière* de Vuitton de las manos—. Relájate, por favor. Mira, ahí dentro del salón está el bar. Sírvete algo y espérame. Ya me cambio y nos vamos a cenar.

—Adolfo, dame ahora mismo mi bolsa. A mí no vas a darme órdenes. Me largo. Ya se me quitó el hambre: no quiero cenar ni contigo ni con nadie.

Adolfo le pasó el brazo por el hombro y la estrujó un poco, encaminándola hasta un gran sofá estilo Luis XV que había en el enorme salón en penumbras y, suavemente, la sentó en él.

—Discúlpame. Aún sigo exaltado. No quise ser grosero. Mira, me ducho de volada, me cambio y nos vamos a cenar. Necesito vino y un buen trozo de carne... ¡sangrienta! Venga, sírvete un coñac. Me llevo tu bolsa para que no te escapes —dijo con una risa baja.

Adolfo se marchó y dejó sola a Helena en aquel enorme salón. Desde las ventanas, se alcanzaba a ver el extenso jardín y la piscina trémula, débilmente iluminada. Vaya con la casa que Adolfo tenía tan escondida. Fue hasta la pared para buscar el interruptor de la luz y, a tientas, lo halló cerca de la puerta de entrada. Subió gradualmente el dimmer y todo se fue iluminando. Aquél era un salón híbrido donde se mezclaban, de una forma un tanto neurótica, muebles y objetos que no tenían nada que ver entre sí. Helena era amante de las mezclas de estilos en la decoración, pero aquello... simplemente no funcionaba. El juego de sala Luis XV descansaba sobre un tapete estampado con una mano de mujer sosteniendo una pistola, evidentemente de un artista contemporáneo. Del techo colgaba un candil de Baccarat que seguro costaba una fortuna, pero que era un espanto. Sobre unas mesillas auxiliares bastante rococó estaban dos lámparas de acero minimalistas. Luego, en la pared principal, había una pintura de Tamara de Lempicka con el retrato de un hombre que... le daba un aire a Adolfo. ¿Sería su padre, su abuelo? A saber. Pero rodeando esa pieza exquisita, en las otras paredes, había cuadros de bodegones y naturalezas muertas que parecían venir de mercados callejeros. Daba la impresión que sobre una imagen perfectamente conseguida de vulgaridad, alguien hubiera intentado salvarlo dando salpicaduras de buen gusto... sin conseguirlo. *Qué sitio más raro*, pensó Helena, mientras se acercaba al bar para servirse ese coñac que cada vez necesitaba más. Al darle el primer sorbo y repasar con la mirada ese lugar de nuevo, se dio cuenta de lo poco que tenía que ver con Adolfo. Él no se reflejaba para nada en todo aquello. Con la copa en mano, salió del salón para echar un vistazo al resto de la casa. Su curiosidad había despertado.

Volvió al recibidor por donde habían entrado y lo cruzó para llegar a un comedor, con un mobiliario más sencillo. Al fondo había una puerta que daba a una cocina tan grande y equipada como si fuera la de un restaurante. Volvió al pasillo central y siguió vagando por la casa. Más adelante descubrió otro salón enorme: el comedor principal. Y si creía que ya lo había visto todo en el primero, se equivocaba. Este recién descubierto espacio parecía mostrar nuevos niveles de exceso. En él, había una mesa larga como las que se veían en las películas de reyes, de madera sólida y labrada que tenía a su alrededor veinte sillas, nueve en un costado, otras tantas en el otro y dos en las cabeceras. Las sillas eran de respaldo alto y estaban tapizadas en un grueso brocado azul marino y dorado. Sobre la mesa, un gigantesco adorno de rosas frescas volvía a mezclar su aroma con el de la cera de pulir y el encierro. *Sólo faltan un escudo de armas y unas espadas*, pensó Helena con una sonrisa, y al mirar a su espalda... sí, ahí estaban. Encima de la chimenea. ¿Qué casa era ésta? ¿Cómo era posible que el Adolfo que ella conocía poseyera aquella galería de los espantos?

Abandonó el comedor principal para proseguir su camino y al fondo del pasillo vio las escaleras que llevaban a la segunda planta. Caminó hasta ahí y se detuvo un instante en el descanso, preguntándose si sería correcto continuar. Miró hacia arriba, y tentada por la curiosidad, se dijo: *Qué diablos*, comenzó a subir los escalones y, al llegar al descansillo, dar la vuelta y continuar...

—¡Ay, por Dios! —dijo, con un sobresalto.

—Buenas noches, no la escuché subir —dijo un chico que recogía del suelo una caca de perro.

—Bueno, es que no esperaba encontrar a nadie aquí... Soy amiga de Adolfo, él se está duchando y mientras yo decidí dar una vuelta por su casa... —dijo a guisa de disculpa.

—¿No sería mejor que lo esperara en la sala? Al jefe no le gusta mucho que nadie suba a esta parte...

—¿No te conozco de alguna parte? —dijo Helena, interrumpiéndolo.

Incómodo, el chico desvió la mirada hacia el suelo y terminó de limpiarlo.

—Sí, estoy segura de que te he visto antes... —insistió Helena.

—Tengo que llevarme esto. El jefe odia encontrar caca de perro en la casa. Y de verdad, creo que es mejor lo espere en la sala —y se marchó escaleras abajo.

Pero Helena no era buena escuchando consejos y la curiosidad por descubrir más de aquella casa, que era un canto a lo bizarro, la tenía posesa. De modo que continuó subiendo. Al llegar al segundo piso, había un rellano parecido al recibidor del piso de abajo. Una vez más, en una mesa de centro, había un enorme florero con rosas y, justo enfrente, una puerta muy distinta a las de los cuartos aledaños llamó su atención. Se acercó para ver si era lo que estaba pensando... y sí. Era la puerta de una habitación del Hotel Plaza de Nueva York, y al parecer original, con el número 1308 en la bien pulida placa de bronce que ostentaba. Helena giró el picaporte, pero la puerta estaba cerrada. Qué lástima, porque seguro que lo que había detrás de ella valía la pena verse. Decidió abortar la misión y pensó que quizás estaba pasándose un poco de la raya. Y en su camino de regreso, vio que en una discreta mesilla en una esquina, al lado de una maceta de porcelana con una orquídea, estaba un llavero del Hotel Plaza... con una llave. La tomó y, seducida por ese momento tan Lewis Carroll, se dispuso a entrar a la habitación.

Al abrir la pesada puerta, aspiró casi una bocanada de perfume: Shalimar. El aroma amaderado de la fragancia era tan potente que hubiera jurado que alguien se había perfumado ahí hacía sólo unos minutos. Fue hasta el apagador cercano a la puerta para encender la luz, pero el dimmer parecía estar arreglado para no llegar al máximo, para dejar la habitación en una penumbra suave. Hasta tranquilizante, se podría decir. Caminó por la tupida alfombra y vio aquella cama casi majestuosa, dispuesta para que alguien se metiera en ella. Sobre la almohada brillaba algo: una menta, como las que ponen en los hoteles. Se acercó hasta una cómoda, toda llena de pequeños y alargados cajones, que estaba al lado de la cama. Al deslizar suavemente uno, supo que se trataba de un joyero. Uno a uno fue abriendo los cajoncitos con creciente excitación, porque aquello era como un botín digno de Alí Babá. Aretes, anillos, collares, brazaletes, ¡broches!, y lo mismo había piezas de alta joyería que bisutería. Bulgari se daba la mano con Chanel, Cartier con Hattie Carnegie, Van Cleef con Christian Lacroix y Tiffany con joyas antiguas, que lo mismo valían una fortuna que nada. Y justo arriba de la cómoda, estaba la pintura de una mujer rubia, regordeta, con un maquillaje un poco cargado y enteramente vestida de Chanel. El pintor había detallado a la perfección los botones del traje y las ces de la joyería para que no hubiera duda alguna de lo que la mujer usaba cuando posó para él. Helena se acercó para mirarla de cerca… y le pareció conocida. Estaba segura de que había visto antes a esa mujer…

—¿Qué demonios haces aquí? —dijo de golpe Adolfo, haciéndola pegar tal brinco que el corazón casi se le sale del pecho.

—¡Jesús, Adolfo! Qué susto me diste…

—¿No te dije que me esperaras en la sala? ¿Siempre tienes que ser tan jodidamente terca y hacer lo que te da tu puta gana?

—Perdona, Adolfo, es que me puse a dar un recorrido por tu casa. Me iba a dormir si me quedaba sentada en el salón…

—¿Cómo entraste? Este lugar está siempre cerrado.

—Encontré la llave en una mesita al lado del pasillo…

—Lucrecia está cada día más idiota. Me va a escuchar. ¿Y no pensaste que si la habitación estaba con llave era porque no quería que nadie entrara?

—Adolfo, basta ya de estupideces. Estás muy neurótico y no estoy para estas cosas. En serio, dame mi puta bolsa y me largo de aquí.

—Tú no vas a ninguna parte, Helena. Y menos ahora que encontraste la habitación de mi madre.

—¿De tu… madre?

Helena sintió un mareo. No entendía nada. Pero ¿no había muerto hace años? ¿Por qué el cuarto se veía como si ella siguiera ahí? Dios. No, no podía estarle pasando esto ahora. No era posible. Se quiso sentar en la cama, pero se contuvo. Buscó otro lugar y vio una silla cerca de la ventana, al otro lado de la habitación. Adolfo no le quitaba los ojos de encima. Helena caminó hasta ella, se sentó y lo miró directo a la cara.

—No me voy. Aquí me tienes.

—Sí, éste es el cuarto de mi mamá, que tiene treinta y dos años de muerta. Y no te alucines: no la tengo disecada en ningún lado, ni me da órdenes. No soy Norman Bates. Lo mantengo así porque me hizo prometérselo... antes de que muriera. Era una mujer muy especial, muy conspicua... Quizá te acuerdes de ella: Irma di Baida.

—¿La... baronesa di Baida?

—La misma.

Por supuesto que Helena se acordaba de ella. Irma di Baida era una de las mujeres de sociedad más famosas —o infames— de los años setenta. Inmigrada de Italia con su esposo, el barón Umberto di Baida, llegaron a América en búsqueda de nuevas oportunidades. La pareja había vivido una temporada en el Hotel Plaza en Nueva York —ahora entendía el porqué de la puerta, un souvenir quizá—, pero cuando quisieron establecer su residencia definitiva, decidieron venir a este país. Compraron una casa enorme en una de las zonas más lujosas de la ciudad y, a fin de darse a conocer en los altos círculos, se dedicaron a dar rumbosísimas fiestas de las que se hablaba por meses. Recibían gente todos los fines de semana y, en poco tiempo, lograron codearse con la crema y nata de la alta sociedad... pero sólo en su casa. Lo cierto era que los barones di Baida no eran requeridos en otras fiestas *posh* de la ciudad. ¿La razón? Se había corrido la voz de que ni eran barones ni tenían sangre azul o prosapia. Umberto Narváez era hijo de un empresario español radicado en Roma, que había hecho millones con una editorial de revistas y pasquines *soft porn*: fotonovelas, folletines y hasta algunas copias *a la italiana* de *Playboy*. Umberto, que detestaba el negocio de su padre, no dudó ni un minuto en venderlo por una muy buena suma al morir éste. Umberto soñaba con convertirse en un empresario serio respetado en sociedad, y su guapa y ambiciosa novia Irma, con volverse una *jet setter*. De modo que cuando Irma supo que podían comprar un título nobiliario, presionó a Umberto para hacerlo. Así, el hijo de un pornógrafo y la mesera de un cabaret de mediopelo se casaron y decidieron empezar una nueva vida como los barones di Baida en un sitio donde nadie los conocía. Pero como este tipo de cosas siempre acaban sabiéndose y los nuevos ricos nunca han sido bienvenidos en la "buena sociedad", sufrieron constantes desaires por parte de esa élite a la que Irma anhelaba pertenecer. Umberto necesitaba a los millonarios por sus conexiones, no por su prestigio, como era el caso de su mujer. Pronto se dio cuenta de que no necesitaba reconocimiento, sino respeto y ése sólo lo obtendría si era exitoso. De modo que invirtió todo su capital en crear una editorial, pero no como la de su padre: él quería crear una empresa seria. Y lo consiguió: Editorial Baida, que se especializó en promover literatura joven y hasta marginal del mundo entero, y se convirtió en poco tiempo en un referente de la cultura del país... y en un gran negocio que multiplicó su capital en pocos años. Irma quedó embarazada de su único hijo, Umberto, y estuvo fuera de la jugada por un tiempo. Cuando Bertino tuvo edad de ir a la escuela, Irma volvió a la carga en su afán de reconocimiento social. Pero la cultura no era un escenario que le llamara la atención para lucirse. La moda, sí. Comprársela y ponérsela. Y con ella como bandera, anhelaba que el mundo la festejara por su estilo. Y si bien los amigos de su esposo, intelectuales respetables, la querían y admiraban, no eran ellos de quienes buscaba aprobación. Irma quería ser reconocida a como diera lugar entre los diseñadores de moda, los fashionistas de entonces, los actores de televisión... los periodistas. Y en su afán por llamar su atención, Irma fue entrando en una vorágine de despropósitos cada vez mayor: gastaba en las prendas más costosas, se compraba las joyas más extravagantes —porque se las había visto a María Félix— y, aunque no tenía ni la figura o edad para ello, se iba a París a los desfiles de moda y se compraba los atuendos tal y como los habían llevado las modelos en la pasarela. Con ello creía que la prensa de moda se fijaría en ella, pero lo más que pudo lograr fue aparecer en las columnas del "*don't*" gracias a su mala elección de atuendos. Cuando Umberto falleció de un infarto años más tarde, dejó como herederos universales a Irma y a Bertino, quien contaba con escasos trece años. Irma vendió su casa del centro de la ciudad y decidió construirse una más a su medida, en las afueras. La decoró con el mobiliario más estrambótico que pudo encontrar con anticuarios del mundo entero, con tal de convertir su casa en una leyenda. Invitó a la gente de *Arquitectural Digest* de Nueva York, pagándoles el viaje en primera clase, para que vinieran a ver su casa y pudieran publicarla en su revista. Pero con mucha diplomacia del editor y muy poca del fotógrafo —que iba riendo más y más conforme recorría la casa— le dijeron que "aquello no era del estilo de su publicación". Tiempo más adelante, se acercó a una joven editora de moda, famosa por su visión y excelente sentido del estilo, para pedirle que hiciera un reportaje sobre ella, a lo cual no sólo se negó, sino que, en un despliegue de franqueza, le dijo, una a una, todas las razones del porqué de su negativa.

En 1987, Helena había recibido a la baronesa di Baida obligada por su jefe, quien era muy amigo del difunto barón. Helena sentía repelús por esas mujeres que daban fiestas, tés canasta, almuerzos y sabe Dios cuánta tontería más, con tal de aparecer en las páginas de sociales de los periódicos. Eran señoras que, año tras año, ofrecían un banquete para los fotógrafos que las retrataban y les daban generosos regalos, porque sabían que cuanto más grande fuera el obsequio, más veces aparecerían en las páginas de los diarios. Ése era el juego. Helena no las consideraba siquiera mujeres con estilo: eran ricas, solamente. Y podían vestir de Yves Saint Laurent, pero eso no les quitaba lo vulgares y oportunistas. Las detestaba tanto como a las bloggers sin sustancia; para ella, las *socialités* de entonces eran como las influencers de ahora: una lacra anodina que no aportaba nada a una industria de la que ella, ya desde entonces, estaba absolutamente enamorada. Cuando Irma le pidió a Helena que escribiera sobre ella, se negó diciendo que "su perfil" no tenía interés alguno para los lectores de su revista. Irma apeló a su título nobiliario —que Helena ya sabía que era comprado—, a la editorial de su marido y, por supuesto, a su extraordinario guardarropa y su casa con una "personalidad sin igual". Helena, con toda la amabilidad de la que fue capaz —no olvidaba que la mujer era amiga de su jefe— le dijo que ni su ropa de miles de dólares, sus joyas, su título de baronesa ni su casa —que no conocía pero ya se hacía una idea de cómo sería— tenían sustancia alguna. No había nada detrás de ello, todo era hueco, un disfraz. Sus posesiones no eran consecuencia de una historia de vida. No. ¿Qué había hecho ella en su vida más que ir de compras y dar fiestas?

—"Usted no tiene estilo, Irma. Usted sólo tiene dinero. Cuando aprenda a hacer algo valioso con él..."

—"... entonces puede regresar a verme" —dijo Helena, finalizando la frase que Adolfo recordaba a la perfección. Y ahora ella también. Dos gruesas lágrimas rodaron por sus mejillas.

Días más tarde, había leído en el periódico que la baronesa Irma di Baida se había suicidado. Helena levantó la cabeza y miró a Adolfo, que seguía frente a ella, sin moverse un ápice. Ella había sido la culpable del suicidio de su madre. Irma di Baida había sido su primera *bloggerfucked*.

—¿Tú... eres Bertino?

—Nunca me gustó que me llamaran así, por eso siempre he usado mi segundo nombre, y el verdadero apellido de mi padre.

—Adolfo, no sé qué decirte... Cuando leí en el periódico que tu madre...

—¿Sabes cuál es la paradoja de todo esto, Helena? Que aquella noche se veía impactante. Nunca la había visto tan perfecta, tan... a la moda. Se puso el traje de alta costura de

Chanel con el que la pintaron y que era su orgullo porque el mismo Lagerfeld se lo había ajustado. Y combinó sus joyas buenas de Van Cleef con bisutería, como la misma Coco hizo en su día. Estaba maquillada y peinada perfectamente, se había puesto su Shalimar, que le fascinaba. Y justo así, perfecta, preciosa y en paz, me la encontré en esa cama sin vida. Asesinada por un montón de gente sin alma como tú y como yo.

—Adolfo...

—Esa gente sin alma es un estorbo, Helena. No merece el suelo que pisa. Y a menos que sus acciones le den valor a su existencia, habría que exterminarlos a todos. Somos muchos, nos estamos cargando el planeta y, además, una vida vacía no es vida. No es nada. Más o menos eso fue lo que le dijiste a mamá, y por eso decidió suicidarse. Le hiciste ver que era una nulidad, un estorbo.

—No, Adolfo, nunca le dije que fuera un estorbo. Le dije que si quería tener una vida ejemplar, que hiciera algo ejemplar con su dinero. La moda importa un carajo si la persona que la porta no vale nada. Perdóname, lo pensaba entonces y lo pienso ahora. Y lamento mucho, de verdad, lo de tu madre. Pero no me vas a culpar por ello. De ninguna manera.

Y poniéndose de pie, quiso abandonar la habitación, pero Adolfo la retuvo rodeando su cabeza con el brazo.

—¡Me estás lastimando!

—No hemos terminado, Helena Cortez. Y aunque me gusta trabajar con público, contigo puedo hacer una excepción...

—¿Público...? —preguntó Helena jadeando.

—¿No te has dado cuenta? ¿Tú, tan lista y tan astuta?

Y tomándola en brazos, la arrojó sobre la cama de su madre.

—Fue muy sencillo, Helena. Unos tornillos flojos en la hache, unos cables de más en el micro, la cera de pulir que tanto le gustaba a mi madre, y que cada vez es más difícil de conseguir, en los escalones...

Había un ruido en su cabeza, un zumbido. No sabía de dónde venía. Se sacudió y se apretó las sienes con los dedos anulares para ver si así cesaba. No entendía nada. *¿La hache, micro, cera en los escalones?* Su corazón comenzó a latir tan fuerte que sintió que se le salía del pecho. Tenía la boca seca. Carraspeó y del fondo de sus entrañas sólo salió un monosílabo.

—¿Tú?

—Bueno, Tomás me ayudó un poco. Es el hijo de Lucrecia y es un *freak* de la electricidad...

Helena recordó entonces dónde había visto a Tomás: fue aquel chico con gorra que le dio a Adolfo las llaves de su coche en el evento de Wendy Wong. Y también lo había visto en la fiesta de *Étui*... la noche anterior. Mierda. Mierda... Lo miró y con la garganta atragantada por los sollozos, sólo le dijo:

—¿Por qué? No era necesario... No era necesario.

—¿Sabes por qué sí lo era, Helena? Porque Bloggerfucker era una llamada de atención, y la arrogancia de todos ellos les impidió ver lo mucho que la estaban cagando con sus vidas. ¡Esteban se peleó con su padre cuando te dio la razón! Wendy decidió joderte como venganza. Alicia se largó y no volvió, por eso sigue viva. Y Claudine... ni para qué preocuparme por ella. En el momento en que mi jefe se canse de ella desaparecerá sola, ya verás...

—¿Entonces Belmondo... es inocente?

—De los míos, sí. ¿Lo escuchaste confesar sobre ellos? No: sólo dijo que no lo lamentaba. Ya ves cómo al final tengo razón. Nadie extraña a esas lacras, Helena. Nadie.

—Su familia, Adolfo. No lo olvides.

—¿Olvidarlo? ¡Me quedé sin madre por gente como ellos, Helena! ¿Cómo voy a olvidarlo? Y mi madre no era una lacra, era una pobre mujer que quería formar parte de su grupo, de su gueto de mierda. Una pobre y estúpida mujer que me abandonó por no poder aparecer en una revista —y dos gruesos lagrimones brotaron de sus ojos.

No importa, mamá. Tú eres una gran mujer. ¿Para qué quieres ser famosa? ¿Para qué quieres que te digan que eres guapa si ya te lo decimos papá y yo?, solía decirle siempre a su madre cuando, siendo niño, veía que alguien le hacía un desaire. Todo aquello le parecía tan absolutamente banal, tan fútil... pero si le gustaba a su madre, por algo sería; así que aprendió a respetarlo. Pero cuando aquel día la vio devastada después de su cita con Helena, le dijo que tenía que parar. Que ya era suficiente de rogar por reconocimiento. Que ella era más importante que una nota en el periódico o sus amigas de sociedad que murmuraban a sus espaldas. Basta ya. Y le dijo que sabía que aquel rechazo no era el primero, pero esperaba que fuera el último. Y así fue.

—Adolfo, ¿y qué hacías en la habitación de Lorna aquel día que nos sorprendió en su salita? Ella me enseñó el video...

—Iba a plantar evidencia para inculparla... pero preferí no hacerlo.

—¿Qué te detuvo?

—Tú. Sabía que eso era lo único que jamás me perdonarías...

Adolfo la miraba casi sin parpadear. Entonces, con brusquedad, se secó las lágrimas de golpe y fue hasta un cajón de donde sacó un pañuelo de Hermès, que comenzó a enrollar en sus manos, mientras sus ojos seguían clavados en Helena. Se fue aproximando. Ella lo miró y se retrajo en la cama presa del miedo. Ahí estaba. El fin. La venganza perfecta de Adolfo: matar a la culpable de la muerte de su madre en la misma cama en la que ella murió. Ya se había salvado una vez... pero no dos. Dios no era tan generoso. ¿Y para qué gritar u oponer resistencia? Estaba sola con él en una casa apartada y con una servidumbre que no iba a ayudarla, porque muy probablemente también la creían culpable. Lo miró aproximarse tensando el pañuelo. Los ojos de Adolfo estaban enrojecidos, quizá por el llanto, quizá por la adrenalina. Llegó hasta ella y tensó una vez más el pañuelo frente a su cara. Ya estaba. El cierre de la historia. Después de todo, ella era la sexta *bloggerfucked*.

—Adolfo, sólo voy a pedirte algo. Por el amor que te tengo: por favor hazlo rápido —y cerró los ojos.

Helena sintió la seda del pañuelo rodeando su cuello y cómo

al llegar a la garganta hacía un nudo con él y la apretaba... con suavidad. Abrió los ojos y Adolfo la miraba triunfante.

—Pero... no me ibas a...

—¿A matar? No, por supuesto que no. Te puse el pañuelo porque te dejé el cuello muy irritado hace un momento. Y no querrás ir al restaurante así...

Helena se sentó en la cama como una autómata. ¿Qué demonios acababa de pasar?

—Adolfo...

—Helena: *edité* a los elementos que no entendieron su función en la historia, ya te lo dije. A las almas vacías sin propósito. Tú y yo somos almas vacías, pero tenemos un propósito. ¿Qué no te has dado cuenta? ¡Has encontrado la fórmula infalible para vender revistas! ¡Y conmigo de socio ejecutivo vamos a volvernos el Santo Grial del mundo editorial! ¿No era ése tu sueño, salvar a las revistas, a la moda?

Helena lo miró fijamente mientras se llevaba la mano al cuello adolorido. Se puso de pie como una autómata y comenzó a mirar a su alrededor. Ventana, puerta, baño, salida, cama. Caminó lenta hasta la silla, luego a la cama de nuevo.

—¿Buscas esto? —dijo Adolfo levantando en el aire su *minaudière*.

—Sí —dijo ella seca.

—Ahí lo tienes —y lo arrojó sobre la cama—. Haz lo que creas conveniente.

Helena tomó su bolso y hurgó en él. Adolfo la miraba expectante: si era el celular... sí era el celular... No. No era eso lo que buscaba. Helena sacó su lipstick fucsia y el espejo para pintarse los labios. Los repasó una y otra vez hasta que quedaron jugosos, como a ella le gustaba.

Se miró fijamente al espejo.

Salvar a la industria editorial. A la moda.

Algo comenzó a moverse en su interior, su cabeza, su corazón, sus entrañas. Aquella sensación de un plan divino para purgar un medio lleno de escoria... dejaba de ser prohibida.

Poco a poco se limpiaba de vergüenza... y ya no era bizarra. Ya no.

Lorna. Lorna. Ella se había sacrificado profesionalmente por ella, para conservar su amistad y quizá... para que ella siguiera adelante con su cometido. Seguir con *Étui*. Ahora todo iba cobrando sentido. No, no pecaría de arrogante y pensar que iba a solucionarlo todo. Todo, imposible. Pero... una parte, ¿por qué no?

Helena levantó el rostro y sus ojos se encontraron con la ventana que estaba al fondo de la habitación. Recordó entonces aquella ocasión cuando, hecha pedazos por haber perdido su trabajo, fantaseó con la idea de tirar a Claudine por la ventana de su casa, sólo que ahora no trató de alejar ese pensamiento sombrío de su cabeza y, al recrearlo, en esta ocasión se acercaba a la ventana para ver a Claudine caer y contemplar su cara de estúpida estrellarse contra el suelo. La Wendy Wong secándose el pelo en su baño en aquel sueño ya no era una amenaza, ya no era nada. Recordó aquellos sentimientos que algunas veces quiso alejar de su mente, por los que pidió perdón a Dios. Supo entonces que Dios ya no tenía nada que perdonarle. En su boca perfectamente maquillada se curvó una sonrisa, y en sus ojos, como un minúsculo relámpago, apareció un destello que los devolvía a la vida.

Sacó su perfumero, se puso unas gotas en el cuello dolorido y lo devolvió al *minaudière*. Como un fénix, majestuosa, se puso de pie.

—¿Vamos a cenar entonces? Ahora sí que tengo hambre —dijo plena y sonriente.

Adolfo rio jubiloso y se lanzó a besarla. A besarla mucho, a estrujarla. Salieron de la casa y se enfilaron a la ciudad. Desde el coche, Helena llamó al María Castaña y, por supuesto, tenían una mesa para ellos, faltaría más. Iban pletóricos. ¡Tenían tanto de que hablar, tantos planes para el futuro! Pero no había prisa. La noche aún era joven.

Esta obra se imprimió y encuadernó
en el mes de marzo de 2021,
en los talleres de Litográfica Ingramex,
Centeno 195, colonia Valle del Sur, Iztapalapa,
C.P. 09819, Ciudad de México.